BASTEI
LÜBBE

BASTEI LÜBBE Ian Irvine im Bastei Lübbe Taschenbuchprogramm:

DIE DREI WELTEN:

20 569 Bd. 1: Der Spiegel der Erinnerung
20 576 Bd. 2: Das Magische Relikt

Weitere Bände in Vorbereitung

Über den Autor:

Ian Irvine, geboren 1950, ist Meeresbiologe und zählt inzwischen zu den absoluten Topautoren aus Australien. Mit der Arbeit am Zyklus DIE DREI WELTEN begann er schon während seiner Studienzeit. Nach dem Studium arbeitete er als Berater für Umweltfragen, ehe er sich ganz dem Schreiben widmete.

Ian Irvine

DAS MAGISCHE RELIKT

Aus dem australischen Englisch von
Rainer Schumacher

BASTEI LÜBBE

BASTEI LÜBBE TASCHENBUCH
Band 20 576

1. Auflage: August 2007

Vollständige Taschenbuchausgabe

Bastei Lübbe Taschenbücher in der Verlagsgruppe Lübbe

Deutsche Erstausgabe

Titel der australischen Originalausgabe: »A Shadow on the Glass
(The View from the Mirror, Teil 2)«
Originalverlag: Penguin Books, Australia

Lektorat: Gerhard Arth/Roggero Leò
Titelillustration: Stephen Hickmann/Agentur Schlück
Umschlaggestaltung: Bettina Reubelt
Satz: SatzKonzept, Düsseldorf
Druck und Verarbeitung: Ebner & Spiegel, Ulm
Printed in Germany
ISBN: 978-3-404-20576-9

Kapitel eins

Die Geschichte von Tar Gaarn

In der Nacht wurde Llian von seinem eigenen Husten geweckt. Er konnte nicht schlafen. Er war noch immer schwach und litt am Fieber der Bergkrankheit. Er schaute auf und sah Karan, die ihn im schwachen Schein des Feuers anstarrte.

»Ich kenne eine Geschichte über die Aachim«, sagte Llian.

»Das hast du nun schon mehrmals gesagt.« Karan stieß einen lauten Seufzer aus. »Tut mir leid. Ich bin einfach zu müde.«

Llian war verletzt. »Ich dachte ...«

Das Schweigen zog sich in die Länge. Karan legte sich unvermittelt auf den Boden und schloss die Augen. Sie versuchte nachzudenken, doch auch im Geiste vermochte sie nur Llians geschundene Gestalt zu sehen, wie sie aufrecht an die Wand gelehnt saß.

»Was hast du gedacht?«

»Ich dachte, du würdest sie gerne hören. Das ... Das scheint das Einzige zu sein, was ich dir anbieten kann.«

Karan fühlte einen Hauch von Reue. »Nun gut. Dann erzähl sie.«

»Es ist die *Geschichte von Tar Gaarn.* Vielleicht kennst du sie ja; schließlich hast du bei den Aachim gelebt.«

»Ich weiß von dem Verrat, doch die Geschichte habe ich noch nie gehört. Über solche Dinge wird in Shazmak nicht gesprochen.«

»So wie wir sie in Chanthed erzählen, ist es eine recht lange Geschichte – eine der längsten sogar.«

»Keine lange Geschichte, Llian. Nicht heute Nacht.«

In diesem Augenblick wurde ihr die Ironie des Ganzen bewusst: Den größten Teil ihres Lebens hatte sie sich nichts sehnlicher gewünscht, als den Erzählern von Chanthed zuzuhören, und nun, da sie den größten von ihnen ganz für sich allein hatte, flehte sie ihn an, *nicht* zu erzählen. »Nein«, änderte sie ihre Meinung. »Mach es so, wie du willst. Vielleicht hilft es uns ja.« *Ich weiß nur das über die Aachim, was sie mir erzählt haben*, dachte Karan. *Ohne Zweifel haben die Chronisten einen anderen Einblick.*

Llian lächelte matt. »Heute Nacht wird sie nicht so lang sein; das kann ich dir versichern«, flüsterte er, hustete und tupfte sich den Mund mit einem Lumpen ab. Seine wunderschöne Stimme klang recht heiser.

»Nach der Düsternis erkannten die Aachim, dass es keine Rückkehr nach Aachan mehr gab, und sie richteten ihre Gedanken darauf, sich einen Weg auf Santhenar zu suchen. Und weil sie stark und unermüdlich waren, wenn sie erst einmal ein Ziel vor Augen hatten, wuchsen sie rasch zu einem starken Volk heran. Zu jener Zeit war es ihr Wille, eine Stadt zu erschaffen, die es mit jeder anderen auf Santhenar aufnehmen konnte, selbst mit jenen der Charon. Sie sollte ein Zeichen ihres Stolzes und ihrer Stärke sein.

So wurde Pitlis auserwählt, denn als Architekt und Baumeister hatte er nicht seinesgleichen, und die Stadt, die er errichtete, war unvergleichlich. Es war ein Ort voller Kuppeln und Türme und gewaltiger Steinbögen, die ohne jede Stütze in der kristallinen Luft zu schweben schienen – eine Verschmelzung von Luft und Wasser, Metall und Stein. Niemand sah sie, ohne erstaunt nach Luft zu schnappen oder eine Träne zu vergießen. Es war ein Ort der Musik und Poesie, ein Ort der Gemeinschaft und doch auch ein Ort der Einsamkeit. Das war Tar Gaarn, bis Rulke kam.«

Ein erneuter Hustenanfall ließ Llian innehalten, der ihn so geschwächt zurückließ, dass er sich mit den Armen abstützen musste.

Karan öffnete die Augen und blickte zu den verschleierten Sternen hinauf. Ein Schauder lief ihr über den Rücken. Kälte drang durch die Decken und ihren Mantel, betäubte ihr Fleisch und ließ ihre Knochen schmerzen.

Als Llian erneut ansetzte, klang seine Stimme wie Kiesel, die in einem Eimer klappern. »Aber Tar Gaarn wurde auch zu einem Zweck errichtet, denn die Aachim wussten, dass der Krieg mit den Charon – mit *Rulke* – unvermeidlich war. Tar Gaarn war ihre größte Festung und letzte Zuflucht, sollten die anderen fallen, und in ihr lag nicht nur ihr Stolz, sondern auch ihre Hoffnung. Und kurz darauf kam der Kataklysmus, die schrecklichen Kriege zwischen den Charon und den Aachim, die über Jahrhunderte andauerten und Santhenar verwüsteten. Aber es waren Kriege, die nie gewonnen werden konnten, denn Rulke, der größte unter den Charon, war schier unglaublich stark. Doch Tar Gaarn war uneinnehmbar. Die Stadt war derart geschickt gebaut, dass die unzähligen Angriffe ihrer zeitlosen Schönheit kaum etwas anhaben konnten, und ihre Lagerhäuser waren so groß, dass die Aachim selbst der längsten Belagerung standzuhalten vermochten.

Zu guter Letzt hatte es den Anschein, als sei selbst Rulke dieses endlosen Konflikts überdrüssig geworden, und eines Tages traf er sich im Geheimen mit Pitlis und bat um Frieden. ›Lass uns diesen sinnlosen Krieg beenden‹, sagte er. ›Ich will eine Antwort auf das große Problem unseres Zeitalters finden: *die Durchbrechung der Düsternis*. Das ist auch in eurem Interesse, und ich brauche eure Hilfe, denn ich muss zu meinem Volk zurück.‹

Pitlis war alt, erfahren und vorsichtig. Er wusste nur allzu gut, dass Rulke allerorten für seine Hinterlist berüchtigt war. Er würde weder Tar Gaarn noch sein Volk in Gefahr bringen.

Doch ach, wie sehr sehnte er sich nach seiner eigenen Welt. *Aachan ist unser,* dachte er. *Es ist alles, was wir uns je gewünscht haben. Wenn wir die Düsternis durchbrechen, werden auch wir es sein, die wieder zurückgehen. Und wenn wir erst einmal zu Hause sind, werden wir Aachan zurückerobern und die Hundert* (denn das war die Zahl der Charon, als sie Aachan übernahmen – so wenig!) *in die Leere schleudern, aus der sie gekommen sind. Ich werde Rulkes Plan folgen, bis mein eigener reif ist.*

So willigte Pitlis also ein, doch gleichzeitig schloss er einen geheimen Bund mit dem Rat von Santhenar gegen Rulke. Das Oberhaupt des Rates war damals wie heute Mendark, und sein Gegengewicht war der brillante Yggur, der noch so jung war, dass er bis dahin nie seine Wirkerkräfte hatte nutzen müssen, um sein Leben zu verlängern.

Schließlich endete der Kataklysmus, und lange Zeit hatte es den Anschein, als hätte Rulke sich in der Tat gewandelt, denn der Waffenstillstand verwandelte sich in einen unsicheren Frieden und nach vielen Jahren, als die Erinnerung verblasst war, in eine Allianz von Gleichgestellten. Die Aachim erfuhren Frieden, Wohlstand und Ruhe, wie sie sie noch nie erlebt hatten, und Pitlis wurde von allen verehrt.

Dann kam Rulke erneut zu ihm. ›Ich will eine Stadt in meinem eigenen Land errichten‹, sagte Rulke. Dann schaute er geradezu verlegen drein – falls man sich solch einen Ausdruck denn auf dem Gesicht eines Charon vorzustellen vermag – und fragte: ›Würden die Aachim, würde Pitlis solch eine Stadt für mich erdenken oder gar bauen?‹

›Was willst du mit solch einer großen Stadt tun?‹, fragte Pitlis misstrauisch.

›Sie soll ein Denkmal sein und ein Symbol. Und mehr noch! Um die Düsternis zu durchbrechen, benötige ich eine Armee von Gelehrten und Ingenieuren, von Alchemisten und Vertretern aller anderen Wissenschaften. Und um solche Werkzeuge zu erschaffen, brauche ich die richtige Schmiede und den richtigen Amboss. Wirst du es tun?‹

Wie kann die Düsternis durchbrochen werden?, dachte Pitlis. *Nur mit einem Gerät wie der Flöte, und wenn Rulke diese selbst hätte herstellen können, hätte er Shuthdar nicht gebraucht. Vielleicht werde ich es ja tun. Ich sehe eine Gelegenheit. Aber ich werde ihn im Auge behalten.*

›Man kann Rulke nicht vertrauen, nicht in tausend Jahren, nicht in abertausenden‹, riefen die anderen Aachim. ›Geh diesen Pakt nicht ein.‹

Nun war Überheblichkeit die große Schwäche der Aachim, und in ihrem maßlosen Stolz und ihrer Arroganz neigten sie zur Torheit. Sie schlossen dumme Bündnisse und jagten hoffnungslosen Zielen hinterher. Hatten sie erst einmal einen bestimmten Kurs eingeschlagen, ließen sie sich von niemandem mehr etwas sagen, und sie setzten ihren Weg stur fort, selbst wenn er in die Zerstörung führte. So war es auch mit Pitlis, der stolz und unnahbar geworden war. Er war sicher, dass Rulke ihn mit Wahrheiten täuschte; doch das Ziel des Charon vermochte er nicht zu erkennen, und so willigte er ein, denn seine eigenen Pläne nahmen langsam Gestalt an. Er wollte Rulkes Pläne in eine falsche Richtung lenken, sie vereiteln oder – wenn die Gelegenheit sich bot – sich dessen neuer Waffe bemächtigen und sie gegen ihn richten.«

Llian hielt unvermittelt inne. »Vielleicht hat er den Spiegel benutzt, um Rulke auszuspionieren«, krächzte er plötzlich aufgeregt. »Was für Geheimnisse...?« Es folgte ein langes Schweigen; dann wurde er knallrot. »Für solch einen Einwurf hätte man mich schon als Lehrling gescholten«, sagte er.

»Pitlis verfluchte die anderen Aachim. Er trieb sie fort und zog mit Rulke von dannen. ›Ich werde dir eine Stadt erbauen, wie man sie noch nie auf den Drei Welten gesehen hat‹, sagte er.«

Karan schauderte erneut. Pitlis' Torheit war unvermeidlich gewesen und tragischer, als man in Worte fassen konnte.

»Jahrelang arbeiteten die beiden gemeinsam an den Plänen, denn der Entwurf einer Stadt bedeutet viel Arbeit, und Pitlis wollte sie mit niemandem teilen. Rulke wusste genau, was er wollte, und was er wollte, war seltsam, aber auch schön. Er bestand auf vielen Dingen, die keinem erkennbaren Zweck dienten, doch alle mussten sie seinen Vorstellungen genau entsprechen.

Wann immer er mit einem Problem rang, arbeitete Rulke unablässig mit seinen Händen. Ständig erschuf er seltsame Geräte, doch nie sagte er, wofür sie waren; und die meisten von ihnen warf er beiseite, kaum dass sie fertig waren. Und Pitlis verbrachte die Nächte mit dem Weggeworfenen des Tages. Voller Leidenschaft untersuchte er die Sachen, um Rulkes wahren Plan zu entschlüsseln.

Stell dir die beiden zusammen vor. Rulke war ein Riese, ein großer, schwarzbärtiger Bär von einem Mann, sein Haar so dunkel, dass es bläulich schimmerte. Er wird fast zwei Köpfe größer gewesen sein als ich und doppelt so schwer. Zugleich war er schier unmenschlich gutaussehend und auch charmant. Du hättest nicht anders gekonnt, als ihn zu mögen, und du hättest dir nichts sehnlicher gewünscht, als in seiner Gesellschaft zu sein.

Auch Pitlis war ein großer Mann. Seine Schenkel besaßen den Umfang deiner Hüfte. Lang und schlank war sein Gesicht, breit die Nase und kantig das Kinn. Er war nicht gutaussehend, nicht im Mindesten, aber er besaß einen eisernen Willen. Er war genial, aber nicht liebenswert.

Doch noch immer hatte seine Vorsicht Bestand. Pitlis beobachtete Rulke und wartete auf den kleinsten Fehler. Immer wieder unterzog er ihn auf unterschiedliche Art einer Probe, doch Rulke beging keine Fehler, und er nutzte auch keinen

Vorteil aus. Jahrzehntelang arbeiteten sie so, denn Zeit war für beide unerheblich, und Pitlis wurde von seinem Werk besessen – einem Werk raffinierter, harmonischer und großartiger als selbst Tar Gaarn. Eine vollkommen andere Stadt, der Inbegriff der Charon. Er wusste, dass dies sein größtes Werk war.

Oft traf Pitlis sich mit dem Rat, doch auch dort vermochte niemand zu ergründen, was Rulke im Schilde führte. Doch wann immer Rulke eine Zeitlang fortgehen musste, nahm Pitlis armselige Rache. Er nahm winzige Veränderungen an den Plänen vor – Veränderungen, die Rulkes Vorstellungen kaum merklich verdrehten, doch stets auch solche, die das Ganze harmonischer, schöner, vollständiger machten. Und schließlich war der Entwurf fertig.

Doch irgendwie war er nicht ganz richtig. Irgendein Detail fehlte zur Perfektion, obwohl keiner von beiden zu sagen vermochte, was es war. Rulke war sichtlich betrübt. ›In der Vergangenheit bin ich durch die Städte der Aachim gewandert‹, sagte er, ›und jede von ihnen hatte etwas Verschmelzendes an sich, einen Zusammenhalt, der hier fehlt und den auch diese Stadt haben muss. Wenn ich nur sehen könnte, was es ist.‹

›Wie hast du das in Tar Gaarn gelöst?‹, lautete stets seine letzte Frage. ›Ach, wenn ich Tar Gaarn doch nur sehen könnte; doch darum werde ich nicht bitten.‹ Und er wandte sich anderen Dingen zu und sprach nicht mehr davon.

Im Laufe der Tage wuchs Rulkes Verzweiflung ob ihres Versagens. Und schließlich sagte Pitlis ...«

»Nein!«, schrie Karan unwillkürlich.

Llian schnappte nach Luft und wischte sich den karmesinroten Schimmer von den Lippen. »Ich glaube nicht, dass ich die Geschichte beenden kann«, krächzte er, und Tränen der Scham glitzerten in seinen Augen.

»Egal«, sagte Karan und versuchte erfolglos, ihre Enttäuschung zu verbergen. Auch wenn es schon Jahre her war, seit sie zum letzten Mal eine Geschichte so schlecht erzählt gehört hatte, bedeutete sie ihr alles.

Llian kämpfte weiter. »›Ich will nicht, dass du dein Volk derart verrätst‹, sagte Rulke, und Pitlis war beschämt und erleichtert zugleich. Dann kam der Schlag! ›Außerdem habe ich dich inzwischen so gut kennen gelernt, dass ich gestern deine Gestalt angenommen habe und unentdeckt durch Tar Gaarn gewandert bin.‹

Pitlis war vor Entsetzen ob seiner Torheit wie erstarrt, wie auch ob Rulkes Arroganz und Genie, die ihn so etwas Unmögliches hatten tun lassen. Doch sein Werk war wie eine Droge für ihn geworden, die er nicht mehr so einfach aufgeben konnte. So ging Pitlis bald wieder zurück und arbeitete weiter an den Plänen. Er machte subtile Veränderungen, die Schönheit und Perfektion seines Werkes erhöhten.

Monate vergingen, und langsam erkannte Pitlis, dass Rulke noch immer nicht glücklich war, dass ihn irgendetwas noch immer beunruhigte. ›Hier, hier und hier‹, sagte der Charon und deutete auf bestimmte unterirdische Strukturen. ›Es sind solch winzige Einzelheiten, dass ich sie kaum zu erwähnen wage; doch ich weiß, dass du in allen Dingen nach Perfektion strebst.‹

Pitlis schaute auf die entsprechenden Stellen, auf all die Dutzend, ja Hunderte von Plänen der großen Stadt, und tatsächlich sah er dort kleinste Mängel, unbedeutende Asymmetrien und Disharmonien, wenn auch nur in Strukturen, die nie ein Mensch zu Gesicht bekommen würde. Nun betrachtete er Rulkes Kritik als trivial. Er wusste, dass diese Fehler ohne Bedeutung waren; doch Rulke trug sie ihm so demütig vor und sein eigenes Streben nach Perfektion war so groß, dass er sich augenblicklich daranmachte, Alternativen zu entwickeln, um zu harmonischeren Lösungen zu kommen.

Dann war Pitlis erschöpft, aber er wusste, dass die Stadt das

Perfekteste war, was er je entworfen hatte; etwas Besseres vermochte er nicht zu schaffen. ›Ich bin müde an Leib und Seele‹, sagte er. ›Mehr kann ich nicht tun.‹

Rulke dankte ihm, verkündete, das Werk sei perfekt, und schaute sich die Pläne einen nach dem anderen an. ›Was ist das?‹, rief er und deutete auf einen von ihnen. ›Das verdirbt das Ganze. Das kann ich nicht akzeptieren.‹

Pitlis schlug Alternativen vor. Rulke lehnte sie alle wütend ab, als wolle Pitlis ihn betrügen. Pitlis war verzweifelt und eingeschüchtert. Würde Rulke denn nichts zufrieden stellen? ›Zeig mir die Pläne von Tar Gaarn‹, verlangte Rulke. ›Ich will sehen, wie das Problem dort gelöst worden ist.‹ Und inzwischen war Pitlis des Projekts derart überdrüssig und so eingeschüchtert von Rulkes plötzlicher Wut, dass ihm nichts anderes einfiel, als zuzustimmen, um die Sache zu beenden.«

Karan schreckte hoch und formte ein ›Oh‹ mit den Lippen.

»›So!‹, sagte Rulke und starrte Pitlis eine ganze Minute lang an. ›Du würdest dein Volk *also doch* verraten. Das habe ich mir schon gedacht. Das ist der Fehler, der es den Hundert gestattet hat, euch eure Welt zu nehmen. Aber ich brauche die Pläne gar nicht. Es *gibt* keine harmonische Lösung.‹

Dann dankte er Pitlis mit großer Höflichkeit und ging in sein eigenes Land. Doch nachdem er gegangen war, fand Pitlis – ziellos, nun da das Projekt beendet war – eine kleine Karte, die hinter einen Schrank gefallen war ... oder vielleicht war sie auch absichtlich dort zurückgelassen worden. Es handelte sich um eine äußerst detaillierte Zeichnung von Rulkes Hand, und sie zeigte eine der geheimsten Verteidigungsanlagen von Tar Gaarn. Rulke hatte Pitlis und dessen Art zu denken so gut kennen gelernt, dass er noch nicht einmal die Pläne hatte sehen müssen, um die Geheimnisse von Tar Gaarn zu ergründen.

Nun wurde der Schleier von Pitlis' Augen weggerissen, und er erkannte das ganze Ausmaß seiner Torheit. Rulke hatte mit ihm gespielt: die Stadt, die Geräte, die Entschuldigung mit der Düsternis ... all das war nur eine List gewesen. Die ganze Zeit über hatte Rulke nur den Plan verfolgt, Tar Gaarn zu brechen. Oh, wie erbärmlich Pitlis nun seine eigenen kleinen Racheta-ten erschienen, die winzigen Veränderungen an den Plänen, die Rulke nie bemerkt hatte. Und den ganzen grausamen und unendlichen Winter hindurch lebte er in Angst, gequält von einer Nachlässigkeit, so groß, dass er es nicht ertragen konnte, davon zu sprechen.

Und im Frühling wurden seine Ängste wahr, denn eine große Armee marschierte aus Süden heran und belagerte Tar Gaarn. Die Aachim riefen nach ihrem verehrten Führer, doch Pitlis war wie gelähmt von Scham und Angst, und er erzählte ihnen, was er getan hatte. Und obwohl sie tapfer Widerstand leisteten, war Tar Gaarn dem Untergang geweiht, denn Verzweiflung hatte sich wie ein Schatten über sie gesenkt, und Rulke kannte ihre geheime Verteidigung. Nach nur wenigen Wochen wurde die Stadt eingenommen und die Aachim dem Schwert überantwortet. Nur eine Hand voll entkam. Sie flohen in die hohen Berge. Pitlis folgte ihnen. Er war nur noch eine gequälte Hülle seiner selbst, verachtet und verstoßen. Danach lebte er allein, und nie wieder hatte er einen Ort, den er ›Heim‹ nennen konnte. Er wanderte durch das Land, sehnte sich nach dem Tod, konnte ihn aber nicht finden.

Jahre später, als er wie ein Bettler über die Straßen von Rulkes Land zog, hörte er ein Gerücht über eine große, neue Stadt. Alcifer hieß sie, und sie sei die prachtvollste in ganz Santhenar, kam ihm zu Ohren. Ein Übelkeit erregendes Entsetzen zerrte an seinem Inneren, doch er musste sie sehen, und so machte er sich auf den mühsamen Weg dorthin. Schließlich kam er in die Stadt, und dort trat ihm Rulke gegenüber.

›Sieh, was du geschaffen hast‹, sagte Rulke mit einem Lächeln auf den Lippen. ›Nie ist dem Charakter der Charon so gut Ausdruck verliehen worden. Schon bald werde ich meine Hand an die Hebel legen und Alcifers Macht der Düsternis entgegenwerfen, und sie wird wie Glas zerbrechen. Die Hundert werden nicht länger von der Angst vor Ausrottung gelähmt sein. Unsere Saat wird für ewig auf allen Drei Welten erblühen.‹

Endlich verstand Pitlis. Alcifer war großartig: eine Stadt eitel und stolz; grausam und raubtierhaft; majestätisch; perfekt. So hatte er sie erdacht. Aber sie war auch ein *Konstrukt* – und all ihre Alchemisten, Ingenieure, Gelehrten und Kämpfer und auch Rulke selbst bildeten zusammen eine einzige lebende Maschine, die auf ein einziges Ziel ausgerichtet war: den Durchbruch durch die Düsternis. Rulke hatte ihn mit der einzigen Geschichte getäuscht, die er niemals hatte glauben können: der Wahrheit.

Nie hatte Pitlis etwas oder jemanden mehr gehasst, und voller Zorn wankte er auf Rulke zu. Doch Pitlis war alt geworden und seit Tar Gaarn sichtlich verwelkt. Rulke verteidigte sich mit seinem Zepter, und Pitlis fiel gebrochen auf die Straße.

›So stirbt der größte der Aachim‹, sagte Rulke, ›und mit ihm ihre Träume. Welch Genie, welch Torheit. Ihr tödlicher Fehler.‹

›Dann lege deine Hände an die Hebel‹, keuchte Pitlis, und im Todeskampf stahl sich etwas auf seine Lippen, das ein triumphierendes Lächeln sein konnte.

Und so endeten die Hoffnungen der Aachim. Sie zogen sich in die Berge und in die Vergangenheit zurück. Dort nährten sie ihre hoffnungslose Rachlust und nahmen keinen Anteil mehr am Leben auf Santhenar. Das war nur eine von Rulkes vielen Betrügereien, wenn auch vermutlich die subtilste. So wurde er als der ›Große Täuscher‹ bekannt, und so endet die Geschichte.«

So schlecht habe ich noch nie erzählt, dachte Llian bei sich.

Karan schwieg. *Das* ist *die Geschichte der Aachim,* dachte sie. *Tragisch. Großartig. Dem Untergang geweiht.* Sie öffnete die Augen wieder. Der Nebel war verschwunden, und am Himmel wimmelte es nur so von Sternen. »Ein paar von ihnen haben danach Shazmak gebaut«, war alles, was sie sagte, und zog die kalten Decken enger um die Schultern.

»Und doch«, schnarrte Llian, »führt das unweigerlich zur nächsten Geschichte. Eines Tages legte Rulke Hand an die Hebel, unterwarf Alcifer seinem Willen und richtete alle Kraft der Stadt gegen die schimmernde Wand der Düsternis. Sofort wölbte sich die Wand nach außen wie ein großer Tumor, der in die Leere drückt. Und wären da nicht die winzigen Veränderungen gewesen, die Pitlis vor so langer Zeit vorgenommen hatte, so wäre Rulke auch durchgebrochen. Doch im letzten Augenblick kehrte der Tumor das Innere nach außen und brach so ein Stück aus der Leere heraus. Da schlug der Rat von Santhenar zu, der lange auf seine Stunde gewartet hatte, und nutzte die Geächteten Experimente.«

»Die was?«, fragte Karan.

»Magische Prozeduren, die vor langer Zeit verboten worden sind, weil sie leicht außer Kontrolle geraten können. Sie zwangen Rulke in den Tumor und entrissen ihm die Kontrolle über Alcifer. Der Tumor schrumpfte zu einer Blase zusammen, dem ausbruchsicheren Gefängnis des Nachtlandes, das alles und nichts gleichermaßen berührt. Tausend Jahre später ist Rulke noch immer dort gefangen. So hat Pitlis doch noch seine Rache bekommen.

Und das ist auch der Punkt, da die große Feindschaft zwischen Mendark und Yggur ihren Anfang genommen hat. Doch das ist eine andere Geschichte.«

Hustend wachte sie kurz danach aus einem Traum über Rulke und dessen große Stadt auf. Karan war nahezu überwältigt von der Pracht und Boshaftigkeit der Charon, und aus Angst vor ihren Träumen fürchtete sie sich davor, wieder einzuschlafen.

Sie brütete über der Geschichte, und plötzlich überkam sie ein schrecklicher Gedanke. *Tensor ist genau wie Pitlis*, erkannte sie in der Klarheit der Nacht. Mit einem Mal kehrte sich alles um, was sie über Tensor wusste. Das mürrische, verstockte Gesicht, das sie immer gesehen hatte, war nicht mehr als nur eine Maske. Darunter verbarg sich ein rachsüchtiger, unerbittlicher und unmöglich stolzer Mann. Er war nicht reserviert, sondern berechnend, nicht so sehr Anführer als vielmehr Manipulator.

Sie durfte auf keinen Fall zulassen, dass Tensor den Spiegel in die Finger bekam. Das würde seinen Hass und Zorn nur schüren und ihm eine Macht an die Hand geben, von der er noch nicht einmal zu träumen gewagt hätte. Llian hatte ihr Problem also doch gelöst.

Llian schlief nun. Sein Atem ging schnell; er keuchte geradezu. Doch noch während Karan zuhörte, wurde seine Atmung immer langsamer und hörte schließlich ganz auf. Sie wartete, hielt selbst den Atem an, aber er atmete nicht wieder.

Er stirbt!, dachte sie und hatte das Gefühl, als hätte sie einen Angelhaken verschluckt. Sie warf die Decken beiseite und rief, »Llian! Wach auf!«, und just in diesem Augenblick begann er wieder zu atmen, und schon bald keuchte er so schnell wie zuvor. Frost hatte sich in seinem stoppeligen Bart gesammelt. Zärtlich strich Karan ihm das Haar aus der Stirn, und er drehte sich um. Er lächelte zu ihr hinauf, doch ein neuerlicher Hustenanfall wischte ihm das Lächeln aus dem Gesicht. Anschließend erschlaffte er, und seine Glieder wurden rot. Dann rollte er sich herum und schlief wieder ein.

Gefangen zwischen ihrer Angst um Llian und dem neuen

Schrecken in Bezug auf Tensor konnte Karan nicht mehr einschlafen. Aber Tensor war nicht in Shazmak, erinnerte sie sich, denn er war im Frühsommer durch Bannador gekommen. Er reiste den ganzen weiten Weg nach Stassor im fernen Osten, was bedeutete, dass er für mindestens ein Jahr fort sein würde.

Als schließlich der Morgen anbrach, war es Karan gelungen, sich selbst davon zu überzeugen, dass doch alles gutgehen würde. Rael und ihre anderen Freunde würden in Shazmak sein, und außerdem war Tensor sicherlich nicht so schlimm, wie sie sich ihn vorgestellt hatte. *Ich weiß, dass er mich mag,* dachte sie müde. Sie war einfach nicht in der Lage, die Loyalität zu vergessen, die sie dem großen Aachim immer entgegengebracht hatte. *Wenn Rael dort ist und Tensor nicht, werde ich ihnen den Spiegel geben. Aber sollte Tensor aus irgendeinem Grund frühzeitig wieder zurückgekehrt sein, nehme ich ihn wieder mit.*

Llian ging es am Morgen nicht besser. Er war so schwach, dass er kaum stehen konnte. Seine Kehle brannte derart, dass er keinen Bissen herunterbrachte. Gleichzeitig litt er schrecklichen Durst. Er trank eine halbe Flasche Wasser und erbrach sie sofort wieder.

In der kalten, klaren Luft sahen sie, wie das Land von Chollaz von der Bergkette eingeschlossen wurde, auf der sie standen. Die Berge verliefen in einem unregelmäßigen Oval gen Süden; das andere Ende des Ovals bildete dabei ein zerklüfteter, unbesteigbarer Wall von Gipfeln. Das Land wurde von einer Kluft gespalten, deren Verlauf vom Morgennebel betont wurde. Das war die Schlucht des Garr, der sich nach Südosten und durch die umliegenden Berge hindurch nach Bannador wand. Von Leben fand sich keine Spur: kein Dorf, kein Vogel, noch nicht einmal ein Busch.

»Und wohin jetzt?«, krächzte Llian.

»Hier entlang. Komm!«

Llian ergriff Karans Arm, und sie führte ihn den Pass hinunter über gut gemachte und geschickt verborgene Pfade. So erreichten sie schließlich die Schlucht des Garr, die an dieser Stelle kaum vierzig Spannen breit war. Immer tiefer und tiefer kletterten sie hinab. Dann war der Weg nur noch ein schmaler, aus dem Fels gehauener Grat, kaum breit genug für eine Person. In gewissen Abständen hatten die Erbauer den Weg verbreitert, sodass zwei Mann aneinander vorbeikonnten. An diesen Plattformen fanden sich jedoch weder Handgriffe noch Geländer, und rechts befanden sich dunkle, unvorstellbare Tiefen, in die die Sonne nur Mittags schien und im Winter gar nicht. Llians Angst vor einem Sturz wurde jedoch von seiner Krankheit überlagert; ansonsten hätte er es noch nicht einmal bis hierhin geschafft.

»Ich kann nicht«, sagte er trotzdem plötzlich, als Karan ihn auf eine Plattform führen wollte. »Ich werde stürzen.«

»Du musst. Es gibt keinen anderen Weg. Halte dich an meiner Hand fest, und geh hinter mir. Denk nur an den nächsten Schritt, und schau weder nach oben noch nach unten.«

Llian stand auf und ergriff abermals ihre Hand. Die Wärme half ihm, und Karans Gegenwart beruhigte ihn ein wenig. Sie drückte seine Hand, lächelte und trat einen Schritt rückwärts. Llian schlurfte ihr hinterher. Karan machte einen weiteren, er aber nicht.

»Was ist?«, fragte sie in sanftem Tonfall.

»Jetzt habe ich Angst um dich.«

»Das musst du nicht. Ich habe sechs Jahre lang in diesem Land gelebt. Ich bin diese Pfade gewohnt.«

»Dreh dich um. Ich kann es nicht ertragen, dich rückwärts gehen zu sehen.«

Sie lachte. »Oh. Na gut.« Und sie drehte sich um, hielt seine Hand aber nach wie vor fest.

Der Sims wand sich immer weiter die Schlucht hinunter, bis er schließlich auf einer Höhe blieb und dem gewundenen

Flusslauf folgte. Die häufigen Felsvorsprünge waren von engen Tunneln durchbohrt, die Wände glatt wie poliertes Glas, aber unverziert abgesehen von ein paar Schnitzereien über den jeweiligen Eingängen, die jedoch so verwittert waren, dass man sie nicht mehr identifizieren konnte. Llian schaute sich um. Es gab nichts zu sehen außer den glatten schwarzen Felswänden, die hoch über ihm aufragten, und dem schäumenden Fluss unten.

»Wir müssen doch schon fast da sein, oder?«, fragte er am Nachmittag.

»Wir sind dem Fluss vielleicht sechs Meilen weit gefolgt. In gerader Linie ist das jedoch weitaus weniger. Vor morgen Nachmittag werden wir Shazmak nicht erreichen.«

Eigentlich hatte Karan erwartet, dass es Llian immer besser gehen würde, je tiefer sie hinunterkamen; doch er hustete blutigen Schaum, bis sein Mantel mit roten Spritzern übersät war. Karan hatte das Gefühl, als treibe sie ihn seinem Untergang entgegen.

Und wenn sie an Tensor dachte, dann würde das vielleicht auch ihr Untergang sein. Falls Tensor doch in Shazmak sein sollte, würde sie gegen ihn nicht bestehen können. Er war überwältigend. Schon immer hatte er gewusst, wann sie etwas falsch gemacht hatte. Sie würde niemals in der Lage sein, solch ein Geheimnis vor ihm zu verbergen.

Wenn doch nur Llian nicht bei ihr wäre, dann hätte sie nur noch zwei, drei Tage vor sich – nur ein paar Tage, bis es wieder etwas zu essen gab. Wenn nötig, wäre sie den ganzen Weg auf ihrem Bauch gekrochen und hätte Schnee und Steine gegessen, nur um endlich wieder nach Hause zu kommen.

Inzwischen war der Pfad in schlechtem Zustand. Er bröckelte an den Kanten, und mehrere Male wurde ihnen der Weg von herabgestürzten Felsen versperrt. Einmal war das Hindernis sogar so hoch, dass sie nicht darüberklettern konnten. Also mussten sie sich den Weg mühsam freiräumen, wobei immer nur einer von ihnen arbeiten konnte; mehr Platz hatten sie nicht. Wasser floss über die Felswand und ergoss sich über ihre Köpfe, und der Stein unter ihren Füßen war von einer glitschigen rosafarbenen Schicht bedeckt. Weiter die Schlucht hinunter war der Pfad weggebrochen, und sie mussten auf dem Bauch über spitze Felsen kriechen. Llian glich einem Untoten. Er machte einen Schritt, wenn Karan es ihm sagte, wartete, wenn sie es ihm befahl, und ließ sie seine Hände auf die richtigen Haltegriffe legen. Er war felsenfest davon überzeugt, dass er bei diesem oder dem nächsten Schritt abrutschen oder der Stein unter seinen Händen wegbrechen würde, und dann würde er stumm in die Tiefe stürzen. So verging der Tag.

Das Licht wurde bereits schwächer, als sie um eine sanfte Biegung kamen und auf ein langes, gerades Stück gen Süden blickten. Nicht weit vor ihnen – dort, wo die Schlucht sich verengte – traf ein weiterer Pfad aus Osten auf ihren. Beide Wege waren über eine schmale Brücke aus Draht und Eisen miteinander verbunden – ein seltsames, zerbrechlich wirkendes Ding.

»Dieser Weg führt nach Bannador und Gothryme, dem Heim meiner Familie«, sagte Karan.

»Warum gehen wir dann nicht dorthin?«, keuchte Llian.

»Wir würden nicht dort ankommen. Bei deinem Tempo liegt Gothryme mindestens eine Woche entfernt.«

Als sie näher kamen, riss der Anblick der Brücke Llian aus seiner Benommenheit. »So etwas habe ich noch nie gesehen«, sagte er. »Sie sieht aus, als sei sie von einer Spinne gebaut worden. Sie ist so filigran, so schön, so unregelmäßig ... Kein Ingenieur in Iagador würde so etwas je bauen.«

»Die Aachim haben schon immer so gebaut«, erwiderte

Karan und betrachtete das Gebilde mit einer gewissen Befriedigung. »Ich habe hier schon viele Male gestanden und sie betrachtet, die Verbindung zwischen meinen beiden Leben.«

»Der Weg ist hier besser.«

»Ja. Von den drei Wegen, die nach Shazmak führen, wird dieser hier als Einziger noch benutzt.«

Auf der anderen Seite der Schlucht führte der Pfad gut fünfzig Schritt weiter flussabwärts, bevor er in eine Nebenschlucht abbog. Die Schlucht war hier breit genug, dass Llian und Karan die Gipfel der östlichen Berge über den Rand hinweg sehen konnten.

Sie lagerten nahe der Brücke – dort, wo eine knapp fünf Schritt durchmessende Plattform aus dem Fels gehauen war. In einer Ecke lagen ein paar Felsbrocken, wo die Wand eingebrochen war; sie boten den Gefährten Schutz vor dem Wind. Und Schutz brauchten sie auch, denn mit Anbruch der Nacht war die Brise zu einem eisigen Sturm angeschwollen, der durch die Brücke heulte und Llian und Karan selbst in ihrer dicken Kleidung frieren ließ.

»Das wird eine grauenvolle Nacht werden«, bemerkte Karan, während sie versuchten, aus ihren Mänteln eine Art Unterstand zu bauen. Sie hatten nichts, womit sie ein Feuer hätten machen können.

Von ihrem Proviant waren lediglich ein paar Hand voll feuchtes Hafermehl übrig geblieben. Mit lauwarmem Wasser aus seiner Feldflasche rührte Llian einen Brei von dem Zeug an; dann setzten sie sich Schulter an Schulter in ihren improvisierten Unterstand und aßen den Brei. Er schmeckte verschimmelt. Das aus ihren geölten Mänteln angefertigte Dach spannte sich über die Felsen und war mit mehreren kleineren Steinen befestigt. Die Ränder flatterten im Wind, und Karan musste das Gebilde ständig neu festzurren, damit es nicht davongeweht wurde. Im Inneren ihres Unterstands war es dunkel, aber nicht so dunkel wie unten in der Schlucht, wo der Fluss rauschte.

Nach dem Abendessen fühlte Llian sich ein wenig besser. Zwar atmete er noch immer schwer, doch der Husten war verschwunden. »Erzähl mir von dem Spiegel«, bat er, und ihm war deutlich anzuhören, dass ihm dieser Gedanke schon seit Tagen im Kopf herumspukte. »Ich denke ständig daran; nachts träume ich sogar davon. Wo kommt er her? Darf ich ihn sehen?«

Ein schwaches Glühen im Osten ließ die Berggipfel wie Scherenschnitte am Horizont aufragen. Der Mond ging auf. Karan starrte dorthin, bis er deutlich zu sehen war. Er war fast voll und schimmerte gelb.

»Ich kann ihn dir nicht zeigen«, sagte sie. »Aber ich werde dir erzählen, was ich weiß – das ist kein Geheimnis. Allerdings wird das deine Neugier höchstens anstacheln und mir später Schwierigkeiten bereiten. Alles, was ich über den Spiegel weiß, stammt aus einer Geschichte, die mir mein Vater erzählt hat. Das ist es, woran ich mich erinnere ...« Karan kam sich komisch vor, Llian eine der Historien zu erzählen, und so begann sie steif:

»Der Spiegel von Aachan ist alt – sehr alt. Er wurde vor langer, langer Zeit auf Aachan gefertigt und diente dazu, von einem Ort zum anderen zu blicken. Solche Geräte waren dort nichts Ungewöhnliches. Als Rulke unsere Vorfahren als Sklaven nach Santhenar gebracht hat, haben sie ihn mitgeschmuggelt. Aber hier auf Santhenar war er schwer zu verwenden, und nicht immer zeigte er die Wahrheit. Vielleicht rebellierte seine Essenz gegen das Gewebe dieser Welt. Und er veränderte sich mit der Zeit und durch Gebrauch, wie es solche Dinge nun einmal tun. Seine Besitzer wie auch das Leben an sich hinterließen ihre Schatten in ihm. Der Spiegel wurde launisch. Er zeigte Dinge, die nie waren, Dinge, die womöglich nie sein würden. Wenn der Benutzer unbegabt oder sorglos war, verbarg er sogar so manches oder versuchte, denjenigen zu täuschen. Schließlich wurde er so seltsam, so verdreht, dass es gefährlich war, ihn zu verwenden, und so legten ihn die Aachim beiseite. Es heißt, er sei wie so vieles andere auch im Kataklysmus verloren gegangen.«

Eine Windbö wehte in den Unterstand, und eine Ecke des improvisierten Dachs löste sich in einem Hagel kleiner Steine. Karan hielt kurz inne, während Llian das Dach neu spannte; dann fuhr sie fort: »Mein Vater hat Worte gebraucht, die ich nicht verstanden habe, aber ich kann jede seiner Geschichten aus dem Gedächtnis rezitieren. Andere sagen, Yalkara, die Herrin der Täuschung, die dritte der Charon, die hierhergekommen ist, habe den Spiegel nach dem Fall von Tar Gaarn gestohlen und ihn auf ihrem langen Marsch zu den *Wahn Barre* mitgenommen, den Krähenbergen. Denn sie wusste, wie man ihn kontrollieren kann, und sie hatte auch sein anderes Geheimnis herausgefunden. Auf Santh hatte er sich ein Gedächtnis erworben – oder es war ihm gegeben worden. Er enthielt Abdrücke der Szenen, die er widergespiegelt hatte, und obwohl diese Bilder wirr und verschwommen waren, konnte man sie lesen, wenn man die Fähigkeit dazu besaß. Yalkara unterwarf den Spiegel ihrem Willen. Sie benutzte ihn, um über die Welt zu blicken und der Vergangenheit ihre Geheimnisse zu entreißen. Sie wurde immer mächtiger und grausamer; doch schließlich fand sie, was sie so lange gesucht hatte – eine Verwerfung in der Düsternis –, und sie floh zurück nach Aachan.«

»Wie ist sie entkommen? Wie ist sie durch die Düsternis gelangt?«

»Ich weiß es nicht. Das war nicht Teil der Erzählung. Lass mich die Geschichte meines Vaters beenden. Nach Yalkaras

Flucht ist der Spiegel verloren gegangen oder versteckt worden. Jedenfalls hat ihm das der Aufzeichner gesagt.«

»Der Aufzeichner?« Die Bezeichnung weckte Llians professionelles Interesse.

»Mein Vater hat ihn ein paar Mal erwähnt. Er kannte viele der alten Geschichten.«

Llian sah plötzlich schon viel besser aus.

»Erzähl mir von diesem ›Aufzeichner‹«, bat er erregt.

»Mehr weiß ich nicht über ihn.«

»Dann dient der Spiegel also auch dem *Sehen* ... Vielleicht erklärt das ja Yggurs Erfolge!«, sagte Llian.

»Und jeder glaubt von sich, derjenige zu sein, der den Spiegel meistert und seine Geheimnisse ergründen kann ...« Karans Stimme verhallte. Ohne zu blinzeln, starrte sie zum Mond hinauf und verkniff das Gesicht im kalten grauen Licht. Der Wind rüttelte am Unterstand und zerzauste Karan das Haar. Die Ölhaut zitterte. »Ich habe schreckliche Angst.« Sie schauderte und zog sich in die Schatten zurück.

»Das ist jetzt vorbei«, sagte Llian und dachte an die Whelm. »Wir haben sie abgeschüttelt.«

»Nein! Solange ich ihn nicht losgeworden bin, wird es *nie* vorbei sein. Ich weiß nicht, was ich tun soll. Wem soll ich vertrauen?« Karans Stimme nahm einen melancholischen Tonfall an. »Ich habe daran gedacht, den Spiegel an die Aachim zu übergeben; aber wie kann ich das jetzt noch, nach deiner Geschichte?«

Plötzlich kam Llian ein Gedanke. »In der Nacht im Tunnel«, sagte er, »da habe ich ein Bruchstück deines Albtraums aufgefangen. Es war, als hätte ich auf eine Oberfläche aus poliertem Metall hinabgeblickt, auf der flüchtig das Gesicht einer Frau erschien. Ihre Augen waren dunkel wie auch ihr Haar, nur dass Letzteres an einigen Stellen schon silbern geworden war. Wer ist sie?«

»Ich denke oft an sie. Vielleicht ist sie deshalb ja auch zu dir gekommen. Ich habe sie im selben Augenblick im Spiegel gesehen, da Yggur erschienen ist. Sie ist das exakte Ebenbild von Maigraith, nur älter. Vielleicht *ist* es Maigraith in irgendeiner fernen Zeit, vielleicht aber auch jemand anders. Oder vielleicht ist sie auch nur eine List des Spiegels.«

»Hast du sonst noch etwas gesehen?«, fragte Llian atemlos.

»Nein. Ich habe es ein-, zweimal versucht, aber nichts ist erschienen. Warum auch? Ich bin im Umgang mit solchen Dingen nicht ausgebildet.«

Llian saß einfach nur da, die Arme um die Knie geschlungen, und starrte über die Schlucht hinweg. Die Brücke hing wie ein Netz in der Nacht. Sanft schwang sie hin und her und schimmerte silbern im Mondlicht. Der Wind heulte in den Drähten, stöhnte an den Felsen, ließ das Dach des Unterstands flattern und brüllte unten in der Klamm. Eine eisige Kälte breitete sich in Llians Herz auch. Auch Karan war nur eine Spielfigur. Warum zog sie die Mächtigen derart an? War das alles nur Zufall? Oder war das eine Flut, die über das riesige Meer der Historien hinwegtobte und sie alle zusammen an dieses kalte Ufer warf?

Die Namen spülten durch Llians Unterbewusstsein: Shuthdar der Schmied, Rulke der Große Täuscher, Yalkara die Herrin der Täuschung, Mendark, Yggur, Maigraith, der Aufzeichner ... so viele Namen, so viele Menschen. Und einen von ihnen kannte er.

Llian dachte zurück. Damals war er noch ein Student gewesen. Um sein Können auf die Probe zu stellen, hatte man ihm aufgetragen, das Rätsel aus der *Ballade der Wanderer* zu lösen, einer Saga aus der Zeit des Zureanischen Reichs. Auf der Reise gen Westen nach Zile, um dort den Bibliothekar zu konsultieren, war er auf einen schäbigen Mann mittleren Alters getroffen, und beide zeigten sie das gleiche Interesse an den Sagas –

oder zumindest hatte das damals so ausgesehen. Llian hatte die Gesellschaft genossen, und erst viel später hatte er erfahren, dass es Mendark gewesen war, der sich verkleidet hatte, um ihn zu beobachten.

Eine verzweifelte Angst durchfuhr ihn, angetrieben von der Kälte, die in seine Knochen sickerte. Das waren nicht nur Zufälle. Irgendetwas lauerte in den Abgründen dieser Welt; irgendetwas bewegte sich langsam und geduldig auf seine lang erwartete Vollendung zu. Die Boshaftigkeit war in der eiskalten Nacht förmlich greifbar. Wer zog die Fäden? Llian schauderte unwillkürlich. Er kroch näher an Karan heran, und sie schmiegten sich aneinander, um sich in der langen Nacht Wärme und Trost zu spenden.

Kapitel zwei

Das Ende einer alten Freundschaft

Während Karan und Llian in ihrem eisigen Unterstand dösten, fand im fernen Thurkad, fast hundertfünfzig Meilen gen Osten, eine entscheidende Zusammenkunft statt. Mendark, seit langer Zeit Magister des Hohen Rats, saß an seinem Feuer in der Zitadelle. Ängstlich hatte er das Gesicht verzogen. Selbst die Diener wussten von den gegen ihn gerichteten Intrigen, und sie schauten ihm nicht länger in die Augen, wenn sie an ihm vorüberkamen. Llian hätte den Mann kaum wiedererkannt, mit dem er vor fünf Jahren nach Zile gereist war. Damals hatte Mendark dunkles Haar gehabt, strahlend blaue Augen und Lachfältchen um den Mund herum, und er hatte große Mengen Wein getrunken und über alles gelacht.

Nun war sein langes Haar strähnig und grau durchsetzt. Seine Augen waren matt, und die Lachfältchen waren nahezu vollständig verschwunden und von tiefen Sorgenfalten ersetzt, die sich vom Mund bis zum Kinn zogen. Und noch immer hatte Tallia keine Nachricht geschickt. Sie war nun Mendarks einziger Trost, der einzige Mensch, auf den er sich verlassen konnte. Es schien eine Ewigkeit her zu sein, seit sie nach Osten aufgebrochen war. Die letzten Berichte besagten, dass sie nach Tullin gegangen war; seitdem hatte er nichts Neues mehr gehört.

Die Tür wurde ohne ein Klopfen aufgeworfen, und ein Bursche schlenderte hinein. »Da unten ist ein Mann, der sagt, er müsse Euch sehen, Magis«, sagte er und benutzte die vertrauliche Anrede. »Seinen Namen wollte er nicht nennen, aber ich soll Euch das hier zeigen.« Der Diener reichte Mendark einen Armreif aus miteinander verwobenen schwarzen Silberbändern. Er war bemerkenswert schwer für solch ein feines Ding.

»Dieser Mann ... Ist er groß und dunkel, mit schwarzem Haar?«

Der Bursche nickte.

»Dann schick ihn rauf«, sagte Mendark. »Und klopf beim nächsten Mal, und warte, bis ich dich hereingerufen habe.«

Der Bursche zog sich zurück und warf die Tür mit lautem Krachen hinter sich ins Schloss.

»Tensor, mein alter Freund«, sagte Mendark, als die riesige Gestalt den Türrahmen füllte. »Es ist viel zu lange her, seit ich dich zum letzten Mal in Thurkad gesehen habe.«

Sie schüttelten sich die Hände, und Mendark zog den Aachim zum Feuer und rief den Diener wieder zurück. Die beiden Männer setzten sich einander gegenüber, nah an der Wärme. Tensor behielt seinen schweren Mantel an; die Hitze schien er nicht zu bemerken. Eis klebte in seinem buschigen schwarzen Bart und an den Augenbrauen, und Schnee hing in seinem dicken schwarzen Haar.

Jene Merkmale, die ihn als Aachim kennzeichneten, als Angehörigen eines anderen Menschenvolkes, hatte er gut verborgen: die kleinen, vollkommen runden Ohren; die ungewöhnliche Art, wie das Haar auf seiner Stirn wuchs; der Kamm auf seinem Kopf; die zusätzlichen Drüsen in seiner Nase und der verkümmerte Schwanz. Nur eine Sache konnte er nicht verbergen: Seine Finger waren auffallend lang, fast zweimal so lang wie seine Hand. Aber er benutzte seine Hände auf eine Art, die das verbargen. Nicht, dass die Aachim verfolgt worden wären – heutzutage hatte man sie fast vergessen; dennoch war es besser, nicht aufzufallen. Nichtsdestotrotz sah Mendark neben ihm blass und unscheinbar aus.

Kurz darauf kehrte der Diener mit lauwarmen Getränken und kaltem Essen wieder zurück.

»Ich habe dich diesen Winter nicht in Thurkad erwartet«, sagte Mendark lächelnd. Es freute ihn, seinen alten Freund wiederzusehen. »Warst du nicht im Osten?«

Tensor erwiderte das Lächeln nicht. »Ich war auf dem Weg nach Stassor und hatte eigentlich nicht geplant, vor übernächstem Jahr wieder zurückzukommen.« Seine Stimme war tief wie immer, so tief, dass sie genauso gut ein Schnurren wie auch ein Knurren hätte sein können; diesmal war seine Laune jedoch unverkennbar. »Aber die Ereignisse haben mich zurückeilen lassen ... Ereignisse von einiger Bedeutung für die Aachim.«

Dann schwieg er und wartete auf eine Antwort von Mendark. Offenbar hoffte er, dass die Gerüchte nicht der Wahrheit entsprachen, doch Mendark antwortete ihm nicht. Das Feuer knisterte. Ein Scheit fiel auseinander; die Reste glühten rot und verblassten dann zu Schwarz mit einem Rand von Orange. Tensor verschränkte die Hände und starrte ins Feuer.

»Was weißt du von diesen Dingen?«, fragte er schließlich. »Du hast doch Spione im Osten.«

Der Begriff schien Mendark zu missfallen. »Ich habe *Leute* dort, aber es ist sehr schwer«, wand er sich. »Orist hat seine Grenzen geschlossen, und Yggur hat die umliegenden Länder erobert. Es ist schon schwierig genug, Leute dort einzuschleusen, ganz zu schweigen davon, sie wieder herauszubekommen.«

»Das mag ja sein«, erwiderte Tensor, »aber du wirst schon einen Weg gefunden haben.«

»Meine Leute haben mir ein paar Informationen gebracht, doch die sind recht obskur und teilweise sogar widersprüchlich.«

Wie auch du, mein Freund, dachte Tensor. *Du drohst zu scheitern, und diese Gelegenheit ist einfach viel zu günstig, als dass ich sie verstreichen lassen könnte. Aber es zerstört unsere Freundschaft.* Er ging das Thema von einer anderen Seite an.

»Ich habe ebenfalls gehört, dass Yggur sich auf dem Marsch befindet. Seine Armeen lagern in Quilsin und Galardil, und es heißt, er bereite sich darauf vor, Iagador von Süden her anzugreifen. Was hat ihn so plötzlich zum Handeln getrieben?«

Mendark erschrak bei der Erwähnung von Yggurs Namen, als würde ihn das an etwas erinnern, worüber er lieber nicht nachdenken wollte. Als er wieder sprach, klang seine Stimme seltsam flach. »Die Straßen in Galardil sind gut. Dort kann er auch im Winter marschieren.«

Es folgte eine weitere, lange Pause. Tensor starrte Mendark an, doch Mendark konnte seinen Blick nicht erwidern. Stattdessen stand er auf und stocherte im Feuer herum. Funken stoben den Kamin hinauf. Dann schenkte er sich und seinem Freund nach und setzte sich wieder. Tensor wechselte das Thema.

»Und wie steht es bei dir? Ich habe gehört, im Rat gäbe es Schwierigkeiten.«

Plötzlich war Mendark ganz begierig darauf zu reden. »Deine Informationen sind gut. Ich habe die Ratsmitglieder immer weniger im Griff. Inzwischen sagt man sogar schon offen, dass ich viel zu lang Magister sei und mich auf dem absteigenden Ast befinde. Nur wenige kümmern sich noch um unser großes Projekt: der endgültigen Verbannung von Rulke. Selbst seine Gefangenschaft zu überwachen ist ihnen schon zu viel. Doch was für ein anderes Ziel hätten wir je gehabt? Thyllan will Magister werden. Er giert nach Macht; aber er würde den Rat vollkommen umkrempeln. Wie hast du davon erfahren?«

»Jenseits des Meeres, in Larnat, habe ich zufällig Hennia

getroffen. Wir haben kurz miteinander geredet. Sie hat mir erzählt, was seit unserer letzten Zusammenkunft im Rat geschehen ist – und von deinen Schwierigkeiten.«

»Es werden schon bald *unsere* Schwierigkeiten sein. Ich habe versucht, ein Treffen einzuberufen, doch Zeit und Entfernung sind gegen uns. Naddril hat sich geweigert zu kommen – ich fürchte, er wird Zile oder seine Große Bibliothek nie wieder verlassen.«

»Er ist schon sehr alt für einen Menschen«, bemerkte Tensor.

»Ja. Also bleiben nur du, ich, Nelissa – mit der ich allerdings nie einer Meinung war – und natürlich Thyllan. Er wird keine Gelegenheit auslassen, mich zu Fall zu bringen«, sagte Mendark verbittert. »Und Hennia die Zain. Sie wird wie immer Distanz wahren. Was Wistan betrifft, so bezweifele ich, dass er über die Berge hierherkommen kann. Orstand liegt jenseits des Meeres, und die anderen sind so weit weg, dass sie nicht von Nutzen für uns sind. Wir sind wieder in unsere alte Torheit verfallen: Kleinstaaten und Städte, die einander bekriegen … und erneut kommt ein Tyrann, uns alle zu zerschmettern.«

»Yggur ist mehr als nur ein weiterer Kriegsherr. Du solltest ihn nicht unterschätzen. Das war einer der Gründe, warum ich nach Osten gegangen bin. Ich brauchte den Rat der anderen Aachim, ja sogar ihre Hilfe, obwohl sie mir nur wenig geben konnten – dafür sind sie zu weit weg. In jedem Fall habe ich herumgetrödelt, als ich mich hätte beeilen müssen, und nun ist die Gelegenheit vorbei. Selbst jenseits des Meeres hat mich ein Bote gefunden. Er brachte mir Nachricht von dem, *mein alter Freund*, was du mir nicht sagen willst. Du wolltest erst hören, was ich weiß, bevor du dich entscheidest, was du mir sagst und was nicht.«

Mendark blickte verlegen drein, und wie so oft in solch einer Situation suchte er sein Heil in Großspurigkeit. »Vielleicht stimmen unsere Interessen in dieser Angelegenheit nicht vollkommen überein«, sagte er, »aber in solch einer Stunde sollten wir danach trachten, die Bande unserer Freundschaft zu verstärken, und nicht wie Hunde übereinander herfallen, die sich um einen Knochen balgen.«

»Sprich nicht mit mir, als wäre ich irgendein Gesandter, Mendark! Der Spiegel von Aachan ist nicht irgendein ›Knochen‹. Er gehört *uns.* Vor Urzeiten hat man ihn uns gestohlen. Du weißt sehr gut, wie hart und lang wir nach ihm gesucht haben. Wir haben unser Recht an ihm nie aufgegeben. Der Spiegel wird uns befreien. Es ist der Gedanke an den Großen Täuscher, der an unserem Willen zehrt. Erst wenn Rulke vollends vernichtet ist, können wir gedeihen, so wie wir vor dem Kataklysmus gediehen sind.«

Oh Tensor, was bist du doch für ein Narr, dachte Mendark. *Ich mag vielleicht schwächer werden, aber das weiß ich. Dein Stolz führt die Aachim in den Abgrund, und du ziehst ganz Santhenar mit dir hinab. Gib deine hoffnungslosen Träume auf. Man nennt den Spiegel nicht umsonst ›verdreht‹. Er ist ein trügerisches, gefährliches Ding.* Doch er sagte nichts von alledem, und Tensor betrachtete sein Schweigen als Zustimmung.

»Wir Aachim werden uns auf keinen Kompromiss einlassen. Wenn du mir in dieser Sache in die Quere kommst, bist du mein Feind.« Dann hielt er in Gedanken versunken inne. Als er schließlich weitersprach, war sein Tonfall persönlicher. »Warum willst du ihn überhaupt? Wie kannst du auch nur hoffen, ihn benutzen zu können?«

»Yalkara hat es getan. Sie hat getan, was niemand für möglich gehalten hat: Sie hat einen Weg durch die Düsternis gefunden.«

»Du willst dich doch wohl nicht mit ihr vergleichen? Dieses Böse ist für immer weg.«

»Yggur befindet sich auf dem Marsch«, sagte Mendark, »und

gegen wen marschiert er? Er ist ein Tyrann, ein Kriegsherr, aber er verfolgt ein größeres Ziel. Er will mich und Rache für den uralten Fehler des Rats, der ihn so lange behindert hat. Er ist stark, und mir läuft die Zeit davon. Ich habe Angst, Tensor. Erschreckt dich das nicht? Wundert es dich nicht, dass ich nach jeder Waffe greife? Ich, *Mendark*, habe Angst. Eine große Umwälzung steht bevor, und Santhenar wird neu gestaltet werden. Aber *wer* wird es neu gestalten?«

Tensor lächelte. Er hatte einen verträumten Ausdruck in den Augen. »Ja, eine Art Klimakterium, und es wird unser Klimakterium sein.«

Dann kam er wieder zu sich. »Was weißt du über die Diebe?«

»Was hast du gehört?«

»Dass jemand in Fiz Gorgo eingebrochen ist und etwas, das für Yggur von großem Wert ist, gestohlen hat. Es heißt, dass es sich dabei um den Spiegel von Aachan handele. Es heißt, der Dieb sei über halb Meldorin gejagt worden, befinde sich nun jedoch in der Obhut einer deiner Leute.«

»Das stimmt zum größten Teil. Es waren zwei – zwei Frauen. Eine von ihnen ist gefangen genommen worden; die andere ist entkommen, *nachdem Yggur sie entdeckt hat.*«

»Unglaublich! Was sonst noch?«

»Ich kenne den Namen der Geflüchteten. Vielleicht kennst du sie ja, denn sie stammt aus Bannador: Karan. Eine kleine, junge Frau mit rotem Haar.«

Tensor war entsetzt. »Bist du dir vollkommen sicher? Das kann nicht sein!«

»Die Information stammt von Tallia; also ist sie auch korrekt. Du kennst sie?«

»Wenn sie es wirklich ist, dann kenne ich sie sogar sehr gut. Ihre Großmutter – die geliebte, tragische Mantille – war eine Aachim. Wie du weißt, ist es ausgesprochen selten, dass jemand aus unserem Volk einen Angehörigen eines anderen

Volkes ehelicht. Solch eine Verschmelzung hat für gewöhnlich äußerst unglückliche Folgen. In Karans Familie war das nicht anders, auch wenn sie selbst dadurch ein Talent erworben hat. Die Verbindungen ihrer Familie zu uns reichen tausend Jahre zurück, und eine Zeitlang hat sie in Shazmak gelebt. Nein! Das ist unmöglich! In jedem Fall übersteigt die Aufgabe ihre Fähigkeiten bei weitem. Karan kann es niemals mit Yggur aufnehmen, sei es nun in oder außerhalb seiner Festung. Ihre Kraft ist nicht von dieser Art.«

»So«, seufzte Mendark. »Dann ist sie also ein Mischling! Das erklärt viel. Sie könnte mir hier sehr nützlich sein. Bist du sicher, dass sie die geringere der beiden Diebe ist?«

»So sicher, als wäre sie von meinem eigenen Fleisch und Blut.« Tensors strenges Gesicht entspannte sich ein wenig, und ein wehmütiger Tonfall schlich sich in seine Stimme. »Sie ist sehr klug, und wenn man ihr einen Auftrag erteilt, findet sie auch eine Möglichkeit, ihn zu erledigen. Ihr Talent erlaubt ihr, Dinge zu sehen, zu senden und womöglich sogar eine Verbindung herzustellen. Es ist sehr stark, auch wenn sie nur schlecht im Umgang damit ausgebildet ist. Das ist übrigens mit Absicht so, denn sie kann nie eine von uns sein. Niemand vermag vorherzusehen, wie sich die Talente eines Mischlings entwickeln. Es ist gefährlich für uns, aber mehr noch für sie, sollte die Welt erfahren, was sie ist. Aber warum sollte sie das tun? Warum sollte sie gegen uns handeln?«

»Vielleicht war sie nur ein Helfer. Vielleicht hat die andere sie nur wegen ihres Talents mitgenommen. Womöglich weiß sie gar nicht, dass es der Spiegel ist, was sie da hat. Die, die ihn suchen, werden das Geheimnis bewahren wollen.«

»Möglich, obwohl ich das nicht glaube. Aber wie auch immer ... Das ist ein dunkler Tag für die Aachim, denn wir lieben sie sehr. Sie gleicht Mantille so sehr. Wo ist sie jetzt? Hast du sie wirklich?«

»Leider nein, und wir wissen auch nicht, wo sie ist. Inzwischen sind mehr als zwei Monate seit ihrer Flucht aus Fiz Gorgo vergangen. Yggurs Whelm haben sie nach Norden gejagt, mindestens bis Hetchet; aber sie waren nicht in der Lage, sie einzuholen. Als ich gehört habe, dass sie in der Nähe von Hetchet war und nach Osten geflohen ist, habe ich einen Vogel zu Wistan in Chanthed geschickt. Ich habe ihn gebeten, jemanden nach Tullin zu schicken, der sie finden und hierherbringen soll.«

»Und das ist auch getan worden?«

»Unglücklicherweise hat Wistan die Lage genutzt, um eine alte Rechnung mit mir zu begleichen. Der, den er geschickt hat, kennt sich weder mit Waffen noch mit den Bergen aus. Wistan wollte ihn loswerden, glaube ich, denn er ist ein Zain. Sein Name ist Llian, ein junger Chronist.«

»Ich habe von ihm gehört«, sagte Tensor langsam. »Er ist dein junger Schützling, nicht wahr?«

»Ich habe seine Studien am Kollegium finanziert.«

»Und warum? Uneigennutz ist nicht gerade typisch für dich.«

»Nicht? Er ist nicht der Erste. Ich habe es schon immer für wichtig gehalten, Talente zu fördern, die sich ansonsten nicht hätten entfalten können. Aber nun, da er sich tatsächlich so entwickelt hat, werde ich mir das sicher zunutze machen. Chronisten hören alles, und sie verstehen, was sie hören. Sie geben hervorragende Spione ab. Da er jedoch ein Zain ist, wäre Llian ohne meine Hilfe nie ins Kollegium gekommen. Also steht er in meiner Schuld.«

»Hat er nicht die Große Geschichte beim Festival von Chanthed vor vier Jahren vorgetragen?«

»Ja, und wie ich gehört habe, hat er vergangenen Sommer einen noch weit größeren Vortrag gehalten – eine Abschrift davon habe ich allerdings noch nicht gesehen. Wistan hat mir eine versprochen, aber ich habe sie noch nicht bekommen.

Wie auch immer ... Zunächst war ich verzweifelt, dass Wistan Llian geschickt hat, doch der Junge hat sich besser geschlagen als erwartet. Er hat sie nahe Tullin gefunden, und gemeinsam sind sie in die Berge geflohen, verfolgt von den Whelm. Das war vor ein paar Wochen. Einer meiner Leute hat mir gestern die Nachricht gebracht.«

»Karan kennt sich in den Bergen aus. Es gab dort einen alten Pfad, der nach Shazmak geführt hat; allerdings benutzen wir ihn schon seit Jahren nicht mehr.«

»Ich glaube, ich habe sogar eine Karte, auf der er verzeichnet ist«, bemerkte Mendark.

»Vielleicht hat sie den Spiegel ja nach Shazmak gebracht, zu uns.«

»Vielleicht«, räumte Mendark ein, obwohl er das nicht für sehr wahrscheinlich hielt. »Wenn sie noch lebt und wenn die Whelm sie vorher nicht finden.«

»Ich werde Leute, die nach ihr suchen sollen, schicken«, sagte Tensor und redete halb mit sich selbst. »Aber wer würde sie aufmerksam genug bewachen, wenn sie erst einmal in Shazmak ist?« Er verzog sein gutaussehendes Gesicht, als hätte er an etwas Abscheuliches gedacht. »Ja, da gibt es jemanden, obwohl es mich entehrt, ihn zu benutzen. Aber der Spiegel! Ich hätte nie gedacht, dass sich uns solch eine Chance bieten würde. Was ist im Vergleich dazu schon meine Ehre?« Dann wandte er sich wieder an Mendark. »Du hast Vögel?«

Mendark schüttelte den Kopf, ohne Tensor in die Augen zu blicken. »Es sind nur drei, und von denen sind keine hier. In den vergangenen Wochen sind sie arg beansprucht worden. Einen erwarte ich jeden Augenblick von Tallia. Es ist ein starkes Tier; trotzdem wird es sich mindestens einen Tag ausruhen müssen. Erst dann können wir es für ein neues Ziel trainieren. Wenn es kommt, kannst du es haben. Bleibst du hier?«

»Ich kann nicht. Zu dieser Jahreszeit ist der Weg nach Shazmak hart. Selbst ich werde sieben Tage und Nächte dafür brauchen, vielleicht länger, und Zeit ist kostbar. Ich werde allerdings eine Nachricht schreiben. Du musst sie schicken, sobald du kannst.«

Mendark holte Papier, Feder und Tinte, und Tensor schrieb. Er versiegelte den Brief mit Kerzenwachs und schrieb ein Wort auf den Umschlag: *Emmant.* Dann schrieb er eine weitere Nachricht, versiegelte die erste darin und reichte das Ganze Mendark – aber er zögerte und zog seine Hand noch einmal zurück. »Nein, es gibt noch andere Botenvögel in Thurkad.« Dann steckte er den Brief in die Tasche.

»Der Spiegel! Wenn er nach Shazmak kommt, dann haben wir ihn. Sollte er jedoch zu dir kommen, dann verlasse ich mich darauf, dass du ihn nicht benutzen oder an einen anderen weitergeben wirst, bevor ich nicht hier bin. Dann können wir auch über die Bedingungen diskutieren.«

»Das kann ich dir versprechen«, erwiderte Mendark, und sie schüttelten sich die Hände.

»Nun, kommen wir zu deinem Problem: Thyllan! Wie du weißt, habe ich mit Hennia gesprochen, und bevor ich aufbreche, werde ich mich auch noch mit Nelissa treffen. Und auch mit Thyllan, wenn er mich empfangen will. Ich denke, du bist sicher, bis Yggur auf Iagador marschiert, und ich bezweifele, dass das vor dem Frühjahr der Fall sein wird.«

»Ich bin nicht sicher, ob Thyllan so lange warten wird. Sobald er erfährt, dass der Spiegel praktisch für jedermann zu haben ist, wird er handeln. Was mich betrifft, so hätte das zu keinem schlechteren Zeitpunkt kommen können.«

»Und was wirst du tun?«

»Ich habe mich vorbereitet. Im Augenblick ist meine Villa hier in Thurkad sicher. Trotzdem werde ich die Stadt irgendwann verlassen und in eine sichere Zuflucht ziehen müssen. Weißt du, wo das ist?«

Tensor nickte. »Dann pass auf dich auf. Und nimm dir meine Warnungen zu Herzen. Alle!«

Das tue ich, dachte Mendark, während er Tensor hinterherblickte. *Du hast schlimmere Ängste in mir geweckt, als ich mir je hätte vorstellen können. Ich werde dir den Spiegel niemals überlassen, egal was mich das kosten mag. Es war sehr klug von dir, mir den Brief nicht zu geben.*

Er ging zu seinem Kartenraum und suchte dort nach alten Karten von den Bergen. Dann setzte er sich und verfasste eine Nachricht an Tallia, die er noch in dieser Nacht nach Tullin schicken würde.

Die Zitadelle
Thurkad
8. Sord

Tallia,

ich schreibe dir in aller Dringlichkeit und voller Verzweiflung! Thyllan wendet sich nun offen gegen mich, und ich bin ohne Freunde. Aber es kommt noch schlimmer. Tensor hat mich heute aufgesucht, und auch er weiß über den Spiegel Bescheid. Lange habe ich sein Geheimnis bewahrt, doch nun musst du es erfahren. Tensor ist ein Aachim, der Anführer der wenigen, die noch in Meldorin geblieben sind. Er lebt in einer geheimen Stadt der Aachim in den Bergen mit Namen Shazmak.

Vor Urzeiten gehörte der Spiegel den Aachim – tatsächlich hat Tensor selbst ihn eine Zeitlang in seinem Besitz gehabt. Er würde ihn benutzen, um sie wieder aufzustacheln, denn sein Stolz kennt keine Grenzen. Doch seine Torheit ist nicht geringer als sein Stolz, und sollte er Erfolg haben, wäre das unser Untergang.

Tensor kennt Karan. Sie hat einst in Shazmak gelebt, und so existiert offenbar eine Verbindung zwischen den beiden. Tensor glaubt, dass sie einem alten Weg zur Stadt folgt. Ich lege diesem Brief den Teil einer Karte bei, die dir vielleicht dabei helfen wird, sie zu finden. Nimm sie als Führer, aber verlass dich nicht auf sie. Tu, was immer du tun musst. Ich werde versuchen, meine Position hier zu verstärken. Solltest du Hilfe brauchen: Shand kann man vermutlich vertrauen.

Mendark

Kapitel drei

Shazmak

Als es am nächsten Tag dämmerte, war es kalt, aber sonnig. Llian fühlte sich schon viel besser; die Höhenkrankheit war fast verschwunden. Sie brachen auf, kaum dass sie genug Licht zum Sehen hatten, denn Gehen war dem Kauern in der Kälte vorzuziehen, und zum Frühstück hatten sie ohnehin nichts mehr. Der Felssims war gut gepflegt und breit, und nun marschierten sie mit höherem Tempo. Karan ging voraus, und Llian folgte ihr in gleichmäßiger Geschwindigkeit. Von den Schrecken, wie er sie am vorigen Tag erlebt hatte, war nichts mehr zu sehen. Keiner von ihnen sagte ein Wort. Sie wollten es auch nicht, so versunken waren sie in ihren jeweiligen Sorgen. Es war fast Mittag, als sie um die letzte Biegung in der Schlucht kamen und Karan stehen blieb.

»Schau!«, rief sie und deutete mit dem Arm nach vorne. »Da ist Shazmak.«

Llian schaute. Vor ihnen stürzten die braunen Wände der Schlucht fast senkrecht gut dreihundert Spannen in die Tiefe hinab, wo der Garr rauschte. Über ihnen ging es gleichermaßen steil hinauf. Gut anderthalb Meilen entfernt teilte sich der Fluss an einer Felsnadel, und aus dieser Felsnadel wuchs eine Stadt. Llian starrte sie voll Staunen an.

Shazmak war ein Gewirr von atemberaubend schlanken Türmen, luftigen Gehwegen und spiralförmigen Treppen, die sich in organischer Unregelmäßigkeit umeinander wanden und miteinander verbunden waren – ein komplexes Netz aus

Metall von der Farbe alten Eisens. Es sah aus, als sei die Stadt tatsächlich gewachsen und nicht gebaut. Zwei Brücken wie aus Spinnweben verbanden sie mit den Klippen zu beiden Seiten des Flusses; sie glichen derjenigen, an der die beiden Gefährten die Nacht zuvor gelagert hatten, nur dass sie größer und noch feiner gearbeitet waren.

Es war wie ein Lied. Selbst von ihrem Standort aus konnten sie die sinnlose Gewalt erkennen, mit der der Garr sich gegen die Felsnadel warf. Auch sahen sie, wie die schäumenden Brecher die Türme quälten und sie zittern ließen; und sie hörten das Kreischen des Windes in den Brückendrähten und um die Turmspitzen herum. Sogar auf diese Entfernung zerrte das Geräusch an Llians Nerven. Shazmak! Oben ätherisch, doch unten mit der Festigkeit des Steins ... Solch eine Verschmelzung von Zartheit und Stärke war kaum vorstellbar. Die beiden Materialien waren vollkommen unterschiedlich, und doch verschmolzen sie so perfekt miteinander, dass niemand hätte sagen können, wo der Stein endete und das Metall begann.

»Shazmak wurde nach dem Kataklysmus von den Aachim erbaut«, erklärte Karan. »Die Stadt ist nie eingenommen worden, und heute ist sie aus dem Gedächtnis der Welt verblasst. Ich liebe sie mehr als selbst mein erstes Heim in Bannador. Sie ist sehr schön, nicht wahr?«

Llian antwortete nicht darauf. Wie konnte es sein, dass es keine Geschichte über solch einen Ort gab? Er war wunderschön, unvergleichlich, und er erfüllte Llian mit Angst. Wie würden die Aachim *ihn* behandeln?

Sie machten sich auf den Weg zur Stadt. Llians Bauch rumorte, als hätten sich seine Eingeweide verschlungen – und das nicht nur aus Hunger –, und seine Beine waren schier unglaublich müde. Wie würde ihr Empfang ausfallen? Shazmak war im Niedergang begriffen, und die Aachim waren stets nach innen gekehrt. Llian suchte im Geiste nach Geschichten über sie, doch er fand nur Fragmente, meist über Verzweiflung und Verrat. Er schauderte. Die Aachim waren schon vor Äonen aus den Historien verschwunden. Alles, was er über sie wusste, stammte aus den Großen Geschichten. Ohne Zweifel gab es noch mehr, aber nicht in der Bibliothek von Chanthed.

Der Pfad führte in einen Tunnel. Karan ging neben Llian, doch er konnte sie im Dunkeln nicht sehen. Seit sie den Pass nach Chollaz überquert hatten, war Karan immer gereizter geworden; nun, im Angesicht der Stadt, war ihre Angst fast greifbar.

»Warum stehen keine Wachen auf den Wällen?«, wunderte sich Llian. »Sind die Aachim so müde und so wenige, dass sie nicht länger Wache halten?«

»Ihre Verteidigung beruht nicht auf Wachen. Sie wissen schon seit Stunden, dass wir kommen. Wenn sie uns von der Stadt hätten fernhalten wollen, hätten sie das schon längst getan.«

Das helle Oval des Tunnelausgangs wurde immer größer, und kurz darauf traten sie auf eine breite Plattform hinaus, von der weitere Tunnel abgingen. Die Brücke vor ihnen war ein einziger, ungebrochener Bogen, nur zwei Schritt breit und ohne Wand oder Geländer. Die Widerlager bestanden aus mit Silber verziertem schwarzem Metall.

Llian starrte die Brücke entsetzt an.

Karan warf ihm einen amüsierten, aber auch verständnisvollen Blick zu. »Nach allem, was du schon durchgestanden hast? Komm schon.« Sie trat auf die Brücke hinaus.

Llian wünschte sich, Karan würde ihm die Hand halten, aber sie bewegte sich bereits von ihm fort. Er folgte ihr, langsam zunächst, dann schneller. Die Brückenoberfläche gab leicht unter seinen Füßen nach, und obwohl sie in der Mitte arg im Wind schwankte, fühlte er sich nicht unsicher – das war seltsam. Am anderen Ende öffnete sich ein großes Tor in eine überdachte Passage. Karan und Llian traten hindurch und auf einen großen Hof, der schwarz und bernsteinfarben gepflastert war. Schlanke, mit Spiralen umschlungene Türme umgaben sie, verziert mit Silberarbeiten und von Jade gekrönt. Nicht ganz in der Mitte des Hofs sprudelte eine kleine schwarze Fontäne, und in einer Ecke am anderen Ende standen ein steinerner Tisch und eine Bank. Der Hof war leer, die Luft ruhig, obwohl über ihnen der Wind heulte.

»Hier müssen wir warten«, erklärte Karan mit leiser Stimme und deutete auf die Bank. »Es könnte einige Zeit dauern, bis sie kommen. Und vergiss nicht unsere Abmachung.« Sie legte Llian die Lippen ans Ohr. »Du weißt nichts von dem Spiegel.«

»Das vergesse ich schon nicht«, erwiderte Llian. Er fühlte sich furchtbar und hatte schreckliche Angst. Sie setzten sich. »Wo sind die ganzen Aachim?«

»Das Leben der Aachim wird von Ritualen, Ordnung und Gewohnheiten regiert«, erklärte Karan. »Wenn sie ihre Aufgaben erfüllt haben, werden sie kommen. In Shazmak wirst du dich in Geduld üben müssen.«

Es dauerte jedoch nicht lange, bis sie erschienen. Es waren drei: eine junge Frau gefolgt von zwei Männern. Das Haar des einen war von der Farbe brauner Erde, während das des anderen mehr der einer Karotte glich; außerdem war auch seine Haut mehr blass als braun. Llian musterte diese Aachim mit schon fast fiebrigem Interesse. Er versuchte, sich alles genau einzuprägen, um es später in seiner *Geschichte des Spiegels* wieder zum Leben zu erwecken.

Zunächst war es nicht leicht, sie von den Menschen seiner eigenen Welt zu unterscheiden. Der ältere Mann war geradezu riesig, doch die anderen waren nicht sonderlich groß.

Sie trugen das Haar in Locken bis auf die Schulter, und ihre Augen waren gelb mit ovalen Pupillen oder grün mit gelben Flecken.

»Rael!«, flüsterte Karan. Sie starrte den Mann mit dem orangefarbenen Haar derart intensiv an, dass sie zitterte.

Rael starrte ebenfalls. Dann riss er sich wieder zusammen und schüttelte den Kopf, sodass die Locken tanzten. Er verneigte sich tief, umarmte Karan formell und trat wieder zurück. Die anderen taten es ihm nach. Sie streckten Karan die Hände entgegen. Karan ergriff sie nacheinander und verneigte sich anschließend so tief, dass ihre Stirn den Boden berührte. Llian stand an der Seite und kam sich dumm vor. Bis jetzt hatten die Aachim ihn noch nicht einmal eines Blickes gewürdigt. Er wiederum hatte Angst, sie anzuschauen. Offenbar war er für sie vollkommen ohne Bedeutung.

Dann sprach die Frau. Sie redete in der Gemeinsprache von Meldorin, allerdings auf ungewöhnlich melodische Art, als sei sie es gewohnt, in Versen zu sprechen. Hier hatte Karans seltsamer Akzent also seinen Ursprung, der Llian so verwirrt hatte.

»Wir heißen dich willkommen, Cousine Karan. Sechs Jahre sind seit jenem bitteren Tag vergangen, da du uns verlassen hast.«

»Sunias«, erwiderte Karan, »ich hatte Angst zurückzukehren. Erst als ich weit jenseits des Meeres war, erkannte ich, wie sehr ich mich danach sehnte; doch anstatt wieder hierherzukommen, ging ich heim nach Gothryme und stellte fest, dass ich meine Pflichten vernachlässigt hatte.«

Dieses merkwürdige und formelle Begrüßungsritual dauerte so lange an, dass Llian sich schließlich gar nicht mehr die Mühe machte, ihm zu folgen. Stattdessen gingen seine Gedanken ihre eigenen Wege. Dann bemerkte er plötzlich, dass sie über ihn sprachen.

»Aber Karan«, fuhr Rael fort, »was ist das ...?« An dieser Stelle machte er ein seltsames Geräusch, doch es war klar, was gemeint war. »Was ... Was hast du uns da mitgebracht? Es entstammt noch nicht einmal deiner Familie. Das kann nicht gestattet werden. Niemand würde solch einem Ding vertrauen können.« Große ovale Augen, smaragd- und honigfarben, durchbohrten Llian förmlich.

Die vage Unruhe, die sich in Llians Magen ausgebreitet hatte, seit ihm zum ersten Mal ein Blick auf die Stadt vergönnt gewesen war, verwandelte sich mit einem Mal in eine stechende Furcht. Vor langer Zeit hatten die Zain sich mit Rulke gegen die Aachim verschworen. Was würden sie mit ihm tun? Flehentlich schaute er zu Karan, doch die lächelte Rael an.

»Komm schon, Rael. Eintausend Jahre lang hat meine Familie die Geheimnisse der Aachim gewahrt. Wenn man ihm nicht vertrauen könnte, hätte ich ihn nicht hierher gebracht.«

Sie drehte sich um, streckte Llian die Hand entgegen und zog ihn zu sich heran. »Das ist Llian, der berühmte Chronist aus Chanthed. Er ist mein Weggefährte und guter Freund. Lange hat er mir gedient und mich geführt.« Llian starrte sie an. »Und er wird schwören, den Aachim zu dienen und ihre Geheimnisse zu wahren.«

Das Gespräch wandte sich wieder den in die Länge gezogenen Formalitäten zu. Normalerweise hätte Llian sich jede Einzelheit gemerkt, doch im Augenblick war er dazu viel zu müde, zu hungrig und zu verängstigt. Bei den Verhandlungen schien man ihn nicht zu brauchen; also setzte er sich wieder, legte den Kopf zurück und schloss die Augen. Die Sonne schien, und im Schutz des Hofes war es zum ersten Mal seit Tagen warm. Die Entbehrungen der Reise waren nicht mehr ganz so gegenwärtig. Llians Gedanken wanderten nach Chanthed, seiner Wahlheimat, die er nie mehr wiedersehen würde. Vor seinem geistigen Auge sah er die honigfarbenen Steinhäuser und Hallen, die schmalen Straßen, die sich die Hügel hinaufwanden, die Spalten und mit Felsen übersäten Felder darüber und die Ruinen in den Tälern darunter. Er erinnerte sich an die Wintermonate, da der Regen niemals aufzuhören schien, und an den Frühling, da die Wiesen vor Blüten nur so leuchteten. Oh, wie sehr er sich wünschte, jetzt dort zu sein.

Eine wilde Bö traf die nahegelegenen Türme und ließ den Stein unter Llians Füßen erzittern. Das Heulen des Windes wurde zu einem Kreischen, und das Bild von Chanthed verschwand. Llian öffnete die Augen wieder und schaute hinauf zu den eisernen Türmen mit ihren Wendeltreppen, Laufstegen und Plattformen, deren Winkel zueinander irgendwie falsch waren. *Sie haben sich hier auf Santh ein kleines Stück Aachan gebaut*, dachte er. *Sie haben das Gewebe des Landes verdreht und es zu ihrem eigenen gemacht. Aber für mich könnte das keine Heimat sein.*

Die anderen waren über den Hof gegangen, näher zu der Fontäne. Noch immer redeten sie leise miteinander. Dann drehte sich einer von ihnen um und kam auf Llian zu. Lächelnd streckte Rael ihm die Hände entgegen. Llian ergriff sie so, wie er es bei Karan gesehen hatte, und lächelte unsicher, da er das Protokoll nicht kannte. Der Griff fühlte sich seltsam an, denn der Aachim besaß bemerkenswert lange Finger.

»Wir haben über dein Problem gesprochen«, sagte Rael mit tiefer, volltönender Stimme. »Wir erlauben Fremden nicht, unser Land zu betreten, wie Karan Elienor dir ja gesagt hat. Auch gestatten wir jenen, die es unberechtigterweise betreten haben, nicht ...«, hier runzelte er die Stirn, »... zu leben.«

Llian warf einen flehentlichen Blick zu Karan, doch die hatte sich von ihm abgewandt.

»Andererseits hat Karan für dich gesprochen. Sie sagt, du seiest weder sonderlich geschickt noch einfallsreich; aber du hättest ein reines Herz.«

Lächelte sie? Verspottete Karan ihn etwa?

»Was sollen wir also tun?« Rael hielt kurz inne. Er blickte zu der Frau, die daraufhin nickte, dann zu dem alten Mann und fuhr schließlich fort: »Um dieses Problem zu unserer wie auch zu deiner Zufriedenheit zu lösen, haben wir den ungewöhnlichen Schritt unternommen, dich zu einem Aacimning zu erklären, einem Freund der Aachim. Es ist dir erlaubt, Shazmak zu betreten und wieder zu verlassen; nur darfst du dich innerhalb der Mauern nur in Begleitung bewegen. Karan und ich sind übereingekommen, uns diese Aufgabe zu teilen. Stimmst du dieser Bedingung zu?«

Llian stimmte zu. Die Aachim schüttelten ihm nacheinander die Hände; dann war das Ritual zu seiner Überraschung vorbei.

»Ich dachte, das würde noch mindestens eine Stunde dauern«, sagte Llian zu Karan, als sie ihre Rucksäcke nahmen.

»Nur unbedeutende Dinge umgeben sie mit einem Ritual«, erwiderte sie. »Wenn etwas dringend oder wichtig ist, kommen sie ohne Umschweife zur Sache.«

Rael führte sie vom Hof in die Stadt. Sie trennten sich von den anderen Aachim und folgten Rael durch ein Labyrinth von Gängen und Tunneln, Treppen hinauf und hinunter und über eine der zerbrechlich wirkenden Brücken zwischen zwei schlanken Türmen. In einer Art Dimensionsparadoxon schien jeder Teil der Stadt mit jedem anderen verbunden zu sein. Gänge wanden sich endlos und führten häufig in sich selbst zurück. Jede Decke, jede Wand und jeder Architrav war mit schier unglaublich filigranen und fremdartigen Mustern und Szenen dekoriert.

Die Böden bestanden aus stark abgetretenem blassem Marmor und Schiefer. In jeder Kammer und jeder Halle fanden sich Reliefs, die ein düsteres, stürmisches Land zeigten. Es war eine Welt mit riesigen Bergen, bedeckt von schwefelgelbem

Schnee und tropfender Lava. Ein Land von Eisspalten und wild rauschenden Flüssen, von stillen, öligen Sümpfen und blauschwarzen leuchtenden Blumen. Zwischen den Bergen befanden sich Plateaus voll grauem Gras und die nierenförmigen Hügel und Ruinen uralter Städte. Die Hügelkuppen waren mit faserigen Eisentürmen geschmückt, die sich in unmöglichen Winkeln neigten. Manchmal sah man eine kleine rote Sonne durch die Sturmwolken hindurch. Häufiger wurde der Himmel jedoch von einem orangefarbenen Mond beherrscht, der kurz über dem Horizont hing und alles in sein trostloses Licht tauchte. Wenn Aachim auf diesen Reliefs zu sehen waren – was nur selten vorkam –, dann als Gruppe kleiner, schwer arbeitender Gestalten.

Karan, Llian und Rael kamen an vielen leeren Kammern vorbei, deren Türen offen standen; doch andere Aachim trafen sie nur wenige. Schließlich blieb Rael vor einer Tür stehen und winkte die beiden hinein.

»Deine alten Gemächer«, sagte er zu Karan. »Seit du gegangen bist, sind sie nicht mehr benutzt worden. Sind sie ausreichend?«

Karan nickte und dankte ihm. Alle Angst war von ihr gewichen, und sie war so glücklich, wie Llian sie noch nie gesehen hatte.

»Wir werden später über eure Pläne sprechen. Die Stadt gehört euch.«

Llian dankte ihm ebenfalls. »Ich hatte Angst, hierherzukommen«, sagte er.

Rael schaute ihn sanft an, als wisse er, wie Llian sich fühlte, und sprach freundlich mit ihm. »Als ich gesagt habe, keiner könne so jemandem wie dir vertrauen, da habe ich das auch so gemeint, denn so betrachten wir alle Fremden. Doch Karan hat für dich gesprochen, und das reicht. Wir wissen, dass du ein Zain bist, doch unser Groll gegen dein Volk ist schon lange verebbt. Ihr habt vielfach für jenes Bündnis bezahlt. Hab keine Angst hier in Shazmak.« Er verneigte sich und zog sich zurück.

Die Kammer, in der sie standen, war groß, schlicht geschmückt und von Wandlampen schwach erhellt. Es war kalt, so wie es überhaupt in Shazmak nicht sonderlich warm war. An den Wänden waren düstere Gemälde zu sehen, die eine fremdartige Welt zeigten. Sie glichen den Bildern und Reliefs draußen, und Llian nahm an, sie zeigten Aachan. Er war jedoch zu müde, um sie sich genauer anzusehen. Die einzigen Möbelstücke waren ein kleiner Tisch an der Wand und zwei große Sofas in der Mitte des Raums. Vier Zimmer gingen vom Hauptraum ab. Eines davon war Küche und Esszimmer zugleich, das zweite ein Badezimmer mit extravaganten Leitungen. Im dritten stand ein Bett an der Wand, dazu Truhen, um etwas einzulagern, ein Tisch, Stühle und etwas, das an einen Sessel erinnerte. Karan berührte die Lampe über dem Tisch im dritten Raum, und sie wurde heller.

»Das ist deiner«, sagte sie zu Llian.

Llian nahm den Rucksack von den Schultern und ließ ihn aufs Bett fallen. Er rollte herunter, und der Inhalt ergoss sich über den Boden. Llian ließ alles liegen und trottete hinter Karan her.

Das letzte Zimmer war kleiner als die anderen, aber immer noch geräumig und dank eines großen Fensters in der gegenüberliegenden Wand sehr hell. Die Möblierung dieses Zimmers glich der in Llians. Von Karan schien alle Müdigkeit abgefallen zu sein; sie bewegte sich, als würde sie auf Luft tanzen. Im Gegensatz dazu war Llian derart erschöpft, dass er sich wie eine riesige Schnecke fühlte.

»Das war mein Zimmer, als ich in Shazmak gelebt habe. Sie haben es so für mich eingerichtet«, sagte Karan und deutete durch den Raum. »Es ist das einzige Zimmer mit einem Fenster in der Stadt.«

»Wie können sie es nur ertragen, an solch einem düsteren Ort eingeschlossen zu sein?«

»Sie betrachten sich nicht als eingeschlossen. Für sie bedeutet es, die Welt auszusperren, um sich besser an ihre eigene zu erinnern. Nun, es gibt ein paar Dinge, die du wissen solltest«, fuhr Karan fort, »aber dafür ist später noch Zeit. Ich werde jetzt erst einmal ein schönes, ausgiebiges Bad nehmen – mindestens eine Stunde, um den Dreck des letzten Monats abzuwaschen, und noch eine Stunde nur für mich. Anschließend mache ich uns dann was zu essen. Das ist nur gerecht, denn schließlich hast du gestern Abend gekocht. Natürlich hoffe ich, dich übertreffen zu können.« Sie lachte über ihren eigenen Scherz, und Llian stimmte in das Lachen ein, als er sich an den schimmeligen Brei erinnerte, den sie gestern hatten ertragen müssen. »Ich werde auf Art der Aachim kochen, denn wie ich sehe, ist in der Küche alles dafür da. Und jetzt geh. Ich will allein sein.«

Llian ging hinaus. Karan schlenderte ein-, zweimal durch den Raum; dann setzte sie sich aufs Bett und schaute aus dem Fenster auf die Türme. Es gab so viele Erinnerungen hier. Seit ihrer ersten Nacht in Shazmak war das hier ihr Zimmer gewesen, und in den folgenden sechs Jahren hatte sich nichts daran geändert. Sie schloss die Augen und legte sich zurück. Draußen heulte der Wind, und auch das war ihr vertraut und somit tröstlich. Sie erinnerte sich noch so genau an alles, als wäre es gestern gewesen.

Wie freundlich die Aachim sie damals bei ihrer Ankunft behandelt hatten. Sie hatten sie gebadet, ihre zerschlissenen Kleider weggebracht und verbrannt und ihr neue gebracht. Dann hatten sie ein kleines Festmahl zu ihren Ehren gegeben und um ihres toten Vaters zu gedenken. Sie hatten alles getan, was sie konnten, damit sie sich wie zu Hause fühlte. Sie hatten ihr die Stadt und Chollaz gezeigt und ihre Erziehung übernommen.

Und immer und überall hatte einer ihr geholfen, sie geleitet und sie getröstet, wann immer sie traurig oder einsam gewesen war, und nichts als Gegenleistung dafür verlangt: Rael. Der liebe Rael. Im selben Augenblick, da sie ihn vorhin wiedergesehen hatte, war ihr bewusst geworden, wie sehr sie ihn vermisst hatte.

Llian döste auf seinem Bett. Durch die offene Tür hörte er Platschen, und eine hohe, klare Stimme sang ein sorgenfreies, albernes Kinderlied. Bisher hatte er Karan noch nie singen gehört. Ihre Stimme war nicht geschult, aber sehr charmant. Llian schloss die Augen wieder, und als er sie erneut öffnete, stand Karan vor ihm. Sie war in ein großes Handtuch gehüllt, und Wasser tropfte aus ihren roten Locken.

»Wach auf, Schlafmütze«, trällerte sie fröhlich, lächelte auf ihn hinab und schüttelte den Kopf, sodass Wasser auf ihn regnete. »Du könntest ein Bad vertragen. Ich kann dich ja schon in der Küche riechen. Beeil dich.«

Llian starrte den Apparat im Badezimmer ganze zehn Minuten lang an, bevor er zu dem Schluss kam, dass er nicht die geringste Ahnung hatte, wie das Ding funktionierte; aber nach Karans Neckereien wollte er das nicht zugeben. Als sie schließlich kam, um nachzusehen, was die ganzen Geräusche verursachte, war der komplette Raum voller Dampf, und Wasser spritzte an die Decke, während Llian nackt und dreckig in der Wanne saß und versuchte, sich mit einem Rinnsal eiskalten Wassers zu waschen.

»Steh nicht so rum, und hör auf, mich auszulachen«, sagte er säuerlich. »Hilf mir lieber. Wie es scheint, bin ich weder geschickt noch einfallsreich genug, um mir ein Bad einzulassen.«

»Das tut mir ja sooo leid«, sagte sie und wischte sich die Tränen aus den Augen. »Du siehst so lächerlich aus und so schmutzig. Ich kann einfach nicht anders. Tut mir leid«, wiederholte sie, diesmal ein wenig gefasster. »Du hättest mich fragen sollen. Was ich bei unserer Ankunft zu Rael gesagt habe, war übrigens nur ein Scherz. Bitte, verzeih mir.«

Sie beugte sich über ihn, drehte den Dampf und das Spritzen ab, und nach ein paar raschen Griffen füllte sich die Wanne mit warmem Wasser. »Um das Wasser wieder abzustellen, musst du das hier machen.« Sie zeigte es ihm. »Und um es wieder abzulassen, das hier.« Bis zur Tür gelang es ihr, ein zerknirschtes Gesicht beizubehalten; dann drehte sie sich noch einmal um und brach in lautes Lachen aus. Sie tanzte hinaus und warf die Tür gerade noch rechtzeitig zu, sodass der schlecht gezielte Stiefel nur das Holz traf.

Eine halbe Stunde später stieg Llian wieder aus der Wanne, und erst jetzt fiel ihm auf, dass er nichts mehr zum Anziehen hatte, nachdem er seine verdreckten Kleider gewaschen hatte. In einer der Truhen seines Zimmers fand er jedoch ein Gewand im Stil der Aachim, das ihm zwar viel zu groß war, ihn jedoch wenigstens vor der Kälte schützte. Er knurrte auf seinem Stuhl vor sich hin, bis Hunger, Neugier und die Gerüche aus der Küche ihn schließlich nach draußen lockten, und sein Ärger verflog.

Als er die Küche betrat, kramte Karan gerade unter einer Bank. Sie schaute zu ihm hinauf und bat ihn mit den Augen um Entschuldigung; doch als sie sah, dass er nicht länger wütend war, zuckte es wieder um ihre Mundwinkel, und sie stieß ein gedämpftes Schnauben aus. Auch sie trug ein Aachimgewand, cremefarben mit Verzierungen in Kastanienbraun und Schwarz. Das Gewand war ihr zu klein; es reichte ihr noch nicht einmal bis zu den Knien. Ihre Füße waren nackt. Und sie hatte hübsche Füße, wie Llian bemerkte. Auch ihre Knöchel und Schenkel waren recht ansehnlich – ganz und gar nicht das, was Llian unter der weiten Hose vermutet hatte. Langsam wanderte sein Blick nach oben.

»Als ich jung war, habe ich das oft getragen«, sagte Karan. »Es ist noch alles hier, was ich zurückgelassen habe, aber besonders das hier erinnert mich an damals. Geh jetzt. Ich kann nicht denken, wenn du mich so anstarrst. Hier. Mach das auf.« Sie reichte ihm eine große, eckige Flasche aus Glas, deren Glasstopfen mit blauem Wachs versiegelt war.

»Was ist das?«

»Wein, natürlich. Beeil dich.«

Llian hatte noch nie gesehen, dass Wein in Glas aufbewahrt wurde, aber wenn es ums Trinken ging, war er allem gegenüber offen. Er kratzte das Wachs ab und öffnete die Flasche ohne große Probleme; dann schenkte Karan ihm einen großen Becher ein und warf ihn aus der Küche.

So etwas wie die Speisen der Aachim hatte Llian noch nie gegessen. Es gab viele kleine Gerichte – eingelegte Nüsse, groß und klein, runzelig und glatt, einige davon in dicker, süßer Soße mit viel Ingwer oder anderen, ihm unbekannten Gewürzen. Es gab auch alle möglichen Arten von Fleisch in kleinen Portionen: einiges getrocknet, hart und schwarz wie Kohle, anderes geräuchert oder würzig eingelegt. Dazu bot Karan ihm Gemüse an und rohes Obst, das in außergewöhnlichen Soßen oder mit Honig glasiert serviert wurde, sowie trockenen Käse in den ungewöhnlichsten Formen, manchmal mit einem feurigen Kraut darin oder mit Pfeffer. Schließlich gab es noch Pilze aller Art, seien es Baumpilze oder langstielige, wie sie in Höhlen wuchsen; einige sahen sogar aus wie Baumwollfäden. Manche der Speisen waren ihm allerdings derart fremd, dass er noch nicht einmal zu erraten vermochte, aus was sie bestanden oder woher sie kamen. Der Wein war ihm jedoch vertraut; nur hatte er ihn noch nie in solch einer Qualität getrunken.

In ihrem Turm war das Heulen des Windes kaum zu hören, es sei denn, man befand sich in der Nähe von Karans Fenster. Satt, sauber und bequem gab es keinen Grund für Llian, sich zu beschweren, wäre da nicht die Kälte gewesen. Doch selbst dieses Problem konnte gelöst werden. Karan ging zu einem Schrank und kam mit zwei dicken silbergrauen Decken wieder zurück. Die schlangen sie sich um die Schultern und nippten an ihrem Wein. Zum Reden sah keiner von ihnen einen Grund. Karan sah aus, als hätte man ihr eine große Last von den Schultern genommen.

»Ich denke, hier bin ich sicher«, sagte sie schließlich. »Endlich.«

Seit Monaten hatte sie in keinem Bett mehr geschlafen, und seit sie Shazmak betreten hatten, konnte sie kaum noch an etwas anderes denken. Sie stellte ihr Glas beiseite, lehnte sich zurück und schaute zu ihrem Gefährten. Seine Wangen waren rot, und seine Augen leuchteten vom Wein, dem er ordentlich zusprach. Er lächelte glücklich. Und er redete, *erzählte*, und obwohl Karan seine Geschichten liebte – und das hier war eine besonders gute –, übte das Bett eine weitaus größere Anziehungskraft auf sie aus. Nach einer Weile stand sie leise auf und ging in ihr Zimmer. Sie legte sich im Dunkeln aufs Bett. Sanft drang die Magie von Llians Stimme durch die halb offene Tür und trug Karan in einen süßen, traumlosen Schlaf. Llian schaute ihr beim Einschlafen zu, und er freute sich für sie. Er brauchte kein Publikum, um seine Kunst zu perfektionieren.

Der Gasthof in Tullin war inzwischen leer, abgesehen vom Wirt und dessen Familie, dem alten Shand und einem einzigen Gast: Tallia. Und Tallia wurde nervös. Sie hatte alles getan, was getan werden konnte. Sie hatte überall gesucht, doch von Karan und Llian keine Spur. Jetzt hockte sie mürrisch in ihrem Zimmer und schaute zum Fenster hinaus auf den leise rieselnden Schnee. Plötzlich sprang sie auf, riss eine Seite aus ihrem kleinen Tagebuch und schrieb folgende Nachricht:

Gasthof zu Tullin
10. Sord

Mendark,

gestern ist Eure Botschaft eingetroffen, doch ich habe keine tröstende Nachricht für Euch. Ich habe mehr als zehn Tage lang gesucht, konnte jedoch nur ein paar vereinzelte Spuren finden. Llian hat Karan getroffen, und gemeinsam sind sie in die Ödnis südlich des Tintinnuin geflohen. Dort habe ich die Whelm eingeholt, die in einem Gebiet voller Höhlen und Tunnel jagten, und sie nach Westen vertrieben; aber ich wagte nicht, sofort wieder zurückzukehren, aus Angst, sie würden mir folgen. Nach über einem Tag in dieser Gegend fand ich durch Zufall die Stelle, wo Karan und Llian Unterschlupf gesucht hatten. Sie waren jedoch schon weg, und inzwischen lag der Schnee so hoch, dass es keine Spuren mehr von ihnen gab. Schließlich hat das Wetter mich wieder nach Tullin zurückgetrieben. Das hier ist kein Land, wo man um diese Jahreszeit allein sein sollte. Da ich jetzt Eure Karte habe, kann ich mir vorstellen, wohin sie gegangen sein könnten, aber das ist nun schon zu lange her. Sollten sie überlebt haben, sind sie jetzt weit weg. Ich habe lange mit Shand gesprochen und überall in der Umgebung gesucht für den Fall, dass sie wieder zurückkommen würden, doch ohne Erfolg. Ich werde noch eine Woche hier bleiben. Habe ich bis dann nichts gehört, werde ich nach

Thurkad zurückkehren. Selbst die Whelm haben aufgegeben. Vor ein paar Tagen sind sie in großer Eile wieder nach Hetchet gegangen.

Schickt den Vogel wieder zurück.
Tallia

Tallia ging nach unten. An der Tür traf sie Shand. Er lächelte ob ihrer Bitte und ging in das Getreidelager neben dem Stall. Kurz darauf kehrte er wieder zurück. Er hielt eine Schüssel mit einer großen, braunen, frisch getöteten Ratte darin in der Hand. Gemeinsam gingen sie dann zu dem Schuppen hinter dem Haus, wo Tallias Botenvogel untergebracht war. Selbst für einen Skeet – so hießen die großen Tiere – sah er hundeelend aus. Er kauerte im Halbdunkel auf einer Stange. Als die beiden Menschen sich ihm näherten, schnappte er wütend nach ihnen, trat von einem Fuß auf den anderen und krallte sich in die Stange. Seine großen schwarzen Augen waren matt. Sie spiegelten noch nicht einmal das Licht, das durch die Tür fiel. Dort, wo er sich in seiner Verzweiflung die Federn ausgerupft hatte, war dunkle Haut zu sehen.

Shand schnippte vor dem Skeet mit den Fingern, wobei er allerdings sorgfältig darauf achtete, außer Reichweite des bösartigen Schnabels zu bleiben, während Tallia sich hinter das Tier schlich und ihm mit einer raschen Bewegung die Haube über den Kopf stülpte. Sofort wurde der Vogel gefügig, und Shand hielt ihn. Er streichelte ihm über die weichen Nackenfedern, während Tallia ihm den Harnisch mit der Brieftasche anlegte. Nachdem das erledigt war, trat Shand zurück, stellte die Schüssel mit dem noch warmen Nager auf eine Plattform neben die Stange, und Tallia zog dem Skeet die Haube wieder vom Kopf.

Halbherzig schnappte der Vogel einmal nach Shand; dann

drehte er sich um, zerhackte die Ratte geräuschvoll und schlang sie in großen, blutigen Stücken hinunter. Der metallische Geruch von warmem Blut erfüllte den Schuppen. Der Vogel hüpfte seitwärts über die Stange, wischte sich den Schnabel am Stroh ab, trank einen kräftigen Schluck, breitete dann unvermittelt die Flügel aus und warf sich nach vorne. Jetzt leuchteten seine Augen.

Vorsichtig bewegten Tallia und Shand sich zur Tür zurück, öffneten sie einen Spalt und schlüpften hindurch. Dann riss Shand die Tür weit auf. Erst einmal geschah gar nichts, sodass Tallia nach einer Weile vorsichtig in den Schuppen spähte. Shand packte sie am Arm und riss sie grob zurück. Im selben Augenblick schlug der Skeet mit den Flügeln wie mit einer Peitsche, schoss durch die Tür ins Freie und schlug im Vorbeiflug mit der langen Kralle nach Tallias Gesicht. Er segelte hinauf, verharrte kurz in der Luft und funkelte böse auf Tallia hinab. Dann blies der kalte Wind in seine Flügel, und er glitt in Richtung Thurkad davon.

Tallia und Shand schauten ihm schweigend hinterher. Als das Tier nur noch ein Punkt am dunklen Himmel war, kehrten sie in den warmen Gasthof zurück.

»Ich hätte es besser wissen müssen«, sagte Tallia, die Hand auf der Tür. »Hättest du mich nicht zurückgerissen ...«

»Man darf bei diesen Tieren nicht einen Augenblick unachtsam sein. Ich habe einmal einen Mann sterben sehen. Ein Skeet hatte ihm den Hals aufgerissen. Aber solange man Nachrichten schicken muss ...«

Zwei Tage später kam ein weiterer Vogel. Diesmal war die Botschaft nicht auf dem typischen Pergament des Magisters geschrieben, sondern auf einem verschmierten Fetzen braunen Papiers.

Tallia,

meine schlimmsten Befürchtungen haben sich erfüllt. Ich bin mit Gewalt gestürzt worden. Sie kamen in der Nacht. Ein paar meiner armen Diener sind tot, doch ich war bereit und bin über den geheimen Weg geflohen. Ich glaube, sie hätten auch mich in der Dunkelheit getötet. Jetzt bin ich in meiner Villa, und hier ist es sicher.

Es ist sinnlos, weiter zu suchen. Kehr wieder nach Thurkad zurück, aber sei vorsichtig. Ich werde meine Kommissionäre solange es geht weiterarbeiten lassen, denn Information ist alles, doch ohne die Ressourcen eines Magisters ist das schwer. Wir müssen uns andere Pläne überlegen.

Yggur marschiert nach Süden.

Schick mir keine Vögel mehr.

M.

Stumm zeigte Tallia Shand den Brief.

»Und? Gehst du?«

»Ja, auch trotz des Schnees. Er braucht mich jetzt. Solange ich ihn kenne, hat er in Furcht vor dieser Zeit gelebt, vor Yggur. Aber dass die Welt gleichzeitig so verrückt wird ...«

»Ja«, sagte Shand. »Selbst ich, hier in Tullin, mache mir langsam Sorgen. Obwohl ich es geschworen habe, kann ich mich nicht länger aus allem heraushalten. Wenn ich Llian geholfen hätte, als er mich darum gebeten hat ... Doch das ist jetzt egal. Ich werde auch nach Thurkad gehen, aber nicht mit dir. Ich werde nachkommen, wenn der Schnee fest ist. Erst muss ich hier noch einiges erledigen.«

Kapitel vier

Geschichten der Aachim

Am nächsten Tag stand Karan bei Sonnenaufgang auf, machte Frühstück und trug ein Tablett ins andere Zimmer. Sie rüttelte Llian wach.

»Was?«, rief er und kniff die Augen zu. »Ist das ein Erdbeben?«

»Wach auf, du Schnecke.«

Llian rieb sich die Augen und stemmte sich in die Höhe. »Was ist los?«

»Frühstück«, antwortete Karan und stellte ihm das volle Tablett auf den Schoß.

Llian schüttelte den Kopf. Das Pochen in seinem Schädel erinnerte ihn an den Wein.

»Ich werde Rael suchen gehen. Willst du mitkommen?«

»Ich brauche noch zehn Stunden Schlaf«, knurrte Llian.

Karan tippte ihn an die Stirn und tanzte aus dem Raum. Llian nahm das Tablett, doch kaum war die Tür geschlossen, da stellte er es auf den Boden und war fast im selben Augenblick wieder eingeschlafen.

Rael aß allein, als Karan an seiner Tür erschien. Er umarmte sie. »Komm und frühstücke mit mir«, forderte er sie auf. »Ich habe gerade erst angefangen.«

»Ich habe schon gegessen; aber zu einem Tee sage ich nicht nein, wenn du meine Lieblingssorte hast.«

Sie holte sich ein Kissen, setzte sich auf die andere Seite des Tischs und hielt ihm die Schüssel auf korrekte Art hin, während er ihr kalten Ingwertee eingoss. Eissplitter klirrten in der Schüssel.

»Es ist schön, wieder in Shazmak zu sein. Und es ist schön, dich wiederzusehen.«

»Ich habe dich von dem Augenblick an vermisst«, sagte Rael, »da ich gegangen bin, und das ganze Jahr über, das ich in Stassor verbracht habe. Als ich zurückgekehrt bin, warst du weg, und ich konnte dich nicht finden.«

»Das Jahr, in dem du gegangen bist, war eines der schlimmsten«, sagte Karan. »Emmant hat versucht, deinen Platz auszufüllen – als ob irgendwer das für mich könnte. Diese bösartige, verdorbene Bestie. Shazmak wurde unerträglich für mich.« Sie schauderte. »Ich habe mich bemüht, keine Spuren zu hinterlassen, aus Angst, dass er mir folgen würde. Vier Jahre lang bin ich durchs Land gereist. Warum bist *du* überhaupt gegangen?«

»Tensor hat das von mir verlangt.«

Der Name traf Karan wie ein Schlag ins Gesicht. »Tensor! Ist er ... Ist er im Augenblick hier?«

»Ist das wichtig?« Rael war verwirrt. »Nein. Er ist nach Osten gegangen und wird frühestens in einem Jahr wieder zurückkommen.«

Karan versuchte, ihre Erleichterung zu unterdrücken. »Als du gegangen bist, war ich am Boden zerstört«, sagte sie. »Ich dachte ... Ich dachte, wir könnten ...«

»Das habe ich auch gedacht«, sagte Rael und schaute sie mit seinen großen, traurigen Augen an. »Bei meiner Rückkehr war ich bereit, dich zu fragen, und hättest du ja gesagt, hätte ich mit meinem Volk gebrochen und wäre ins Exil gegangen. Aber das war nicht möglich.«

»Ich dachte, dass Malien mich mögen würde«, sagte Karan und erwiderte den Blick.

»Meine Mutter liebt dich von ganzem Herzen, aber Tensor wollte es nicht gestatten.«

»Was hat er gegen mich?«

»Es ist das *Blut*... und die Mischung desselben.«

»Es hat Fälle gegeben ...«

»Ich weiß. Ich habe sie zitiert, aber er war nicht zu erweichen. Es gibt da irgendetwas in Bezug auf dein Erbe, doch er wollte noch nicht einmal darüber flüstern.«

Karan sackte in sich zusammen, als hätten sich plötzlich ihre Knochen aufgelöst. »Vielleicht hat er ja Recht. Es hat viel Wahnsinn in meiner Familie gegeben. *Brillant oder wahnsinnig sind jene vom Haus von Fyrn.* Diese Redensart reicht mehr als fünfhundert Jahre zurück.«

»Das war es nicht. Auf Aachan haben wir den Wahnsinn ob des Genies geschätzt, das damit einherging. Es war etwas anderes.«

»Nun, in jedem Fall hättest du dich nicht gegen ihn stellen können.«

»Das hätte ich aber – vor sieben Jahren jedenfalls«, erwiderte Rael. »Karan, ich ...« Er schluckte und begann von neuem. »Es tut mir so leid. Es darf nicht sein.«

Schweigend trank Karan ihren Eistee und beobachtete Rael dabei, wie dieser versuchte, sein Frühstück zu essen. Schließlich schob er es beiseite, als wäre es bitter.

»Nun, wie du gesagt hast ... Das war vor sieben Jahren«, sagte Karan mit tonloser Stimme. »Seitdem bin ich weit herumgekommen. Vielleicht war es am besten so.«

»Vielleicht.« Rael schien das als Zeichen aufzufassen, dass das Thema damit beendet sei. »In jedem Fall bist du einen langen Weg hierher gegangen. Wo kommst du her?«

»Aus Tullin.«

»Warum hast du denn ausgerechnet *den* Weg genommen? Oder sollte ich das lieber nicht fragen?«

»Ich ... Ich möchte dich nicht anlügen, Rael. Ich bin in eine seltsame Angelegenheit verstrickt. Mit meinem Talent habe ich einer Freundin geholfen, in Fiz Gorgo einzudringen und etwas von Yggur zu stehlen. Man hat sie geschnappt, und ich habe die Last der restlichen Mission auf mich genommen. Die letzten zwei Monate bin ich an einem Stück gejagt worden.«

Sie hatte Rael noch nie so überrascht gesehen. »Das Mädchen, das ich einmal gekannt habe, ist in der Tat verschwunden. Was habt ihr denn gestohlen?«

»Ich habe geschworen, das geheim zu halten.«

»Ist ja auch egal. Was kümmern uns die Intrigen Santhenars? Erzähl mir einfach, was auch immer du mir erzählen kannst.«

Der Morgen verging, während sie Rael den Rest ihrer Geschichte erzählte. Mehrere Male hätte sie sich fast ihre Last von der Seele geredet und ihm von dem Spiegel erzählt. Fast hätte sie ihn ihm angeboten, doch die Distanz, die sich zwischen ihnen aufgebaut hatte, half ihr, sich zurückzuhalten. Plötzlich bemerkte sie, dass es schon Mittag war.

»Oh!« Sie sprang auf. »Ich habe den armen Llian ganz allein gelassen, und das in einer fremden Stadt. Er muss glauben, ich habe schreckliche Manieren.«

»Karan!«, rief Rael. »Die Welt steht an einem Scheideweg. Mischlinge werden bald mehr denn je in Gefahr sein. Erzähl niemandem von deinem Erbe.«

»Das werde ich nicht«, erwiderte sie, küsste ihn auf die Wange und lief hinaus.

Zurück in ihren Gemächern, sah sie, dass man sich wahrlich gut um Llian kümmerte. Mehrere Aachim waren gekommen, um sie zu besuchen, und waren geblieben, um sich mit dem Aachimning zu unterhalten, dem Fremden. Da sie zunächst einmal verdauen musste, was Rael ihr erzählt hatte, ging Karan wieder hinaus und wanderte durch die Gänge von Shazmak. Sie träumte und erinnerte sich, und sie begrüßte alte Freunde, wo auch immer sie hinging. Manche brachte sie auch zu ihren Gemächern zurück, damit sie Llian kennen lernen und sie seine Anwesenheit erklären konnte; viele schienen jedoch schon über ihn Bescheid zu wissen.

Alle behandelten Llian mit ausgesuchter Höflichkeit, und einige fragten ihn sogar nach seiner Person. Sie erkundigten sich, über welche Talente er verfüge, und er freute sich zu hören, dass auch die Aachim Historien hatten und das Festival von Chanthed kannten – andererseits war er jedoch auch ein wenig bekümmert, weil sie weder von ihm noch von seinem Erzählen gehört hatten.

Am späten Nachmittag tranken Karan und Llian gerade Tee, als Rael zur offenen Tür hereinkam und sie anlächelte.

»Ich habe Neuigkeiten für dich«, sagte er. »Tensor wird in ein paar Tagen hier sein, spätestens in einer Woche.«

Karan ließ ihre Schüssel fallen. Krachend schlug sie auf den Tisch, und eine Flut von gelbem Tee ergoss sich über Llians Buch der Großen Geschichten. Er riss es zurück und wischte den Umschlag an seinem Hemd ab. Als der Tee schließlich entfernt war, hatte Karan sich wieder gefasst, und ihre Stimme verriet nichts von ihrer Gemütslage.

»Tensor! Ich dachte, er wäre jenseits des Meeres von Thurkad.«

»Das war er auch, aber offensichtlich haben ihn die Ereignisse zur Rückkehr bewegt. Gerade ist eine Nachricht aus Thurkad eingetroffen. Sie ist zwei Tage alt. Inzwischen dürfte er schon fast in Bannador sein. Er wird sich freuen, dich zu sehen.«

»Das hoffe ich«, sagte Karan auf seltsame Art, als Rael sich wieder zurückzog.

Nachdem er gegangen war, saß Karan wie erstarrt da und schwieg. Kurz darauf stand sie auf, ging in ihr Zimmer und schloss die Tür. Sie kletterte auf den breiten Fenstersims, und dort saß sie stundenlang, die Schulter gegen das dicke Glas gelehnt, und beobachtete, wie das Licht verblasste. Selbst nachdem es schon dunkel geworden war und das Fenster nur noch ihr Gesicht spiegelte, hockte sie noch da.

Tensor! Was sollte sie tun? Ihr wollte einfach nichts einfallen. Die Gelegenheit, den Spiegel wegzugeben, war vorbei; jetzt saß sie hier mit ihm in der Falle. Und sie hatte auch Llian in diese Falle gebracht.

Llian respektierte ihr Bedürfnis nach Einsamkeit, solange es seine Neugier zuließ; dann klopfte er an die Tür. Karan antwortete nicht, aber er kam trotzdem herein und brachte frischen Tee sowie einen Teller Essen, der von gestern Abend übrig geblieben war. Karan deutete aufs Bett, und er setzte sich, schaute zu ihr hinauf und dann wieder weg.

Plötzlich sprang Karan vom Fenstersims. »Ich muss hier weg!«, rief sie und rannte aus dem Raum.

Es war nicht klar, ob sie weg von Llian oder von Shazmak wollte. Llian blieb einfach sitzen, aß mürrisch und trank den Tee; dann schnappte er sich den Teller und ging wieder in den Hauptraum zurück. Den Rest des Abends verbrachte er damit, in seinem Tagebuch zu schreiben; dabei war er sich durchaus bewusst, dass er es seit über einer Woche nicht mehr angefasst hatte. Rasch versank er im Schreiben, und alle anderen Sorgen waren wie weggeblasen.

Es war schon recht spät, als Karan wieder zurückkehrte. Sie kam leise herein, sah müde und unglücklich aus und ließ sich Llian gegenüber aufs Sofa fallen. Sie schaute ihm in die Augen.

»Tee?«

»Bitte.« Sie klang erschöpft.

Sie nippte an dem heißen Tee, wärmte sich die Hände am Becher und knabberte an einem Stück Trockenobst.

»Es ist Tensor«, sagte sie. »Ich wusste, dass ich nicht hierher hätte kommen sollen.«

»Sag es mir. Vielleicht kann ich helfen.«

»Kannst du nicht.« Es folgte ein unangenehm langes Schweigen; dann sagte Karan: »Danke, Llian. Es ist gut, dich bei mir zu haben; aber du kannst wirklich nichts tun. Zerbrich dir nicht den Kopf darüber.«

Mitten in der Nacht wachte Karan aus einem schrecklichen Traum auf. Sie hatte geträumt, dass Shazmak verraten worden sei, dass es ohne Widerstand gefallen war und dass ihre Freunde wie Schafe niedergemetzelt worden waren. Alles, was sie in Shazmak kannte und liebte, war unwiederbringlich zerstört und geschändet, und all das war ihre Schuld, denn sie hatte den Spiegel hierher gebracht.

Nach dem Aufwachen war ihr Dilemma noch größer als zuvor, denn sie wusste nicht mehr, worin der Grund für die Katastrophe lag. Sie wusste nicht mehr, ob es daran lag, dass sie den Aachim den Spiegel gegeben oder dass sie ihn ihnen verschwiegen hatte; aber wie auch immer ... in jedem Fall war sie schuld daran.

Am Morgen war Karan ausgesprochen mürrisch, und je mehr Zeit verstrich, desto mürrischer und in sich gekehrter wurde sie. Jede ihrer Bewegungen wirkte geradezu verstohlen. Llian tat sein Bestes, um ihr zu helfen, doch sie hielt ihn auf Abstand. Er sah nur wenig von ihr an diesem Morgen, und so sollte das am nächsten Tag weitergehen. Sie stand früh auf und kehrte nicht wieder in ihre Gemächer zurück, bevor er sich nicht zurückgezogen hatte und somit vollkommen allein war.

Ihre Zimmer waren kalt, und Llian verbrachte nur wenig Zeit dort. Stattdessen zog er es vor, durch die Hallen und Gänge der großartigen Stadt zu wandern, manchmal mit Rael, öfter aber allein, denn Rael hatte ihm ein Gebiet gezeigt, wo er sich frei bewegen durfte. Überall wurde er mit zurückhaltender Höflichkeit behandelt, und seine Fragen beantwortete man ihm mit nie enden wollender Geduld. Seine Gastgeber zeigten noch nicht einmal einen Hauch von Irritation ob seiner Neugier. Und er lernte viel über die Aachim. Er fügte ihre Geschichte in das größere Muster der Historien ein und machte sich Notizen für seine *Geschichte des Spiegels*, obwohl er die Aachim nie konkret danach fragte, und sie sprachen auch nicht davon. Und wie viel größer seine *Geschichte von Tar Gaarn* werden würde, nachdem er Shazmak wieder verlassen hatte.

Schon am zweiten Tag wurde Llian des Herumwanderns müde. Obwohl die Gebäude und Wandgemälde überall anders waren, so war die düstere Welt, die sie darstellten, doch stets die gleiche. Er suchte Karan – ohne Erfolg. Wieder war sie verschwunden, bevor er aufgewacht war, und auch Rael war nirgends zu sehen. Am Morgen übte er sich in seiner Kunst, doch das erinnerte ihn nur an den Spiegel und an sein Verlangen, ihn zu sehen, ihn zu *erfassen*. Eine Zeitlang schrieb er in seinem Tagebuch, doch heute vermochte ihn auch das nicht zu befriedigen.

Dann kam ihm ein Gedanke. Shazmak musste doch eine Bibliothek haben. Tatsächlich erinnerte er sich daran, dass Rael gestern so etwas erwähnt hatte, als sie an einem bestimmten Turm vorbeigekommen waren. Was wäre das für ein Erfolg für einen Chronisten, wenn man ihm dort Zugang gewähren würde? Vielleicht würde er dort sogar etwas über die Düsternis lernen können. Mit diesem wunderbaren Gedanken im Kopf machte er sich auf den Weg. Kurze Zeit später hatte er sich hoffnungslos verirrt. Er stand am Fuß einer langen Treppe, die Hand auf dem Geländer, und fragte sich, welche Richtung er einschlagen sollte, als er plötzlich Rael oben sah. Rael kam herunter, und Llian erklärte ihm, wo er hinwollte.

Rael lächelte leicht. »Diesmal bist du wirklich weit vom Pfad abgekommen, Llian. Die Bibliothek ist oben, nicht unten, im Turm von Sind. Aber allein kannst du nicht dorthin. Kennst du den Weg wieder zurück?«

Den kannte Llian nicht. Rael erklärte ihm, wo er langgehen musste, doch als er Llians verwirrtes Gesicht sah, bot er ihm an, ihn zu begleiten.

»Ich habe nach Karan gesucht«, sagte Rael, »aber sie ist nirgends zu finden. Hast du sie gesehen? Sie sollte mich eigentlich heute früh treffen. Seltsam, dass sie nicht gekommen ist.«

»Nein«, antwortete Llian. »Vielleicht hat sie es vergessen.«

Rael blickte ihn scharf an, doch Llian bemerkte das nicht. In Gedanken war er bereits woanders. Wer war Tensor, dass Karan ihn so sehr fürchtete? Er wollte Rael nicht fragen, denn die Frage führte unweigerlich zum Spiegel, der Llian ohnehin ständig im Kopf herumspukte – besonders hier in Shazmak, umgeben von Szenen aus Aachan, woher er stammte, und inmitten der Aachim, die ihn gemacht hatten. Llian verlor sich in diesen Gedanken, während sie weitergingen, und es dauerte eine Weile, bis er bemerkte, dass Rael sprach.

»Entschuldigung«, sagte Llian. »Ich war in Gedanken tief in den Historien. Warum ich so interessiert an der Bibliothek bin? Seit alters her ist es die oberste Pflicht der Chronisten, die Historien wiederzuentdecken und niederzuschreiben, die im Kataklysmus verloren gegangen sind. So suche auch ich nach ihnen, wo ich auch hinkomme, sei es in den großen Städten der Alten oder in den Tavernen meines Landes. Die Bibliotheken der Aachim müssen eine wahre Schatztruhe voll verlorener Geschichten sein.«

»Das sind sie ohne Zweifel«, erwiderte Rael, »obwohl ich mir nicht vorstellen kann, dass du sie wirst lesen können. Dieser Tage verwenden wir in Shazmak zumeist die Gemeinsprache, die du auch sprichst; aber wir schreiben in der Schrift von Aachan, welche du als ausgesprochen verwirrend empfinden wirst. Nichtsdestotrotz werde ich dich demnächst einmal dorthin führen, wenn du willst. Der Bibliothekar wird dir vielleicht helfen können.«

Llian musste enttäuscht ausgesehen haben, denn Rael lächelte und sagte: »Warte! Wenn du nichts zu tun hast, dann komm mit, und iss mit mir in meinen Gemächern. Anschließend muss ich zwar noch ein paar Pflichten erfüllen, doch danach habe ich frei, um dich zur Bibliothek zu bringen.«

Sie gingen zu Raels Gemächern und redeten auf dem Weg fröhlich miteinander. Verglichen mit dem, was Karan Llian gegeben hatte, war das Essen schlicht, aber hervorragend, wenn auch genauso fremdartig. Hinterher blieb Llian noch eine Weile sitzen, nippte an seiner Schüssel und blätterte durch eines von Raels Büchern, obwohl er kein Wort lesen konnte. Rael schrieb eine halbe Stunde in sein Tagebuch; dann holte er ein Instrument hervor, das einer Flöte glich, aber mit mehreren Röhren und einem Gewirr von Hebeln und Klappen. Es war ein wunderbares Instrument. Llian wusste sofort, dass es Aachim war. Es bestand aus Silber und Ebenholz.

Die Musik war langsam und klang seltsam in Llians Ohren – ein Klagelied. Am Ende des Stücks fühlte er sich melancholisch, lethargisch, und ihm war kalt. Er wollte sein warmes Bett, eine Schüssel mit dicker, heißer Suppe und Decken um seine Schultern. Der Gedanke an die Bibliothek kam ihm nun töricht vor, ja sogar ein wenig bedrohlich.

»Tut mir leid«, sagte Rael. »Manchmal sind wir wirklich ein trostloses Volk. Die Vergangenheit bedeutet uns alles, und oft vergessen wir, dass Santhenar anders ist. Was kann ich dir erzählen, um dich zu amüsieren? Würdest du gerne etwas über Karan hören?«

Der Weg zur Bibliothek dauerte eine halbe Stunde, während der Rael Llian mit Geschichten aus Karans Jugend unterhielt. Er erzählte ihm von den zahlreichen Streichen, die sie den Aachim gespielt hatte, und von ihren wahrhaft gefährlichen Eskapaden. So war sie einmal sogar am Turm von Sind hinaufgeklettert, nachdem Rael gesagt hatte, das sei unmöglich.

»Sie ist eine bemerkenswerte Frau«, sagte Rael. »Sie ist in vielerlei Hinsicht wirklich klug. Du bist ein glücklicher Mann, Llian.«

Llian missverstand ihn. »Sie hat mir so viel gegeben. Allmählich glaube ich, dass das doch noch eine Große Geschichte werden könnte.«

Danach waren sie so sehr mit Reden beschäftigt, dass Llian kaum bemerkte, wohin sie gingen, nur dass sie eine ganze Menge Treppen hinaufstiegen.

»Rael«, sagte Llian, der den Aachim bereits als Freund betrachtete, als jemanden, dem er vertrauen konnte. Er erklärte ihm das Ende der *Geschichte der Düsternis* und wonach er suchte.

»Ich weiß es nicht, Llian. Das war lange, lange vor meiner Zeit. Tatsächlich war damals noch niemand von uns hier – außer Tensor. Und Llian, mein kühner Chronist, ich hoffe, dass noch nicht einmal du so töricht sein wirst, *ihn* danach zu fragen.«

»Warum nicht?«

»Wir blicken nur mit Scham auf diese Zeit zurück. Die Aachim sind voller Angst geflohen, als Shuthdar die Düsternis heraufbeschworen hat. Selbst Tensor ist weggelaufen. Er ist ein stolzer Mann und kann es nicht ertragen, daran erinnert zu werden. Und weil wir ihm so viel schulden, schweigen wir. Erwähne das niemals – ich bitte dich.«

Llian kümmerte sich nicht die Bohne um die Würde dieses Aachim, vor dem Karan solche Angst hatte. Sollte sich die Gelegenheit bieten, würde er Tensors Gefühle nicht schonen.

Die Bibliothek war ganz und gar nicht das, was Llian erwartet hatte. Der Raum, den sie betraten, war hell und luftig, mit geschwungenen Wänden und überraschenderweise von großen Fenstern erhellt. Aber die Fenster ließen auch das Kreischen des Windes herein, und das zerrte an Llians Nerven; so etwas hatte er noch nie in einer Bibliothek empfunden. Der Raum enthielt eine Reihe unterteilter Schriftrollenschränke und viele Regale; doch es gab hier weit weniger Bücher, als Llian sich vorgestellt hatte, und das sagte er auch.

»Es gibt noch mehrere andere Ebenen«, erklärte Rael. »Die meisten Bücher werden dort aufbewahrt, denn heutzutage werden sie nur noch selten gebraucht. Das hier ist nur eine Schülerbibliothek, wie sie für einen Außenposten angemessen ist, und mehr ist Shazmak nicht. Die größere Bibliothek befindet sich in Stassor, im fernen Osten. Als Aachimning darfst du sie betreten, solltest du je dorthin kommen; doch das ist eine Reise von zweihundert Tagen und heutzutage ausgesprochen gefährlich. Ich werde den Bibliothekar holen. Sein Name ist Emmant.«

Rael verschwand, und Llian untersuchte die Schriftrollen und Bücher auf einem Regal in der Nähe, während er wartete. Nur wenige waren illustriert, und die winzige, verschlungene Schrift, in der sie geschrieben waren, vermochte er nicht zu lesen. Llian schaute sich gerade ein kleines Buch an, das im Stil der Wandgemälde illuminiert war, als ein Mann so leise den Raum betrat, als würde er schleichen. Llian erschrak, als der Aachim plötzlich neben ihm auftauchte.

»Oh!«, sagte er und blickte in schwarze Augen, die tief in lichtlosen Knochenhöhlen lagen. Die Feindseligkeit in diesen Augen war erschreckend intensiv. Llian wusste, dass seine Stimme hier keine Magie wirken würde.

Emmant war klein für einen Aachim, aber immer noch größer als Llian und kräftig gebaut, mit großem Kopf und dickem Nacken; doch trotz seiner Masse bewegte er sich mit unauffälliger, gefährlicher Eleganz. Sein dichter schwarzer Bart war um zwei Narben herum geschnitten, die sich vom rechten Ohr bis zum Mundwinkel zogen.

»Emmant, das hier ist Llian. Er ist ein Aachimning. Pass auf, dass du ihm keine Geheimnisse zeigst«, fügte Rael fröhlich hinzu. »Llian ist ein Meister des Erzählens aus Chanthed. Lass ihn einmal etwas lesen, und er wird es nie vergessen.«

»Ich kenne die Ausbildung der Meisterchronisten«, sagte Emmant säuerlich. »Was willst du?«

Llian erklärte sein Interesse an den alten Geschichten, doch selbst für seine eigenen Ohren klang das kindisch und unbedeutend.

»Wir kümmern uns nicht sonderlich um solche Dinge«, sagte Emmant, »obwohl auch wir Historien geschrieben haben, seit wir von Aachan gekommen sind, und das war vor langer Zeit. Ich habe Kopien von vielen Büchern; allerdings glaube ich nicht, dass du dort finden wirst, was du suchst. Es sind Tausende von Bänden, und nicht einer davon ist in deiner Sprache verfasst – oder überhaupt in einer Zunge von Santhenar. Du wirst sie nicht lesen können. Und selbst falls doch, würde es ein Leben lang dauern, sie alle durchzugehen.«

»Ich habe die *Geschichte der Düsternis* studiert«, sagte Llian. »Die Geschichte der Aachim in jener Zeit kenne ich also.«

»Das habe ich gehört«, erwiderte Emmant und lächelte wissend. »Du kommst aber hundert Jahre zu spät. Unsere Aufzeichnungen aus dieser Zeit sind schon vor langer Zeit nach Stassor gebracht worden. Wenn das alles ist, weshalb du gekommen bist …«

Llian verzweifelte allmählich. Wen auch immer er fragte, niemand wusste irgendwas. »Gibt es denn gar niemanden in Shazmak, der mir etwas aus dieser Zeit erzählen kann?«

Emmant packte ihn mit seinen überlangen Fingern so fest

am Arm, dass Llian die Knochen schmerzten. »Dann frag den Einzigen, der damals gelebt hat, der dort war«, sagte er in einem Tonfall, der vor Boshaftigkeit nur so troff. »*Frag Tensor,* wenn du dich denn traust.«

Emmant wandte sich ab, doch Rael legte ihm die Hand auf den Arm und sagte mit leiser Stimme: »Emmant, er ist ein Aachimning. Karan hat ihn zu uns gebracht.«

»Karan! Ich habe schon gehört, dass diese *darsh* zurückgekommen ist«, spie Emmant mit hässlicher Stimme und verzog das Gesicht.

Rael zuckte ob der Beleidigung unwillkürlich zusammen. Llian war entsetzt, obwohl er nicht wusste, was das Wort bedeutete; außerdem hatte er die Aachim bis jetzt nur höflich erlebt. Dieser Mann hier stellte eine große Gefahr dar. Llian schaute ihn sich genauer an. Emmants Gesicht war von Pockennarben überzogen, und er besaß einen deutlichen Akzent, den Llian nicht einzuordnen vermochte.

»Emmant!«, sagte Rael erneut. »Das alles ist jetzt vorbei. Du hast dich verpflichtet. Und Tensor würde wünschen, dass wir ihm mit Freundlichkeit begegnen.«

»In der Tat«, erwiderte Emmant. »Er hat mir eine Nachricht in Bezug auf Karan geschickt.« Kurz starrten sie einander an; dann zuckte Emmant mit den Schultern und drehte sich wieder zu Llian um.

»Gibt es vielleicht noch eine andere Geschichte, die du suchst?«, erkundigte er sich auf zweideutige Art. Sein Gesicht wirkte nun gefasst. »Ich sehe, dass du irgendwas im Sinn gehabt hast, als du hierhergekommen bist. Was ist es?«

Llian erschrak. *Der Spiegel!*, dachte er. *Der Spiegel, Spiegel, Spiegel*... Das Wort hallte schier endlos in seinem Geist wider.

Der Bibliothekar starrte ihn an. *Spiegel, Spiegel.* Llian blickte auf seine Stiefel und schloss die Augen. Er sah Karans Gesicht. »Erzähl niemandem davon. Niemals!«, hörte er sie sagen.

Sie standen neben einem der großen Fenster. Draußen schwoll der Wind wieder von einem Heulen zu einem Kreischen an. Selbst mit geschlossenen Augen konnte Llian Emmants lauernde Gegenwart fühlen. Langsam hob Llian den Blick und schaute Emmant in die brennenden Augen.

»Welche Geschichte?«, fragte Emmant leise.

»Der Spiegel von Aachan«, keuchte Llian, als bekäme er keine Luft mehr.

»Ah!«, sagte Emmant und musterte Llian aufmerksam. »Warum ausgerechnet die? Der Spiegel ist schon vor langer Zeit verloren gegangen, und sein Geheimnis wird gut bewahrt. Wo hast du davon gehört?« Seine Augen funkelten.

Llian versuchte, den Blick abzuwenden, doch Emmant ergriff seine Hand. Ein Schauder lief ihm über den Rücken, und er konnte seine Zunge nicht länger im Zaum halten.

»Der Spiegel ist gefunden worden.«

Rael wäre vor Schreck fast umgefallen. In seinem Gesicht war deutlich zu erkennen, dass er Llians und Karans Geschichten rasch zusammengefügt hatte, und die Schlussfolgerung war quälend für ihn. Er streckte die Hand aus und packte Llians Schulter. Plötzlich konnte Llian wieder atmen und denken.

Emmant starrte Rael an. »Gefunden? Was weiß Karan darüber?« Seine Stimme wurde schrill.

Allmählich wurde Llian das ganze Ausmaß seiner Torheit bewusst. Er riss den Blick von Emmant los. Was hatte Emmant mit ihm gemacht? »Nichts! Das habe ich in Chanthed gehört«, antwortete er und versuchte, das Zittern aus seiner Stimme zu halten.

Emmant schaute ihn seltsam befriedigt an. Dann drehte er sich um und ging an den Kabinetten auf der linken Seite des Raums vorbei. Er winkte Llian und beugte sich über einen kleinen schwarzen Schrank. Llian trat langsam näher.

»Über den Spiegel ist nur wenig geschrieben worden«,

sagte er. Seine Art war nun schon fast als jovial zu bezeichnen. »Ursprünglich war er nämlich eher unbedeutend, denn er diente nur dem Sehen. Später wurde das allerdings anders. Er hat sich verändert oder ist neu erschaffen worden, und einst war er das Mittel zu unserer Erlösung. Yalkara hat ihn gestohlen und entweiht, doch was dann mit ihm geschehen ist, vermag niemand zu sagen. *Darüber* ist gar nichts geschrieben worden, was du lesen könntest.«

»Außerhalb von Shazmak habe ich andere Berichte gehört«, bemerkte Llian.

»Ohne Zweifel«, sagte Emmant, »und es waren alles Lügen. Aber es gab ein Buch über unsere Geschichte, geschrieben in deiner Sprache.« Er zog Bücher, Papiere und Schriftrollen aus dem Schrank, während er sprach, und legte sie auf einen Tisch. »Ah! Da ist es ja.« Er beugte sich über den Schrank. »Das ist eine Kopie von *Nazhak tel Mardux*, einer frühen Geschichte der Aachim von ihrer Ankunft auf Santhenar bis zum Ende des Kataklysmus. Es ist in einer der Schriften von Santhenar geschrieben, denn es war als Geschenk für einen Verbündeten gedacht, obwohl es nie übergeben wurde. Es ist ein ausgesprochen schönes Buch und sehr alt. Allerdings findet sich vermutlich nichts darin, was du nicht schon weißt.«

Emmant legte Llian das Buch in die Hand. Die Handschrift war schön, und es hatte Hunderte dünner, seidenweicher Seiten. Llian kannte die Schrift. Es war eine Abart jener Schrift, die man früher im Süden Meldorins verwendet hatte; doch die Sprache war ihm unbekannt, obwohl er hier und da ein Wort erkennen konnte. Mit genügend Zeit würde es ihm vermutlich gelingen, Teile davon zu entziffern.

Aber er war verwirrt. Emmant hegte offenbar einen furchtbaren Hass auf Karan und somit auch auf Llian ... Weshalb also die plötzliche Veränderung in seinem Verhalten? *Es sei denn, das ist ein Trick oder eine Falle.* Was konnte er tun, außer das

Buch wieder zurückzulegen und wegzugehen? Doch inzwischen war er von dem Spiegel geradezu besessen. Also blieb Llian, und Emmant beobachtete ihn, während Rael sie beide nicht aus den Augen ließ.

Langsam und liebevoll blätterte Llian durch die Seiten. Welch schönes Buch, welch wunderbare Handschrift. Das Deckblatt zeigte ein Bild von Shazmak, wie die Stadt kurz nach ihrer Erbauung gewesen sein musste. Llian verglich es mit dem Bild, das er selbst inzwischen von der Stadt gewonnen hatte. In seinen Augen war sie im Laufe der Zeit sogar noch schöner geworden. Es gab auch noch weitere Illustrationen, aber nicht viele. Ein paar der Bilder erkannte Llian – sie zeigten große Städte der Vergangenheit –, andere waren ihm völlig unbekannt. Und eines erkannte er sofort, auch wenn er die Stadt noch nie so dargestellt gesehen hatte. Es war die Stadt, die Pitlis für Rulke gebaut hatte: *Alcifer!*

Aber wie sollte er in diesem dicken und unverständlichen Buch eine kleine Referenz auf den Spiegel finden? Llian blätterte weiter durch die Seiten. Währenddessen ging Emmant zwischen den Regalen hindurch, und kaum war er außer Sicht, da packte Rael Llian am Handgelenk mit einem Griff hart wie Metall.

»Komm mit«, sagte er.

Llian widersetzte sich. Das Buch schlug ihn noch immer in seinen Bann.

»*Sofort!*«, krächzte Rael so leise, dass Emmant ihn nicht hören konnte. »Und erwähne den Spiegel ja nie wieder!«

Llian schloss das Buch und folgte Rael stumm zu seinen Gemächern. Es war spät am Abend. Karan war noch immer nicht da, und nach einer kurzen Mahlzeit ging Llian zu Bett und schlief alsbald ein.

Einige Zeit später wurde er von erregten Stimmen aus einem Traum geweckt, aus einem wunderbaren, verlockenden Traum für einen Chronisten. Eine der Stimmen gehörte Karan; die andere erkannte er nicht. Der Streit dauerte offenbar schon eine Weile an.

»Willst du mir damit etwa sagen, dass ich Shazmak nicht verlassen kann, ehe Tensor zurückgekehrt ist?«

»Karan, Karan. Wir halten dich nicht gegen deinen Willen fest«, erwiderte die unbekannte Stimme. »Wir würden dich niemals derart demütigen. Aber große Veränderungen stehen in der Welt bevor, und wir müssen uns schützen. Tensor hat uns eine Nachricht gesandt, in der steht, du wüsstest etwas über den Spiegel. Er will mit dir sprechen, ehe du uns verlässt. Das ist doch eine vernünftige Bitte, denkst du nicht? Wir sind schon seit langem befreundet, dein Haus und die Aachim. Du schuldest uns das. Wir bitten dich doch nur zu warten.«

»Ja, wir sind befreundet, und ich stehe tatsächlich in eurer Schuld«, entgegnete Karan, »aber ich kann nicht warten. Ich bin jetzt schon überfällig. Ich würde mich freuen, Tensor auf dem Weg zu treffen. In Narne vielleicht? Ich bin auf dem Weg nach Sith. Und ich weiß nichts von irgendeinem Spiegel.«

»Karan, Rael war heute in der Bibliothek und hat gehört, wie der Aachimning Emmant gesagt hat, dass er gefunden sei. Willst du mir etwa sagen, dass du nichts davon weißt?«

»Emmant!«, hörte Llian Karan wütend schreien. »Was hat er Llian angetan? Ich hätte ihn nie allein lassen dürfen.«

»Dem Zain ist kein Leid geschehen«, sagte die Stimme; dann folgte ein Geräusch wie von einem Stuhl, der umgestoßen wurde. »Karan, du darfst nicht ...« Die Außentür wurde zugeworfen.

Llian setzte sich im Bett auf. Sein Gesicht brannte vor Verlegenheit und Ekel vor sich selbst. Trotz all ihrer eigenen Probleme und trotz der Tatsache, dass er sein Versprechen ihr gegenüber zum schlimmstmöglichen Zeitpunkt gebrochen hatte, hatte Karans erster Gedanke seiner Sicherheit gegolten. Was für ein Narr er doch war.

Llian wünschte sich, er hätte nie von dem elenden Spiegel gehört. Er wünschte sich, dass Karan wieder zurückkommen würde, und gleichzeitig fürchtete er sich vor dem Treffen mit ihr. Der Spiegel ... immer wieder der Spiegel. Er erinnerte sich an seinen Traum. Selbst im Schlaf hatte ihn der Spiegel nicht in Ruhe gelassen. Tatsächlich sah er ihn sogar just in diesem Augenblick vor seinem geistigen Auge, so wie er ihn aus Karans Traum vor ein paar Wochen aufgeschnappt hatte: der Spiegel mit dem Gesicht der Frau darin.

Doch in *seinem* Traum war noch mehr vorhanden gewesen. Irgendetwas hatte sich in ihm aufgelöst... oder war *aus ihm heraus*geströmt. Was war das? Aber je mehr Llian sich darum bemühte, es zu fassen zu bekommen, desto weiter zog es sich zurück. Dann blitzte es unvermittelt als Ganzes in seinem Geist auf und war sofort wieder verschwunden. Aber es war lange genug da gewesen, dass er es hatte erkennen können. Es war eine Steintafel mit vier sich deutlich voneinander unterscheidenden Schriften. Zwei davon hatte Llian selbst bei diesem flüchtigen Blick anhand ihrer Form erkannt. Es waren alte Schriften aus Santhenar, die er vor Jahren studiert hatte. Bei der dritten handelte es sich um eine Silbenschrift aus dem Osten. Diese vermochte er nicht zu lesen.

Die vierte Schrift erkannte er ebenfalls sofort – tatsächlich hätte das jeder Student der Historien getan. Es war die komplexe, verschlungene, schöne Formalschrift der Charon, deren Geheimnis sie seit Jahrtausenden hüteten. Noch nicht einmal die Aachim kannten sie, die so lange ihre Sklaven gewesen waren; sie war nie entziffert worden. Ein Schauder lief Llian über den Rücken. Er hatte von der Schöpfertafel geträumt, dem mythischen Schlüssel zur Schrift der Charon. Heutzutage betrachteten die Gelehrten die Tafel als Märchen. Auch die meisten antiken Chronisten (und Llian hatte sie alle gelesen) waren skeptisch gewesen, was ihre Existenz betraf. Für andere jedoch schien die Existenz eines solchen Dings sogar notwendig zu sein – wie das Große Nordland, das für das Gleichgewicht der Welt unabdingbar war. Die Rätsel der Charonschrift waren nie gelöst worden; also musste es irgendwo einen Schlüssel dafür geben – die Tafel *musste* existieren.

Mit solch einem Schlüssel hätte Llian Zugang zu ganzen Archiven voller ungelesener Charonmanuskripte. Allein die Schriften aus Alcifer hatten schon ganze Bibliotheken gefüllt, nachdem Rulke ins Nachtland verbannt worden war. Und der Mörder des verkrüppelten Mädchens könnte ein Charon gewesen sein.

Wie im Traum, in einer Art verzauberten Euphorie, stand Llian auf und ging in den Hauptraum hinaus. Er war leer. Karans Zimmer war dunkel; nur ein paar Sterne funkelten in der schwarzen Nacht. Llians traumhafte Logik suchte nach einer Antwort. Aber wo sollte er die finden, wenn nicht im Spiegel? Llian berührte die Lampe über der Tür, bis sie ein sanftes Licht abgab.

Karans Kammer war schlicht möbliert. Neben dem Fenster standen ein Tisch und drei Stühle. Sie bestanden aus blauem, fast schwarzem Metall und waren reich verziert. An der linken Wand standen zwei mit Eisen verstärkte Truhen sowie ein Schrank voller kleiner Schubladen. Karans Rucksack lag zwischen dem Schrank und einer der Truhen. Auf halbem Weg rechts befand sich ihr Bett, ebenfalls mit einem Metallgerüst, darüber eine blaue Decke. Ein Buch lag auf der Decke, ein kleiner, in Leder gebundener Band, leicht, aber mit vielen Seiten.

Llian nahm das Buch. Der vordere Teil war mit einer krakeligen Handschrift angefüllt; der hintere war leer. Llian hatte nicht gewusst, dass sie Tagebuch führte. Er legte das Buch wieder so hin, wie er es gefunden hatte.

Der Schrank war leer. Llian öffnete die erste Truhe. Sie enthielt nur gefaltetes Bettzeug. In der zweiten fand sich ein kleiner Haufen Kleider sowie Karans Reiseausrüstung: der geölte Kapuzenmantel, fleckig und abgetragen; zusammengerollte Decken; Koch- und Essgeschirr; ein Beil; Karans Stiefel und andere, kleinere Gegenstände. Llian bückte sich und tastete unter den Kleidern. Seine zitternde, feuchte Hand berührte etwas Hartes.

Just in diesem Augenblick ertönte ein Geräusch an der Tür. Llian wirbelte schuldbewusst herum. Karan stand in der Tür und schaute ihn verzweifelt an.

Kapitel fünf

Kein Ausweg

»Was für eine Närrin ich doch bin«, sagte Karan verbittert. »Du hast mir gezeigt, was deine Versprechen wert sind. Mach, dass du aus meinem Zimmer kommst.«

»Aber du verstehst nicht ...«, erwiderte Llian verzweifelt. »Ich wollte ihn doch nur *sehen.* Ich ...« Noch während er sprach, wurde ihm bewusst, wie armselig er klang.

Karan schürzte die Lippen, und auf ihrem Gesicht zeigte sich eine Wut, die Llian sich nicht hätte vorstellen können. Sie trat einen Schritt auf ihn zu. Auf ihren Wangen waren zwei rote Flecken zu sehen. »Raus hier«, sagte sie kaum hörbar. »Ich habe dir vertraut. Einen Feind kann ich bewundern, wenn er listig und klug ist, selbst wenn ich ihn hasse. Aber du hast es mir versprochen, und du hast dein Versprechen gebrochen, und jetzt flüchtest du dich in elende Entschuldigungen. Du bist es noch nicht einmal wert, dass ich dich verachte.«

Llian legte ihr die Hand auf den Arm. »Es ist nicht so, wie du denkst. Emmant hatte Macht über mich ...«

Er bekam einen mächtigen Schlag ins Gesicht und fand sich auf dem Boden wieder. Erschrocken richtete er sich auf alle viere auf und schaute staunend zu Karan empor. Ein stechender Schmerz breitete sich in seinem ganzen Kiefer aus. »Du hast mich *geschlagen.*«

Karan hielt ihr Handgelenk mit der anderen Hand. Alle Farbe wich aus ihrem Gesicht, und sie setzte sich, wo sie stand. Die Finger ihrer linken Hand klammerten sich um ihr Handgelenk. »Es ist wieder gebrochen«, sagte sie.

Sie legte sich auf die Seite und drückte die Hand an die Brust. Llian erkannte bald, dass er nicht mehr in Gefahr schwebte. Karan war kreidebleich und stand kurz davor, das Bewusstsein zu verlieren. Sie hatte die Augen geschlossen; dennoch quoll eine Träne aus ihnen hervor. Llian beugte sich vor und berührte sanft ihr Handgelenk. Es war bereits geschwollen, und durch die Schwellung fühlte er den Bruch, einen schweren Bruch. Ein leises Stöhnen drang über Karans Lippen. Llian schaute sich nach etwas um, womit er das Handgelenk schienen konnte. Karans Stimme war nur noch ein Flüstern. »Geh in die Küche ... der Früchtekorb ... Nimm ihn auseinander.«

Llian rannte hinaus. Der Früchtekorb war fein gearbeitet, wie es für die Aachim typisch war, und er stand auf einem Dreibein aus langen Metallstangen, die durch kürzere miteinander verbunden waren. Llian warf ihn zu Boden und sprang drauf. *Krach!* Mit den Trümmern in der Hand lief er wieder zurück.

»Man kann ihn auch auseinanderschrauben, du Idiot«, sagte Karan, und Llian suchte sich zwei kürzere Stangen heraus, die ihm passend erschienen. Damit und mit einem Stück Kordel baute er eine Schiene. Karan öffnete die Augen wieder und setzte sich auf. Sie packte Llians Schulter und drückte fest zu, während er die Knochen richtete und die Schiene festband; aber sie gab keinen Ton von sich.

Als er fertig war, trug er sie zu ihrem Bett. Dort legte sie sich auf ihre Decke und schloss die Augen. Llian schaute besorgt auf sie hinab. Sie öffnete die Augen wieder. »Hol Rael«, sagte sie. Llian lief sofort los und schloss leise die Tür hinter sich.

Nach langer Suche fand er Rael, der ihm sofort mit einem Helfer und Gips folgte. Als er sich anschickte, Llians Konstruktion zu entfernen, zeigte Karan sich störrisch und schrie ihn an.

Rael presste beim Arbeiten die Lippen aufeinander. Er legte Gips über die Schiene und ging wieder hinaus. Karan schlief, wachte auf und schlief wieder ein, während Llian am Fußende des Bettes auf dem Boden saß. Er fühlte sich schuldig und war verwirrt. Schließlich rührte Karan sich wieder, schaute sich um, sah Llian am Boden hocken und setzte sich auf. Sie war noch immer wütend.

»Warum hast du ihm von dem Spiegel erzählt?«, verlangte sie zu wissen. »Warum ausgerechnet *Emmant?* Du hättest dir keinen schlimmeren aussuchen können, wenn du mein Feind wärst.«

»Ich weiß es nicht«, flüsterte Llian. »Die Erinnerung an den Vorfall ist irgendwie verschwommen in meinem Kopf. Ich kann mich daran erinnern, wie Emmant Bücher geholt und mir gezeigt hat. Da war ein besonderes Buch, eine Geschichte der Aachim. Die Schrift konnte ich lesen; nur wusste ich nicht, was die Worte bedeuteten. Das Buch war so schön, dass ich das Gefühl hatte, die Sonne gehe auf, als ich es geöffnet habe. Nein!« Er hielt kurz inne und blickte verwirrt drein. »Das war, bevor ich das Buch gesehen habe. Fast schien es, als würde er über dich Bescheid wissen.«

»Das tat er auch«, erwiderte Karan, und plötzlich war ihr Zorn wie weggeblasen. »Tensor hat Emmant geschrieben, er solle mich hier festhalten. Zu deinem Glück wusste er bereits von dem Spiegel.«

Llian murmelte vor sich hin und versuchte, sich daran zu erinnern, was geschehen war. »Ich nehme an, ich hatte bereits an ihn gedacht ... Das tue ich eigentlich ständig. Einmal kam mir sogar kurz der Gedanke, dass er davon weiß. Können die Aachim Gedanken lesen?«

»Nein, aber Emmant scheint manchmal zu fühlen, was andere denken«, antwortete Karan, »wie ich nur allzu gut weiß. Oh, das ist alles meine Schuld. Ich hätte dich warnen sollen, obwohl ich mir nie habe vorstellen können, dass Tensor mich ausgerechnet an *ihn* verraten würde.«

»Er hat mich berührt, und dann konnte ich mich nicht länger zurückhalten. Es war, als hätte er mich verhext ... als wäre irgendetwas Dunkles meinen Rücken hinaufgekrochen und stochere in mir herum. Aber ich habe ihm nicht gesagt, dass du davon weißt«, fügte er rechtfertigend hinzu.

»Hättest du das getan, dann würdest du jetzt auch im Garr schwimmen«, knurrte Karan. Doch dann legte sie ihm den geschienten Arm auf die Schulter zum Zeichen, dass das alles vorbei sei.

»Oh, Karan, ich wollte ihn nicht stehlen, lediglich *sehen.* Kannst du denn nicht verstehen, wie viel mir das bedeutet? Ein Chronist inmitten solch einer Geschichte zu sein, selbst ohne den Spiegel zu sehen?« Von der Tafel sagte er nichts. Im Nachhinein betrachtet, war das doch mehr ein Traum als alles andere gewesen.

Einen Augenblick lang war Karan versucht, ihm den Spiegel zu zeigen. Wenn sie könnte, hätte sie ihm diesen Triumph nur allzu gern verschafft. Aber würde er dann zufrieden sein oder mehr verlangen? Und warum sollte er diesen Gefallen so leicht bekommen? Es war nur recht, dass er ihn sich verdiente.

»Wie kannst du überhaupt um so etwas bitten? Außerdem wird der Spiegel seine Geheimnisse ohnehin nicht so einfach preisgeben. Und selbst wenn du ihn benutzen *könntest,* du kennst seine Natur – der *Verdrehte Spiegel.* Im Übrigen habe ich es geschworen. Es bedarf schon einiges, bis *ich* meine Versprechen breche.«

Llian wand sich unbehaglich. Tatsächlich hatte er nichts anderes erwartet.

»Was war da zwischen dir und ihm?«, fragte er einige Zeit später, als Karan sich fürs Bett zurechtmachte.

Karan schaute auf ihre Decke hinab und strich sie mit der gesunden Hand glatt. »Es ist eine bittere Geschichte für uns beide. Als ich hier gelebt habe, war ich noch ein Mädchen. Emmant hat mich geliebt – oder zumindest hat er das behauptet, obwohl seine Taten etwas anderes vermuten ließen. Aus Freundlichkeit habe ich ihn ertragen, denn ich wusste nicht, wie ich ihm die Wahrheit hätte sagen sollen, und damals war ich auch sehr gutmütig. Außerdem hatte ich Mitleid mit ihm, denn er ist ein Mischling, halb Aachim, halb Mensch; aber er kommt damit einfach nicht zurecht. Er ist ein Außenseiter, wofür er allerdings selbst verantwortlich ist. Schließlich wurde seine Aufmerksamkeit jedoch unerträglich, und ich wies ihn zurück. Er begann, mich zu hassen, und sann auf Rache. Überall verbreitete er Lügen über mich, schlich um mich herum und hoffte, mich unvorbereitet zu erwischen.

Zu guter Letzt ist ihm das auch gelungen.« Sie schauderte bei der Erinnerung. »Ich habe mit ihm gekämpft, und er hat mir das gegeben«, sagte sie und berührte die Narbe über ihrem Auge. »Ich wiederum habe ihn mit meinem Messer geschnitten und ihn gedemütigt, denn er ist bösartig und hinterhältig. Ihn als Feigling zu bezeichnen wäre noch ein Kompliment. Nach diesem Vorfall hielten die Aachim ihn von mir fern; aber die Gewalt, die ich ihm angetan hatte, machte ihn sogar noch bösartiger. Er hatte nicht nur äußerlich, sondern auch innerlich Narben davongetragen, und auch mich hat er verdorben. So bin ich nun zwischen Mitleid und Verachtung hin und her gerissen – vielleicht fühlt er das. Oh, wie sehr ich mich für die Gewalt hasse. Danach wurde es in Shazmak unerträglich, und ich war beschämt. Wie hätte mein Vater über mich gedacht? Galliad war ein großer, kräftiger Mann, aber sehr sanft.« Ihr stiegen die Tränen in die Augen. »Er hätte Emmant aufgehalten, ohne einen Finger zu heben.«

»Große Männer müssen das auch nicht«, sagte Llian. »Aber du hast das Recht, dich zu verteidigen.«

»Ohne Zweifel. Meinen Vater hat das trotzdem nicht gerettet. Sie haben ihm in den Bergen aufgelauert und ihn für ein paar Münzen erschlagen.« Sie wischte sich die Tränen weg.

»Gewalt auszuüben ist für mich leichter geworden. Inzwischen beschämt sie mich so gut wie gar nicht mehr.« Sie legte die Finger auf den großen blauen Fleck auf seiner Wange, eine stumme Geste der Entschuldigung. Llian ergriff ihre Hand und drückte sie.

Es folgte ein langes Schweigen, das Llian schließlich brach. »Sie werden uns nicht gehen lassen, nicht wahr?«

»Das können sie nicht, obwohl es ihre Ehre verletzt, mich festzuhalten. Sie nehmen die Schande für Emmants Missbrauch auf sich selbst; daher fällt es ihnen auch schwer, mich zu verurteilen. Aber ich habe die ganze Zeit über gewusst, dass es ein Fehler war, hierherzukommen. Ich dachte, Tensor wäre jenseits des Meeres. Ansonsten wäre ich nicht gekommen.«

»Dann habe ich nicht ...?« Llians Stimme klang ungewohnt scheu.

»Nein«, sagte Karan sanft, »aber du hättest. Was soll ich nur mit dir tun?«

»Was werden sie mit uns machen?«

»Nichts, bis *er* kommt«, antwortete Karan. »Wie gesagt, sie werden weder sich selbst noch mich entehren. Aber sollte bewiesen werden, dass ich eine Verräterin bin«, fügte sie hinzu, »gibt es keine größere Schande als die meine. Die Strafe dafür ist der Tod.«

»Du bist keine Verräterin«, sagte Llian. »Ich weigere mich, das zu glauben.«

»Du weißt nichts über die Aachim.«

»Das liegt daran, weil du mir nichts erzählt hast.«

»Denk an deine eigene Geschichte zurück. Die Aachim können ihren Sturz nicht vergessen, auch wenn das viele Zeitalter zurückliegt. Verrat hat für sie einen besonderen Gestank, und Rache besitzt eine spezielle Würze. Wenn ein Mischling so wie ich sich dieser Rache in den Weg stellt, wäre das Verrat.«

»Warum gibst du ihn dann nicht einfach zurück?«

»Deine Geschichte hat mir auch die Antwort darauf verraten. Ich habe von einem Shazmak in Trümmern geträumt, und das wegen mir.«

Karan legte sich auf dem Bett zurück und starrte an die Decke. Llian rang die Hände im Schoß.

»Und was werden sie mit mir machen?«

»Das Gleiche. Zerbrich dir aber nicht den Kopf darüber; das nutzt eh nichts«, erwiderte Karan gedankenverloren.

»Sie werden deine Sachen durchsuchen und dann ... Folter und Tod!«

»Jetzt wirst du aber etwas melodramatisch. Das hier ist keine deiner Geschichten. Sie werden sich nicht beschämen, indem sie mich oder meine Sachen durchsuchen. *Sie* verdächtigen mich ja auch nicht, nur Tensor.«

»Du kennst diesen Ort. Lass uns heute Nacht von hier verschwinden. Es muss doch viele Wege aus Shazmak hinaus geben.«

»Nein. Wir sind auf einer Insel. Es gibt nur zwei Brücken, und beide sind bewacht. Außerdem gibt es nicht nur drinnen, sondern auch draußen Wachen, und die sind bereits verständigt, nach uns Ausschau zu halten. Wenn du auch nur einen Schritt über das hinausgehst, was aufzusuchen man dir gestattet hat, werden sie Alarm schlagen. Es tut mir leid, Llian. Wie es aussieht, habe ich dich in deinen Tod geführt.«

»Was können wir tun?«, rief Llian.

»Ich habe Angst, auch nur mit ihm zu sprechen«, sagte Karan mehr zu sich selbst als zu Llian. »Wie soll ich meine Gedanken vor ihm verbergen?«

»Wer ist er überhaupt?«

»Er ist jetzt der größte unter ihnen und Oberhaupt von Shazmak. Er betrachtet es als sein Schicksal, die Aachim aus ihrer langen Gleichgültigkeit zu wecken. Er ist wie ein strenger Vater. Fehler oder andere Ansichten verzeiht er nicht, und er wird in mein Herz schauen und sehen, was ich zu verbergen trachte.«

Llian stöhnte. »Dann sind wir verloren. So sollte die Geschichte eigentlich nicht enden.«

Sein trübseliger Tonfall schien neuen Mut in Karan zu wecken. Sie schlang den Arm um seinen Hals und drückte ihn an sich, und als sie wieder sprach, redete sie mit jenem liebevollen Sarkasmus, den sie sich stets für seine verzweifeltsten Augenblicke aufsparte. »Was auch immer geschehen mag, die Geschichte geht weiter. Als ich geglaubt habe, du hättest mich verraten, hatte ich das Gefühl, es alleine schaffen zu können. Nun sehe ich jedoch, dass du einfach nur dumm bist und ich dich beschützen muss. Ich fürchte, da gibt es keine Hoffnung.«

»Mach dich nicht über mich lustig. Ich habe schreckliche Angst.«

»Das ist deutlich zu sehen. Aber heißt es nicht bei den Zain, dass es stets einen Weg gibt?«

»Da hast du Recht. Es gibt tatsächlich immer einen Weg.«

»Nur«, erwiderte Karan, »habe ich keinen gefunden, obwohl ich lange darüber nachgedacht habe.«

Mehrere Tage vergingen, und je näher der Zeitpunkt von Tensors Rückkehr kam, desto niedergeschlagener wurde Karan. Sie wurde von Schuld gequält, denn sie war sicher, Llian in den Tod geführt zu haben, und sie konnte nichts dagegen tun. Es gab keinen Weg aus Shazmak hinaus, selbst wenn sie den Spiegel aufgeben würde. Dafür war es jetzt zu spät. Wenn sie in ihren Gemächern war, blieb sie in ihrem Raum. Dort starrte sie dann zum Fenster und auf den Fluss hinaus oder schrieb in ihrem Tagebuch.

Llian wurde nach wie vor von den Aachim mit reservierter Höflichkeit behandelt. Man hatte ihm sogar erlaubt, fortan die Bibliothek zu betreten, wann immer er wollte. Zwar befürchtete er, dass diese Erlaubnis eine Falle war, dennoch konnte er der Versuchung nicht widerstehen. Mehr als einmal und gegen Karans ausdrücklichen Wunsch ging er dorthin. Erst ging er an den Regalen vorbei und zog wahllos Bücher, Manuskripte und Schriftrollen heraus. Dabei blickte er sich immer wieder über die Schulter für den Fall, dass der Bibliothekar sich wieder an ihn heranschlich, doch Emmant war nirgends zu sehen.

Bald wurde Llian dieser Beschäftigung jedoch überdrüssig, denn es war, wie Rael gesagt hatte: Die Bücher waren allesamt in der Schrift der Aachim geschrieben, die er nicht lesen konnte. Immer wieder kehrte er jedoch zu den *Geschichten der Aachim* zurück, starrte die ihm unbekannten Worte an oder dachte an den Spiegel und träumte. Schicksalsergeben hatte er sich mit dem Gedanken abgefunden, Shazmak vermutlich nie mehr zu verlassen, ja vielleicht sogar hier zu sterben. Gleichzeitig wusste er aber auch, dass er ohnehin nichts an der Situation ändern konnte. Warum also nicht mit seiner Arbeit weitermachen wie bisher?

Es war der Nachmittag des siebten Tages seit ihrer Ankunft in Shazmak. Llian saß alleine am Tisch, hielt eine Schüssel Tee in den Händen und genoss die Wärme, die von ihr ausging, während es im übrigen Zimmer kalt war. Seine Gedanken wanderten immer wieder zu dem Buch zurück. Die Übersetzung würde Monate dauern. *Aber ich* kann *die Schrift lesen*, dachte

Llian aufgeregt. *Und ich werde sie lesen und sie mir einprägen, und später werde ich dann alles niederschreiben und übersetzen. Oh, was für eine Bereicherung der Historien das sein wird!* Dass es vielleicht kein ›später‹ mehr geben würde, verdrängte er erst einmal.

Llian stand auf und eilte zur Bibliothek. Obwohl er es gewohnt war, zu lesen und sich alles perfekt zu merken – das war eine der Hauptfähigkeiten eines Chronisten –, unterschätzte er diese Aufgabe nicht. So viel zu lesen und sich daran zu erinnern, und das auch noch in einer Sprache, die er kaum kannte, das bedeutete sehr viel Mühe ... vielleicht mehr, als er je für etwas hatte aufbringen müssen.

Erst musste er kämpfen; dann gewöhnten sich seine Augen an die unleserlichen Worte und die Kadenz der Sprache, und er konnte schneller lesen. Obwohl er nur wenige Worte verstand, erschloss sich ihm der Sinn, und mehr und mehr versank er in der ihm so fernen, musikalischen Sprache und in den Bildern, die sie beschwor. Eine Geschichte entfaltete sich vor ihm – die Geschichte der Aachim, wie sie nach Santhenar gekommen waren, welche Prüfungen sie hatten erdulden müssen und welche Triumphe sie gefeiert hatten. Die Geschichte unterschied sich von den Historien, die Llian kannte; tatsächlich gab es sogar viele deutliche Widersprüche. Langsam schälte sich ein Bild der Aachim heraus: Sie waren ein stolzes und starkes Volk, doch niemals sicher; sie waren edle und standhafte Verbündete, jedoch häufig verraten worden; ihre Bündnisse waren mächtig, doch unklug gewesen; sie waren Künstler und Baumeister von unvergleichlichem Können, aber ihr Blick war stets in die Vergangenheit gerichtet, und schließlich hatten sie sich in die Isolation zurückgezogen. Und ständig – aber auch wirklich ständig – schmiedeten sie Rachepläne in Bezug auf Rulke, der sie nach Santhenar gebracht hatte und der Architekt ihres Unglücks gewesen war.

Die Zeit verging wie im Fluge. Draußen wurde es bereits

dunkel, und Llian las noch immer. Der Skorpionnebel wanderte über den Himmel, und sein Licht fiel durch das große Fenster. Es war hell genug, um Schatten auf den Boden zu werfen – Schatten mit roten Rändern. Der Wind kreischte und stöhnte. Llian saß an seinem Tisch, und das Buch wurde von der kleinen Wandlampe erhellt. Der Nebel stieg immer höher. Schließlich zog sein Licht am Fenster vorbei und ließ den Raum in Dunkelheit zurück. Dann ging der abnehmende Mond auf. Sein blasses Licht sickerte durch das Fenster, als Llian das Buch beendete und erkannte, wo er war und wer er war. Ihm war kalt; er hatte Hunger, und er zitterte vor Müdigkeit.

Als er wieder zu seinen Gemächern zurückkehrte, dämmerte es bereits. Karans Tür stand offen, und obwohl sie offenbar im Bett geschlafen hatte, war sie bereits fort. Llian zog sich aus, ließ die Kleider fallen und warf sich aufs Bett.

Einige Zeit später wurde er von einem Streit im Hauptraum geweckt. Es waren Karan und Rael. Karan schrie wütend, und Rael antwortete ihr in sanftem, vernünftigem Tonfall. Türen wurden zugeschlagen, Stille kehrte ein, und Llian schloss die Augen wieder. Karan kam in sein Zimmer und ließ sich neben ihm aufs Bett fallen. Verschlafen schaute Llian zu ihr hinauf, schlang den Arm um sie und versank wieder in seinen Träumen. Karan blieb eine Weile so sitzen; dann löste sie sich aus der Umarmung und ging hinaus.

Llian wachte gegen Mitte des Nachmittags wieder auf. Rasch aß er etwas und eilte erneut zur Bibliothek. Abermals war der Raum leer. Die *Geschichten der Aachim* lagen nicht dort, wo er sie zurückgelassen hatte, und kurz fürchtete Llian, Emmant habe sie weggebracht, doch dann sah er sie in einem Regal. Jetzt sah er das Buch in einem anderen Licht. Der Sinn erschloss sich ihm scheinbar unabhängig von den Worten, die er las; doch wenn er innehielt, um nachzudenken, verschwamm alles wieder zu einer bedeutungslosen Ansammlung von Silben.

Als er die erste Seite aufschlug, verschwamm die Bibliothek, und Llian fühlte, wie er in die Welt der Aachim hineingezogen wurde. Er war dabei, als sie Rulke durch das Portal folgten. Er trat nackt auf das Gras hinaus und roch zum ersten Mal den warmen, vollen, würzigen Geruch von Santhenar. Er blickte auf die steilen grünen Hügel und die blauen bewaldeten Berge in der Ferne. Er fühlte die Freude und die Freiheit der Aachim auf ihrer neuen Welt, ihre Leidenschaft und jugendliche Kraft, als sie die Fesseln von Aachan abschüttelten, um sich ein neues Leben zu erschaffen. Die Jahrhunderte flogen nur so vorbei, und Llian sah das Glück der Aachim, während sie bauten und stark wurden.

Und er sah auch die Antwort der Charon, sah, wie Groll sich allmählich in Furcht verwandelte und wie sie alles taten, um den Aachim Steine in den Weg zu legen und ihre Werke zu zerstören. Die Aachim setzten sich zur Wehr, und der Schrecken des Kataklysmus verbreitete sich wie eine Pest über das Land. Dann folgte eine Geschichte, die Llian kannte: Rulkes Verrat an den Aachim. Verzweifelt und ohne Hoffnung zogen sie sich in die Berge und die Vergangenheit zurück.

Llian kehrte wieder in die Gegenwart zurück. Die Tränen liefen ihm über die Wangen, und plötzlich wurde er sich einer Präsenz in der Dunkelheit neben sich bewusst. Er sprang auf, warf dabei den Stuhl um und schaute sich ängstlich um. Dann sah er Emmant in den Schatten stehen. Der Bibliothekar trat vor, und Llian wich zurück.

»*Was hat sie damit getan?*«, krächzte Emmant. »Ich muss ihn haben.« Seine Augen brannten förmlich, und seine Stimme zitterte vor Leidenschaft.

»Warum?«, schrie Llian wild. »Du bist kein Aachim. Was kann er dir schon bedeuten?«

In der nächsten Sekunde hatte Emmant ihn an der Kehle gepackt, drückte zu, bis sich ein roter Schleier über Llians Sicht legte, und schüttelte ihn, sodass seine Zähne klapperten wie Knochen in einem Sarg. Doch selbst durch den Schleier hindurch konnte Llian diese Augen sehen.

»*Ich bin ein Aachim!*«, schrie Emmant. »*Ich bin mehr Aachim, als sie es sind!* Niemand hat sich je so um ihre Bücher gekümmert wie ich. Niemand kennt ihre Historien so wie ich. Ihre Rache ist nur ein Vorwand. Sie heulen und jammern ständig über das verlorene Aachan, doch sie tun nichts, um ihre Welt wieder zurückzubekommen; sie verstecken sich nur in ihrer Vergangenheit und schwinden dahin. Wenn ich ihnen den Spiegel gebe, heißt es nicht mehr ›Halb-Aachim hier, Halb-Aachim da‹. Sie werden mich anflehen, sie zu führen, und das werde ich! Und sie werden auch ihre Rache bekommen, *und ich meine! Was hat sie damit gemacht, diese darsh?*«, kreischte er. Wieder schüttelte er Llian und drückte sein Gesicht so dicht an ihn heran, bis er nur noch diese furchtbaren Augen sehen konnte.

Llian stieß ein schreckliches Würgen aus, und Emmant verlagerte seinen Griff von Llians Hals zu dessen Schultern. Llian atmete tief und zitternd ein; seine Luftröhre pochte von dem Druck der Finger, und sein Widerstandswille schwand dahin. Dann erschien ein Bild vor seinem geistigen Auge: Karan, wie sie ihm mit seiner Höhenkrankheit half. Daran hielt er sich fest, doch schon bald fiel es in sich zusammen. Emmants Augen spießten ihn förmlich auf.

»Sag es mir!«, schrie Emmant mit Schaum vor dem Mund und schüttelte Llian an den Schultern.

»Ich ... werde ...«, krächzte Llian.

Der Griff wurde ein wenig gelockert, doch die Augen brannten noch immer.

Am anderen Ende des Raums ertönte ein Geräusch. Emmant drehte den Kopf, doch Llian konnte das nicht. Emmant begann zu sprechen; dann erlosch das Feuer in seinen Augen, und er nahm die Hände von Llians Schultern und drehte sich langsam zu dem Eindringling um. Auch Llian wandte sich in die entsprechende Richtung. Es war Karan. Langsam kam sie durch den Raum, und ihr Blick war so mörderisch, dass Emmant einen Schritt zurückwich.

Karan ging zu Llian, nahm ihn an der Hand und riss ihn zu sich. »Ich habe recht daran getan, dich so zu behandeln, wie ich es getan habe«, sagte sie eisig an Emmant gewandt. Obwohl sie nur halb so schwer war wie er und einen ganzen Kopf kleiner, zog Emmant sich vor ihrer Wut zurück. »Du bist ein *hundiss*, ohne jede Ehre. Du wirst nie einen Platz unter den Aachim haben. Du bist ein Nichts.«

Es war klar, dass ihre Worte Emmant alles bedeuteten. Sein Gesicht wurde erst weiß, dann rot, und er versuchte, auf sie zuzugehen – ja, er hob sogar die große Faust, als wolle er sie zu Boden strecken; doch ihn verließ der Mut. Karan spie ihm vor die Füße, kehrte ihm selbstbewusst den Rücken zu und stapfte mit Llian im Schlepptau davon. Emmants wahnsinniger, von Hass erfüllter Blick folgte ihnen zur Tür.

Wieder in ihren Gemächern, stieß Karan Llian hinein und trat die Tür zu. Benommen wankte er durch den Raum. Karan fing ihn auf, als er gegen die Wand zu taumeln drohte, und wirbelte ihn herum. »Was hast du ihm *diesmal* erzählt?«

Llian hatte das Gefühl, einem Tyrannen entronnen zu sein, nur um dem nächsten in die Hände zu fallen, und er sah nicht Karans Gesicht, sondern nur ein anderes Paar bedrohlicher Augen.

»Ich-werde-nicht-reden, ich-werde-nicht-reden«, krächzte er mitleiderregend.

Karan schlug ihm mit der gesunden Hand ins Gesicht. Llian

sackte auf die Knie, schien aber noch immer benommen zu sein. Nach wie vor hielt er das Buch in der Hand. Dann begann er plötzlich mit einer langen Rede in einer unvertrauten Sprache, durchsetzt mit Heulen und Jammern. Karan starrte ihn erstaunt an. Schließlich schien sie jedoch zu verstehen. Sie huschte aus dem Raum und verschloss ihn hinter sich.

Kurz darauf kehrte sie mit Rael wieder zurück, der erst Llian sorgfältig untersuchte, dann das Buch. Rael nahm Llian das Buch aus den Fingern und sprach zwei Silben in der Sprache der Aachim; dann ergriff er Llians Hand und wiederholte sie. Llian zuckte zusammen, schloss die Augen, öffnete sie langsam wieder und schaute Karan mit leerem Blick an.

»Was ... Was ist passiert?«, fragte er verwirrt. »Ich war in der Bibliothek und habe gelesen. Es ist dunkel ...« Er schaute sich um. »Wo ist das Buch?«

Rael holte die *Geschichten der Aachim* hervor, das er hinter dem Rücken gehalten hatte. »Es war mit einem Zauber für dich belegt, wenn auch nur mit einem schäbigen.«

Llian zwang sich, sich zu erinnern. »Ich habe in der Bibliothek zu lesen begonnen«, flüsterte er schmerzhaft. »Zuerst konnte ich kaum etwas erkennen – die Sprache war so seltsam. Aber heute hat der Text irgendwie nach mir gerufen, und obwohl ich die Worte nicht kannte, habe ich die Geschichte verstanden. Ich war dort! Ich wurde zu einem der Aachim; ich kannte ihre Hoffnungen und Ängste und auch ihre geheimen Pläne aus längst vergangenen Zeiten. Dann kam Emmant. Ich habe versucht, ihm Widerstand zu leisten, doch ich konnte nicht. Es war, als hätte ich überhaupt keinen Willen mehr.« Er starrte Karan an; mehr und mehr wurde er wieder er selbst. »Jetzt verschwimmt alles. Ah! Mein Kopf! Er tut so weh. Und mein Hals. Ich dachte, er würde mich erwürgen.«

Karan saß vor ihm und strich ihm mit den Fingerspitzen über den wunden Hals. »Oh, Llian, verzeih mir!«, sagte sie.

Llian schloss die Augen und sah wieder Emmants Blick ... So viel Hass hatte er noch nie gesehen. »Du hast da einen tödlichen Feind«, sagte er und ergriff Karans kleine Hand. »Versprich mir, dass du nicht mehr alleine rausgehen wirst.«

Bei dem Gedanken daran, dass er sie beschützen wollte, hätte Karan fast lauthals aufgelacht; doch sie sah, dass er wirklich Angst um sie hatte. Es rührte sie, wie sehr er sich um sie sorgte. Sie wischte das Problem Emmant mit einer Geste beiseite und verbarg ihre Unruhe.

»Er ist ein Nichts«, sagte sie, »ein Feigling. Aber ich werde aufpassen.« Dann wandte sie sich an Rael. »Das ist eine große Schande. Einen Zauber auf Llian zu wirken, der nichts über diese Angelegenheit weiß und über keinerlei Talent verfügt, das war feige und unwürdig.«

»Es war nur ein kleiner Zauber. Kein Aachim wäre ihm erlegen. Doch er ist in böser Absicht gewirkt worden. Wir haben nichts damit zu tun. Wie du weißt, haben wir Emmant zuvor schon gewarnt. Wir bitten euch für seinen Fehler um Verzeihung.«

»Es war nicht nur *sein* Fehler. Er hat Instruktionen von Tensor erhalten.« Karan konnte vor Wut kaum sprechen.

Rael blickte beschämt drein. »Der Brief an Emmant war versiegelt. Zunächst hatten wir keine Ahnung, was darin stand. Aber, Karan, wir wissen, dass du den Spiegel zumindest einmal hattest. Bitte, sag uns, wo er ist. Du weißt, welche Strafe dir droht, wenn du ihn vor uns verbirgst – dir und Llian.«

»Ich kann euch nicht sagen, was mit ihm geschehen ist. Das Einzige, was ich sagen kann, ist, dass ich nicht gegen die Aachim handele. Eure Ehre steht hier auf dem Spiel. Wirst wenigstens du mich unterstützen, Rael?«

»Das tue ich bereits, auch wenn mich das viel kosten wird. Mehr kann ich jedoch nicht tun. Tensor wird morgen früh zurückerwartet.« Rael drehte sich um und ging hinaus.

Karan lief auf und ab. Dann setzte sie sich, kaute an ihren Fingernägeln, sprang wieder auf und ging erneut im Raum herum. »Was soll ich nur tun? In jedem Fall kann ich Tensor nicht gegenübertreten.«

»Dann gib ihm den Spiegel doch. Vielleicht passiert ja gar nichts. Vielleicht wird niemand den Spiegel benutzen können. Außerdem haben die Aachim ihn früher auch nicht missbraucht, wie du dich vielleicht erinnerst.«

»Damals war er auch noch nicht so wertvoll für sie. Der Spiegel wird mit jeder Benutzung mächtiger, denn das, wofür man ihn verwendet, behält er in sich. Sie wissen, dass Yalkara ihn für ihre Flucht von Santhenar verwendet hat. Das ist ein sehr, sehr mächtiges Geheimnis. Und vergiss nicht, dass der Spiegel ein Werk der Aachim ist. Wenn jemand das Schlimmste aus ihm herausholen kann, dann sie.«

»Warum wirfst du ihn dann nicht einfach in den Garr und lässt ihn von den Felsen zermahlen?«

Karan drückte das Gesicht an die Wand. Lange Zeit schwieg sie.

»Llian«, sagte sie schließlich, »hast du dich eigentlich nie gewundert, dass du den Spiegel zwischen meinen wenigen Habseligkeiten nie gesehen hast?«

»Nein«, antwortete Llian. »Ich wusste immer, dass er klein und leicht zu verstecken ist.«

»Für den Fall, dass wir verfolgt werden, hat Maigraith geplant, den Spiegel zu nehmen, während ich die Whelm auf eine falsche Fährte locke, indem ich so tue, als hätte ich ihn.« Unfähig, Llian anzuschauen, wandte Karan sich ab. Sie setzte sich wieder, legte den Kopf in die Hände und sah aus, als wolle sie weinen. »Ich ... Ich habe nicht ...« Eins ihrer kleinen Ohren, das aus dem Gewirr ihrer Locken hervorlugte, war fast so rot wie ihr Haar.

Was versuchte sie zu sagen? Dass sie ihn überhaupt nicht

hatte? Der Hauch eines Zweifels schlich sich in Llians Geist – in einen Geist, der darauf trainiert war, selbst die kleinsten Kleinigkeiten auf ihren Wahrheitsgehalt hin zu überprüfen und diese Wahrheit dann ohne Rücksicht auf die Konsequenzen festzustellen. Doch nun war er an einem Wendepunkt in seinem Leben angelangt: Der Chronist lag in Konflikt mit dem Mann. Karan hatte ihm so viel Treue, Freundlichkeit und Vertrauen entgegengebracht ... und er konnte genauso treu, genauso vertrauensvoll sein. Llian setzte die Scheuklappen auf. Was auch immer Karan tat, er würde es nicht in Frage stellen oder auch nur einen Gedanken daran verschwenden, ihr nicht zu glauben. Und er würde sie nicht in die Lage bringen, ihn anlügen zu müssen.

Llian kniete sich vor sie und legte ihr den Finger auf die Lippen. »Erzähl mir nichts«, sagte er, »und ich werde dich auch nichts fragen.«

»Oh, Llian«, schluchzte sie, schlang die Arme um seinen Hals und benässte seine Schulter mit ihren Tränen. »Das verdiene ich nicht. Ich ...«

»Schschsch!«, erwiderte er und drückte ihr Gesicht an seinen Hals.

Nach einer Weile hob sie den Kopf und lächelte ihn traurig an. Dann wischte sie sich das unordentliche Haar aus der Stirn. »Ich habe dich in furchtbare Schwierigkeiten gebracht. Sie *werden* uns beide töten, weißt du?«

Llian hatte versucht, nicht daran zu denken. »Nun, dann werden wir uns überlegen müssen, wie wir sie überlisten können.«

Er stand auf und ging in die Küche. Kurz darauf kehrte er mit einem dampfenden Krug und zwei Schüsseln wieder zurück. Er schenkte Tee ein. Karan hob ihre Schüssel mit beiden Händen und nippte mit geschlossenen Augen daran. Llian starrte seine eigene Schüssel an, betrachtete das Muster des

Dampfs, der von ihr aufstieg, trank aber nicht. Seine Worte waren leer gewesen. Er war hier vollkommen überfordert. Einige Zeit später lag er im Dunkeln auf dem Bett in seinem Zimmer und ging einen möglichen Plan nach dem anderen durch, bis er schließlich in einen ruhelosen Schlaf glitt.

Kapitel sechs

Unmenschliche Fesseln

Diesmal werde ich nicht schreien, sagte Maigraith zu sich selbst, als der Alte mit seinen Instrumenten wieder zurückkehrte. *Ich werde sie mich dieses Mal nicht schreien hören lassen.* Sie beobachtete ihn aus dem Augenwinkel heraus. Er kam näher. Die Instrumente klimperten in seiner Hand. Maigraith krallte sich an den Metallrahmen. Sie hielt sich so stark daran fest, dass Blutstropfen unter ihren Fingernägeln hervorquollen. *Nicht diesmal.* Die Instrumente wurden angewendet. Sie schrie.

Erst viel später wurde ihr bewusst, dass das Schreien aufgehört hatte. *Warum habe ich aufgehört zu schreien?*, fragte sie sich auf seltsam entrückte Art; kurz hatte sie sich von ihrem Körper gelöst. Maigraith öffnete die geschwollenen Augen. Der Schmerz traf sie erneut, aber es war ein alter Schmerz, der Schmerz von Hunderten kleiner Wunden. Der alte Mann entfernte sich von ihr, durchquerte ihr Sichtfeld, verschwand. Maigraith ließ sich gegen den Rahmen sacken. Schlaff hing sie an den Handgelenken. Irgendjemand kippte Wasser aus einem Eimer über sie – kaltes Wasser, das in ihren Wunden brannte. Ein Rinnsal lief ihr über Stirn und Nase. Sie leckte es sich von den Lippen, dankbar für die Kühlung, obwohl es brackig war und ihren Durst nicht stillte. Irgendjemand – vielleicht dieselbe Person – zog die Fesseln um ihre Hand- und Fußgelenke wieder enger. Die Hände waren knochig, mit Büscheln gelben Haars zwischen den dicken Knöcheln. Dann kehrte Vartila wieder zurück.

Maigraith erinnerte sich an Vartilas Worte, als die Whelm sie gefesselt und geknebelt hierher gebracht hatten. »Lasst ihr keine Ruhepause. Erst der Körper, dann der Geist, anschließend wieder der Körper. Sie ist sehr stark, und der Schmerz wird ihre Kraft verstärken und ihren Willen fokussieren. Wenn ihr ihr zu viel Freiheit lasst, tut ihr das auf eigene Gefahr. Zieht also stets die Fesseln fest, und behaltet sie aufmerksam im Auge.«

Vartila hatte Maigraith unterschätzt. Zwei Whelm rührten sich bereits nicht mehr, doch das half ihr auch nicht. Je größer der Widerstand, desto heftiger und kälter die Reaktion.

Vartila hatte Maigraith zu sich selbst befragt. »Wer bist du, dass du unseren Meister so geschwächt hast? Wer bist du, dass du uns dazu treibst, ihm zu trotzen? Wir sind Whelm und dienen unserem Herrn.« Dann hob sie die Stimme und zitterte mit einer Leidenschaft, die Maigraith noch nie gesehen hatte. »*Wer bist du, dass du uns verdorben hast?*«

Die Folter begann von neuem, ja wurde sogar noch verdoppelt. Und immer und immer wieder fragten sie sie nach Karan. »Wer ist sie?«, krächzten sie. »Wer ist sie, dass selbst die Whelm sie nicht fangen können? Wie kann sie, eine armselige Menschenfrau, eine Verbindung herstellen? Wir haben dich untersucht, und du verfügst nicht über dieses Talent.«

Was schadet es schon, wenn ich ihnen das erzähle?, dachte Maigraith in einem Delirium von Schmerz. »Das ist kein Geheimnis. Sie ist ein Mensch, aber ihre Großmutter war Mantille, eine Aachim.«

Die Reaktion der Whelm war unerwartet und erschreckend. »*Ein Mischling!*«, schrie Vartila. »Jetzt weiß ich, wie wir gegen sie vorgehen müssen.« Mit lauter Stimme rief sie nach den anderen, und sie eilten herbei. Sie erteilte einen Schwall von Befehlen; dann rannten zwei Whelm zur Tür hinaus.

Vartila kehrte lächelnd wieder zurück und fletschte die Zähne. »Du hast uns Macht über deine Freundin gegeben. Sie wird nicht mehr rennen. Sie wird auf uns warten, unfähig, uns zu widerstehen, mit tauben Gliedern und gelähmtem Geist. Sie wird nur noch Schrecken empfinden. Aber hör nicht auf. Du hast uns noch so viel mehr zu erzählen.«

Maigraith blieb keine Zeit, sich über die Reaktion der Whelm zu wundern oder darüber, in welche Schwierigkeiten sie Karan gebracht haben könnte. Schon bald verloren sich ihre Gedanken wieder in ihrem eigenen Albtraum.

Vartila legte die Hand auf Maigraith' nackte Schulter. Das Gefühl, dass etwas über ihren Leib und in ihre Seele kroch, begann erneut. Es war so furchtbar, so beschämend, dass nur der Tod die Erinnerung daran tilgen konnte. Aber der Tod kam nicht. Maigraith klammerte sich an die Erinnerung des Schmerzes. Sie benutzte sie als Anker, um ihren winselnden Geist an ihren versagenden Leib zu binden. *Bring den Schmerz wieder zurück*, weinte sie. *Gib mir den Schmerz, aber nicht das! Oh, Yggur, wie hast du mir das nur antun können?* Und immer wieder in diesem Albtraum dachte sie daran, was sie Karan angetan hatte.

»*Ich erzähle es euch! Ich erzähle es euch!*«, schrie und schrie sie, bis ihr Schreien zu einem Wimmern und schließlich zu einem Flüstern wurde. Doch erst als sie noch nicht einmal mehr flüstern konnte, hörte die Folter auf. Dann kehrte vollkommene Stille ein in diesem feuchten, höhlenartigen Raum. Maigraith öffnete den Mund, doch kein Laut kam über ihre Lippen. Sie verspannte sich und erinnerte sich an den alten Mann. Diesmal erschien er nicht. Dann ertönte ein ersticktes Geräusch vom Eingang her. Maigraith wand sich auf dem Rahmen, drehte den Kopf und öffnete die Augen. Sie schloss und öffnete sie wieder, doch die Halluzination war noch immer da.

Maigraith sah eine Frau mit einer Wolke blass leuchtenden Haars. Sie war so klein wie Karan, nur schlanker, und sie bewegte sich so leichtfüßig, dass sie zu schweben schien. Ein bleiches Strahlen strömte zwischen ihren geballten Fingern hervor. Das Fleisch glühte rosafarben, und die Haut schimmerte durch, sodass man die schlanken Schatten der Knochen erkennen konnte. Sie drehte die Hand hierhin und dorthin. Das Licht hüllte erst den einen, dann den anderen Whelm ein. Verzweifelt versuchten sie, auf die Frau zuzugehen; doch als das Licht sie nacheinander traf, warfen sie die langen Arme in die Höhe, als wollten sie die Luft packen, und fielen zu Boden. Maigraith sah, wie Vartila in der Mitte zusammenklappte und nach vorne rutschte, als gleite sie in flaches Wasser; dann schlug sie mit dem Gesicht auf den Boden auf.

Kurz fiel das Licht auch auf Maigraith, und sie wurde von einer wirbelnden Dunkelheit eingehüllt. Eine Welle erfasste sie und riss sie davon; dann faltete sich die Schwärze in sich selbst zusammen, und Maigraith konnte wieder sehen. Die Halluzination trieb auf sie zu, glitt hinter sie ... und ihre Fesseln fielen von ihr ab, und sie wurde an der Hüfte gepackt, als sie fiel, und sanft auf den Boden gelegt. Maigraith schloss die Augen. Eine Hand berührte ihre Schulter. Sie verspannte sich. Dann sagte eine kühle Stimme, die jedoch ganz und gar nicht wie die Whelm klang: »Trink das.« Und man half ihr, sich zu setzen.

Maigraith streckte die Hände aus, um den Becher zu nehmen, doch sie waren taub. Der Becher wurde an ihre Lippen gehalten. Sie nippte an der dickflüssigen, aromatischen Flüssigkeit, und sie wärmte sie. Nach ein paar Schlucken schob sie den Becher wieder weg und öffnete die Augen ein Stück. »*Faelamor!*«, flüsterte sie und lächelte schwach. »Wie bist du so schnell hierhergekommen?«

Faelamor erwiderte das Lächeln nicht. »Ich komme aus Sith, wo ich dich treffen wollte. Dort habe ich gehört, dass du hier gefangen bist.« Ihr Mund war verkniffen. Sie besaß eine leise, heisere Stimme; im Augenblick war das das Einzige an ihr, was nicht beherrscht wirkte. Sie musste in der Tat erschöpft sein, wenn sie solch einen Fehler in ihrer Illusion zuließ, selbst vor Maigraith. »Aber darüber werden wir gleich reden. Wir müssen jetzt erst einmal weg. Kannst du laufen?«

»Ich glaube nicht – noch nicht.«

Faelamor rieb Maigraith' Füße und Beine, bis das Blut wieder durch die Glieder strömte. Maigraith lag auf dem Boden und starrte zu ihr hinauf. Faelamors Augen waren tief eingesunken; mit ihrer goldenen Farbe besaßen sie ein fast katzenhaftes Aussehen. Ihre Haut war glatt wie gewachstes Rosenholz und durchscheinend; das blaue Netz der Adern schimmerte durch das rosafarbene Fleisch. Das war der sichtbarste Unterschied zwischen Faellem und Menschen. Normalerweise bedeckten sie ihre Haut oder färbten sie. Faelamors Gesichtszüge waren so fein und perfekt wie die einer Statue, aber es war die Glätte und Feinheit einer Maske, und Maigraith hatte nicht den Hauch einer Ahnung, was sie gerade dachte. Nur einmal verriet ihr Gesicht etwas, während sie Maigraith' Wunden untersuchte.

»Warum haben sie dir das angetan? Hätte ich das vorher gesehen, hätte ich keine Illusion gegen sie angewendet.«

»Ich weiß es nicht.« Maigraith weinte leise vor Schmerz. »Sie schienen mich zu hassen, kaum dass sie mich gesehen haben.«

Faelamor untersuchte die reglosen Whelm. Sie beugte sich vor und begann, den kleinsten auszuziehen. Schließlich kam sie mit Stiefeln, Gewand und Unterwäsche wieder zurück. Maigraith betrachtete sie angewidert.

»Die Unterwäsche werde ich *nicht* anziehen«, verkündete sie, gestattete Faelamor jedoch, ihr mit dem Gewand zu helfen. Dabei bemerkte sie zum ersten Mal, dass Faelamors Hände alt waren und leicht zitterten. Die Stiefel waren zu lang und eng. Sie schmerzten Maigraith an den Füßen, kaum dass sie sie angezogen hatte, und der grobe Stoff des Gewands rieb über ihren verletzten Rücken und die Schenkel.

»Wie hast du das gemacht?«, fragte Maigraith und schaute zu den reglosen Whelm, die überall im Raum verstreut lagen. »Was war das in deiner Hand?«

»Wie ich dich gelehrt habe, hat jeder seine Schwächen. Was die Whelm betrifft, so reichen unsere Illusionen aus; doch um so viele niederzustrecken, bedarf es großer Anstrengung. Das Gerät? Das ist nichts, nur ein Bild, um meine Illusion zu verstärken. Trink jetzt den Rest. Das wird deine Schmerzen lindern. Solange wir nicht in Sicherheit sind, kann ich nichts für deine Wunden tun.« Sie bot Maigraith den Arm an.

Maigraith war verwirrt und nervös. Faelamor in der Rolle der Beschützerin war seltsam für sie, obwohl es ein gutes Gefühl war, jemanden zu haben, auf den man sich stützen konnte. Nun konnte *sie* jemandem folgen, anstatt führen zu müssen; *sie* musste nicht länger die Entscheidungen treffen. Doch dieses Gefühl war nicht von Dauer.

»Bist du bis in die Bibliothek gekommen? War der Spiegel dort?«

Maigraith hielt mitten im Schritt inne. »Du *weißt* es nicht? Der Spiegel ist weg. Karan ist vor Wochen geflohen, um ihn zu dir nach Sith zu bringen. Wie kommt es, dass du noch nicht davon gehört hast?«

»*Karan die Empfindsame!* Du verdammte Närrin! Ich habe dich doch gewarnt und dir gesagt, du sollst allein gehen. Da wäre es ja besser gewesen, du wärst überhaupt nicht gegangen.«

Die Kälte und das Gefühl, nur von geringem Wert zu sein, daran war Maigraith gewohnt. Wie undankbar es doch war, Faelamors Schützling zu sein, wie unmöglich, den eigenen Wert zu beweisen. Aber es sollte noch schlimmer kommen, denn während sie sprach, fiel das Licht einer Lampe neben der Tür auf Maigraith' Gesicht. »Deine Augen!«, sagte Faelamor, und ihre Stimme war kaum mehr als ein Flüstern. »Deine Augen haben sich verändert. Du hast das *kalash* nicht genommen, wie ich dir gesagt habe. Warum hast du die Droge nicht benutzt?«

»Sie haben mir alles abgenommen«, antwortete Maigraith. »Was passiert ist? Seit meiner Gefangennahme habe ich mein Gesicht nicht mehr gesehen.«

»Die Farbe verändert sich. Deine Augen sind jetzt tiefblau. Oh, das ist unvorstellbar. Und du hast es *ihn* sehen lassen.« Faelamor machte kehrt und ging wieder in die Mitte des Raums zurück. Sie starrte den Rahmen an, packte die Stangen und ließ den Kopf hängen.

Maigraith schaute ihr hinterher. Faelamors Anspannung war nun echter Qual gewichen – das war nicht mehr die Faelamor, die sie schon so lange kannte. Normalerweise hatte sie all ihre Gefühle unter Kontrolle und wusste sie nutzbringend einzusetzen.

»Da ist noch etwas, was ich dir erzählen muss«, sagte Maigraith zitternd. »Vielleicht das schlimmste von allem. Als Yggur uns gestellt hat, da ... da hat er uns nach dir gefragt.«

Faelamor erstarrte und presste die Lippen zu einem dünnen weißen Strich zusammen. »Du konntest es ihm nicht sagen. Du konntest mein Geheimnis nicht verraten.«

Maigraith hatte eine derartige Angst, dass sie kaum sprechen konnte, doch die schrecklichen Worte mussten gesagt werden. »Das habe ich auch nicht«, flüsterte sie, »selbst als er uns mit einem *Befehl* belegt hat. Auch Karan hat sich widersetzt, doch er war zu stark für sie. Sie hat deinen Namen ausgesprochen.«

Faelamor bewahrte eine eisige Ruhe. »*Woher hat sie meinen Namen gekannt?*«

Maigraith drohte zu ersticken. »Eines Nachts auf dem Weg hierhin ... Sie war so unglücklich ... Da begann sie zu senden ... Ich ... Wir tranken zusammen, um sie zu trösten, und ich hatte ein wenig zu viel und habe deinen Namen erwähnt. Es tut mir so leid.«

Instinktiv schreckte sie zurück in Erwartung von Faelamors schrecklichem Zorn, doch nichts geschah. Faelamor tat gar nichts. Sie stand einfach nur da und starrte gedankenverloren ins Leere, bis Maigraith sich fragte, ob die Faellem sie überhaupt gehört hatte. Als sie schließlich doch wieder sprach, klang sie sehr ruhig.

»Fast dreihundert Jahre lang habe ich meinen Namen geheim gehalten und im Verborgenen gelebt. Die ganze Welt hält mich für tot; sie hat mich vergessen ... seit jenem schrecklichen Kampf mit Yalkara, als ich sie von Santhenar gejagt habe. Die ganze Zeit über habe ich mein Geheimnis gehütet. Nur einer einzigen Seele habe ich mich offenbart – der Seele, die ich *erschaffen*, die ich auserwählt, beschützt und ausgebildet habe. Und du verrätst mich wie eine dahergelaufene Wirtshausschlampe, als hätte mein Name keinen Wert.«

Sie drehte sich zu Maigraith um, und in ihren Augen lag Trauer, kein Zorn. »Wir sind schwach. All meine Pläne, die ich über so viele Jahre hinweg geschmiedet habe, hingen davon ab, dass niemand wusste, dass ich noch lebe. Und es wusste auch niemand außer meinem Volk ... und dir. Die Faellem könnte nichts dazu bewegen, mich zu verraten. Was dich betrifft ...«

»Ich habe ihr vertraut. Ich habe sie gebraucht. Er war zu stark!«, schrie Maigraith. Sie wünschte sich nichts sehnlicher, als dass die Erde sich unter ihren Füßen auftun und sie verschlucken würde.

»Freundschaft? Wozu? Du hattest deine Pflicht. Sie zu erfüllen wäre ein größerer Trost gewesen als jeder Freund. Ich habe dich gewarnt, sie nicht in meine Angelegenheiten reinzuziehen. *Wenn ich Karan finde, ist sie tot!*« Plötzlich kam ihr ein Gedanke. »Die Whelm ... wissen sie auch Bescheid?«

»Nein. Das schwöre ich«, beeilte sich Maigraith, ihr zu versichern. »Zweimal haben sie mich gefoltert, doch dich habe ich nicht erwähnt. Yggur erzählt ihnen nichts. Tatsächlich scheint mit meinem Auftauchen eine Kluft zwischen ihnen entstanden zu sein. Sie hegen einen erbitterten Hass gegen mich oder eine instinktive Angst. Ich sehe das in ihren Gesichtern.«

Die Ruhe von Faelamors Zorn war Furcht erregend. »Dein Wert hat stark abgenommen, doch wir haben keine Zeit, um von neuem zu beginnen. Tallallame ruft nach uns ... Unsere eigene Welt fleht uns an, nach Hause zu kommen. Ich *muss* die Düsternis durchbrechen, und ich *werde* einen Weg finden. Aber zuerst brauche ich den Spiegel. Diese Pflicht ist meine Qual, mein Albtraum – mein Verräter. Nein«, sagte sie in sanftem Ton. »Ich habe meine Wahl getroffen. Ich werde die Faellem wieder nach Hause bringen, egal was es mich auch kosten mag. Ich *bin* die Faellem.«

Rasch ging sie wieder zu Maigraith zurück, die sich an den Türrahmen lehnte. Faelamors Tonfall veränderte sich. Er wurde sachlicher, als wäre all das, was gerade gesagt worden war, damit erledigt.

»Was ist, kann nicht mehr verändert werden. Allerdings muss ich jetzt all meine Pläne ändern, und wir haben nur so wenig Zeit. Wir müssen sofort weg von hier. Bei Sonnenaufgang möchte ich schon tief in den Sümpfen sein. Wenn wir das Boot erreichen, werde ich dir mehr *kalash* geben. Bis dahin schau immer nach unten. Lass niemanden deine Augen sehen, auch wenn ich fürchte, dass es nun dafür zu spät ist. Nimm meinen Arm. Beeil dich. Selbst ich kann dich im vollen Tageslicht nicht verbergen.«

Maigraith sollte nie erfahren, welche Wunder Faelamor wirkte, um sie in jener Nacht sicher und unentdeckt aus Fiz Gorgo zu bringen. Sie wurde von Schuldgefühlen und Scham ob ihres Versagens verzehrt und litt unter dem Schmerz ihrer Wunden. Sie waren noch keine hundert Schritt gegangen, als sie zu wanken begann; ihr ganzer Leib war eine einzige große

Masse von Schmerz. Schließlich erreichten sie den Wald. Nach gut anderthalb Meilen zwischen den Bäumen hindurch begann der Sumpf. Faelamor watete hinein und kehrte mit einem kleinen Plattboot wieder zurück. Sie wuchtete die benommene Maigraith über die Seite, kletterte dann selbst hinein und stakte in den Sumpf hinaus.

Der Tag brach an, und Yggur ging später als üblich in seine Kammer. Dank Schlafmangel lagen seine Augen tief in den Höhlen, und sein Gesicht wirkte abgehärmt. Was auch immer es für seine ehrgeizigen Pläne bedeuten mochte, er konnte es ihr nicht antun. Nicht die Whelm. Was war er doch für ein Narr. In nur anderthalb Monaten hatte sie Pläne auf den Kopf gestellt, die über Jahrzehnte gereift waren.

An der Tür erstarrte er. Wo waren die Wachen? Drinnen sah er zwei Leichen ... Nein, sie schliefen nur! Nein, sie waren betäubt worden; er konnte es von der Tür aus riechen. Yggur schlurfte zu Maigraith' Zelle, sah die halb offene Tür, den Tisch und den umgestoßenen Stuhl. Ihre Kleider hingen noch immer ordentlich über dem anderen Stuhl, wo sie sie zurückgelassen hatte. Ihre Stiefel standen neben dem Bett. Yggur zog es das Herz zusammen.

Sie *hatten* sie geholt. Warum hatte er diese Nacht nicht nach ihr gesehen? Yggur rannte die Treppe zu den Quartieren der Whelm hinunter. So schnell war er seit fünfzig Jahren nicht mehr gerannt. Sie war nicht dort. Er begann mit der langen Suche in den Kavernen darunter, und schließlich fand er den Raum.

Yggur nahm die Szenerie von der Tür her in sich auf: der Eisenrahmen in der Mitte des Raums, die daran hängenden Zangen, der rot gefärbte Boden darunter. Der Alte lag unter dem Rahmen, umgeben von seinen verstreuten Instrumenten. Die anderen Whelm lagen ebenfalls auf dem Boden. Yggur hockte sich neben den, der ihm am nächsten lag. Der Mann war bei Bewusstsein, konnte sich aber nicht bewegen.

Ein kleines Haarbüschel hing in dem Gitterrahmen, lange Strähnen von dunkelbrauner Farbe. Yggur löste das Büschel und steckte es gedankenverloren in seine Tasche. Dann sah er den Becher auf dem Boden, schnüffelte daran und schmeckte die Reste mit dem Finger. Das weckte eine uralte Erinnerung in ihm.

Sie ist weg, dachte er. *Faelamor hat sie geholt!* Er schloss die Tür und stieg langsam die Treppe zu seiner Kammer hinauf. Was sollte er tun? Die Whelm hatten schon bei Karan versagt und nun auch noch bei Faelamor. Niemand hier war in der Lage, ihr durch den Sumpf von Orist zu folgen ... außer ihm selbst. Und selbst er lief Gefahr, es dort draußen nicht mit ihr aufnehmen zu können.

Nein, Maigraith ist weg. Vergiss sie. Wie hatte sie ihn nur so bezaubern können, dass er sogar sein Ziel aus den Augen verloren hatte? Außerdem wusste er, dass Karan auf dem Weg nach Sith war, wenn auch auf einer umständlichen Route. *Sie müssen ebenfalls dorthin unterwegs sein.* Er sprang auf und zog an der Klingel. Als der Diener kam, war Yggur bereits tief in dic Karten und Papiere versunken, die er auf der Bank ausgebreitet hatte.

»Ruf meine Generäle zusammen!«, schrie er und kritzelte hastig ein paar Befehle aufs Papier. »Wir marschieren nach Osten. Und ruf auch die Whelm. Sie sollen Gelegenheit bekommen, ihre Fehler wiedergutzumachen.«

Doch nach wie vor wollte Maigraith ihm einfach nicht aus dem Kopf gehen.

Kapitel sieben

Der Prozess

Karan war aufgeregt. Ihr war ein Plan eingefallen, doch der war so riskant, dass ihr allein schon bei dem Gedanken die Knie weich wurden. Sie kroch zur Tür und spähte in Llians Kammer. Er lag auf der Seite. Das Licht, das durch die offene Tür hereinfiel, schien auf sein Gesicht, und sie sah, dass er schlief. Mit den Fingern berührte sie seine Stirn, doch er rührte sich nicht. Sie schaute sich um. Was konnte sie benutzen. Das Buch? Die *Geschichten der Aachim?* Nein, das war die schlechteste Wahl. Da hätte sie genauso gut versuchen können, dem Verdrehten Spiegel ein wahres Bild zu entlocken. Es musste irgendetwas sein, das er immer bei sich trug.

Um den Hals und unter dem Hemd trug Llian eine Silberkette mit einem kleinen Jadeamulett. Vorsichtig öffnete Karan sein Hemd. Die Haut darunter fühlte sich glatt an, und sie verspürte das Bedürfnis, darüber zu streicheln. Stattdessen öffnete sie jedoch nur den Verschluss der Kette und zog das Amulett heraus. Verschlafen drehte Llian sich um, wachte aber nicht auf. Karan hielt die Kette ins Licht und ließ sie dann in ihre offene Hand fallen, wo sie ein silbernes Knäuel bildete. Schließlich glitt sie wieder aus dem Zimmer und zog die Tür hinter sich zu.

In ihrer eigenen Kammer angelangt, verriegelte sie die Tür, zog die Stiefel aus und setzte sich mit verschränkten Beinen auf den Boden, die Ellbogen auf den Knien und die Silberkette in der offenen Hand. Sie schloss die Finger um das Amulett, wurde schläfrig und senkte langsam den Kopf über das von ihren Armen gebildete Dreieck. Das Amulett fühlte sich warm in ihrer Hand an, die Kette kalt auf ihrer Stirn. Ein flüchtiges Bild erschien in ihrem Geist: ein Sturm über Ruinen; Llian, der mit blutigem Gesicht durch die Tür brach und die Stufen hinunter vor ihre Füße fiel … Karan wischte das Bild beiseite. Andere folgten: Llian, der sich voller Angst vor einem Sturz über den Pfad die Klamm entlangquälte; und wie dumm er ausgesehen hatte, als Rael sie im Hof empfangen hatte; und da, benommen von Emmants Zauber. Karan unterdrückte all diese Erinnerungen.

Dann nichts, nur noch das Dröhnen des Windes vor ihrem Fenster. Gar nichts, und sie wurde nervös. Karan zwang ihren Geist, sich zu beruhigen. Schließlich begann es … ein schwaches Kribbeln am äußersten Rand ihrer Sinne. Das Amulett wurde heiß in ihrer Hand, und sie packte es fester. Dort, wo das Kribbeln war, erschien ein winziger Lichtpunkt. Er trieb hierhin und dorthin und wuchs zu einem Bild des Jetzt heran. Es war Llian, und er lag träumend in seinem Zimmer; er träumte von den Historien der Aachim.

Karan überließ ihn seinem Traum. Sie dachte ans Morgen. Sie hatte wirklich Angst vor Tensor. Er würde sie brechen, sollte er zu der Überzeugung gelangen, dass sie etwas über den Spiegel wusste, und dann würde er ihn sich nehmen und benutzen. Der schreckliche Traum, die Zerstörung von Shazmak, berührte sie erneut. Doch lange bevor das so weit war, würden sie und Llian, *ihr* Llian, tot sein. Karan ließ den Schrecken in sich einsickern, bis stumme Schreie ihren Geist erfüllten.

Sie wandte sich wieder Llian zu. Nun träumte auch er davon, Tensors Urteil ausgeliefert zu sein, und auch er hatte Angst; nur war seine Angst stark und gesund, nicht der namenlose Schrecken, dem sie sich ausgesetzt sah. Karan schickte ihm dieses Bild, bis ihre Sinne sich überlappten und Llian von ihr träumte. Dann wob sie eine Geschichte in ihre Angst, und diese Geschichte war wahr bis auf eine einzige, winzige Lüge.

Maigraith hat mich nach Fiz Gorgo gebracht, wob sie, *denn sie brauchte eine Empfindsame, eine Verbindung. Ich bin mit ihr gegangen, ohne zu wissen, wonach sie suchte. Ich wusste nur, dass es sich um ein Relikt aus der Vergangenheit handelte, und selbst als ich es sah, habe ich es nicht als das erkannt, was es war, und sie hat es mir nicht gesagt. Ich bin entkommen; sie wurde gefangen genommen. Am Neydsee habe ich den Spiegel einem anderen gegeben und bin zur Täuschung gen Norden geflohen. Erst Wochen später habe ich erfahren, dass es sich bei dem Relikt um den Spiegel von Aachan handelt.*

Während sie den Traum wob, träumte Llian ihn. Er schwamm mit ihr durch die eisigen Wasser der Zisterne nach Fiz Gorgo hinein. Er sah voller Staunen, wie Maigraith Yggur trotzte. Er war an Karans Seite, als sie voller Angst durch die Sümpfe von Orist floh. Dann die Lüge: Er sah, wie sie den Spiegel am Neydsee unter einer alten Landungsbrücke jemand anderem gab. Er sah den Verrat, die erbarmungslose Jagd durch die Whelm, und er fühlte, wie Karan in Tullin um Hilfe gesendet hatte. All das träumte Llian, und er träumte auch von seinen eigenen Torheiten und Fehlern.

Schritt für Schritt nahm die Geschichte ihren Lauf. Sie standen vor der Brücke, die nach Shazmak führte. Dort hieß man sie willkommen. Llian träumte das alles, und am Ende wusste er, dass Karan gelenkt worden war, ohne auch nur zu ahnen, warum. Sie hatte den Spiegel jemand anderem gegeben, ohne zu wissen, was sie da aus der Hand gab, und nun hatte sie Angst und schämte sich.

Die Geschichte endete. Karan konnte nicht mehr. Llian trieb in andere Träume davon, und Karan ließ ihr Gefühl von ihm so weit zusammenschrumpfen, dass sie es in irgendeinen obskuren Teil ihres Unterbewusstseins verschieben konnte. Langsam hob sie den Kopf, das Gesicht noch immer feucht von Tränen. Ihre Hände und Füße waren kalt und taub; sie konnte kaum aufstehen. Sie humpelte zum Fenster, und dabei glitt ihr die Kette mit dem kleinen Amulett aus den Fingern und fiel neben den Tisch. Karan lehnte sich auf die Fensterbank. Das Glas war von außen mit Eis verkrustet. Karan überkam Übelkeit, und sie hatte das Gefühl, als würde ihr jemand von hinten Nadeln durch die Augen stechen. Dann begannen die Sterne zu tanzen, und sie fiel bewusstlos neben ihr Bett.

Früh am nächsten Morgen wachte Llian auf. Er hatte ungewöhnlich tief geschlafen. Nun musste er sich einem Problem stellen, das zu lösen ihm am vergangenen Abend nicht gelungen war. Er machte Frühstück und klopfte an Karans Tür. Er erhielt keine Antwort, und die Tür war abgeschlossen. Das war noch nie der Fall gewesen. Llian trug das Tablett zum Tisch zurück. Dann machte er sich daran, ihre Optionen auf einer leeren Tagebuchseite niederzuschreiben, denn mit einer Feder in der Hand hatte er schon immer besser nachdenken können. Plötzlich klopfte es nachdrücklich an der Außentür. Llian stand auf und öffnete. Draußen stand ein großer, kräftiger Mann mit schwarzem welligem Haar, dunklem Vollbart und der typischen Selbstbeherrschung der Aachim. Er war ganz in Grau gewandet und trug hohe Stiefel.

»Ich bin Tensor«, sagte er. »Ich bin aus dem Osten zurückgekehrt, wo ich mich mit den Syndikatoren beraten habe. Du bist Llian, Meisterchronist aus Chanthed?«

Tensors Gegenwart war überwältigend. Llian bedeutete ihm, dass er in der Tat der sei, für den er ihn hielt.

»Ich fordere dich auf, bei dem Prozess gegen Karan von Bannador zu sprechen. Die Anklage lautet auf Verrat. Wirst du sprechen?«

Llian schluckte. »Das werde ich«, antwortete er. Er musste sich auf den Türgriff stützen.

»Gut. Abhängig vom Ausgang ihres Prozesses kannst auch du angeklagt werden. Ist Karan da?«

Llian nickte. Er fühlte sich vollkommen taub.

»Darf ich hereinkommen?«

Llian wusste, dass Tensor nur aus Höflichkeit fragte. Ihn überkam das unsinnige Verlangen, Tensor auf die polierten Stiefel zu spucken; doch er trat beiseite.

Tensor schritt durch den Vorraum, gefolgt von Emmant und fünf weiteren Aachim. Rael, dessen Gesicht so weiß wie Papier war, klopfte an Karans Tür. Er erhielt keine Antwort. Er klopfte erneut und versuchte zu öffnen. Die Tür gab nicht nach.

»Dürfen wir sie aufbrechen?«, fragte Tensor Llian.

»Ja«, antwortete Llian kaum hörbar.

Die Tür wurde aufgebrochen. Karan lag noch immer dort auf dem Boden, wo sie gefallen war. Llian lief zu ihr. Er war noch nicht bei ihr angekommen, da hob sie den Kopf und schaute sich um. Ein Schatten huschte über ihr Gesicht, als sie Tensor sah; dann sackte sie wieder in sich zusammen.

Tensor hockte sich neben sie und wischte ihr sanft die roten Locken aus der Stirn. »Karan, Karan, warum hast du dich nur so beschämt?«, sagte er in betrübtem Tonfall. »Du warst unsere Freude, warst unser Leben. Dies ist in der Tat ein trauriger Tag.«

»Warum Emmant?«, krächzte sie wütend. »Wie konntest *du* mich so verraten?«

Tensors Gesichtszüge gefroren, doch für einen Augenblick lösten sich seine Augen von ihren. »Es beschämt mich«, sagte er, »aber ich *werde* ihn bekommen.«

Schweigend blieb er noch einen Moment hocken; dann richtete er sich wieder auf und sagte in formellem Tonfall:

»Karan Elienor Melluselde Fyrn von Gothryme, ich fordere

dich auf, dich vor den Syndikatoren gegen die Anklage zu verteidigen, dass du das heilige Vertrauen und das große Ziel der Aachim verraten hast, indem du ein großes Erbstück gestohlen hast, seit langem verloren und lange gesucht: den Spiegel von Aachan. Du sollst ihn für Mendark, den Magister des Großen Rats, von Yggur aus Fiz Gorgo geraubt haben. Wirst du dich und die Ehre deiner Familie verteidigen?«

Karan war amüsiert. »Mendark?«, sagte sie. »Mendark hat nichts damit zu tun.«

»Das sagst du! Wie kommt es dann, dass du in Begleitung seines Schützlings reist?«

Sie antwortete nicht darauf.

»Wirst du die Ehre deiner Familie verteidigen?«

»Das werde ich«, antwortete Karan schwach.

»Dann komm«, sagte Tensor in brüskem Tonfall. »Die Welt dreht sich. Wir müssen sofort beginnen.«

Er winkte zwei Aachim, die daraufhin vortraten und Karan ihre Arme anboten. Langsam setzte sie sich in Bewegung. Ihre Füße waren noch immer nackt, und ihr geschienter Arm hing schlaff herunter. Hinter ihr ging Rael wie ein wiederbelebter Leichnam; dann folgte Llian, der so viel Angst um Karan hatte, dass es ihm den Magen umdrehte und er sich peinlicherweise fast erbrochen hätte. Die anderen schlossen sich ihnen an – alle, bis auf Emmant.

Emmant blieb noch einen Moment, nachdem sie gegangen waren. Seine scharfen Augen sahen etwas auf dem Boden neben dem Fenster schimmern. Er bückte sich und hob die Kette mit dem Amulett auf. Emmant steckte es in die Tasche und eilte den anderen hinterher.

Trotz Tensors Eile begann der Prozess nicht vor Mitte des Nachmittags. Er fand in einer großen Halle statt mit einer ovalen Kuppel als Dach, die von den Wänden gestützt wurde. Die großen Eisentüren an beiden Enden standen weit offen. Wandbilder zeigten die Landschaft von Aachan: Eisentürme auf Felsspitzen, die aus dem Eis gehauen zu sein schienen; von Schwefel verkrustete Berge und Wälder mit schwarzblättrigen Bäumen, deren Stämme von Ranken umhüllt waren. Der in die Kuppel gemalte fremdartige Himmel schimmerte grünlich, und ein orangefarbener Mond stand in der Ecke. Gelbe Lampen unter der Decke gaben ein schwaches Licht ab.

Llian hatte den Raum von der Rückseite betreten. Der Boden fiel leicht ab. Bänke standen dort, doch ohne Sitze mit Ausnahme jener ganz unten. Am anderen Ende des Raums befand sich eine leicht erhöhte Empore mit einem Halbkreis aus hochlehnigen Eisenstühlen, die auf die typisch verschnörkelte Art der Aachim verziert waren. Nicht ganz in der Mitte des Halbkreises erhob sich ein steinernes Podest, um das sich eine schwarze Eisentreppe mit zwanzig Stufen schlang. Oben auf diesem Podest befand sich eine eiserne Anklagebank mit einem Geländer aus rotem Marmor. Karan stand schlaff in dieser Anklagebank und stützte sich am Geländer ab. So ganz allein dort oben sah sie schier unglaublich klein, ängstlich und schuldig aus.

Llian setzte sich zwischen die Aachim, während der in formelle Roben gewandete Rael auf die Empore stieg und seinen Platz unter den Syndikatoren einnahm. Stille senkte sich über den Raum. Dann kam Tensor durch eine Seitentür herein und stellte sich an ein Ende des Halbkreises.

Der Prozess begann mit einem Austausch von Höflichkeiten, die Llian nur schwer verstehen konnte, obwohl die Aachim seine Sprache verwendeten. Er beobachtete Karan, die in bestimmten Abständen antworten musste. Ihre Antworten wurden immer gedankenverlorener ... Sie tastete in ihren Taschen herum, suchte nach ihrer Börse und dann nach dem verlorenen Amulett, und schließlich gab sie es auf und legte den Kopf auf die Arme.

Die Höflichkeiten endeten, und wieder folgte ein langes Schweigen. Karan hob den Kopf und ließ ihren Blick durch die Halle schweifen. Llian wusste, dass sie nach ihm suchte, dass sie ihn aus irgendeinem Grund brauchte. Er stand auf. Sie schauten einander in die Augen. Einen Augenblick lang hatte er das Gefühl, als trieben seine Gedanken davon, als stünde er erneut unter Emmants Zauber; dann stieß ihn jemand in die Rippen, und er setzte sich wieder. Karan verneigte sich.

Tensor sprach. Seine normalerweise so volle, tiefe Stimme war aller Farbe beraubt. Er sprach in vollkommen neutralem Tonfall, wie es alle vor den Syndikatoren tun mussten mit Ausnahme der Angeklagten.

»Karan Elienor Melluselde Fyrn von Gothryme in Bannador, Spross von Elienor, dem ältesten Haus von Aachan. Elienor, größte aller Heldinnen! Sie war die Einzige, die sich gegen Rulke gestellt hat, als die Charon kamen und die Verwüstung von Aachan begann! Dein Haus ist stets mit den Ältesten von Shazmak verbündet gewesen. Karan Elienor, Enkelin der geliebten Mantille, wiedergeborene Mantille, geschätzte Cousine. Du stehst hier unter der Anklage des Verrats. Ich, Tensor, dein Ankläger, behaupte, dass du, Empfängerin der Gaben und Geheimnisse der Aachim, unser heiliges Vertrauen und großes Ziel verraten hast. Ich behaupte, dass du den Spiegel von Aachan von Yggur dem Wirker gestohlen hast. Ich behaupte, dass du den Spiegel genommen hast, um ihn Mendark, dem Magister des Großen Rats von Iagador zu geben, damit er ihn wider das große Ziel der Aachim einsetzen möge. Ich werde die Zeugen gegen dich berufen. Dann wirst du den Syndikatoren deine Argumente vortragen, woraufhin sie das Urteil fällen werden.«

Melluselde!, dachte Llian. *Was für ein seltsamer, uralter Name. Wer trug diesen Namen in alter Zeit, und wie ist er zu ihr gelangt?* Der Name davor war sogar noch älter und größer, doch Llian wusste nichts über die frühe Geschichte der Aachim. Dann nahm der Prozess seinen Lauf, und er hatte keine Zeit mehr, darüber nachzudenken.

Die Zeugen traten vor, und jeder sprach so tonlos, schlicht und neutral wie Tensor. Jede Aussage war gerecht, gemessen und wurde ohne Eile vorgetragen. Der Prozess hatte nichts Dramatisches an sich, und von einer Spannung im Raum war nichts zu spüren.

Zunächst sprach Tensor von einem Boten, der jenseits des Meers von Thurkad zu ihm gekommen war und ihm die Nachricht gebracht hatte, der Spiegel sei gefunden worden. Daraufhin hatte Tensor sich sofort auf den Rückweg gemacht, und in Thurkad hatte er von Mendark erfahren, dass der Spiegel von Yggur gestohlen worden sei, dass Karan davon wisse und dass Mendark Llian geschickt habe, um sie von Tullin nach Thurkad zu bringen. Mendark, erzählte er, sei ausweichend gewesen und habe ihm trotz ihrer langen Freundschaft nicht alles erzählen wollen. Tensor vermutete, dass Karan die Berge via Shazmak habe überqueren wollen, und deshalb habe er Nachricht geschickt, sie hier festzuhalten.

Die Syndikatoren berieten seine Aussage mit Stimmen, die man nicht hören konnte. Dann befragten sie Tensor nach der Botschaft, die er Emmant geschickt hatte, und an der Art ihrer Befragung war zu merken, dass das, was er getan hatte, zumindest geschmacklos war. Es folgte eine weitere kurze Beratung, und Selial, die Oberste der Syndikatoren, stand auf, kühl und würdevoll; sie besaß dickes silbernes Haar, das in Wellen von ihrem Kopf abstand. Sie strahlte eine Aura unparteiischer Gerechtigkeit aus, und das beruhigte Llian.

»Niemand vermag, die Syndikatoren anzulügen«, sagte sie.

»Wir haben die Beweise dieses Zeugen abgewogen, und es ist in der Tat die Wahrheit, so wie er sie kennt.« Tensor verneigte sich vor den Syndikatoren, dem Publikum und selbst vor Karan; dann setzte er sich wieder.

Anschließend wurde Rael nach vorne gerufen. Er erzählte von Karans und Llians Ankunft, von der Diskussion über Llian und von seiner schlussendlichen Anerkennung als Aachimning sowie von Karans seltsamem Verhalten, nachdem sie von Tensors bevorstehender Rückkehr erfahren hatte. Anschließend erzählte er, was Llian zu Emmant in der Bibliothek gesagt hatte, und von seinen darauffolgenden Gesprächen mit Karan. Rael stand stocksteif da, und seine Stimme klang hölzern. Offenbar bereitete es ihm große Mühe, seine Gefühle zu unterdrücken.

Erneut sprachen die Syndikatoren untereinander; dann stand Selial auf. »Es gibt keine Fragen. Wir haben die Beweise dieses Zeugen erörtert, und es ist die Wahrheit, so wie er sie kennt.«

Danach sprachen andere Zeugen: die beiden Aachim, die Karan und Llian mit Rael am Tor von Shazmak empfangen hatten; der Mann, mit dem Karan spät in der Nacht gestritten hatte, und noch ein weiterer Aachim, den Llian nie zuvor gesehen hatte. Auch jene wurden in den Zeugenstand gerufen, die sie, ihre Gemächer und jeden Ort durchsucht hatten, wo sie den Spiegel hätte verstecken können; doch sie hatten nichts zu berichten. Alle fassten sich kurz und blieben sachlich. Einige wurden von den Syndikatoren befragt, die meisten jedoch nicht, und jede Aussage wurde schlussendlich akzeptiert.

Als Letzter wurde Emmant aufgerufen. Ohne auch nur die geringste Emotion zu zeigen, sprach Emmant von der Nachricht, die er von Tensor erhalten hatte. *Karan von Bannador kehrt nach Shazmak zurück. Beobachte sie unauffällig. Finde heraus, was sie über den Spiegel von Aachan weiß, und du sollst belohnt werden.* Er berichtete, dass er Karan beschattet, aber nichts erfahren habe. Dann rekonstruierte er die Szene in der Bibliothek, als Llian den Spiegel erwähnt hatte, und erzählte, wie er Llian später noch einmal befragt hatte. Llian, so sagte er, habe kurz davor gestanden, ihm mehr zu erzählen, als Karan sich plötzlich eingemischt habe.

Diesmal berieten die Syndikatoren sich deutlich länger. Dann stand Selial wieder auf. »Dieser Zeuge hat die Wahrheit gesagt, aber es ist nicht die ganze Wahrheit. Du wirst uns nun erzählen, wie es zu Llians Geständnis gekommen ist.«

»Ich habe ihn mit einem Zauber belegt«, sagte Emmant und zeigte zum ersten Mal einen Hauch von Stolz. »Ich habe ihn auf das Buch gesprochen, damit er ihn seines Willens beraubt, wann immer er die Seiten berührt. So war ich dann in der Lage, die Wahrheit von ihm zu erzwingen.«

Die Syndikatoren rührten sich unbehaglich. »Und beim zweiten Mal?«

»Der gleiche Zauber, nur diesmal funktionierte er nicht so gut. Also musste ich zu anderen Mitteln greifen.«

»Du hättest ihn fast erwürgt.«

»Pah!« Emmant schaute Llian verächtlich an. »Seht euch diese elende Kreatur doch nur an! Er ist so armselig. Dieser Zauber hätte noch nicht einmal bei unseren kleinsten Kindern gewirkt. Außerdem ist ihm kein Leid geschehen.«

Wieder sprachen die Syndikatoren lange untereinander. Schließlich stand Selial wieder auf. »Wir haben die Beweise dieses Zeugen erörtert, und es ist die Wahrheit, so wie er sie kennt. Aber die Beweise sind verdorben. Sie anzuerkennen würde uns entehren, und deshalb werden wir das auch nicht tun.«

Auf Emmants Gesicht zeigten sich Entsetzen und Unglauben, aber er schwieg und ging zu seinem Platz zurück.

Nun war Llian an der Reihe. Er erzählte seine Geschichte, angefangen mit dem Gespräch mit Wistan, und er berichtete von all seinen Abenteuern auf dem Weg nach Shazmak. Die Syndikatoren befragten ihn eingehend nach allem, was Karan ihm in Bezug auf den Spiegel gesagt hatte; doch bei genauerer Betrachtung stellte sich heraus, dass sie ihm eigentlich gar nichts erzählt hatte. Selial stand auf, und auch Llians Aussage wurde als Wahrheit anerkannt.

»Karan von Bannador«, sagte Tensor, »du hast die Beweise gegen dich gehört. Nun erkläre dich, auf dass die Syndikatoren ihr Urteil fällen können.«

Karan stand in der Anklagebank, eine blasse Gestalt vor dem riesigen orangefarbenen Mond in der Kuppel. Wie einsam sie aussah und wie verängstigt. Das Schweigen zog sich derart in die Länge, dass die Syndikatoren einander anblickten.

Sie wird gar nichts sagen, dachte Llian. *Sie werden sie verurteilen, ohne sie gehört zu haben.* Rael war anzusehen, dass er ähnlich dachte.

Schließlich brach Karan jedoch das Schweigen. Zunächst sprach sie willkürlich und ohne Zusammenhang. Sie wusste nicht, was sie sagen sollte oder wie; sie wusste nur, dass sie sprechen musste und vor den Syndikatoren nicht lügen konnte. Sie begann mit Maigraith, die in Gothryme ihre Hilfe eingefordert und sie gezwungen hatte, einen heiligen Eid bei der Erinnerung an ihren Vater zu schwören. Das sorgte für leichten Aufruhr, würde sie die Erinnerung an ihren Vater doch verraten, ob sie den Eid nun brach oder nicht.

Danach verlor Karan den Faden der Geschichte. Sie sprang zwischen Gothryme, Fiz Gorgo und dem Sumpf von Orist hin und her, stolperte über ihre eigenen Worte, stammelte und schrie sogar ein paar Mal Fetzen von Gesprächen aus jener Zeit.

Karan versuchte, jenes Gefühl von Llian zu wecken, das sie so sorgfältig in ihrem Geist verstaut hatte; doch in ihrer Verwirrung und ihrer Angst konnte sie es nicht finden. Sie hatte das Amulett verloren und wusste nicht, wie sie ohne es die Verbindung wiederherstellen sollte.

Ihre Stimme wurde immer wilder, ihre Rede unzusammenhängender. Die Syndikatoren begannen, untereinander zu flüstern. Tensor beugte sich zu der Frau ihm gegenüber und redete drängend auf sie ein. Karan wusste, was sie dachten: dass sie wahnsinnig geworden war. Sie hatte keine Zeit mehr, sonst würden sie sie *lesen.* Sie musste den direkten Weg riskieren.

Karan hielt mitten im Satz inne, hob den Kopf und starrte Llian unverwandt an. Ihre Blicke verschmolzen miteinander. Ein Funke sprang zwischen ihnen über, und ein Jucken machte sich in Llians Kopf bemerkbar. Gleichzeitig wuchs eine Sorge in ihm, die Verbindung all seiner Sorgen. Sie wurde größer und größer und schwoll schließlich zu einem blinden, unerträglichen Schrecken an, einer Angst vor den Aachim und vor seinem Schicksal. Dann war das alles plötzlich wie weggeblasen. Ruhe senkte sich über ihn herab, und einen Augenblick später war er bei Karan und Maigraith, die sich nach Fiz Gorgo hineinschlichen, in die Festung von Yggur dem Wirker.

Er war hellwach und träumte.

Karan rührte sich nicht; dann sprach sie.

Der Traum, den sie in Llians Geist gepflanzt hatte, stieg als Wahrheit in seine Gedanken, während sie ihn aus seinem Kopf las und ihn laut den Syndikatoren vortrug. Alles war so real, dass sie mit Karan ob Yggurs Macht zitterten, ob der Kraft von Maigraith und der Boshaftigkeit der Whelm. Sie hockten mit Karan im stinkenden Schlamm unter der Landungsbrücke am Neydsee, als sie den Spiegel ihrem Komplizen übergab; sie hoben mit ihr einhändig den Stein hoch, um ihn mitten in der Nacht auf den kletternden Idlis zu schleudern, und sie schmeckten den bitteren, öligen Brei, den sie in den Ruinen gegessen hatte. Die Syndikatoren gingen jeden Schritt dieser Reise durch Kälte, Hunger und Angst, bis sie schließlich im Hof von Shazmak stand. Als Karan ihre Geschichte beendete, weinten sie ob ihrer Schande, denn sie sahen, dass sie nicht gewusst hatte, was sie tat. Auch Llian weinte.

Die Syndikatoren weinten, doch Tensor nicht. Zutiefst verwirrt starrte er Karan an, denn er hatte Lügen und Leugnen erwartet und dass die Syndikatoren ihre Aussage zurückweisen würden, was schlussendlich zu ihrer Verurteilung und einem Auslesen zur Wahrheitsfindung geführt hätte. Er hatte mit allem gerechnet – nur nicht mit solch einer Geschichte.

Die Syndikatoren berieten sich, doch Tensor unterbrach sie. »Diese Geschichte klingt falsch!«, rief er. »Die Angeklagte muss *ausgelesen* werden. Wenn ihr gestattet, werde ich das tun.«

»Schweig!«, donnerte Selial. »Das Urteil obliegt den Syndikatoren, wie du besser weißt als jeder andere hier.« Tensor verneigte sich und setzte sich wieder. Die Beratung wurde fortgesetzt. Schließlich waren sie zu einer Übereinkunft gekommen, und Selial stand auf.

»Karan Elienor Melluselde Fyrn.«

Karan, die sich noch immer am Geländer abstützte, sah vollkommen erschöpft aus. Nun stieß sie sich jedoch ab und straffte die Schultern. Sie schaute direkt zu Selial. Llians Herz flog ihr zu.

»Du bist des Verrats angeklagt worden. Du kennst die Strafe dafür: den Tod. Bist du bereit, dein Urteil zu hören?«

»Das bin ich.« Ihre Stimme drang kaum bis zu Llian.

»Wir haben die Beweise abgewogen wie auch die Aussagen sämtlicher Zeugen.« Selial schaute auf ihre Hände. Llian fiel es schwer zu atmen. »Wir sind zu dem Schluss gekommen, dass deine Aussage der Wahrheit entspricht, wie du sie kennst. Die Anklage wird abgewiesen. Du bist frei.«

Karan stieß einen lauten Seufzer aus und sank aufs Geländer, den Kopf in den Händen. Es sah aus, als würde sie weinen.

»*Nein!*«, schrie Tensor. »Sie lügt. Sie muss *ausgelesen* werden.«

»Ich fühle keine Falschheit«, verkündete einer der Syndikatoren und schaute mitfühlend zu Karan hinauf. Dann sagte ein anderer: »Karan darf nicht *ausgelesen* werden. Das würde sie und uns beschämen. Kannst du dich nicht mehr daran erinnern, wie sie zu uns gekommen ist? Weißt du nicht mehr, wie viel Freude sie uns bereitet hat und wie viel wir ihr ob Emmants Verhalten damals schulden? Es gibt kein Verbrechen. Ihr Verhalten war ehrenvoll, und deshalb muss sie freigesprochen werden.«

»Ich wünsche das aber nicht«, knurrte Tensor. »Sie lügt. Sie weiß, wo der Spiegel ist. Vielleicht ist ihre Verachtung für uns so groß, dass sie ihn sogar hierher mitgebracht hat. Sie steht zwischen uns und unserem großen Schicksal. Wollt ihr mir nicht gestatten, hinauszugreifen und es zu euch heranzuholen?«

Die Syndikatoren waren gegen ihn vereint. »Der Preis ist zu hoch«, sagte einer von ihnen.

»Dein Verlangen trübt dein Urteil«, bemerkte ein anderer.

»Wir haben nicht länger ein Schicksal«, sagte ein dritter. »Wir sind zufrieden damit, einfach nur zu sein.«

»Einfach nur zu sein bedeutet dahinzuschwinden«, entgegnete Tensor. »Ich bin nicht zufrieden. Die Suche war vermutlich nicht gründlich genug.«

»Das war sie, Tensor«, sagte ein anderer. »Alles, was sie mitgebracht hat, ist wieder und wieder überprüft worden.«

»Was ist mit ihrem Arm?«

»Verband und Schiene sind hier gemacht worden. Ich habe sie selbst gemacht«, sagte Rael, und der Aachim, der ihm dabei geholfen hatte, bestätigte das.

»Könnte sie ihn in der Stadt versteckt haben?«

»Das glauben wir nicht. Wann immer sie ihre Gemächer verlassen haben, standen beide unter Beobachtung.«

»Es muss noch einmal gesucht werden. Ich stimme ihrer Freilassung nicht zu. Ich sage, wir halten sie noch einen weiteren Tag fest, denn irgendetwas ist hier falsch, ob ihr es nun seht oder nicht. Wir müssen unsere Scham hinunterschlucken. Was sagen die Syndikatoren?«

Die Syndikatoren berieten sich. »Nun gut«, sagte Selial. »Wir fühlen keine Lüge, aber wir gewähren dir einen weiteren Tag. Hast du dann keinen stichhaltigen Beweis gefunden, musst du Karan gehen lassen. Karan, bis dahin geben wir dich in Raels Obhut.«

Tensor verneigte sich. »Es soll sein, wie ihr wünscht. Wir werden heute Abend weiterreden.« Er schickte sich an hinauszugehen, doch Selial rief ihm hinterher.

»Da ist noch etwas, worum wir uns kümmern müssen: Emmant. Sie auszuspionieren war falsch, aber die Geheime Kunst gegen einen hilflosen Zain anzuwenden ist unverzeihlich. Wir sind Aachim, edler als alle, doch nur, solange wir uns auch so verhalten. Wir brauchen solch niedere Mittel nicht.«

»Der Fehler liegt bei mir«, sagte Tensor mit gesenktem Kopf. »Ich war zu sehr auf den Ruhm der Aachim bedacht.«

»Unsere Ehre ist ein viel zu hoher Preis für zukünftigen Ruhm«, sagte Selial. »Nie wieder. Doch Emmant hat einen größeren Fehler begangen – *zu* groß für jemanden, der ein Aachim sein will und bereits gewarnt worden ist.« Sie drehte sich zu Emmant um.

Doch Emmant war aufgesprungen und schrie: »Sie hat ihn! Ich weiß, dass sie ihn hat!« Er streckte den Syndikatoren die

Hände entgegen. »Gebt sie mir. Lasst *mich* das für euch übernehmen. Ich werde ihn für euch finden. Zweifelt nicht an mir. Meine Methoden sind sicher. Ich werde ihr die Haut abziehen, Schicht für Schicht, und Schicht für Schicht werden auch ihre Lügen fallen. Und wenn ihr weinendes Fleisch bloßgelegt ist, werde ich in ihr noch schlagendes Herz greifen und die Wahrheit für euch herausholen. Dann werdet ihr meinen Wert erkennen und ...«

Der Schrecken und die Verachtung der Syndikatoren war ihnen deutlich anzusehen. Selbst Emmant erkannte das. Als Selial sprach, klang ihre Stimme kalt und formell, und ihre Worte schnitten durch Emmants Selbsttäuschung wie eine Klinge durch einen Schleier.

»Schweig! Du bist allen Pflichten den Aachim gegenüber entbunden. Du darfst gehen oder bleiben, wie du willst, aber du bist nichts mehr für uns wert.«

Emmant stieß ein gequältes Heulen aus. Er hatte damit gerechnet, gelobt und belohnt zu werden, nicht mit dem Verlust all dessen, wonach er immer gestrebt hatte. Er war am Boden zerstört und zitterte so sehr, dass er aus der Halle geführt werden musste. An der Tür drehte er sich noch einmal um und schaute zu Karan zurück. Seine Qual stand ihm ins Gesicht geschrieben, und in seinen Augen funkelte eine Bosheit, die ihre Wurzeln tief in seiner Seele hatte. In diesem Augenblick empfand Llian sogar so etwas wie Mitleid mit ihm; aber er hatte auch schreckliche Angst vor diesem getriebenen Mann. Doch dann öffnete Emmant den Mund und erbrach eine derartige Flut übelster Worte, dass Llian – dem Fluchen nun wirklich nicht unbekannt war – schlecht wurde. Doch die Flut endete so plötzlich, wie sie gekommen war, und Emmant ließ sich hinausbringen.

»Halt!«, sagte Selial, als Tensor sich wieder zum Gehen wandte. »Da ist noch etwas.«

Tensor drehte sich zu ihr um.

»Willst du den Chronisten noch immer anklagen?«

Tensor schwieg lange Zeit. Schließlich sagte er: »Ich werde mit einer dahingehenden Entscheidung warten, bis die andere Angelegenheit erledigt ist.«

»Dann, Llian von Chanthed, steht es dir frei zu tun, was du willst, nur dass du Shazmak noch nicht verlassen darfst.«

Während sie sprachen, humpelte Karan die Wendeltreppe hinunter. Fast unten angelangt, stolperte sie und schlug sich den Gipsverband am Eisen auf. Sie kniff die Augen zu, stand stocksteif da und stützte den Arm. Dann warf sie die Schultern zurück und ging erhobenen Hauptes zu Llian. Dort verließ sie jedoch die Kraft, und sie sackte auf den Stuhl, als hätte man ihr das Mark aus den Knochen gesogen.

Llian hatte noch nie jemanden so gehasst wie Tensor in diesem Augenblick. Das Verlangen, gegen ihn zurückzuschlagen, war überwältigend, auch wenn er wusste, wie töricht das war. »In diesem Fall habe ich auch eine Frage, wenn die Syndikatoren es mir gestatten«, sagte er.

Tensor zuckte zusammen. Ein Raunen ging durch die Zuschauer.

»Das nenne ich wirklich einen anmaßenden Chronisten!«, sagte Selial. »Du hast kein Recht, einen von uns zu befragen, es sei denn, du stehst unter Anklage.«

»Ihr habt gesagt, mir stünde es frei zu tun, was ich will, und ich wünsche eine Antwort auf eine Frage.«

»Nun gut. Wenn ich schon irren muss, dann wenigstens um der Höflichkeit willen«, erwiderte Selial. »Und wem willst du diese Frage stellen, und wie lautet sie?«

»Meine Frage ist an Tensor gerichtet, und sie lautet wie folgt ...«

Karan schaute Llian erstaunt an. So kühn konnte er doch nicht sein ... oder?

Und ob er so kühn war. »Sag mir, was bei Hulings Turm geschehen ist, nachdem Shuthdar die goldene Flöte vernichtet hat und die Düsternis erschaffen worden ist.«

Tensors Kopf zuckte hin und her. Seine Augen glühten golden, und sein Leib wurde steif vor Scham und Zorn.

»Du unverschämter Hund von einem Zain! Ich werde dich dafür ans Kreuz schlagen lassen! Dir soll jetzt der Prozess gemacht werden. Klagt ihn an!«

Selial stand wieder auf. Sie war klein für eine Aachim. Erst beugte sie sich Tensors Zorn, dann riss sie sich wieder zurück.

»Tu das nicht! Willst du diesen Rat in Misskredit bringen, um deine eigenen Fehler zu verdecken?« Sie blickte von einem Syndikator zum anderen, nickte und sprach dann erneut.

»Unter diesen Umständen hat der Zain ein Recht. Wir sehen die Bedeutung dieser Frage nicht, aber da sie die einzige ist, die er gestellt hat, lassen wir sie zu. Du musst Llian antworten, und sei versichert, dass wir die Wahrheit deiner Aussage beurteilen werden. In die Bank, wenn es dir beliebt.«

Tensors Fleisch schien unter der glühenden Hitze seines Zorns zu schmelzen, doch er stieg die Stufen hinauf und stellte sich in die eiserne Anklagebank. Er packte das Geländer so fest, dass Llian schon glaubte, der Marmor würde unter seinem Griff zerbröckeln.

Llian spürte, wie Karans Hand in seine glitt. Sie zitterte.

Tensor schüttelte den Kopf und zwang sich zur Ruhe. Wenn er seine Schande schon gestehen musste, würde er es wenigstens mit Würde tun.

Dann schaute er Llian in die Augen. »Die Zerstörung der Flöte«, sagte er leise. »Warum *hat* uns das so entmannt?

Es war nicht die Luft, die rot, gelb, blau und violett glühte und wie ein Regenbogen, ein bunter Zyklon an uns vorbeitobte. Es waren nicht die Wellen, die mannshoch durch die

Erde rasten und Männer, Frauen, Pferde und selbst Wagen in die Luft schleuderten. Auch die unsichtbare Kraft war es nicht, die jeden Baum in drei Meilen Umkreis zu Boden drückte, und auch nicht die Blitze, die von Schwert, Kettenhemd und Helm stieben, oder die Vögel, die tot vom Himmel fielen, während ihr Gehirn aus den Schnäbeln quoll. Es war nichts von alledem, auch nicht die hundert anderen Seltsamkeiten, die man bis dahin und seitdem nie gesehen hatte.

Was ließ mich wie ein Feigling rennen? Ich werde es dir sagen, Chronist. Ich werde es dir sagen, und bete, dass du es nie sehen wirst, auf dass sich deine Eingeweide nicht verflüssigen und aus deinem Hintern strömen mögen.«

Selial versteifte sich ob dieser vulgären Ausdrucksweise; dann winkte sie Tensor fortzufahren.

Er nickte entschuldigend in Richtung der Syndikatoren. »Die Flöte streckte jede Kreatur nieder außer uns Aachim. Tod oder Bewusstlosigkeit ersparte ihnen jedoch, was wir gesehen haben, Chronist!

Die Flöte öffnete den Weg zwischen den Welten, und einen Augenblick lang schauten wir direkt in die Leere. Weißt du, was dort lebt, Chronist? Noch nicht einmal ein Erzähler wie du könnte sich das vorstellen.

In der Leere ist das Leben verzweifelter, brutaler und flüchtiger als irgendwo sonst. Jede Kreatur ist gepanzert und mit Zähnen, Klauen und tödlicher Tücke bewaffnet. Jede Waffe, jeder Schutz, jede unirdische Macht und jedes Talent wird jeden Tag aufs Äußerste beansprucht, denn in dem verzweifelten Kampf ums Überleben, der dort tobt, tut jede andere Kreatur das auch. Auch nur einmal zu versagen bedeutet Auslöschung. Sich nicht zu verändern bedeutet Auslöschung. In der Leere überleben nur die Stärksten, und das nur, indem sie sich ständig neu erschaffen.

Die Charon sind zu Millionen in die Leere geworfen worden, Chronist, und als sie von dort geflohen sind, waren sie nur noch Hunderte und standen kurz vor der Ausrottung. Die Leere war selbst für die Charon zu gewalttätig, zu brutal und zu hinterhältig. Das ist, was wir gesehen haben, und deshalb sind wir geflohen. Doch dann kam die Düsternis und konnte nicht mehr verbannt werden. Habe ich dich zufrieden gestellt?«

Llian hatte eine Gänsehaut. Diese Antwort barg Dutzende neuer Fragen, doch hier würde er nicht die Antworten darauf finden. »Nein, das hast du nicht. Ich habe gefragt, was *nach* der Düsternis am Turm geschehen ist.«

»Ich verstehe nicht.«

»Im Turm war ein lahmes Mädchen. Sie wurde kurz nach Shuthdars Tod ermordet. Ich will wissen, wer sie getötet hat und warum.«

»Du glaubst, dass irgendjemand sich dort hineingeschlichen hat?« Irgendetwas glühte in den goldenen Augen, als sähe Tensor eine neue Hoffnung ... oder eine neue Furcht.

»Ja«, antwortete Llian.

»Das kann ich nicht sagen. Ich ... war nicht da.«

»Wen kann ich dann fragen? Wo soll ich suchen?«, rief Llian verzweifelt.

»Ich habe deine Frage beantwortet. Mehr werde ich nicht sagen, nur das noch: Wer hat den Turm als Erster betreten? Ich habe immer geglaubt, dass es ein Charon gewesen sei, vielleicht Rulke persönlich, doch die ganze Geschichte dieser Zeit ist voller Täuschungen. Nur drei Charon sind je nach Santhenar gekommen. Wenn du etwas zu Rulke wissen willst, geh nach Alcifer. Zu Yalkara, geh nach Havissard im fernen Osten. Und sollte dich Kandor interessieren, der einst das legendäre Reich von Perion beherrscht hat, bevor das Meer ausgetrocknet ist, dann such nach der verlorenen Stadt Katazza inmitten des Meers der Trockenheit. Diese Reise wird dich auf die Probe stellen, Chronist, von deinen Sehnen bis zu deinen schwachen Knochen. Hätte ich den Spiegel, würde ich vielleicht eine bessere Antwort für dich finden können. Ohne ihn kann ich dir nicht mehr sagen. Ich habe es nicht gesehen.« Seine Entschlossenheit brach in sich zusammen; seine Scham war übermächtig. »*Ich war nicht dort!*«

Selial stand auf. »Das ist der Schlüssel zu dem Mysterium, Chronist. Niemand weiß, wer hineingegangen ist oder was sie dort drinnen gefunden haben. Mehr können wir dir nicht sagen. Wir haben die Aussage dieses Zeugen gehört, und es ist die Wahrheit, so wie er sie kennt. Der Prozess ist beendet.«

Trotz seiner Masse schlich Tensor die Stufen wie ein Panther herunter. Der Blick seiner gelben Augen war fest auf Llian gerichtet.

»Dafür wirst du hundertfach bezahlen«, sagte er, drehte sich dann um und schritt davon.

»Danke, dass du dich für mich eingesetzt hast«, sagte Karan und hielt sich weiter an Llians Arm fest, »obwohl du das lieber nicht hättest tun sollen. Du hast dir gerade einen Feind geschaffen, der weder vergisst noch verzeiht.«

Rael eskortierte Llian und Karan zu ihren Gemächern zurück. Die Nachwirkungen von Karans unbemerkter Sendung waren so schlimm wie noch nie. Sie konnte sich nur noch mit geschlossenen Augen auf eines der Sofas legen. Llian hingegen kam nicht zur Ruhe.

»Was machen sie jetzt?«, fragte er, während er auf und ab lief.

»Sie diskutieren über mich«, antwortete Karan schwach. »Wir haben einen Sieg errungen, aber das ist nicht genug. Tensor wird niemals nachgeben, und wenn es lange genug dauert, wird er sie überzeugen. Andererseits haben die Syndikatoren ihr Urteil gesprochen, und das ändern sie nicht einfach so. Geh jetzt.«

Llian ging in sein Zimmer, setzte sich aufs Bett und dachte darüber nach, was er gerade erfahren hatte: Die erste Person, die den Turm betreten hatte, war also vermutlich ein Charon gewesen. Der Spiegel besaß vielleicht die Antwort. Und wenn es ein Charon gewesen war, dann könnte die Antwort in einer ihrer großen Städte verborgen sein, die alle weit von hier entfernt lagen und seit langem aufgegeben waren.

Wenn er wüsste, wo der Spiegel war, wäre die Versuchung groß gewesen, Tensor einen Handel vorzuschlagen. Der Spiegel für das Geheimnis über die Düsternis, das er enthielt … was auch immer das sein mochte. Und vor ein paar Wochen wäre Llian dieser Versuchung vielleicht sogar erlegen, aber jetzt nicht mehr. Noch nicht einmal für eine Große Geschichte.

In der Debatte ging es nun schon lange hin und her, und selbst Tensor wurde der Diskussion allmählich überdrüssig, doch nach und nach zog er sie auf seine Seite.

»Ich verlange doch gar nicht von euch, die Ehre der Aachim zu verraten«, sagte er in sanftem Ton. »Ich bitte euch nur, unseren Kodex dieses eine Mal nicht ganz so streng auszulegen. Die Zeit ist gekommen, da wir vorwärtsgehen und wachsen müssen, sonst drohen wir zu verschwinden. Wir haben eine Gelegenheit bekommen, auf die wir noch nicht einmal zu hoffen gewagt haben. Sollen wir sie denn nicht ergreifen?« In dem langen Schweigen, das darauf folgte, schaute er die Syndikatoren einen nach dem anderen ungeduldig an.

Schließlich sprach Selial. Ihre Stimme klang traurig, und ihre Worte waren vorausschauend. »Wir sind dir gefolgt, Tensor, durch all die Leere seit dem Kataklysmus hindurch. Und in all dieser unermesslichen Zeit hast du uns treu und ehrenvoll gedient. Du hast nur an den Ruhm der Aachim gedacht, nie an dich selbst. Wärst du nicht gewesen, wären wir vermutlich schon längst im Vergessen versunken. Wir schulden dir diese Chance, und wir werden sie dir nicht verweigern – wenn auch nicht ohne Furcht. Und wir geben dir diese Warnung: Hüte dich vor deinem Stolz. Lass dich nicht zu einer Torheit verleiten. Es sei dir gestattet, uns deine Argumente noch ein letztes Mal vorzutragen.«

Da erhob sich Rael als einziger der Syndikatoren und zog sich von den anderen zurück. »Den ganzen Abend über habe ich geschwiegen, doch ich kann nicht länger hier sitzen. Tu das nicht, Tensor. Ich flehe dich an. Erinnere dich an Pitlis. Deine Torheit ist unser Untergang, und diesmal wird es keine Erlösung geben.«

Tensor sprach freundlich zu ihm. »Du bist ein Mann von großer Ehre, Rael, doch du stehst ihr so nahe, dass du die andere Seite nicht zu sehen vermagst. Diese Entscheidung muss ohne Leidenschaft getroffen werden.«

»Und ohne Stolz«, sagte Rael. »Dann lasst mich aus diesem Rat gehen. Ich will an unserem Untergang nicht teilhaben.«

»Dann geh mit unserem Segen ... und verletzte nicht unser Vertrauen.«

Rael blieb noch einen Moment lang stehen. Ein gequälter Ausdruck legte sich auf sein junges Gesicht; dann verneigte er sich und wandte sich von den anderen Aachim ab. Noch bevor er den Raum verlassen hatte, begann Tensor mit der letzten Darlegung seiner Argumente.

Es war schon nach Mitternacht, und Llian döste, als er das Klopfen hörte. Rael hielt einen klumpigen Sack in der einen und einen Rucksack in der anderen Hand.

»Ich muss sofort mit Karan sprechen«, sagte er drängend und ließ seinen Rucksack an der Tür fallen. »Die Entscheidung der Syndikatoren ist ins Wanken geraten. Bring mich zu ihr.«

»Sie ist erschöpft und schläft. Muss es denn unbedingt jetzt sein?«

»Es muss«, antwortete Rael. »Nun stehe auch ich vor der Entscheidung: fliehen oder sterben.«

Karan erwies sich als schwer zu wecken. Einmal wach, war sie verwirrt und aufsässig.

»Geht weg!«, schnappte sie. »Lasst mich schlafen.«

»Steh auf!«, sagte Rael und zog sie aus dem Bett. »Tensor hat sich gegen die Syndikatoren durchgesetzt. Schon bald werden sie ihm erlauben, dich *auszulesen*. Wenn das passiert, bist du am Ende.«

»Das ist ungeheuerlich, ein Sakrileg«, sagte Karan wütend. »Niemand kann die Syndikatoren anlügen.«

»Tensor sagt, du hast gelogen und dass du dafür irgendeinen Zaubertrick benutzt hast.«

»Ich besitze kein Talent für die Geheime Kunst – das wissen alle.«

»Diese Verteidigung wird dir nichts nutzen, Karan, auch wenn das der Wahrheit entspricht. Ich kenne dich besser als sonst jemand.«

»Dann musst du mir helfen, Rael.«

»Das kann ich nicht, und doch muss ich«, erwiderte Rael und drehte den Sack in seiner Hand. »Wenn ich dir helfe, dann verrate ich die Aachim, und mein Verrat ist dann noch größer als deiner. Wenn ich es nicht tue, dann verrate ich meine Familie, die Freundschaft und …«

»Rael, du musst wählen. Und wähle weise. Verrate mich, und du hilfst den Aachim bei ihrer Rache; aber wenn du Tensor den Spiegel gibst, werden die Aachim so tief stürzen, dass sie sich nicht mehr davon erholen werden. Hilf mir, und verrate dein Volk; doch dann wirst du ihnen auch Hoffnung geben.«

»Schwörst du mir bei der Ehre deiner Familie und unserer langen ... Freundschaft, dass du nicht gegen uns handelst?«

Karan ergriff seine Hand und schaute ihm in die Augen. »Ich schwöre es, Rael, bei allem, was wir je füreinander empfunden haben.«

»Also gut, ich werde dir helfen. Ich habe schon befürchtet, dass es so weit kommen würde, als Llian zum ersten Mal von dem Spiegel gesprochen hat. Leider! Du hast noch dein anderes Haus und dein unausgesprochenes Ziel, um dich zu trösten. Für mich wird es jedoch keine Rückkehr mehr geben.« Rael legte den Kopf an die Wand. »Karan. Sag mir die Wahrheit. Hast du die Syndikatoren getäuscht?«

»Das habe ich.«

»Und was ist mit dem Spiegel passiert?«

»Ich habe ihn bei mir. Willst du ihn sehen?«

»Nein. Weder jetzt noch sonst irgendwann.«

»Das ist auch gut so«, sagte Karan. »Und jetzt ... Wenn wir schon gehen müssen, dann lass uns sofort gehen.«

Kapitel acht

Flucht

Während Rael und Karan miteinander redeten, hatte Llian ihre paar Habseligkeiten zusammengepackt sowie so viel Proviant aus der Küche, wie er tragen konnte, und nun stand er an der Tür und hörte zu. Karan schaute sich rasch im Zimmer um, warf sich unbeholfen den Rucksack über die Schulter, und sie gingen hinaus. An der Tür drehte Llian sich noch einmal um und blickte zurück. Die *Geschichten der Aachim* lagen noch immer unter dem Stuhl, wohin sie am gestrigen Tag gefallen waren.

»Lass es liegen«, sagte Karan und ergriff ihn am Arm. »Wir haben schon genug Verbrechen begangen.«

Noch immer schaute er zu dem Buch; er sehnte sich danach.

»Du bist noch immer ein Aachimning«, sagte Karan leise, und Llian wandte sich ab.

»Du hast vorhin gesagt, es gäbe keine Fluchtmöglichkeit«, sagte er, als sie zu Rael aufschlossen.

»Ich habe die Wachen ausgeschaltet«, antwortete Rael. *Ausgeschaltet?*, wunderte sich Llian; doch bei genauerer Betrachtung war es nicht verwunderlich, dass die Aachim, gering an Zahl, auf mechanische Mittel zu ihrem Schutz zurückgriffen. »Wie auch immer die Abstimmung ausgehen mag«, fuhr Rael fort, »die Syndikatoren werden Karan nicht vor morgen holen kommen. Sie werden einige Zeit brauchen, unseren Weg in den Labyrinthen von Alt-Shazmak unten nachzuverfolgen.

Mit Glück werden wir so weit kommen. Aber zuerst müssen wir durch diese Gänge, und sollte uns zufällig jemand begegnen, sind wir verloren.«

»Wenn es nur zwei Wege aus Shazmak hinaus gibt«, dachte Llian laut nach, »und beide eine mehrtägige Reise bedeuten, wie können wir dann entkommen? Karan ist krank. Sie kann nicht weit laufen, und ...«

Karan unterbrach ihn mit müder Stimme. »Es gibt noch einen dritten Weg aus Shazmak, Llian. Er führt nicht über die Brücken, sondern runter zum Garr. Für uns ist das der einzige Weg.«

Zunächst führte Karan sie, doch je tiefer sie kamen, desto müder und unsicherer wurde sie. Also ließ sie sich zurückfallen und überließ Rael die Führung. Den Rest der Nacht wanderten sie so durch ein schier endloses Labyrinth von Gängen, Treppen und langen, dunklen Tunneln. Llian stolperte vorwärts, eine schwach leuchtende Kugel in der Hand. Er konnte nur die Gestalt unmittelbar vor sich sehen. Schließlich rief er den anderen zu anzuhalten.

»Es ist sinnlos«, sagte er. »Wir müssen uns ausruhen. Karan ist erschöpft, und ich bin auch viel zu müde.«

Karan lief schon seit einiger Zeit wie benommen. Sie schlurfte noch ein paar Schritte weiter, nachdem die anderen stehen geblieben waren; dann ließ sie sich zu Boden fallen. Sie ruhten sich knapp zehn Minuten aus, bevor Rael sie wieder zur Eile trieb. Er nahm Karans Rucksack, den sie einfach hatte fallen lassen, und warf ihn sich über die Schulter. Karan war eingeschlafen, doch als Llian ihre Hand ergriff, wachte sie ohne sich zu beschweren auf und folgte ihm wie eine Schlafwandlerin.

Nach zwei weiteren Stunden – sofern Llian das beurteilen

konnte – stiegen sie in einen älteren, unbenutzten Teil der Stadt hinab, wo die Wände aus blankem, poliertem Fels bestanden und nicht mehr mit den düsteren Landschaften von Aachan geschmückt waren, sondern mit feinen, verwitterten Reliefs, welche die Pflanzen und Tiere von Santhenar zeigten. Llian suchte in den Historien danach, wer hier vor den Aachim gelebt hatte, doch ihm fiel nichts ein. Die Luft war hier wärmer und feuchter; Wasser rann an den Wänden hinunter und sammelte sich hier und da in Bodenvertiefungen. Sie waren schon tief in dieser Unterstadt, als Rael ihnen eine weitere Pause gestattete.

»Draußen wird es allmählich dämmern«, sagte er. »Bald werden sie herausfinden, dass wir verschwunden sind. Ruht euch kurz aus. Sie werden sich rasch an die Verfolgung machen, sobald sie unsere Spur gefunden haben.«

Er hatte kaum aufgehört zu sprechen, als der Gang um sie herum plötzlich zu vibrieren begann. Weniger als eine Minute später ertönte ein mächtiges Dröhnen. »Die Wachen schlagen Alarm«, sagte Karan. »Sie wissen, wo wir entlanggegangen sind.«

Und so flohen sie weiter durch die endlosen Gänge und steile Treppen hinunter. Schließlich erreichten sie am Ende eines schmalen, feuchten Gangs eine Wendeltreppe, die in einen Brunnen hinunterführte, welcher von einem Metalldeckel verschlossen war. Der Deckel konnte mit einem Hebel geöffnet werden, der mit einer Kette verbunden war, welche wiederum an einem Ring am Deckel hing. Sie betätigten den Mechanismus und stiegen in den Tunnel darunter hinab. Eine Kette hing aus einem kleinen Loch neben der Unterseite des Deckels. Rael zog daran, und der Deckel fiel wieder zu.

»Können wir den Deckel nicht von dieser Seite verschließen, um ein wenig Zeit zu gewinnen?«, fragte Llian.

»Es gibt nichts, womit wir ihn verriegeln könnten«, antwortete Rael gereizt. »Komm.«

Llian schaute den Tunnel hinab. Bis auf ein kleines Rinnsal war er leer. Dann kam ihm eine Idee. Er sprang auf und zog an der dicken, schweren Kette, bis er einen Knoten gemacht hatte.

»Das wird sie in dem Moment aufhalten, da sie versuchen, den Deckel hochzuheben«, sagte er mit deutlicher Zufriedenheit in der Stimme.

»Aber nicht lange«, erwiderte Karan verträumt. »Die Aachim haben Macht über Metall und Stein.«

Sie eilten weiter und erreichten schließlich ein großes Fluttor, das den ganzen Tunnel abschloss. »Das können wir von beiden Seiten verriegeln«, sagte Rael. Sie hatten das Tor gerade wieder geschlossen, als in der Ferne ein Krachen ertönte.

»Lauft weiter!«, rief Rael. »Ich werde das Tor verriegeln und euch wieder einholen. Sie sind dicht hinter uns.«

Llian machte sich auf den Weg den Tunnel hinunter und zog Karan am Arm hinter sich her. Sie war fast bewusstlos und in großer Not. Zweimal wäre sie fast gefallen. Beim zweiten Mal fing er sie auf, warf sie sich über die Schulter und stapfte weiter. Kurz darauf erreichten sie ein weiteres Tor; Rael versperrte auch das. Nun wankte auch Llian von einer Seite zur anderen, die Augen weit aufgerissen.

»Ich muss mich ausruhen«, keuchte er. »Ich kann nicht weitergehen ... noch nicht einmal wenn alle Horden der Aachim hinter uns her sind.«

»Das sind sie auch!«, schrie Rael. Sein Gesicht war eine starre Maske. »Du musst weitergehen. Es ist nicht mehr weit. Hinter der nächsten Biegung da vorne liegt das letzte Tor und dahinter eine Landungsbrücke. Dort gibt es ein Boot, und wenn uns das Glück nicht ganz verlässt, liegt es auch heute da. Falls nicht, dann sollten wir uns lieber in den Fluss stürzen. Die Fluten werden uns besser behandeln als jene in Shazmak.«

Sie rannten. Kurz darauf war Tageslicht hinter der Biegung

zu sehen. Karan hatte sich wieder ein wenig erholt und lief nun neben Llian her; doch als sie das letzte Tor erreichten, war sie wieder gestürzt. Erneut drehte Llian sich um und wuchtete sie hoch. Hinter dem Tor öffnete sich der Tunnel in eine weite, hohe, von Tageslicht erhellte Höhle – wie Rael gesagt hatte. Links fiel der Höhlenboden leicht zu einer Felsplattform ab, die in ruhiges, flaches Wasser ragte. Ein Felsvorsprung ragte hier in den Fluss hinein. Er war gut zehn Spannen lang und diente als natürlicher Wellenbrecher. Dahinter schäumte und tobte der Garr. Zwei kleine Boote lagen auf der Plattform.

Ein dumpfer Schlag hallte durch den Tunnel. Llian hob Karan und seinen Rucksack in das Boot, das am nächsten am Wasser lag, und lief dann zu Rael zurück, der mit dem letzten Tor kämpfte.

»Nimm die Rucksäcke, und mach das Boot fertig. Ich komme nach!«, rief Rael.

»Da sind zwei Boote.«

»Dann schieb das andere ins Wasser; sonst folgen sie uns.«

Llian schnappte sich die Rucksäcke und rannte zu Karans Boot zurück. Er zog die Fangleine durch einen Eisenring auf der Plattform und legte sich mit seinem ganzen Gewicht ins Seil. Langsam glitt das Boot ins ruhige Wasser und auf die Strömung dahinter zu. *Zu viel Seil*, dachte Llian mit klopfendem Herzen, als die Strömung den Bug des Bootes erfasste und es flussabwärts zog. Rasch zog Llian das Boot wieder in ruhigeres Wasser zurück und band es fest.

Besorgt schaute Llian zum Tunnel zurück, doch Rael war noch nicht zu sehen. Er rannte zum zweiten Boot und versuchte, es ins Wasser zu ziehen. Es rührte sich nicht. Er warf sich mit der Schulter dagegen. *Das gibt's doch nicht!* Llian suchte nach irgendetwas, das er als Hebel verwenden konnte. Die Landungsbrücke war leer. Er rannte zum Fluttor zurück.

Rael hatte es geschlossen und kämpfte nun mit dem Riegel, konnte ihn aber nicht durch die Halterungen schieben. Langsam wurde das Tor von der anderen Seite aufgedrückt. Llian warf sich mit seinem ganzen Gewicht dagegen, und der Riegel glitt in die Halterungen.

»Es sind offenbar erst wenige, sonst hätten wir es nicht verriegeln können«, rief Rael, als sie zu den Booten zurückrannten.

»Ich kann das andere Boot nicht bewegen«, schrie Llian.

Gemeinsam versuchten sie es immer und immer wieder, doch das Boot steckte fest. Rael holte Karans Boot ein und schnappte sich das Beil, das unter ihrem Rucksack hing.

»Mach es bereit!«, rief er Llian zu, als er wieder zum zweiten Boot rannte und wie wild begann, auf den Achtersteven einzuhauen.

Llian schob Karans Boot so weit hinaus, wie es das Seil erlaubte, und dort, im eiskalten Wasser, blieb er dann stehen. Karan saß im Heck, die Hand am Ruder. Ein schreckliches Krachen ertönte im Tunnel, und eine Staubwolke quoll aus ihm hervor. Rael hackte weiter. Zwei Aachim stürmten aus dem Tunnel, gefolgt von einem dritten, dann andere.

Rael schrie, »Flieht!«, doch er selbst setzte seine Arbeit fort, vor Karans und Llians Blicken hinter dem Boot verborgen. Llian zögerte, als die Aachim ausschwärmten. Rael schaute über die Schulter, schlug ein letztes Mal mit aller Kraft zu, warf sich dann über die Landeplattform und hieb nach der Halteleine von Karans Boot. Sie riss, und das Boot bewegte sich langsam in die Strömung hinaus. Llian sprang hinein. Rael platschte durchs Wasser, sprang auf den Wellenbrecher und rannte, verfolgt von einer ganzen Heerschar Aachim.

Irgendjemand schnappte sich das über den Boden schleifende Tau, doch Llian riss sein Messer heraus und schnitt es durch. Das Boot bewegte sich immer schneller. Rael erreichte das Ende des Wellenbrechers, warf das Beil ins Wasser und sprang hinterher. Er flog durch die Luft, verfehlte knapp die Seite des Boots, und bevor Llian nach ihm greifen konnte, wurde das Boot von der Strömung gepackt und flussabwärts gerissen.

Raels Kopf tanzte kurz über dem schäumenden Wasser; dann war er verschwunden. Karan starrte ungläubig auf die Stelle. Sie ließ das Ruder los, stand auf und ließ ihren Blick über das Wasser schweifen. Das Boot schwankte wild, und Wasser schwappte herein. Karan riss das Ruder herum, ohne hinzuschauen, und versuchte weiter, Rael inmitten des dunklen Wassers auszumachen. Nun schwappte Wasser auf der anderen Seite herein, und fast wäre das Boot gekentert. Der Fluss öffnete sein hässliches Maul und fletschte die felsigen Zähne. Llian schrie. Da bemerkte auch Karan, was geschah. Sie riss das Ruder erneut herum und steuerte auf einem unregelmäßigen Kurs flussabwärts.

Ein paar Aachim schoben das andere Boot ins Wasser und machten sich an die Verfolgung. Geschickt steuerten sie das kleine Gefährt durch die Flut und holten rasch auf, bis sie nur noch wenige Bootslängen entfernt waren. Alle riefen sie Karan etwas zu. Der Mann im Bug hätte fast nach ihr greifen und sie übers Heck ziehen können.

Karan starrte sie an, während die beiden Boote sich ein Rennen lieferten. Sie legte die Hand aufs Dollbord, erhob sich halb, und Llian glaubte schon, sie wolle sich ins Wasser stürzen. Dann ertönten Angstschreie von den Aachim. Ihr Boot wirbelte wild herum, während ihr Steuermann auf die Trümmer des Ruders starrte. Es trieb seitwärts im Strom, kenterte und zerbarst schließlich an einem Felsen mitten im Fluss.

Karan und Llian starrten einander an, entsetzt ob der Plötzlichkeit dieser Tragödie. Dann riss die Strömung sie um eine Flussbiegung herum, und Shazmak verschwand außer Sicht.

Vor ihnen öffnete sich die Schlucht, und die Strömung ließ ein wenig nach, obwohl sie noch immer verdammt schnell war. Es ging ein gutes Stück geradeaus, mehrere Meilen vielleicht sogar. Llian, der im Bug saß, schaute zu Karan zurück: eine kleine, blasse, aufrechte Gestalt, die das Ruder in der linken Hand hielt.

»Er hat mich immer geliebt«, weinte sie, und die Tränen strömten ihr über die Wangen. »Von Kindheit an war er mein bester Freund. Einst waren sie alle meine Freunde. Oh, wie habe ich ihnen ihre Freundschaft vergolten. Tensor hat Recht: Ich bin ein Monster geworden, dem man nicht vertrauen kann. Ich hätte mich von ihnen gefangen nehmen lassen sollen.«

Llian stand auf und wankte zu ihr. Das Boot schaukelte gefährlich.

»Setz dich!«, schnappte sie.

Das Boot flog den rasch dahinfließenden Fluss hinunter. Das Flussbett war breit, wurde hier und da aber von Felsen verengt, um die das Wasser wild schäumte. Rechts und links fielen die Wände der Schlucht steil zum Fluss hinunter, und das Licht der niedrig stehenden Wintersonne erreichte das Wasser nicht. Einmal bot Llian an, sie abzulösen, doch Karan sagte nur: »Da vorne folgt raues Wasser, das deine Fähigkeiten bei weitem übersteigt. Die Aachim haben mich gelehrt, den Garr zu befahren. Oh, wie sie das jetzt bereuen müssen!«

Den ganzen Tag über fuhren sie den Fluss hinunter. Karans Gesicht war eine weiße Maske und ihre Hand eine Klaue am Ruder. Schließlich versank die Sonne hinter den Bergen, obwohl ihr Licht noch ein wenig leuchtete.

»Willst du in der Dunkelheit weiterfahren?«, fragte Llian, als die Sonne versank. Karan glich schon seit Stunden mehr einer Statue als einem Menschen.

»Nein!«

Kurz darauf hatten sie die Schlucht hinter sich und fuhren in hügeliges Land hinaus. Sie mussten einen Platz zum Anlanden finden und das Boot aufgeben, denn sie konnten bereits das Donnern des großen Wasserfalls hören, der nach Bannador hinabstürzte.

Als Karan das Boot in eine Felsbucht am rechten Ufer lenkte, hatten sie nur noch wenig Licht. Sie glitten durch das stille, dunkle Wasser, und schließlich schabte der Kiel über Stein. Llian sprang hinaus und zog das Boot ans Ufer. Er trug seinen Rucksack an Land und fand einen Lagerplatz, einen Flecken groben grauen Sands inmitten der Felsen. Dann ging er wieder zurück, um die restliche Ausrüstung zu holen, doch Karan schrie: »Lass es! Geh weg!«

Llian ging flussabwärts über die Felsen, den groben Sand und das Treibgut, die das Ufer bildeten. Von vorne war ein kontinuierliches Donnern zu hören. Llian kletterte auf eine Felsspitze in der Hoffnung, den Wasserfall von dort aus sehen zu können; doch das Licht war inzwischen zu schwach, als dass er weit hätte blicken können. Stattdessen schaute er zum Boot zurück. Karan nahm verschiedene Dinge aus Raels Rucksack, die Llian in dem schwächer werdenden Licht nicht erkennen konnte; dann band sie den Rucksack wieder zu, watete bis zur Hüfte ins Wasser hinaus und ließ den Rucksack mit der Strömung davontreiben. Dort blieb sie noch eine Weile stehen und starrte zu der Stelle, wo der Rucksack verschwunden war, bevor sie schließlich an Land watete und zum Lager ging.

»Werden sie uns verfolgen?«, fragte Llian einige Zeit später.

»Nicht heute Nacht. Ihre anderen Boote sind Stunden von jener Stelle entfernt. Außerdem wagen sie es nicht, den Fluss im Dunkeln zu befahren. Zwischen der Stadt und hier kann man nirgends anlanden. Es gibt nur wenige Aachim, und Leben ist für sie kostbar. Der Verlust von Rael und den fünf im anderen Boot sind ein schwerer Schlag für Tensor. Was mich betrifft, so waren es meine Freunde.« Sie stand unvermittelt auf.

»Dann können sie diese Stelle nicht vor morgen um diese Zeit erreichen.«

»Früher – kurz nach Mittag.«

»Dann lass uns in dem Fall hier lagern und erst einmal trocken werden. Können wir es riskieren, ein Feuer zu machen?«

»Wenn du Holz finden kannst. Jetzt lass mich allein.« Sie ging weg.

Llian schlug ein Lager zwischen den Felsen auf, ein kleines Stück vom Fluss entfernt, und nachdem er sich unbeholfen mit dem Beil im Dunkeln ans Werk gemacht hatte, verfügte er über genug Splitter vom Boot, um ein Feuer zu entfachen, wie auch über ein paar größere Scheite. Als er mit einem weiteren Arm voll Holz zum Feuer zurückkehrte, fand er Karan dort vor, die in ihren nassen Kleidern auf einem Stein saß, in die Flammen starrte und schrecklich zitterte.

Llian sprach zu ihr, doch sie zeigte keinerlei Anzeichen dafür, dass sie ihn gehört hatte. Er ging zum Boot zurück und holte, was von Raels Ausrüstung übrig geblieben war: den Proviantbeutel, ein kleines Zelt und einen Schlafsack. Karan hatte sich nicht gerührt. Llian zog seinen Mantel aus und legte ihn ihr um die Schultern, um den Wind abzuhalten, der mit beachtlicher Stärke aus der Schlucht blies. Dann zog er ihr Stiefel und Strümpfe aus und trocknete ihr die Füße. *Was für schöne Füße du hast,* dachte er seltsamerweise und hielt sie in seinen Händen, *aber so kalt.* Er trocknete sie ab, bis die Wärme wieder in sie zurückkehrte, und zog ihr anschließend die restliche Kleidung aus, trocknete sie auch da ab und ersetzte ein Kleidungsstück nach dem anderen durch etwas Trockenes.

Schließlich steckte er noch ihre Füße in den Schlafsack und zog ihn hoch. Abgesehen davon, dass sie ihre Füße oder Arme hob, wenn nötig, schien sie nicht zu bemerken, was er da tat.

Karan blieb regungslos sitzen, während Llian das Zelt aufschlug. Er gab ihr heißen, süßen Tee; gedankenverloren nippte sie daran. Er kochte Essen; sie aß ohne ein Wort. Er schürte das Feuer und zog sich in seinen eigenen Schlafsack zurück. Dort lag er dann in der Dunkelheit umgeben vom Rauschen des Flusses, dem Knistern des Feuers und dem Seufzen des Windes. Llian versuchte zu schlafen, doch sein Kopf war so voll von den Ereignissen der vergangenen Tage, dass sich der Schlaf einfach nicht einstellen wollte. Die Nacht wurde immer kälter unter dem klaren Himmel, und die Sterne wanderten übers Firmament. Erst jetzt dachte Llian wieder an den Spiegel, und er überlegte, was Karan mit ihm bei dem Prozess gemacht hatte. Hatte sie den Spiegel wirklich? Und wie hatte sie ihn aus Shazmak geschmuggelt?

Ein langes, bebendes Heulen riss ihn aus dem Schlaf. Llian sprang aus dem Zelt. Karan warf den Kopf von einer Seite zur anderen, weinte und riss an ihren Kleidern. Dann war sie plötzlich vollkommen still und presste die Hände auf die Schläfen, als versuche sie, irgendetwas aus ihrem Kopf zu quetschen. Ihr starrender Blick wanderte über Llian hinweg, ohne ihn zu erkennen. Hatte die Trauer sie in den Wahnsinn getrieben?

Llian berührte ihre Hand, und der Albtraum strömte aus ihr hervor wie Luft aus einer Ziegenblase. Karan fiel in den Sand und schlief tief und fest. Llian hob sie hoch, noch immer im Schlafsack, und legte sie vorsichtig ins Zelt. Die bittere Kälte brannte an seinen nackten Füßen. Karan rührte sich nicht. Llian lag noch stundenlang wach und beobachtete die Sterne bei ihrer Wanderung über den Himmel. Immer wieder und wieder dachte er über ihre Flucht nach, und er fragte sich, ob es eine Möglichkeit gegeben hätte, Rael zu retten. Und er fürchtete sich davor, am Morgen feststellen zu müssen, dass Karan tatsächlich dem Wahnsinn verfallen war. Sollte das wirklich so sein, würde er sie nicht retten können, denn er hatte keine Ahnung, wohin er sich von hier aus wenden sollte.

Kapitel neun

In den Höhlen von Bannador

Als Llian aufwachte, war er noch immer müde. Das Feuer knisterte. Wo war er? Dann sah er das zerstörte Boot auf dem Sand, und die Erinnerungen kehrten wieder zurück. Die Wintersonne ging auf und verriet ihm, wie wenig Schlaf er gehabt hatte.

Karan war bereits aufgestanden und machte Tee. Der Topf balancierte auf einem kleinen Nest aus Zunder. Karans Augen waren rot, und wenn Llian etwas sagte, antwortete sie nicht. Sie ging zum Boot und hackte wütend mit dem Beil darauf ein. Llian stöhnte und schloss die Augen. Kurz darauf wurde er wieder geweckt, diesmal von Karan, die nachdrücklich an seiner Schulter rüttelte.

»Steh auf. Du hast ohnehin schon zu lange geschlafen. Hier!«

Sie reichte ihm einen Becher Ingwertee. Der beißende Geruch stieg ihm in die Nase, und er zuckte unwillkürlich zurück. Dabei stieß er gegen Karans Hand, und ein paar Tropfen spritzten auf seine nackte Brust. Er fluchte. Wütend stellte Karan den Becher in den Sand, stapfte zum Zelt und begann, es abzubauen. In Anbetracht ihres verletzten Arms war sie bemerkenswert geschickt darin.

Als sie fertig und alles bis auf Llians paar Sachen verpackt war, rief sie gereizt: »Bist du noch nicht fertig?«

Llian schluckte den restlichen Tee hinunter, der noch immer viel zu heiß war. Dann zog er sich rasch an und stopfte seine Ausrüstung in den Rucksack. Sie aßen gut: Zwiebeln und Eier, ein kleines Stück Fleisch, Gemüse und gemahlenes Korn. Das brieten sie alles in einer Pfanne und häuften die Masse auf je eine Scheibe Schwarzbrot. Dazu tranken sie dann den Rest des Tees aus dem Topf. Er war sehr stark. Der Ingwer brannte im Hals und ätzte das unangenehme Gefühl von zu wenig Schlaf weg. Llian fühlte sich gleich viel besser.

Karan nahm sich ein Stück Holz und strich den Sand vor sich glatt. Dann beantwortete sie die Fragen, die Llian noch gar nicht gestellt hatte. Ihre Stimme klang trostlos.

Mit dem Stock zeichnete sie eine Wellenlinie, die in südöstlicher Richtung verlief. »Das ist der Garr. Wir sind hier. Die Berge sind dort und hier der Wasserfall. Dann fließt der Fluss durch die Hügel von Bannador und Sable.« Jedes Mal wenn sie ›hier‹ oder ›dort‹ sagte, machte sie einen Punkt in den Sand.

»Nördlich von Sable, hier, bildet der Fluss die Grenze zwischen Crayde und Plendur. Hier beschreibt der Fluss einen großen Bogen; dann wendet er sich nach Süden und teilt sich an der Insel von Sith – der freien Stadt – in zwei Arme auf. Das ist mein Ziel. Bis wir Sith erreichen, sind wir in Gefahr; vielleicht auch dann noch. Wir werden hier die Klippen hinuntersteigen und dann dem Fluss folgen. Am Ostufer befinden sich Städte – vielleicht finden wir dort ja ein Boot, das uns nach Sith bringt. Auf dem Fluss dauert die Reise vier, fünf Tage. Zu Fuß würden wir Wochen benötigen.«

»Ich dachte, du wolltest nach Bannador.«

»Mein schlussendliches Ziel war schon immer Sith, und von hier aus liegt Sith über den Fluss sogar näher als meine Heimat.«

»Bis jetzt hast du mir gar nichts von diesem Weg erzählt«, sagte Llian.

»Und das hätte ich auch jetzt nicht getan, wenn ich die Wahl gehabt hätte. Das ist eine Fluchtroute der Aachim; aber natürlich kann man sie auch benutzen, um ungesehen nach Shazmak einzudringen. Deshalb halten sie sie geheim.«

»Bist du ... in Ordnung heute?«

»Natürlich bin ich in Ordnung«, antwortete sie in scharfem Ton. »Was hast du denn erwartet? Dass ich verrückt geworden bin?«

Er wandte den Blick ab.

»Gestern sind sechs Aachim wegen mir ertrunken.« Sie ging davon und starrte auf den Fluss hinaus. Als sie wieder zurückkehrte, war Llian zum Aufbruch bereit.

»Was ist mit den Whelm?«

»Die Wachen um Shazmak haben nichts von ihnen gemeldet.«

»Dann sind wir sicher vor ihnen?«

Karan schwieg. Dreimal hatte sie die Whelm schon abgeschüttelt, und jedes Mal waren sie plötzlich wieder aufgetaucht, stets nach einem Traum. Sie berührten sie im Schlaf und zogen einen Faden von ihr zu sich. Und die Albträume der vergangenen Nacht waren die stärksten gewesen, die sie je gehabt hatte. Sie schauderte. *Sie werden wiederkommen. Sie wollen mich genauso sehr, wie sie den Spiegel wollen, aber du hast keine Bedeutung für sie. Dich würden sie niederstrecken, ohne mit der Wimper zu zucken. Oh, Llian, ich kann dich nicht auch noch verlieren!*

»Sie werden mich wiederfinden. Lass uns gehen, rasch.« Ihre Stimme hatte wieder ein wenig Farbe bekommen. Die Dringlichkeit der Probleme heute lenkte sie von der Katastrophe gestern ab. Sie glättete den Sand mit ihrem Stock, und sie brachen auf. Es gab keinen Pfad, aber am Flussufer kamen sie leichter voran; also nahmen sie diese Route.

»Sollten wir nicht versuchen, unsere Spuren zu verwischen?«, fragte Llian, als sie von einem Felsen auf eine große Fläche grauen Sandes hinabstiegen, wo sie tiefe Spuren hinterließen.

»Warum?«, erwiderte Karan. »Tensor weiß, welchen Weg wir nehmen. Es gibt keinen anderen. Wenn wir unterhalb der Klippen wieder an den Fluss kommen, ist es noch früh genug dafür.«

Dann wandten sie sich vom Fluss ab, der links von ihnen floss, und suchten sich einen Weg durch eine Reihe kleiner Hügel, Sümpfe und kleiner Felsteiche, die am Rand noch immer gefroren waren. Auf einer Hügelkuppe hielten sie an. Ein paar hundert Schritt vor ihnen brach das Land ab, als wäre es plötzlich abgestürzt, und rechts und links erstreckten sich die Klippenkanten so weit das Auge reichte. Unmittelbar zu ihrer Linken donnerte der Fluss über die Kante. Die Gischt verhüllte alles, was jenseits des Wasserfalles lag. Unten lief der Fluss durch die steilen Hügel gen Südosten, verschwand aber alsbald im Dunst. Hinter ihnen ragten die Berge von Chollaz empor. Sie bildeten eine undurchdringliche, schneebedeckte Wand nur durchbrochen von der großen Schlucht des Garr.

»Ich sehe keinen Weg hinunter«, murmelte Llian.

Karan schaute ihn an. Sie dachte nach. Schließlich sagte sie: »Da! Vor dir. Der Spalt.«

Unmittelbar nordöstlich befand sich ein Spalt, der parallel zur Klippenkante verlief und sich mehrere hundert Schritt entfernt mit ihr traf. Sie gingen dorthin, und Llian spähte ins Zwielicht hinab. Die Wände des Spalts waren fast vollkommen senkrecht, bestanden aus bröckelndem Kalkstein, und der Boden war nicht zu sehen. Llian drehte sich der Magen um.

»Ich kann da nicht runterklettern«, sagte er mit matter Stimme und wurde grau im Gesicht. »Geht das immer so weiter bis ganz nach unten?«

»Natürlich nicht. Die Klippe ist mehr als dreihundert Spannen hoch. Dieser kleine Spalt ist höchstens fünfzig tief. Unten führt er in die Höhlen. Vielleicht sollte ich dich zuerst runterschicken. Wenn du ohnehin abstürzt, musst du mich ja nicht auch noch mitreißen.«

»Das ist nicht lustig«, sagte Llian. »Du weißt, dass ich Höhenangst habe.«

»Tut mir leid. Ich hasse heute einfach die ganze Welt. Ich gehe voran. Es wird schon nicht so schlimm werden. Der Ingwer dürfte deinen Magen beruhigen. Stell Hände und Füße einfach genau dorthin, wo ich es auch tue. Dieser Pfad ist sehr alt, und der Fels könnte verrottet sein.«

Karan zog ihren Rucksack zurecht, lockerte die Schiene um ihr Handgelenk und kletterte unbeholfen in den Spalt hinunter. Die ersten paar Schritte ging es steil über zerklüfteten Fels. Am Boden der ersten Steigung hielt sie an und tastete erst mit dem einen, dann mit dem anderen Fuß. Zweifelnd schaute sie zu Llian hinauf.

»Genau hier, wo es ganz steil wird, sollten Metallsprossen in den Fels eingelassen sein«, sagte sie.

»Vielleicht ist das Eisen verrostet und runtergefallen; vielleicht sind wir aber auch an der falschen Stelle.«

»Sie würden doch kein *Eisen* für so etwas nehmen«, erwiderte Karan und tastete weiter mit dem Fuß. Sorgfältig schaute sie sich um. »Nein, das ist die Stelle. Ich bin ziemlich sicher.«

»Wie lange ist es her, seit du zum letzten Mal hier gewesen bist? Vielleicht ist ja auch ein Teil der Klippe abgebrochen.«

»Ich bin noch nie hier entlanggegangen. Wie gesagt, der Pfad ist geheim. Seit die Aachim sich von der Welt abgeschottet haben, ist er nur in größter Not benutzt worden aus Furcht, dass er sonst entdeckt werden könnte. Aber alle Aachim und jene, denen sie vertrauen, kennen ihn ... selbst ich.« Letzteres sagte sie voller Bitterkeit.

Sie kletterte wieder hinauf. »Die ersten Sprossen sind weg. Vielleicht hat es ja einen Steinschlag gegeben. In meinem Rucksack ist ein kleines Stück Seil. Hol es mir bitte.«

Llian fand das Seil und reichte es ihr. Es war gut vier Spannen lang. Karan band ein Ende um Llians Brust, überprüfte sorgfältig die Knoten und schlang dann das andere Ende um ihren Bauch. »Such dir einen sicheren Platz hinter dem Felsvorsprung dort, und wenn ich rufe, lass mich vorsichtig runter.«

Llian ging hinter den Felsvorsprung am Rand der Klippe. Karan verschwand hinter der Kante. Kiesel prasselten die Wand hinunter, und das Seil straffte sich. »Gib mir ein wenig Seil!«, rief Karan.

Vorsichtig ließ Llian es durch die Hände gleiten. Als Karan wieder rief, war nur noch eine Armlänge übrig. »Das reicht! Zieh mich wieder rauf!«

Langsam zog Llian am Seil. Karan war zwar klein, dennoch war das harte Arbeit, und als der Zug schließlich nachließ, zitterten seine Knie. Karans Kopf tauchte wieder auf.

»Es ist sinnlos«, sagte sie. »Ein Teil der Wand ist abgebrochen und hat zehn, zwölf Sprossen mitgerissen. Die darunter scheinen allerdings alle noch da zu sein.«

»Was können wir tun? Hier oben gibt es nichts, woran wir das Seil festbinden könnten. Dich kann ich runterlassen, aber nicht mich selbst.«

Karan schaute an der Kante entlang. Er hatte Recht. Der Kalkstein bildete glatte, runde Vorsprünge, zu groß, um ein Seil um sie schlingen, und zu rund, um es daran zu befestigen.

»Da unten sehe ich ein paar Risse. Vielleicht können wir in einem von ihnen ein Messer verkeilen und das Seil daran festmachen«, schlug Llian vor.

Karan legte die Stirn in Falten und dachte über die Idee nach. »Das Gestein ist zu schwach, und ich möchte nicht an einem kleinen Messer hängen, wenn es so weit nach unten geht. Außerdem werden wir das Seil später noch brauchen. Deshalb müssen wir es um etwas schlingen, sodass uns nur die Hälfte der Länge zur Verfügung steht.«

»Dafür ist es nicht lang genug. Ich hatte schon fast kein Seil mehr, als du gerufen hast.«

»Du warst oben an der Kante. Nehmen wir einmal an, ich könnte irgendetwas in dem Riss da unten verkeilen, würde uns das schon ein ganzes Stück sparen. Wenn wir es doppelt nehmen, könnte es gerade so reichen.«

Karan maß die Länge sorgfältig mit den Augen ab. Sie hatte den Kopf auf die Seite gelegt und pfiff gedankenverloren vor sich hin. »Nein, selbst dann wäre es noch zu kurz.« Dreimal breitete sie die Arme aus, setzte sich dann auf den Boden und holte alles aus ihrem Rucksack heraus. »Wir könnten eine Decke zerschneiden und die Streifen aneinanderbinden; doch damit hätten wir noch immer nichts, woran wir es festmachen könnten. Was hast du?«

Llian kramte durch sein Gepäck. »Nichts, dem ich mein Leben anvertrauen würde.«

Karan ließ den Kopf auf die Arme sinken und schaukelte vor und zurück; dann schaute sie in den Himmel hinauf. »Ich kann sie bereits fühlen. Sie sind nur noch wenige Stunden entfernt.« Sie begann zu verzweifeln; zu spät hatten sie ihr Lager abgebrochen.

Llian lief hin und her. »Woran können wir das Seil verankern?«, dachte er laut. »Es gibt hier kein Holz mit Ausnahme des Boots.« Dann sagte er: »Das Seil *verankern!* Natürlich!«

Karan starrte ihn an. »Da war ein Anker im Boot«, verkündete er aufgeregt. »Ein zweiblättriger Anker unter der Quersprosse. Das ist genau, was wir brauchen.«

»Waren da auch Taue?«

»Daran kann ich mich nicht erinnern. Natürlich war da die Fangleine, auch wenn ich sie bei unserer Flucht abgeschnitten habe. Soll ich zurückgehen und die Sachen holen?«

»Ja, aber beeil dich, und sei vorsichtig. Die Zeit läuft uns davon.«

Llian rannte los. Mit einem bleiernen Gefühl im Bauch legte Karan sich auf den Rücken und schaute in den Himmel hinauf. Nur wegen eines kleinen Stückchens Seil konnte das alles doch nicht umsonst gewesen sein. Das hätten sie als Erstes einpacken müssen.

Karan schloss die Augen und ließ alles, was sie in ihrem Geist hatte, langsam versickern, auch das winzige Bild von Llian, das seit dem Prozess immer da gewesen war. Dann suchte sie nach anderen Präsenzen in der Umgegend, und die fand sie auch rasch. Sie fühlte ein Brüllen und Donnern den Fluss herunterkommen. Das waren die Aachim. Und ihnen voran trieb eine gewaltige Sturmwolke aus dem Norden heran und verschluckte alsbald alles andere in ihrer Dunkelheit: Tensor! Karan schreckte vor dem Sturm zurück und riss die Augen auf. Was war es doch für ein Fluch, eine Empfindsame zu sein. Die Sonne schien noch immer am blassblauen Himmel, doch Karan war von einer tiefgehenden Kälte erfüllt, und sie hatte mehr Angst denn je.

Ich werde mich nicht noch einmal fangen lassen, dachte sie. *Ich werde nie zulassen, dass Tensor den Spiegel bekommt, selbst wenn ich Llian dafür zurücklassen muss ... doch das wäre das Ende; es würde mich brechen.*

Karan hörte Llians Schritte, lange bevor sie ihn sehen konnte. Der arme Llian; er musste vollkommen erschöpft sein. Sie kletterte auf einen Felsvorsprung und schaute zu, wie er näher kam.

»Ich habe sie gesehen«, platzte Llian heraus, kaum dass er Karan sah, »von dem großen Hügel da drüben. Ein Boot kommt die Schlucht herunter.« Sein Gesicht war knallrot, aber er hatte den Anker und das Tau.

»Wie weit sind sie noch zurück?«

»Sie waren gerade erst in Sicht gekommen.«

»Dann werden sie unser Lager bald erreichen. Es zu untersuchen wird eine Weile dauern; trotzdem können sie in ein paar Stunden hier sein. Oh Llian, sie sind so stark, und ich habe solche Angst. Rasch! Der Anker!«

Mit dem Beil bearbeitete Karan die Ankerarme so, dass sie mehr oder weniger parallel zum Schaft waren, sodass der Anker schließlich einer schlecht gemachten Pfeilspitze glich. Dann stieg Karan wieder hinunter und rammte ihn tief in einen Felsspalt unmittelbar über dem steilsten Teil der Wand. Anschließend band sie die beiden Seile zusammen und schob ein Ende durch die Ankerschlaufe, bis das Seil zu beiden Seiten gleich lang war.

»Ich glaube nicht, dass ich daran hinunterklettern kann«, sagte Llian, und ihm drehte sich mal wieder der Magen um.

»Dann mach dir ein paar Knoten rein. Mach sie aber nicht zu dick, damit sie noch durch die Schlaufe passen. Oder besser noch ... Mach sie nur an einen Teil des Seils, damit wir es hinterher besser herausziehen können. Und bleib ruhig. So weit ist es nicht.«

Llian machte mehrere Knoten ins Seil und versuchte, nicht daran zu denken, was vor ihnen lag. »Bereit«, verkündete er schließlich.

Karan nickte. Sie zog Stiefel und Socken aus und stopfte sie in ihren Rucksack. Dann packte sie selbstbewusst das Doppelseil und glitt mit den Füßen voran über die Kante. Langsam machte sie sich auf den Weg nach unten und hielt sich mit den Füßen und einer Hand fest, während sie mit der anderen das Seil so kräftig festhielt, wie es ihr eingegipster Arm zuließ. Llian konnte es kaum ertragen, ihr zuzuschauen, doch schließlich erreichte sie die Metallsprossen, und er sah, wie sie das Seil losließ und sich an der Wand festhielt. Mit gequältem Gesichtsausdruck sah sie zu ihm hinauf, schüttelte ihr verletztes Handgelenk und stieg dann langsam weiter nach unten.

Llian hing über dem Abgrund, packte das Seil fest mit beiden Händen und versuchte runterzuklettern. Seine Handflächen waren jedoch viel zu verschwitzt, um einen guten Griff zu bekommen. Das Seil glitt ihm durch die Hand, und er drückte mit aller Kraft zu, sodass er schließlich mitten in der Luft zum Stehen kam. Dann zog ihn sein Gewicht wieder hinunter, immer schneller und schneller, und er konnte nichts tun, um seinen Fall aufzuhalten. Llian war vor Entsetzen fast gelähmt, als seine Hände plötzlich den ersten Knoten fanden und er mit einem Ruck wieder anhielt. Dort hing er und drehte sich langsam am Seil. Die Kraft wich aus seinen Fingern, und er war sicher, dass er die Abfahrt bis zum nächsten Knoten nicht überleben würde.

»Beeil dich!«, ertönte ein ungeduldiger Ruf von unten.

Der Ruf erschreckte Llian, und er glitt zum nächsten Knoten hinunter, bevor er sich dessen überhaupt bewusst wurde. Dort hielt er diesmal nur eine Sekunde an, bevor er weiter hinabrutschte. Seine Handflächen brannten fürchterlich. Schließlich erreichte er den letzten Knoten und klammerte sich wie ein Ertrinkender an die erste Sprosse. Er zitterte am ganzen Leib, und seine Knie drohten nachzugeben. »Das Seil!«, rief Karan. Llian riss unbeholfen daran, und es fiel an ihm vorbei zu Boden. Karan funkelte zu ihm hinauf, drehte sich dann um und setzte ihren Abstieg fort. Llian folgte ihr grimmig.

Die Sprossen waren ursprünglich jeweils zwei Handspannen voneinander entfernt gewesen, doch einige fehlten und andere waren gebrochen oder bewegten sich besorgniserregend, wenn Llian sein Gewicht auf sie verlagerte. In einem Abschnitt, an dem die Felswand sich ein wenig nach außen wölbte, waren alle Sprossen auf einem Stück von mindestens zwei Mannslängen zerborsten – offenbar von einem Steinschlag. Halt konnte man hier nur schlecht finden.

Doch zu guter Letzt erreichten sie den Boden. Llian setzte

sich auf einen Fels, und Karan legte ihm sanft die Hand auf die Schulter. »Das hast du gut gemacht«, sagte sie.

»Es war gar nicht so schlimm, wie ich gedacht habe«, log er.

»Natürlich nicht. Du hast schon viel gelernt. Auch wenn du eine verblüffende Art hast, an einem Seil hinunterzugleiten. Zeig mir mal deine Hände.«

Llian streckte sie aus, die Handflächen nach oben. Große Schwellungen wie von Feuer zogen sich quer über sie hinweg. »Du hättest nicht so festhalten sollen«, schalt Karan ihn und schmierte die Salbe aus dem Seifensteinkrug auf die Verbrennungen. Er war fast leer. Die Salbe brannte, und Llians Hände begannen zu pochen. Karan bückte sich nach dem Seil und verstaute es wieder in ihrem Rucksack. Sie suchten sich einen Weg über die Felstrümmer, die den schmalen Boden des Spalts bedeckten. Kurz darauf erreichten sie eine niedrige Öffnung im Kalkstein, die fort von der Klippe und in Richtung Fluss führte.

In der Höhle war es stockdunkel. Karan blieb stehen und holte eine kleine Leuchtkugel aus einer speziellen Tasche. Damit beleuchtete sie dann den Weg.

»Was ist das?«, fragte Llian. »Hast du dir die in Shazmak besorgt?«

»Nein. Maigraith hat sie mir gegeben. Das ist eine Leuchtkugel – ein Glas, das Licht abgibt. Eine Zeitlang habe ich geglaubt, die Whelm würden mich durch sie finden können; deshalb habe ich sie irgendwann nicht mehr benutzt.«

»Darf ich mal sehen?«

Sie gab sie ihm. Im schwachen Licht der Kugel machten sie sich auf den Weg den Tunnel hinunter.

Als ihr Gefährt aus der Schlucht schoss, sah Tensor das zerstörte Boot. Er deutete in die entsprechende Richtung. Der

Steuermann lenkte ihr Boot ans Ufer, und die Aachim sprangen an Land. Sorgfältig untersuchten sie das Boot, dann folgten sie den Fußspuren zum Lagerplatz. Tensor stand auf einem Felsen, von dem aus er das Lager überblicken konnte. Schweigend versammelten sich die Aachim hinter ihm. Schließlich winkte er, und seine Leute schwärmten aus, während er in den Sand hinunterstieg. Ein kleiner Fleck glatt gestrichenen Sandes erregte seine Aufmerksamkeit. Daneben waren tiefe Abdrücke von zwei Paar Stiefeln zu sehen.

»Sie haben hier eine Zeitlang gehockt«, sagte er. »Ich frage mich, warum.«

Er blieb dort einen Moment stehen; dann streckte er die Hand über die glatte Stelle aus, die Handfläche nach unten. Er murmelte ein Wort. Die Aachim schauten ihm teilnahmslos zu. Fast eine Minute lang geschah gar nichts; dann begannen die Sandkörner sich langsam neu anzuordnen. Ein paar Minuten später hatten die Bewegungen aufgehört, und Tensor nahm die Hand wieder herunter.

»Das ist eine Karte. Natürlich«, sagte er zu niemandem im Besonderen. »Aber wie ist sie zu lesen? Ah! Ich sehe. Diese Linie muss der Garr sein. Natürlich ist er das, denn das da ist die Insel von Sith. Diese Linie repräsentiert die Berge von Shazmak hinter uns. Dann muss dieser Punkt hier unsere gegenwärtige Position sein, und ...«, hier hob er leicht die Stimme, »... und das hier neben Sith ist ihr Ziel. So! Was das betrifft, hat sie also wenigstens die Wahrheit gesagt. Der nächste Ort, an dem man flussabwärts ein Boot bekommen kann, ist Narne. Das sind zwei Tagesmärsche jenseits der Fälle. Sie haben die Nacht hier verbracht. Die Asche ist noch immer warm. Sie können nicht mehr als einen halben Tag Vorsprung haben.«

»Vielleicht ist diese Karte ein Trick. Diese Karan, sie ist *szdorny*, klug und listig zugleich. Wir müssen alles in Frage stellen, was sie tut«, sagte einer der Aachim.

»Ja, das müssen wir«, stimmte Tensor ihm mit grimmigem Gesicht zu. Raels Tod hatte ihn schwer getroffen. »Wenn wir sie nicht in den Tunneln stellen können, werden wir uns aufteilen. Eine Gruppe geht direkt nach Narne; der Rest folgt ihnen, wo immer sie hingehen. Los!«

Sie machten sich auf den Weg zum Klippenrand, doch sie waren noch nicht weit gekommen, als Tensor plötzlich stehen blieb. »Das ist seltsam«, sagte er und schaute auf die Spuren hinunter. »Einer von ihnen, der elende Zain, würde ich sagen – ja, definitiv –, ist wieder zum Boot zurückgekehrt, um was zu holen. Und das ist nicht lange her, denn diese Spur ...« Er deutete auf eine einzelne Reihe von Fußabdrücken und daneben auf die Spuren zweier Leute. »Das Wasser sickert hier erst langsam hinein, während die anderen schon fast voll sind.«

»Der Anker war weg, Tensor«, sagte einer der Aachim, »und auch die Leine. Sie müssen Schwierigkeiten beim Klettern gehabt haben.«

»Dann sind wir nur Stunden von ihnen entfernt. Wir werden sie in den Tunneln erwischen. Karan kennt den Weg nicht. Beeilt euch!«, rief er, und sie setzten sich raschen Schrittes wieder in Bewegung. Tensor lief mit langen, unermüdlichen Schritten ein Stück voraus. Die Aachim folgten ihm dichtauf, zwanzig an der Zahl. Sie waren schwer bewaffnet und hatten grimmige Gesichter, Männer und Frauen gleichermaßen.

Die Höhle entwickelte sich zu einem Labyrinth, doch anfangs war Karan der Weg klar, und sie kamen gut voran. Im Laufe der Zeit wurde sie jedoch immer unsicherer; doch wann immer sie sich an einer Abzweigung erst einmal für eine Richtung entschieden hatte, rannte sie nach wie vor, sodass Llian kaum mithalten konnte. Die Kugel gab genug Licht ab, dass sie den Höhlenboden ein paar Schritte voraus sehen konnten.

Der Untergrund wurde immer unebener. Es wimmelte nur so von dunklen Spalten, in denen man sich mit dem Fuß verfangen konnte, und immer wieder stießen sie auf eisige Tümpel. Durch einige von ihnen konnten sie einfach durchstapfen; durch andere mussten sie waten. Wasser tropfte ständig von der Decke. Einmal mussten sie sogar durch einen Wasservorhang, der mit großer Wucht aus einem Spalt in der Wand schoss. Es dauerte nicht lange, und sie waren vollkommen durchnässt und froren.

Sie waren gut eine Stunde mit dieser Geschwindigkeit unterwegs, als Llian plötzlich zum Halten aufrief. Er packte Karan an der Schulter und schrie: »Ich kann nicht mehr! Ich bin zu Tode erschöpft.«

Karan blieb stehen, schlug seinen Arm beiseite und wirbelte zu ihm herum. »Du willst dich *ausruhen?*«, verlangte sie zu wissen, und ihre Stimme klang, als würde Stein über Stein schaben. »Sie sind dicht hinter uns und holen rasch auf. Womöglich kennen sie auch einen kürzeren Weg. Hast du auch nur eine Ahnung davon, was Tensor mit dir machen würde? Komm jetzt!«

Sie starrte noch einen Augenblick zu Llian hinauf, und ihre Brust hob und senkte sich. Ihr Haar klebte am Kopf, und Wasser tropfte auf ihre Stirn. Im bläulichen Licht der Leuchtkugel sah sie ziemlich unheimlich aus und viel zu wütend, als dass Llian sich mit ihr auf eine Diskussion eingelassen hätte. Er murmelte etwas Unverständliches vor sich hin, und sie drehte sich wieder um und machte sich mit doppelter Energie wieder auf den Weg. Llian war froh, nicht mehr ihrem vernichtenden Blick ausgesetzt zu sein. Er rannte ihr hinterher.

Kurze Zeit später erreichten sie eine Weggabelung, und Karan wählte nach kurzem Zögern den rechten Tunnel, der sanft bergab führte. Es dauerte jedoch nicht lange, da lief der Tunnel in einen schmalen Spalt aus, durch den kein Aachim sich je hätte zwängen können, und sie waren gezwungen umzukehren. Karan wurde allmählich nervös.

»Inzwischen werden sie den Spalt erreicht haben«, sagte sie. »Sie sind nur wenige Stunden hinter uns, und ich verirre mich schon. Oh Llian, ich fürchte, ich habe uns in eine Falle geführt.«

Ihre Unruhe steckte Llian an, und er schaute immer wieder über die Schulter zurück, um sich zu vergewissern, dass da kein Licht hinter ihnen war. Das war nicht gut. Wenn Karan ihr Selbstvertrauen verlor, hatten sie keine Chance.

»Ein paar Stunden«, sagte er. »Sie müssen schon sehr schnell vorwärtskommen, um uns einzuholen, bevor wir aus den Höhlen raus sind.«

Karan blieb stehen und suchte kurz nach irgendetwas in seinem Gesicht, doch nach was, vermochte Llian nicht zu sagen. Sie drehte sich um und setzte sich wieder in Bewegung. *Ich weiß, dass du Unrecht hast,* dachte sie, *auch wenn es mir andersherum lieber wäre. Sie werden viel schneller vorankommen als wir, und wenn ich auch nur noch einmal falsch abbiege, sind wir am Ende.*

Der linke Tunnel verlief eine Zeitlang eben und fiel dann unvermittelt steil ab. Wasser rann den Abhang hinunter. Der Felsboden war schlüpfrig, und nach kurzer Zeit wurde es so steil, dass Llian und Karan einander festhalten mussten, um das Gleichgewicht zu bewahren.

»Wir sollten jetzt besser das Seil benutzen«, bemerkte Llian, nachdem sie beide fast gefallen wären. Karan blieb stehen, holte das Seil aus ihrem Rucksack und band sie damit aneinander. Der Pfad führte steil immer weiter nach unten. Kurz darauf erreichten sie eine Stelle, an der Stufen in den Fels gehauen waren; ein Geländer gab es allerdings nicht. Eine Brise wehte stetig an ihnen vorbei, was auf eine gerade Passage von beachtlicher Länge schließen ließ, doch im schwachen Licht der Leuchtkugel konnte man die tatsächlichen Ausmaße noch nicht einmal erahnen.

Die Stufen waren dick mit Ablagerungen des Wassers verkrustet, glatt und rutschig. Zunächst schien der vorsichtige Abstieg nicht enden zu wollen, doch schließlich erreichten sie den Fuß der Treppe. Karan setzte sich auf einen Stein und redete mit sich selbst.

»Dieser sollte vier, fünf Stunden dauern, hat man mir erzählt. Wir sind nun schon drei Stunden oder länger unterwegs. Wir können immer noch entkommen, obwohl der Weg von hier aus schwer zu verfolgen ist. Lass mich einen Augenblick nachdenken ... Die Abfolge der Abzweigungen ist komplex. Es ist schon sehr lange her, und ich hätte nie gedacht, dass ich einmal hier entlanggehen würde. Ich glaube, ich habe mich nur daran erinnert, weil es irgendwie romantisch war.«

Plötzlich erschien ein blasses Licht weit hinter und über ihnen. »Tensor!«, sagte Karan verzweifelt. »Er hat bereits den Hang mit der Treppe erreicht. Sie sind nur noch knapp eine halbe Stunde hinter uns. Es gibt keine Fluchtmöglichkeit mehr.« Sie sprang auf und rannte hin und her.

Llian packte sie am Arm und zischte ihr drängend ins Ohr: »Rasch! Wir wollen sie doch nicht wissen lassen, dass sie uns so nahe sind.« Er zog sie herum und bog außer Sicht. »Können sie unser Licht gesehen haben?«

Karan kam wieder zu sich. »Ich weiß es nicht«, antwortete sie wieder nüchtern, auch wenn ihre Stimme noch Nervosität verriet. »Es ist recht schwach, und ich hatte es vor mir. Aber sie haben scharfe Sinne.« Sie dachte kurz nach. »Wir können jetzt nicht mehr hoffen, ihnen davonzulaufen, denn ich bin unsicher, was den Weg betrifft, er nicht.«

»Wenn Schnelligkeit also nicht mehr reicht, müssen wir unseren Verstand einsetzen«, sagte Llian. »Können wir uns vor ihnen verstecken?«

»Nein«, antwortete Karan und schüttelte im Gehen den Kopf.

»Wenn er uns so nahe ist, kann er unsere Gegenwart fühlen. Sie könnten sogar in der Lage sein, uns zu riechen.«

»Wir können nicht gegen sie kämpfen, nicht vernünftig mit ihnen diskutieren, uns nicht vor ihnen verstecken und ihnen nicht davonlaufen«, zählte Llian langsam auf. »Dann bleibt uns nur, irgendwo hinzugehen, wo sie uns nicht folgen können.«

»Wenn wir eine Höhle finden könnten, durch die wir kriechen können, sie aber nicht, weil sie zu klein für sie ist, wäre das genau das, was wir brauchen«, sagte Karan. »Es hat immer eine Menge kleiner Risse, Spalten und Höhlen gegeben, die vom Hauptweg wegführen; aber ob sie nun irgendwo hinführen oder ob sie in Sackgassen enden ... Wer vermag das schon zu sagen? Trotzdem, wir müssen jede Chance ergreifen, so unwahrscheinlich sie uns auch erscheinen mag.«

Sie eilten weiter und kamen an einer Vielzahl anderer Tunnel vorbei. Jedes Mal nahm Karan den niedrigeren Weg. Der Pfad war steil und wand sich, und sie sahen nicht mehr das Licht hinter sich. Eine halbe Stunde später kamen sie in eine größere Höhle mit einem großen Teich in der Mitte. In Höhe des Wasser verlief ein Spalt quer durch die Höhle, und jenseits des Teiches führten mehrere große und kleine Tunnel in unterschiedlichen Richtungen aus der Kaverne hinaus.

»Da führt der Pfad entlang«, sagte Karan und deutete auf einen der größeren Tunnel. »Lass uns die anderen versuchen.« Sie krochen in verschiedene Tunnel, doch alle endeten nach nur kurzem Weg in Höhlen oder Durchlässen, die selbst für Karan zu klein waren. Karan setzte sich am Ende des letzten Tunnels und drückte verzweifelt die Hände auf die Schläfen. »Das ist das Ende«, flüsterte sie. »Oh Llian, ich habe es versucht; aber ich war nicht gut genug. Es tut mir leid.«

Zum ersten Mal seit dem Prozess wurde Llian bewusst, in welcher Gefahr er sich wirklich befand. »Was werden sie mit uns tun?«

»Ich weiß es nicht. Vermutlich werden sie uns erst einmal die Haut abziehen.«

»Aber ...«

»Aber die Aachim sind so zivilisiert. Das glaubst *du.* Nicht wenn sie sich verraten fühlen. Wenn sie uns fangen, ist es das Ende, und es wird ein böses Ende werden.«

Dann sah Llian, was er eigentlich schon die ganze Zeit hätte sehen müssen. »Nein! Du hast es gesehen! Wasser lief aus dem Teich in den Spalt. Er muss irgendwo hinführen, sonst hätte er sich schon längst gefüllt. Rasch!«

Sie sprangen auf, rannten in die Hauptkammer zurück und platschten durch den Teich zu dem Spalt. Karan zog ihren Rucksack aus, hielt ihn schräg vor sich und glitt in den Spalt hinunter. In diesem Augenblick hörten sie das Klappern losgetretener Steine aus dem Tunnel weiter oben. Llian sprang ihr hinterher und folgte ihr so dicht er konnte. Es war eng in dem Spalt, und mehrmals musste er sich an vorspringenden Felsen vorbeiquetschten, bis seine Rippen schmerzten, obwohl er stets darauf achtete, mit der unverletzten Seite voranzugehen. Der Spalt wand sich steil nach unten, und schon bald waren sie sicher, dass man ihr kleines Licht nicht mehr aus der Höhle oben sehen konnte. Sie gingen weiter.

Nur wenige Minuten später hörten sie Stimmen und Platschen. Llian tippte Karan auf die Schulter. Sie steckte die Leuchtkugel in die Tasche – nur um sicherzugehen – und blieb sofort stehen. *Lass sie vorbeigehen,* betete Llian und drückte Karans Hand. Die Geräusche verhallten in der Ferne.

»Sie durchsuchen offenbar sämtliche Tunnel«, flüsterte Llian Karan ins Ohr.

Schweigend krochen sie weiter. Der Spalt wand sich immer weiter nach unten und wurde schließlich zu einem niedrigen Tunnel, durch den noch immer das Wasser floss.

Llian und Karan krochen in stetem Tempo weiter und

zogen ihre Rucksäcke hinter sich her. Plötzlich, ohne Vorwarnung, ertönte ein gewaltiges Brüllen, das sowohl aus dem Tunnel vor ihnen als auch aus ihnen selbst zu kommen schien. Einen Moment lang waren Llians Gedanken wie gelähmt. Mit weit aufgerissenen Augen schaute er sich zu Karan um, die nun hinter ihm war. Sie berührte ihn mit zwei Fingern an der Wange und versuchte zu lächeln.

»Sei ruhig«, sagte sie in sanftem Ton. »Tensor hat seine eigenen Spuren zurückverfolgt und herausgefunden, wie wir entkommen sind. Er versucht, uns zu verwirren und einzuschüchtern, um uns so zur Umkehr zu bewegen.« Diesmal brachte sie tatsächlich ein schwaches Lächeln zustande. »Das zeigt seine Verzweiflung. Wenn wir ruhig bleiben, werden wir jetzt vielleicht doch noch entkommen. Entweder weiß er nicht, wo der Spalt herauskommt, oder er weiß es, kann den Ausgang aber nicht erreichen. Der Zwangzauber wirkt nicht auf diese Entfernung. Wenn er damit weitermacht, wird er nur ermüden, und das wird ihn verwirren. Lass uns hoffen, dass er das macht.«

Das Brüllen dauerte noch eine Weile an; dann kehrte wieder Stille ein – vollkommene Stille. Selbst das Tropfen des Wassers war nicht mehr zu hören, als Llian und Karan zwischen den Felsen kauerten. Schließlich krochen sie weiter.

Der Tunnel führte immer weiter nach unten; allerdings kamen die beiden Gefährten jetzt besser voran. Dann wurde das Rinnsal, das seinen Ursprung in der großen Höhle hatte, mehr und mehr zu einer Flut, die versuchte, sie aus dem Gleichgewicht zu bringen. Es dauerte jedoch nicht lange, und der Strom teilte sich, wurde wieder zu einem Rinnsal, und beide Arme stürzten über eine Kante in einen Tümpel von vielleicht fünf Schritt Breite. Der Tümpel war hüfttief und kalt.

»Jetzt können wir uns für ein paar Augenblicke ausruhen«, sagte Karan.

Llian schwieg, aber er ergriff erneut ihre Hand und hielt sie fest. Zusammen saßen sie auf dem trockensten Teil der Felskante, ließen ihre Beine über dem Tümpel baumeln und aßen Brot und Trockenfrüchte aus ihren Rucksäcken. »Was werden sie jetzt tun?«, fragte Llian.

»Aufgeben werden sie nicht. Ein paar von ihnen werden alle Quellen und Höhlen am Fuß der Klippe absuchen. Andere werden auf dem Hauptweg nach Narne warten für den Fall, dass wir dorthin zurückfinden sollten. Wir haben uns ein wenig Luft verschafft, aber sobald wir aus den Höhlen raus sind, schweben wir wieder in Gefahr.«

Sie wateten in den Tümpel hinaus. Nach dreißig Schritten wurde die Decke immer niedriger, sodass sie sich ducken mussten, und es dauerte nicht lange, da verschwand sie ganz im Wasser. Llian drehte sich zu Karan um. »Und was jetzt?«

»Es geht vielleicht nicht weit. Ich werde nachsehen.«

Sie zog sich bis aufs Unterhemd aus und packte ihre Kleider sorgfältig in einen Beutel aus Wachstuch. Mit der Leuchtkugel in der Hand schob Karan sich an Llian vorbei, tauchte ins Wasser und verschwand. Llian wartete besorgt, doch kurz darauf wirbelte das Wasser vor ihm, und Karan tauchte wieder auf. Wasser spritzte aus ihrem Haar, und ihr Gesicht war blau vor Kälte.

»Hättest du einen Augenblick gewartet, hätte ich mich freiwillig ...«, begann er in wenig überzeugendem Tonfall.

»Deshalb habe ich ja nicht gewartet«, unterbrach Karan ihn grob und mit klappernden Zähnen. »Ich wollte dich nicht da drunter suchen müssen. Außerdem habe ich so etwas auch früher schon gemacht.

Es ist ein langer Tauchgang«, fuhr sie fort, nachdem sie sich das Wasser aus den Haaren gewrungen hatte, »fast eine Minute – mit unseren Rucksäcken vielleicht noch länger. Schaffst du das?«

Er nickte. Llian war schon immer ein guter Schwimmer gewesen; es war die Kälte, die ihm Probleme bereitete.

Sie tauchten durch den Tunnel. Es war, wie Karan gesagt hatte, ein langer Tauchgang, wenn auch kein sonderlich schwerer. Llian machte sich nur Sorgen, als sein Rucksack einmal an einem Felsen hängen blieb und es scheinbar eine Ewigkeit dauerte, bis er ihn wieder losbekam. Einmal auf der anderen Seite stieg der Boden leicht an, und plötzlich war die Decke höher, und sie konnten wieder aufrecht gehen. Sie eilten weiter, und zehn Minuten später sahen sie zu ihrer großen Überraschung Tageslicht am Ende des Tunnels. Sie schlichen näher. Karan drehte sich verwirrt zu Llian um.

»Das ist seltsam«, sagte sie. »Ich kann sie überhaupt nicht fühlen. Es ist, als wäre niemand dort.« Vorsichtig gingen sie hinaus und blinzelten im Licht der untergehenden Sonne. Plötzlich lachte Karan laut auf und schlang die Arme um Llian. Dort, zu ihrer Rechten, waren der Wasserfall und der Garr, der Richtung Südosten floss.

»Ich verstehe nicht«, sagte Llian und drückte sie an sich.

»Irgendwo in diesen Höhlen sind wir unter dem Fluss durchgegangen, und jetzt sind wir auf der anderen Seite«, erwiderte sie. »Die Treppe der Aachim führt ans Ostufer, aber wir sind im Westen. *Wir sind frei!* Vor Narne gibt es keinerlei Möglichkeit, den Fluss zu überqueren, und bis dahin sind es mehr als zwei harte Tagesmärsche. Kein Wunder, dass Tensor so verzweifelt war. Er muss das gewusst haben. Vielleicht habe ich mein Glück ja doch noch nicht ganz aufgebraucht.«

»Werden sie in Narne nicht auf uns warten? Das hast du doch selbst gesagt.«

»Ohne Zweifel, aber das ist noch weit weg, und bis dahin kann viel passieren. Außerdem sind wir jetzt in Bannador. Lass uns vom Wasserfall weggehen. Dann werden wir erst einmal essen, uns ausruhen und unser weiteres Vorgehen planen.«

Sie waren genau am Fuß der Klippe herausgekommen, und der Boden hier bestand zum größten Teil aus Felstrümmern, um die herum sie sich erst einmal einen Weg suchen mussten, bevor der Weg nach Süden frei war. Schließlich hatten sie den Schutt jedoch hinter sich gelassen, und als es dunkel wurde, waren sie in dicht bewaldetem Hügelland, das in den Dunst des Wasserfalls gehüllt war. Sie befanden sich noch immer recht weit oben, doch die Kälte der Berge war verschwunden. Die Luft war feucht und roch nach Bäumen.

»Ein Wald«, sagte Llian. »Nach Shazmak dachte ich schon, es gäbe keine Bäume mehr auf der Welt.« Er setzte sich auf einen moosbewachsenen Stamm und gab sich seinen Gedanken hin.

Sie verbrachten noch zwei weitere Tage in diesem Land. Langsam arbeiteten sie sich durch den dichten Wald voran, und das war wirklich mühsam. Das Land war von tiefen Tälern durchfurcht, Überbleibsel alter Ausläufer des Garr, die direkt ihren Weg kreuzten. Sie begannen ihren Marsch direkt am Ufer, doch schon bald wurde das Land hier so zerklüftet, dass sie sich einen freieren Weg suchen mussten. Schließlich stießen sie auf einen schmalen Pfad, der mehr oder weniger in Richtung Narne führte. Hier wurde das Land von kleinen Felskämmen durchbrochen. Ständig ging es für Llian und Karan rauf und runter, und nach jedem Abstieg mussten sie auf dem Pfad durch größere und kleinere Bäche waten.

Es war spät am zweiten Nachmittag. Llian lief schleppend hinterher. Er folgte Karan, ohne nachzudenken, und hoffte bei jedem Schritt, dass sie oben angekommen endlich Narne sehen würden. Der Marsch war inzwischen zur reinsten Qual geworden. Oh, wie sehr er das Reisen hasste. War das eigentlich immer so? Wie hatte er Reisegeschichten nur je für romantisch halten können? Aber wenigstens hatten sie ihre Verfolger abgeschüttelt. Seit den Höhlen war keine Spur mehr von ihnen zu sehen.

Karan blieb stehen. »Das ist nah genug. Lass uns einen Lagerplatz suchen. Es wird bald dunkel werden.«

»Können wir nicht bis Narne weitergehen?«, bettelte Llian. »Es ist so nah. Ich bin die Lauferei allmählich leid. Ich will in einer Taverne neben dem Feuer sitzen mit einem großen Becher Wein vor mir und hundert anderen Leuten, die genau das Gleiche machen.«

»Damit wirst du bis Sith warten müssen«, erwiderte Karan. »Narne liegt jenseits des Flusses, und spät in der Nacht müssen wir der Fähre Zeichen geben. Wir wissen, dass Tensor nach Narne gehen wird, und er wird alle Wege im Auge behalten. Die Stadt ist zu klein, als dass wir uns dort verstecken könnten. Selbst bei Tag, in einer Menschenmenge, dürfte das schwierig sein. Außerdem ist Narne kein sonderlich freundlicher Ort.«

Sie kamen zu einer Stelle, wo der Pfad wieder über einen Bach führte. Das klare Wasser floss still in seinem steinigen Bett, und Karan wandte sich stromaufwärts. Kurz darauf fanden sie eine grasbewachsene Anhöhe, wo der Wald sich vom Bach zurückzog. Dort schlugen sie ihr Lager auf. Das Gras war weich, grün und einladend. Die großen Bäume bildeten eine Wand um die Lichtung herum, die irgendwie beschützend wirkte. Duftende Kräuter wuchsen in der feuchten Erde am Rand des Wassers. Die Atmosphäre war so beruhigend, dass Llian, der neben einem Haufen Zweige saß, die er fürs Feuer gesammelt hatte, den Kopf in die Hände legte und einschlief.

Nach einer Weile wurde er von Karan geweckt, die mit ihrem Beil ins Unterholz gegangen war und nun mit einem Arm voll Holz und fröhlich pfeifend wieder zurückkehrte.

Llian stand schuldbewusst auf, doch Karan legte ihm die Hand auf den Kopf und drückte ihn wieder hinunter. »Du hast dich gar nicht mal schlecht gehalten«, sagte sie liebevoll.

Llian saß einfach nur da und genoss die Stille, während das Licht langsam schwächer wurde. Karan lief mit schnellen, eleganten Schritten vor ihm hin und her, schnitt einen Kreis aus der Grasnarbe, sicherte ihn mit Steinen aus dem Bach und baute einen Zunderhaufen aus Rinde und Zweigen. Geschickt entfachte sie ihn mit einem einzigen Funken; dann gab sie immer neue Scheite hinzu, bis das Feuer hell brannte. Als sie den Blick hob, sah sie, dass Llian sie anschaute.

»Was?«, fragte sie.

»Ich habe mich gerade nur gewundert, wie wenig dein Handgelenk dich behindert. Offenbar gibt es nichts, was du nicht auch allein tun könntest.«

»Als ich es mir zum ersten Mal gebrochen habe, bin ich um mein Leben gerannt. Da musste ich alles alleine machen, und so habe ich das gelernt. Der Bruch ist rasch verheilt, doch er hat mir noch immer Probleme bereitet, als ich dich getroffen habe, denn die Knochen sind nicht richtig zusammengewachsen. Du und Rael, ihr habt das besser gemacht; diesmal ist alles gerichtet. Ich habe keine Schmerzen mehr, es sei denn ich bekomme einen Schlag ab. Aber ich habe auch keine Kraft in dieser Hand. Geh und bade, wenn du willst. Ich koche heute. Hier.« Sie warf ihm etwas zu. »Nimm meine Seife.«

Llian fing die Seife auf, ging ein Stück stromabwärts, zog seine Kleider aus und watete ins Wasser. Der Bach war nur ein paar Schritt breit und lediglich knöcheltief. Llian hockte sich zwischen die Kiesel und schrubbte sich mit der Seife und ein paar Hand voll Sand ab. Das Wasser war kalt an seinen Zehen, aber nichts im Vergleich zum Garr. Diese Kälte hier wirkte tatsächlich sogar belebend auf ihn, und seine frisch geschrubbte Haut kribbelte angenehm.

Karan schaute ein-, zweimal zu ihm hinüber, während sie kochte. Er hatte auf ihrem Marsch an Gewicht verloren. Seine Schultern wirkten unverhältnismäßig breit und seine Rippen knochig; doch er hatte noch immer diesen sorglosen, jungenhaften Charme. Und er hatte auch etwas gewonnen: Er war nun selbstbewusster und nicht mehr so unbeholfen.

Just in diesem Moment blickte Llian auf, als er sich mit dem Hemd abtrocknete. Er sah, dass Karan ihn anschaute, und ließ plötzlich verschämt das Hemd ins Wasser fallen. Mit einem Schrei sprang er hinterher, und Karan wandte sich lächelnd ab.

»Nur du stellst dich in einen Bach, um dich abzutrocknen«, sagte sie, als er wieder zum Lager kam.

»Und wo würdest du dich hinstellen?«, fragte er und spielte den Beleidigten.

»Natürlich neben das Feuer. Wohin sonst?«

Mit einer schwungvollen Gebärde servierte sie ihm das Essen. Dazu gab es wieder das typische Schwarzbrot der Aachim, diesmal aber mit einer Art Minze, die neben dem Bach wuchs. Sie aßen schweigend. Die einzigen Geräusche waren das Prasseln des Feuers und das sanfte Plätschern des Baches. Anschließend spülte Llian die Teller im Wasser und stellte sie neben das Feuer zum Trocknen. Karan holte eine großzügige Hand voll Bohnen aus ihrem Rucksack, mahlte sie zwischen zwei Steinen und setzte eine besondere Art von Kaffee auf. Während der Kaffee vor sich hin kochte, ging sie zum Bach hinunter und genoss ebenfalls das erfrischend kalte Wasser. Schon vor Shazmak hatte sie nur sehr wenige Gelegenheiten gehabt, sich zu waschen. Oh, wie sie es hasste, dreckig zu sein.

»Der Kaffee ist fertig!«, rief Llian, und Karan wrang das Wasser aus ihrem Haar und eilte zum Feuer. Langsam drehte sie sich, badete in der Wärme, und der Feuerschein verwandelte die Tropfen auf ihrer blassen Haut in Rubine und ihr Haar in poliertes Kupfer. Llian beobachtete sie, ohne eine Miene zu verziehen, doch sie sah, dass seine Hand zitterte, als er den Kaffee eingoss, und ein paar heiße Tropfen spritzten ihm auf den Fuß. Karan trocknete sich rasch mit einem frischen Hemd ab und schlang den Mantel um den Leib. Dann kämmte sie sich, so gut sie konnte, die Knoten aus dem Haar und träufelte sich Limonenparfüm in den Nacken.

»Ich kann mich nicht daran erinnern, wann ich zum letzten Mal so einen Becher gehabt habe«, seufzte sie und sog den Duft des Kaffees ein. »Ich frage mich, woher Rael ... woher Rael ihn bekommen hat. In Bannador wächst kein Kaffee mehr – heutzutage friert es hier zu oft. Schade, dass wir keinen Wein haben.«

»Nein, aber ich habe da etwas, was uns genauso guttun wird«, erwiderte Llian und erinnerte sich an die kleine Silberflasche, die seit Chanthed ganz unten in seinem Rucksack lag. »Es ist ein Schnaps, den wir in Chanthed im Winter brennen. Wir trinken ihn, um unerwartetes Glück zu feiern oder die Rückkehr eines geliebten Menschen.«

Er zog den Verschluss aus der Flasche und reichte sie Karan. Vorsichtig schnüffelte sie daran und nahm dann einen kleinen Schluck. Der Schnaps war dickflüssig und süß, besaß einen würzigen Nachgeschmack von wilden Kräutern, und er brannte auf Karans Lippen und im Hals. Sie trank einen weiteren kleinen Schluck, dann gab sie die Flasche lächelnd an Llian zurück.

Schweigend saßen sie am Feuer einander gegenüber, jeder mit seinem Kaffee in der Hand, und hingen ihren eigenen Gedanken nach. Karan sah gelassen im flackernden Feuerschein aus; doch Llians Gedanken wanderten zu dem Prozess und dem Spiegel zurück und der faszinierenden Möglichkeit, dass die Informationen, nach denen er suchte, in ihm verborgen sein könnten. Durfte er es wagen, sie zu bitten, ihn ihm zu zeigen? Er zögerte.

»Wir sind jetzt in meinem Land«, sagte Karan. »Oh, wie sehr ich es liebe.«

»Ich habe gar nicht gewusst, dass Narne in Bannador liegt.«

»Das tut Narne auch nicht. Es ist ein schrecklicher, hässlicher Ort voller unangenehmer Leute. Der Fluss bildet hier die Grenze. Bannador ist ein langes, schmales Land, das bis an die Berge heranreicht.« Sie seufzte.

»Du bist heute Abend guter Stimmung. Hast du keine Angst mehr vor Tensor?«

»Doch. Er wird nie aufgeben. Am Morgen werden sie vielleicht sogar schon den Fluss überquert haben.«

»Und wenn du den Spiegel weggegeben hast?«

»Dann wird er eher ihn als mich verfolgen. Wenn er ihn bekommt, wird es vielleicht eine Amnestie geben, vielleicht aber auch nicht. Wer weiß?«

»Könnten sie heute Abend die Fähre genommen haben?«, fragte Llian, der plötzlich Angst hatte, die Aachim könnten sich an sie heranschleichen. Er schaute sich um. Das flackernde Licht des Feuers warf lange Schatten ins Gras und verwandelte den umliegenden Wald in eine geschlossene dunkle Mauer.

»Ich glaube nicht. Ich habe den ganzen Tag darüber nachgedacht. Wie sollten sie Narne rechtzeitig erreicht haben? Sie mögen in der Nacht ja eine Fähre anheuern, aber wie sollen sie uns in dem Wald hier finden? Nein, sie werden warten.«

»Nun, was *wirst* du jetzt mit dem Spiegel machen?«

Karan schaute ihm in die braunen Augen. »Ich habe schon so viele Pläne gemacht und sie alle verworfen. In jedem Fall sind mir jetzt alle Optionen versperrt mit Ausnahme der ersten. Ich werde meinen Eid Maigraith gegenüber halten und den Spiegel zu ihrer Herrin nach Sith bringen. Und dann werde ich beten, dass nichts Böses daraus entsteht. Wenn wir früh aufstehen und die erste Fähre nach Narne nehmen, können wir uns dort ein Boot besorgen und sind in vier Tagen in Sith.«

»Und was dann?«

»Dann bin ich den Spiegel endlich los und werde auf direktem Weg nach Gothryme gehen, nach Hause. Ich bin schon viel länger weg, als ich gesagt habe.«

»Wie weit ist das von hier?«

»Es liegt am anderen Ende von Bannador. Ein, zwei Wochen. Und was wirst du tun? Nach Thurkad weiterreisen?«

Karan hielt den Atem an, und auch Llian. Sie waren erst seit einem Monat zusammen, doch es hätten genauso gut Jahre sein können, so erschreckend war die Vorstellung, dass sie sich bald vielleicht trennen und nie mehr wiedersehen würden.

»Nun, das war mein Ziel. Ich weiß es nicht. Ich nehme an, in die Richtung werde ich jedenfalls gehen.«

Karans Knöchel waren weiß, so stark ballte sie die Fäuste.

»Andererseits habe ich noch nie Zeit in Bannador verbracht.« Er warf ihr einen vielsagenden Blick zu. »Wie ist es so in Gothryme um diese Jahreszeit? Glaubst du, ich würde mich langweilen, wenn ich für ein, zwei Tage dort bleiben würde?«

»Es ist der wunderbarste Ort in ganz Santhenar, zu jeder Jahreszeit«, lachte Karan. »Ich habe eine Idee ... Was hältst du davon, wenn du mich dorthin begleitest und ich dir alle besonderen Orte zeige, die ich kenne? Wenn dann der Regen nachgelassen hat und der Schnee hart geworden ist, wenn du alle Historien in unserer Bibliothek gelesen und mir all deine Geschichten erzählt hast, wenn wir einander wahrhaft überdrüssig sind, *dann* kannst du ja gehen, wohin du willst.«

»Dann ist es also abgemacht. Wer weiß schon, was ich in eurer Bibliothek finden werde? Ich werde mit dir nach Gothryme gehen.«

Karan lehnte sich mit geschlossenen Augen zurück. Llian widmete sich wieder seinen eigenen Gedanken. Was sollte er nur aus dem Hinweis machen, den Tensor ihm gegeben hatte? Selbst falls Tensors Vermutung richtig war, hätte es jeder der drei Charon sein können, die auf der Jagd nach der Flöte nach Santhenar gekommen waren. Drei Städte galt es zu durchsuchen. Was wusste er über sie?

Alcifer, Rulkes große Stadt und die nächstgelegene der drei, war als Einzige noch bewohnt. Sie lag an der Küste, nicht mehr als dreihundert Meilen südlich von Sith. Aber ohne Zweifel waren Rulkes Aufzeichnungen schon lange verschwunden. Mendark würde wissen, wo sie sind; aber würde er das Llian auch sagen?

Havissard, Yalkaras Festung, lag weit im Osten, in den Bergen von Crandor, nicht weit von Llians Heimat, Jepperand. Er wusste gar nichts über Havissard.

Katazza, die Inselstadt von Kandors Reich, lag in der Mitte des einst wunderschönen Meers von Perion. Aber das Meer war schon vor langer Zeit ausgetrocknet, und die Stadt hatte man unmittelbar nach Kandors Tod aufgegeben. Außerdem lag sie sehr weit entfernt und tauchte auf keiner Karte mehr auf. Das Meer der Trockenheit wurde stets nur als eine einzige große Ödnis dargestellt. Und sollte Tensor sich irren, war Llian mit seiner Suche nicht einen Schritt weitergekommen, seit er Chanthed verlassen hatte.

»Was hast du mit den Syndikatoren gemacht, Karan?«, fragte Llian einige Zeit später.

»Das ist nicht leicht zu erklären«, antwortete sie und dachte daran zurück. »Ich bin nicht sicher, ob ich es selbst verstehe. Ich weiß noch nicht einmal, wo es herkommt, dieses Talent, das ich besitze – vielleicht von meiner Großmutter, Mantille, obwohl es keine gewöhnliche Gabe unter den Aachim ist. Vielleicht kommt es aber auch aus meiner eigenen Familie. Mein

Talent gestattet es mir manchmal, die Gefühle oder Stimmungen bestimmter Menschen zu fühlen, selbst wenn diese weit entfernt sind. Wenn die Not groß ist und es mich überkommt, kann ich bisweilen etwas senden, ja sogar eine Verbindung herstellen ... allerdings sind die Nachwirkungen heftig.«

»War das auch in jener Nacht so, als ich in Tullin war?«

»Das war eine solche Zeit«, bestätigte Karan, »auch wenn ich nicht zu dir speziell gesendet habe. Ich hatte niemanden, auf den ich mich hätte konzentrieren können, nur ein vages Gefühl, dass Hilfe in der Nähe war.«

»Ich glaube, du hast in jener Nacht jeden in Tullin geweckt«, murmelte Llian.

»Solche Sendungen sind schwierig und sehr gefährlich. Oft laufen sie in die falsche Richtung. Aber was die Syndikatoren betrifft, so habe ich gar nichts mit ihnen gemacht«, sagte sie und lächelte schief. »Ich habe etwas mit *dir* gemacht. Deshalb kannst du dich auch kaum erinnern.« Sie hielt kurz inne. »Niemand vermag, die Syndikatoren anzulügen. Das war meine Rettung, ein formeller Prozess, und deshalb habe ich solch einen Aufstand wegen meiner Ehre gemacht. Das war ein wenig viel Heuchelei, könnte man sagen«, sagte sie und wandte den Blick ab. »Aber wenn Tensor mich direkt hätte befragen können, wären wir beide jetzt tot.

Denk an die Nacht davor zurück. Als du geschlafen hast, habe ich wieder etwas zu dir gesendet. Diesmal war es leichter. Du warst noch immer von Emmants Zauber geschwächt. Ich habe das kleine Amulett genommen, das du um den Hals getragen hast, um dich an mich zu binden. Du hast es ohne Zweifel schon vermisst. Ich habe es später verloren. Ich habe meine Geschichte in deinen Geist gepflanzt: den Raub des Spiegels und wie ich schließlich nach Shazmak gekommen bin. Den Großteil der Geschichte kanntest du bereits, und alles war wahr mit Ausnahme von dem, was unmittelbar nach

Fiz Gorgo geschehen ist. Ich habe eine Lüge in deinen Traum gepflanzt, nämlich dass ich den Spiegel am Neydsee weggegeben hätte und seitdem nur noch als Ablenkung gedient habe. Eine größere Täuschung durfte ich nicht riskieren. Sie wussten schon zu viel. Aber mit einer kleinen Lüge würde ich vielleicht durchkommen.

Bei dem Prozess habe ich deine Traumerinnerungen geweckt, und während du meine Geschichte noch einmal durchlebt hast, habe ich sie genommen und den Syndikatoren erzählt. Das war sehr gefährlich«, sagte sie, und das war eine Untertreibung. »Ich glaube nicht, dass irgendjemand so etwas schon mal getan hat. Aber die Syndikatoren haben sie geglaubt. Besser noch, sie *wussten*, dass sie wahr war, denn für *dich* war sie wahr, und ich habe sie so erzählt, wie du sie kanntest. Nur Tensor hat mir nicht geglaubt. Ich habe mich seltsam verhalten, und er war sich seiner eigenen Informationen sicher. Außerdem wollte er mir schlicht nicht glauben. Er konnte sich zwar nicht offen gegen die Syndikatoren stellen, aber als Ankläger hatte er das Recht, sie in einer nicht öffentlichen Unterredung von seinen Argumenten zu überzeugen. Da war es nur noch eine Frage der Zeit, bis sie eins und eins zusammenzählen und meine Geschichte in sich zusammenfallen würde. Es tut mir leid, dass ich dich so benutzt habe, aber ich hatte keine andere Möglichkeit.«

»Das braucht dir nicht leid zu tun. Du hättest Erzähler werden sollen. Überzeugender hat noch nie jemand eine Geschichte vorgetragen.«

Karan hatte traurig gelächelt, während sie ihre Geschichte erzählt hatte; doch plötzlich fuhr ein schrecklicher Schmerz durch ihren Leib, oder vielleicht eine Vorahnung, und als sie geendet hatte, schlug sie die Hände vors Gesicht.

»Oh!«, schrie sie. »Oh! Der Schmerz! Nein! Ich kann nicht! Oh!«

»Karan, was ist?«, flüsterte Llian.

Dann schaute sie zu Llian, nahm langsam die Hände wieder herunter, und sie hatte sich derart grundlegend verändert, dass er es kaum zu verstehen vermochte. Die Wärme war aus ihrer Stimme verschwunden, und die schelmischen Grübchen, die sich beim Lächeln bildeten, waren nicht mehr zu sehen. Ihre Wangen waren eingefallen, und ihre Stimme klang kalt, verbittert und fern, sodass Llian Angst bekam. Sie sprach abgehackt, als koste das Reden sie mehr Kraft, als sie hatte.

»Sei gewarnt! Ich bin eine große Gefahr für meine Freunde. Einige verrate ich; andere führe ich in den Tod, und wieder anderen verdrehe ich den Geist. Warum bist du noch hier, Llian? Geh, solange du noch kannst.«

Llian saß da, verwirrt und entsetzt, und starrte ins Feuer. Er wagte kaum aufzublicken, damit sie ihm nicht in die Augen schauen konnte. Was war da passiert? Just als er schon glaubte, sie zu kennen, hatte sie alles wieder auf den Kopf gestellt.

Die Zeit verrann, und Karan saß vollkommen still da. Der Anfall – oder was auch immer es war, das sich ihrer bemächtigt hatte – war vorbei und hatte sie hilflos zurückgelassen. Karan hatte eine Kluft zwischen ihnen geöffnet, und Llian wusste nicht, wie er sie überbrücken sollte.

»Was hast du wirklich mit dem Spiegel gemacht?«, fragte er schließlich vorsichtig. »Du hast Rael gesagt, du hättest ihn. War das auch eine Lüge?«

Karan zuckte zusammen, als hätte er sie geschlagen, und plötzlich sah sie schier unendlich traurig aus. »Nein, ich habe ihn«, sagte sie. »Aber ich will nicht über ihn sprechen, nicht ausgerechnet heute Nacht.« Und mit diesen Worten zog sie den Mantel enger um die Schultern und verschwand im Zelt.

Kapitel zehn

In den Hügeln von Bannador

Llian blieb noch lange am Feuer sitzen, allein mit seinen Zweifeln, seiner Wut und in seinem Elend. Dann lösten sich plötzlich all seine Verwirrung und sein Ärger auf, als er erkannte, wie clever Karan gewesen war. Sie hatte den einzigen Ausweg gefunden und hart gearbeitet, um ihn zu retten, egal was sie das auch gekostet haben mochte. Was war dieser neue Angriff? War das Tensor, der eine neue Geisteswaffe gegen sie gerichtet hatte, oder waren das ihre anderen Feinde, die sie wieder zu finden versuchten?

Nach der Kälte der Berge empfand Llian die Nacht als geradezu mild. Er zog sich aus und kroch vorsichtig ins Zelt, um sie nicht zu stören. Dann legte er sich auf seinen Schlafsack, zog den Mantel über, drehte sich auf die Seite und starrte durch die Zelttür zum Feuer. Ein einzelner Stern funkelte in dem Dreieck zwischen Zelteingang und Baumwipfeln. Das Feuer knisterte. Irgendetwas huschte durchs Laub am Rand der Lichtung. Stille.

Karan berührte sein Handgelenk und packte es fest. »Oh Llian«, sagte sie. »Komm und tröste mich. Ich habe solche Angst.«

Und Llian nahm sie in die Arme, und sie drückte die Wange gegen seinen Hals. Ihr Busen wogte leicht an seiner Brust, und ihr Atem war wie Samt auf seiner Schulter.

»Was war das, Karan?«

»Irgendetwas hat mich berührt, schlimmer als in meinen

Träumen; aber jetzt ist es wieder gut ... es ist weg ... Erzähl mir eine Geschichte, Llian, mein Lieber«, sagte sie verträumt.

»Was für eine Geschichte möchtest du denn gerne hören?«

»Egal.« *Es ist der Klang deiner Stimme, was ich jetzt brauche,* dachte sie. *Die Worte sind mir im Augenblick gleich.*

Llian dachte einen Moment nach. »Ich habe da eine sehr traurige, kleine Geschichte«, sagte er.

»Egal«, murmelte Karan.

»Es die Geschichte zweier Liebender: Jenulka und Hengist.« Er hielt kurz inne, und Karan vergrub ihr Gesicht in seinem Nacken. »Eine sehr alte Geschichte, eher leicht, aber unglaublich romantisch – mehr eine Ablenkung als sonst irgendwas.«

»Erzähl sie.«

»Jenulka war die Gemahlin von Feddil dem Grausamen, dem Tyrannen von Almadin vor langer Zeit. Und Feddil war ein wahres Tier von Mann, groß und fett, alt und mit widerlichen Angewohnheiten. Doch er war auch stark – stärker als jeder andere, wie auch boshafter und listiger. Seine größte Leidenschaft war der Krieg, und er genoss es, andere Menschen zu quälen – besonders Jenulka, die jüngste, kleinste und schönste seiner drei Frauen.«

»Natürlich. Was auch sonst?«, hauchte Karan Llian verschmitzt ins Ohr. Sie mochte diese Klischees.

»Wer weiß, warum er sie sich zur Frau genommen hat, denn er hatte Söhne und Töchter genug, die sein Erbe antreten konnten. Einige davon waren sogar schon älter als Jenulka, und alle waren sie von der gleichen bestialischen Art wie ihr Vater. Und Jenulka konnte schon die Vorstellung nicht ertragen, das Bett mit ihm zu teilen, denn er wusch sich so gut wie nie. Seine Füße waren schwarz, sein Atem faul und sein Bauch riesig. Aber das musste sie auch nicht, denn Feddil hatte an Widerlicherem

Geschmack gefunden. Doch das war fast genauso schlimm, denn der Hof, die Söhne, Töchter und die anderen Frauen straften sie mit Verachtung. Sie sei so wenig Weib, dass sie Feddil noch nicht einmal ins Bett bekommen könne, spotteten sie. Ihr Leben war eine Qual, und sie war unglücklicher als selbst der niederste Schweinehirt in ganz Almadin.«

An dieser Stelle hielt Llian inne, denn Karan atmete so flach, dass er glaubte, sie sei in seinen Armen eingeschlafen. Der sanfte Duft von Limonenblüten stieg aus ihrem Haar. Solange er lebte, würde er stets an sie denken, wann immer er das roch.

»Schweinehirt ...«, murmelte Karan. Ihre Lippen berührten fast sein Ohr. »Sprich weiter.«

»Jenulka machte es sich zur Angewohnheit, des Morgens, bevor ihre Gouvernante erwachte, zum Fluss Alm hinunterzugehen. Dort gab es zu jener Zeit einen großen Wald an den Ufern und Wiesen, wo der Tyrann seine Herden weidete. Sie saß im Gras, auf einem Baumstamm oder Stein und träumte von einem jungen, schönen und lebhaften Liebhaber. Denn sie war zwar schüchtern und ruhig, aber auch leidenschaftlich, und sie sehnte sich danach, Freude zu spenden und zu empfangen.«

Karan kicherte.

»Wie es das Schicksal wollte, gab es da einen jungen Mann, der bisweilen zu den Wiesen am Ufer ging, um auf den Fluss hinauszublicken, den Vögeln beim Flug zuzusehen und nachzudenken. Hengist war sein Name. Er war Lehrling bei einem Silberschmied, zwar jung an Jahren, doch mit großem Talent. Er war ein schwermütiger, gefühlvoller, junger Mann, der Gefallen an Musik, Büchern und allen anderen schönen Dingen fand. An den vulgären Beschäftigungen, denen sich die anderen Lehrlinge hingaben, hegte er jedoch kein Interesse. Oft stahl er sich davon, um allein zu sein. Und manchmal, wenn er etwas von besonderer Schönheit sah, ging er in die Werkstatt seines Meisters zurück und modellierte es in Silber. Er war ein gutaussehender, dunkelhaariger Junge; nicht groß, aber gut gebaut und *sauber.*«

»Und ohne Zweifel töricht«, ergänzte Karan.

»Schschsch! Eines frühen Morgens kam Hengist zum Fluss hinunter, und dort, auf einem Stein, saß das schönste Mädchen, das er je gesehen hatte. Das Licht der aufgehenden Sonne brannte wie Feuer in ihrem Haar und blendete ihn so sehr, dass er sie nicht erkennen konnte. Hätte er das getan, so wäre er sofort geflohen – eine Gemahlin des Tyrannen auch nur anzusprechen bedeutete den Tod. Aber die Sonne schien ihm in die Augen, und er schlich näher heran. Sie drehte sich um, und er war verliebt.

Nun waren sie beide scheu; nie hätten sie sich einem Fremden genähert. Doch jetzt schauten sie einander in die Augen, und sie wussten beide, dass sie füreinander geschaffen waren. Sie hatten ihre unsterbliche Liebe gefunden. Und Hengist kam wie benommen näher, und kein einziges Mal wandte er den Blick von ihren Augen ab, obwohl die paar Schritte, die sie voneinander trennten, wie die Kluft zwischen den Sternen waren. Und sie erhob sich halb von ihrem Felsen und streckte ihm die Arme entgegen.

Hengist ergriff ihre Hände, küsste ihre Finger, und Jenulka lief ein wohliger Schauder durch den Leib. Er schaute in ihr Gesicht hinauf, und es war so edel, sanft und schön – so schön, dass ihm fast das Herz zu brechen drohte. Dann brach das Platschen eines Reihers in der Nähe den Zauber, und Hengist erkannte sie als das Weib des Tyrannen. Ihre Hand zu berühren bedeutete den Tod. Mit einem Schrei sprang er zurück und war verschwunden. Er wagte es noch nicht einmal zurückzuschauen.

Hengist kehrte wieder in die Werkstatt zurück. Er arbeitete

Tag um Tag, Nacht um Nacht, und der Spott der anderen Lehrlinge kümmerte ihn nicht. Und die Arbeiten, die er machte – die Reiher, Wildblumen und Fische –, waren nie schöner. Oh, wie sehr er sich danach sehnte, wieder zum Fluss zurückzugehen und sie in seine Arme zu nehmen; doch er wagte es nicht.

Jenulka wiederum ging nach wie vor jeden Morgen zum Fluss, zu jener Stelle, wo sie sich zum ersten Mal getroffen hatten, und als er nicht zurückkehrte, da war ihr Herz gebrochen. Aber Jenulka besaß einen eisernen Willen. Sie wusste, dass er Angst hatte, zu ihr zu kommen – also musste sie zu ihm gehen. Sie ging in die Stadt auf der Suche nach ihrem Geliebten. Jedem schaute sie so intensiv ins Gesicht, dass die Leute schon begannen, über sie zu reden. Das Weib, das der Liebe des Tyrannen nicht würdig sei, werde allmählich verrückt, sagten sie. Viele Tage ging sie mit ihrer Gouvernante in die Stadt, bis ihr keine Gründe mehr einfallen wollten, dorthin zu gehen, und sie verzweifelte schon, dass sie ihre Liebe niemals wiedersehen würde.

Dann, eines Tages, als sie sich wieder in Richtung der Burg der Bestie wandte (so dachte sie über ihren Gemahl), kam sie durch Zufall am Laden des Silberschmiedes vorbei. Dort, im Fenster, erregte eine Silberskulptur ihre Aufmerksamkeit: ein Reiher, der durch den Fluss watete. Die Figur war so lebensecht, so wunderschön gemacht, dass Jenulka das Tier erkannte – unter all den Reihern, die im Fluss jagten, erkannte sie diesen einen Vogel, denn er war es gewesen, dessen Auftauchen ihren Geliebten verscheucht hatte. Sie wusste sofort, dass nur Hengist diese Figur gemacht haben konnte, obwohl sie bis dahin nichts von seinem Handwerk gewusst hatte. Sie ging in den Laden und kaufte die Figur. So sehr pries sie ihre Schönheit, dass der schmeichlerische Silberschmied seinen Lehrling holte, um ihn der Gemahlin des Tyrannen vorzustellen, denn selbst die *niederste* Frau musste doch Einfluss haben. So trafen Jenulka und Hengist sich erneut, und ihr Schicksal war besiegelt.

Am nächsten Morgen ging Jenulka wieder zum Fluss, bevor ihre Gouvernante erwacht war. Sie wusste, dass Hengist dort sein würde, und das war er auch, und bevor sie sich versahen, lagen sie einander in den Armen. Und dort, während der Fluss plätscherte und die Watvögel durchs Wasser stakten, vereinten sie sich in Liebe. Und jeden Morgen danach gingen sie dorthin, und in diesen kurzen Minuten war ihr Glück perfekt.

Natürlich konnte das nicht auf ewig andauern, doch es hätte länger dauern können, wäre da nicht Hengists Torheit gewesen. Denn des Nachts, wenn er die Aufgaben seines Meisters erfüllt hatte und die anderen Lehrlinge in den Häusern schwitzten und schnauften, über die niemand spricht, da arbeitete er im Geheimen an einem eigenen Werk. Es war eine Silberstatue: die Statue eines nackten Mädchens, das auf einem Felsen am Fluss saß und von ihrem Geliebten träumte. Es war ein durchaus schickliches Werk, damals wie heute, nur dass Hengist ihm Züge und Gestalt seiner Geliebten gab.

Du würdest weinen, könntest du es sehen, denn sie hatte cremefarbene samtige Haut, glatt wie Marmor, und ihre Augen waren grün wie Jade und so groß und feucht wie die einer Kuh, und ... Aaah!«, rief Llian. »Das hat wehgetan!« Karan hatte ihm einen Stoß in die Rippen versetzt. »Tut mir leid. So sanft und fließend wie die Augen einer Taube. Und ihr Haar war so rot wie das Fleisch einer Pflaume.«

Llian fand zunehmend Gefallen an der Beschreibung. »Ihre Gestalt war so süß und lieblich, wie du es dir nur vorstellen kannst, denn sie war dort schlank, wo es einer Frau ansteht, schlank zu sein, und üppig und rund an anderen Stellen. Ihr Hals war weich und blass, ihre Schultern schmal und schön, und ihre Brüste waren fest und rund und besaßen einen perlengleichen Schimmer, der ...«

»Es reicht!«, rief Karan, und selbst im Dunkeln wusste er, dass sie lächelte. »Woher bekommst du nur deine Inspiration? Vergiss nicht, dass du gerade eine Statue beschreibst.«

»Oh ... ja ... eine Statue. Ein wahrhaft wunderschönes Stück, und Hengist arbeitete stets nur im Geheimen daran und verbarg sie, wann immer er sein Werk unterbrechen musste. Doch sein Meister, ein boshafter und habgieriger Mann, der bis auf die Unze wusste, wie viel Silber er besaß, wurde alsbald misstrauisch. Stets fehlte ein wenig mehr von dem kostbaren Metall. So spionierte er Hengist nach und fand schließlich heraus, was sein Lehrling gemacht hatte. Das war die Gelegenheit für ihn, sich die Gunst seines Herrn zu erwerben, denn jeder wusste, dass Feddils jüngste Frau nicht nur kalt, sondern auch unfruchtbar war ...«

»*Kalt?*«, hauchte ihm Karan herrisch ins Ohr.

»Schschsch! Das ist nur eine Geschichte, schon vergessen? Bitte, keine Unterbrechungen mehr.

Ohne Zweifel würde Feddil die Gelegenheit willkommen heißen, sie loszuwerden, und der Silberschmied hatte eine Tochter, die ihren Platz hätte einnehmen können. Er bat um Audienz bei dem Tyrannen und zeigte ihm die Statue; nur erhielt er nicht die Belohnung, die er erwartet hatte. Mit einem einzigen Hieb schlug Feddil ihm den Kopf ab, doch der Zorn verrauchte so schnell, wie er gekommen war, und der Tyrann beobachtete Jenulka nun. So sah er sie im Morgengrauen des nächsten Tages aus ihrem Bett schleichen, und er folgte ihr voller Vorfreude auf die Qualen, die er den beiden Liebenden alsbald bereiten würde:

Unwissend kamen die beiden Liebenden am Flussufer zusammen und lagen nackt nebeneinander, als die Sonne aufging. Doch an diesem Tag wurde Jenulka von einer unerklärlichen Traurigkeit heimgesucht, als wäre ihre Liebe nur das Echo eines alten Traums, und ihre Tränen ergossen sich auf Hengists Hals. Sie ließ sich nicht trösten, sondern weinte nur, und dann kam Feddil.

Sie sahen ihren Tod näher kommen, und beide weinten sie um den anderen, doch Feddil wurde nicht umsonst ›der Grausame‹ genannt. Er sperrte sie nackt in eine große Zelle, an den Knöcheln angekettet auf der jeweils gegenüberliegenden Seite des Raums. Sie konnten einander sehen, doch nicht berühren, und auch reden konnten sie nicht, denn öffnete einer von ihnen den Mund, wurde er gepeitscht. Und Feddils böses Herz erkannte sofort, welches die größten Qualen für die beiden waren: für ihn, sie weinen zu sehen, ohne sie trösten zu können, und für sie, ihn vor ihren Augen gefoltert zu sehen.

Doch Feddil hatte noch etwas anderes im Sinn. Zwischen den Geißelungen ließ er Hengist all die Gerätschaften aus der Silberschmiede bringen: Ofen, Schmelztiegel, Hämmer und Zangen; Ton und Sand zum Modellieren und auch alles andere, was sein Gefangener für die Arbeit brauchte. Denn Feddil war zwar ein grober und brutaler Wann, doch er wusste, dass Hengist ein großer Künstler war, und er wollte ihn eine Statue der beiden Liebenden aus massivem Silber anfertigen lassen, die ihn an seine Macht über sie erinnern sollte. Außerdem amüsierte ihn der Gedanke, dass ihre letzte Umarmung auf seinen Befehl hin geschehen würde.

Seine Geliebte in Silber zu gießen war für Hengist die größte Qual von allen; doch sollte er sich weigern, würde man sie schlagen und auf die Folterbank spannen. So griff er jeden Tag zu seinen Werkzeugen, schaute sie sehnsüchtig an und machte sich an die Arbeit. Er kannte jede Wölbung ihres Körpers, jeden Zug ihres Gesichts, so wie nur ein großer Künstler es kann. Selbst blind hätte er die Statue noch anfertigen können.

Monate vergingen. Schließlich war das Werk vollendet, und es war perfekt. Hengist warf die Werkzeuge beiseite und weinte. Jenulka war nur noch ein Schatten ihrer selbst, dünn und blass – wie ein verlassenes Kind mit großen dunklen Augen. Ihre Knöchel waren von den Ketten wundgeschürft und eiterten, und ihr Bauch, auf den Hengist einst so gern den Kopf gelegt hatte, war von Hunger eingefallen. Und Jenulka schaute Hengist an und sah, wie verwelkt auch er war. Einst war er schlank und schön gewesen, doch nun schien sich sein Fleisch von den Knochen gelöst zu haben, und die Haut spannte sich über seinen Schädel wie eine Maske. Aber in ihrer Verzweiflung liebten die beiden einander mehr denn je.

Dann geschah ein Wunder, denn als sie nacheinander griffen, wie sie es schon so oft getan hatten, ohne sich jedoch berühren zu können, da glitt die Fessel über Jenulkas schmalen Fuß, und sie war frei. Vermutlich war sie schlicht zu abgemagert, sodass die Fessel sie nicht mehr länger zu halten vermochte; doch in jedem Fall vernachlässigte die Wache an diesem Tag ihre Pflicht und war nicht da, um sie zu peitschen.

›Oh, Hengist!‹ ›Oh, Jenulka!‹, und endlich lagen sie einander in den Armen, und ihre Verzückung war so groß, dass Worte sie nicht zu beschreiben vermögen.

Dann kam Feddil, um seine Statue zu begutachten und die beiden Liebenden zu verhöhnen, und als er sie zusammen fand, da rammte er sein Schwert voll Wut durch sie beide zugleich hindurch. Doch Jenulka lächelte. Sie schaute auf die Statue, die zeigte, was sie einst hatten und jetzt wieder.

›Unsere Liebe wird andauern, solange es Menschen auf Santhenar gibt, und dies ist ihr Symbol‹, sagte sie. ›Doch du und deine Kinder, euch wird man verfluchen und vergessen.‹ Und dann starb sie und auch Hengist, noch immer vereint.

Nun hatte die Statue keinen Wert mehr für Feddil. Sie war das Symbol seiner Demütigung, und in seiner Wut befahl er, dass sie zerstört werden solle, eingeschmolzen, und er selbst hielt die Seile, um sie über den Ofen zu heben. Doch da stürzte sie um und streckte ihn nieder. Die Menschen jubelten ob des Tods des Tyrannen, und sie zerstörten alle seine Werke. Die Statue jedoch stellten sie in die Große Halle des Volkes, wo man sie bis heute sehen kann: das Symbol einer perfekten und unsterblichen Liebe.«

»Oh Llian«, sagte Karan und streichelte ihm über die Lippen. »Ich nehme alles zurück, was ich je über dich gedacht habe.«

»Wie ich gesagt habe, ist sie vielleicht ein wenig *zu* romantisch«, erwiderte Llian und lächelte Karan in der Dunkelheit an.

Sie sagten kein Wort, denn ihre Sorgen waren weit weg, und beide waren damit zufrieden, einfach nur dazuliegen, vereint in der Wärme ihrer Berührung und dem Rhythmus ihres Atems.

Dann keuchte Karan – ein leises, beunruhigendes Geräusch, als litte sie unter Schmerzen.

»Was ist?« Llian drückte sie fest an sich.

Sie sprach langsam, als müsse sie ihre Stimme zunächst von weit weg herholen. »Ich bin jetzt wieder in Ordnung. Ich litt nur unter einem furchtbaren Schmerz. Es war ein Gefühl, als hätte ich glühenden Draht hinter den Augen, doch jetzt ist es wieder weg.« Sie klammerte sich noch einen weiteren Augenblick an ihn; dann drückte sie seine Hand und rollte sich weg. »Llian, versprichst du mir etwas?«

»Ich verspreche es.«

»Versprich mir, dass du genau tun wirst, was ich dir sage und wie – egal was heute Nacht auch geschieht.«

»Was für eine seltsame Bitte ist das denn?«

»Versprich es einfach – nein, schwöre!«

Llian ergriff ihre Hand und drückte sie sich an die Lippen. »Ich verspreche es. Ich schwöre. Worum auch immer du mich bittest und egal, wie du mich darum bittest, ich werde es tun.«

»Selbst wenn es dir aus tiefstem Herzen als falsch erscheinen sollte.«

Ein Schauder lief ihm über den Rücken, und er brachte keinen Ton mehr hervor. Karan versteifte sich neben ihm. »Und was wird heute Nacht geschehen?«, fragte er schließlich.

»Vielleicht gar nichts. Vielleicht passiert es erst in einer anderen Nacht, vielleicht aber auch nie. *Llian!* Du musst es schwören. Du *musst.* Vertrau mir.«

»Ich schwöre«, sagte er.

»Ich werde dich nie vergessen, Llian.«

»Du redest, als würdest du fortgehen«, sagte er leise. Plötzlich hatte er Angst, doch Karan erwiderte nichts darauf. Sie schlief bereits tief und fest. Llian lag noch lange Zeit wach. Er war nervös; doch schließlich siegte die Müdigkeit über die Angst, und er schlief auch ein.

An dem Morgen, als Karan und Llian den Pfad fanden, war Tensor am anderen Ufer unvermittelt stehen geblieben. Die Aachim hatten viel Zeit in den Höhlen verloren, als sie einen Steinschlag hatten wegräumen müssen, und seitdem hatten sie es nicht mehr gewagt zu schlafen. Tensor teilte seine Gruppe auf: Die Hälfte schickte er über den Weg am Ostufer des Garr nach Narne; den Rest rief er zu sich.

»Sie sind nicht weit weg am anderen Ufer«, sagte er, »denn ich kann sie nun fühlen – keine zehn Meilen entfernt, denke ich. Da sie nicht glauben, dass wir den Fluss hier überqueren können, werden sie deutlich in ihrer Wachsamkeit nachlassen.«

»Und das können wir auch tatsächlich nicht«, gab einer der

Aachim zu bedenken. »Es ist tief, und die Strömung ist viel zu schnell, als dass wir hindurchschwimmen könnten. Und wir haben kein Boot.«

»Dann lasst uns eins finden. Es leben Menschen am Fluss.«

»Es müsste schon ein wirklich gutes Boot sein, um uns alle über diese Flut zu bringen.«

So teilten sie sich auf und suchten den ganzen Tag das Ufer ab. Es gab tatsächlich einige Häuser auf dieser Seite des Flusses; nur waren die Bewohner Bauern, keine Fischer. Doch schließlich, lange nach Einbruch der Dunkelheit, fanden sie ihre Boote, genauer gesagt zwei. Das erste war groß, aber in katastrophalem Zustand; die Planken waren verrottet und durchlöchert, das Ruder zerbrochen. Tensor untersuchte es aufmerksam und schüttelte schlussendlich den Kopf. »Das ist den Aufwand nicht wert«, sagte er. »Ich würde es vermutlich zusammenhalten können; aber die Anstrengung wäre groß. Wenn der Fluss nicht so breit wäre ... Nein! Zeigt mir das andere.«

Das zweite Boot war in besserem Zustand, aber winzig, nur ein Dingi. Sie fanden den Besitzer und mieteten es von ihm – allerdings zu einem Preis, der den Wert des Gefährts weit überstieg.

»Wenn wir fünf Mann hineinbekommen, müssen wir nur zweimal fahren«, sagte Tensor, und sie quetschten sich hinein; doch schon bei vier Mann stand das Wasser am Dollbord. Frustriert schüttelte Tensor den Kopf. »Noch nicht einmal ich kann mit fünf Mann das Wasser draußen halten«, sagte er. »Wir müssen dreimal fahren. Beeilt euch, sonst sind sie weg.«

Es waren wilde, gefährliche Nachtfahrten, selbst für die Aachim, und jene, die vor drei Tagen gesehen hatten, wie das Boot ihrer Gefährten an den Felsen zerschmettert war, wurden die Erinnerung einfach nicht los. Schließlich war auch der Letzte drüben; aber es war bereits Morgen, und sie waren weit flussabwärts gekommen, denn die Strömung war derart stark, dass es einfacher gewesen war, dem Boot hinterherzulaufen, als es bei jeder Rückfahrt flussaufwärts zu rudern.

Tensor zeigte sich nicht mehr so grimmig und euphorisch wie noch am Vortag; nun war er verwirrt und unsicher. »Gestern habe ich sie dort drüben gefühlt«, sagte er und deutete nach Westen. »Aber vergangene Nacht ist ihr Bild aus meinem Geist verschwunden, als wären sie nicht mehr länger da. Lasst uns beginnen. Wir haben viel Wald zu durchsuchen.«

Llian schlief eine Zeitlang und trieb in seltsame Träume, so dass er das Gefühl hatte, weder wirklich zu wachen noch zu schlafen. Auf der anderen Seite des Zelts rührte sich Karan, schlug mit dem Arm aus und lag dann wieder still. Die Nacht war dunkel und sehr ruhig. Ein Hauch von Angst wehte ihm in den Nacken, und er schauderte im Schlaf. Gleichzeitig gab Karan ein leises, durchdringendes Geräusch von sich, das Llian mit noch mehr Furcht erfüllte. Blind streckte Llian den Arm im Dunkeln aus und bekam ihre kalte Hand zu fassen. Als er das tat, fuhr ein Schock durch seinen Arm, und er sah das Bild eines dunkelbärtigen, kräftigen Mannes mit funkelnden, durchdringenden Augen, dessen Blick sich förmlich in seinen Geist brannte. Llian hatte dieses Gesicht schon einmal gesehen; als Karan in Tullin nach ihm gesendet hatte, hatte es sich unter ihre Gedanken gemischt: ein Dämon, der sich erhob und seine Fesseln abschüttelte!

Der Mann sprach leise und mit einer Stimme, die nur so vor Boshaftigkeit troff, doch Llian konnte kein Wort verstehen. Dann wandte sich das Gesicht Llian zu, und er hatte das Gefühl, als fiele das Licht eines Leuchtturms auf ihn. Sein Herz schlug wild in seiner Brust, und er schrie gequält auf, denn was er in diesen Augen sah, war der Tod.

Geh weg! Weg! Irgendwohin! Der Traum war schrecklich real geworden. Aber träumte er eigentlich noch, oder war er schon wach? Alles um ihn herum war so schwarz, dass er es nicht zu sagen vermochte.

Geh, sagte eine sanfte Stimme in seinem Kopf, *solange sie noch schläft. Du warst schon immer nur eine Last für sie. Sie braucht dich nicht mehr. Morgen wird sie in Narne sein.*

Die Stimme verhallte, und das Gesicht blitzte schwarz auf; dann veränderten sich Stimme und Gesicht. Irgendetwas in Llian rebellierte. *Verschwinde aus meinem Geist!,* schrie er dem Gesicht stumm seinen Trotz entgegen.

Oh, du Narr!, ertönte die Stimme in seinem Kopf, als sich das Gesicht ihm wieder zuwandte. Der Blick der Augen traf ihn wie ein Schlag und trug seinen Trotz Schicht für Schicht ab.

»Geht jetzt! Geh einfach, du Narr!« Llian wollte gehen, aber er konnte Karan nicht verlassen. Dann überkam ihn die Erkenntnis mit der Wucht eines Hammerschlags. Das war Karans Stimme, die ihm sagte, ihn anschrie, er solle gehen. »*Geh! Geh weg! Jetzt! Du hast es versprochen. Brich dieses Versprechen nicht.*« Sie schlug ihm mit den Fäusten auf Schulter, Brust und Gesicht.

Der Damm brach. Llian sprang auf, warf sich die Kleider über und schnappte sich die Stiefel mit der einen, den Rucksack mit der anderen Hand.

»Karan!«, rief er und schlang die Arme um sie. »Ich werde nicht ohne dich gehen.«

»Geh!«, kreischte sie ihm so laut ins Gesicht, dass sich ihm die Haare sträubten. »Du wirst uns beide umbringen!«

»Wo soll ich denn hin?«

»Einfach nur weg! Irgendwohin! Geh nach Narne.« Llian zog sich langsam aus dem Zelt zurück und betrachtete Karans Schatten im Sternenlicht. Dann, als sie ein letztes Mal schrie »*Geh!*«, drehte er sich um und floh den Bach hinunter in Richtung des Waldpfads.

Karan setzte sich in ihren Decken auf, schaute ihm hinterher und hielt sich den Kopf. Als er außer Sicht verschwunden war, ließ sie sich wieder zurückfallen und heulte vor Trauer und Verzweiflung.

Die Nacht war wolkenlos, nur erhellt von einem Band aus hellen Sternen, die als die ›Kette der Tychid‹ bekannt waren, und dem strahlenden Nebel, denn es war die Zeit des Neumonds. Es dauerte nur ein paar Minuten, bis Llian den Pfad erreichte und sich nach links in Richtung Narne wandte. Ein leichter Nebel klebte am Boden und verwandelte das Land in eine Traumlandschaft. Angesteckt von Karans Panik, rannte Llian und rannte immer weiter. Er platschte durch Sümpfe, brach im Dunkeln durchs Unterholz, fiel und stand wieder auf. Den Dreck in seinem Gesicht und die zahlreichen Schürfwunden, die er sich an niedrig hängenden Ästen zuzog, bemerkte er gar nicht.

Inzwischen ging er durch offenen Wald, und vor ihm lag eine Lichtung, die von Bäumen gesäumt war, die lange Schatten warfen. Llian blieb am Rand der Lichtung stehen und lehnte sich gegen die harzige Rinde eines alten Stammes, während er sich die Stiefel anzog. Er hatte noch immer das Gefühl zu träumen, unter Drogen zu stehen oder getrieben zu werden. Ihm fehlte jeglicher Wille, die Situation oder sein Tun zu hinterfragen. Die Nacht hielt einen Augenblick lang den Atem an; dann ertönte ein leises ›piep-piep‹ neben Llian, gefolgt von einem Klicken weit zu seiner Linken, und draußen auf der Lichtung erklang an mehreren Stellen zugleich ein metallisches Klopfen.

Ein leises Rascheln neben seinem Fuß ließ Llian nach unten schauen, und er sah einen kleinen Nager ins trockene Gras huschen, dann ... Flügelschläge, ein schrilles Kreischen, und ein Nachtvogel stieg aus dem Gras auf, den toten Nager im Schnabel. Als die Nachtgeräusche wieder einsetzten, schauderte Llian, und erneut fühlte er diese Boshaftigkeit im Nacken. Er warf sich den Rucksack über die Schulter und überquerte rasch die Lichtung. Das trockene Gras raschelte um seine Knöchel. Das Sternenband leuchtete hell. Llian stellte sich kurz vor, wie ihm sein eigener Schatten folgte; dann war er auf der anderen Seite wieder zwischen den Bäumen, und erneut schloss ihn die Dunkelheit ein.

Er ging noch eine Stunde weiter, oder vielleicht auch zwei, und folgte dem nur schwach erkennbaren Pfad zwischen den Bäumen hindurch. Feuchte, nebelige Luft umschloss ihn, während er durch kleine Bäche platschte und sich rutschige Hänge hinaufkämpfte. Angst und Schrecken schrumpften mehr und mehr zu einer Erinnerung zusammen, und Llian wurde von einer süßen Melancholie erfasst, dem Gefühl, etwas verloren zu haben, das er nicht mehr zurückbekommen konnte.

Schließlich stand er auf einem steilen, baumfreien Kamm. Rechts unter ihm war der Schatten des Flusses zu sehen und jenseits davon die gelben Lichter von Narne. Weiter flussabwärts waren die Hügel niedriger und runder und der Wald bis zu den Bergen gerodet. Hier und da war ein Lichtpunkt zu sehen, ein Bauernhof vielleicht, und die Anhäufung von Lichtern in der Ferne musste ein Dorf sein.

Während Llian dort stand und nach unten starrte, den Schleier noch immer vor Augen, wehte ihm ein kalter Wind ins Gesicht und weckte ihn genug, um zu erkennen, dass er Narne vor morgen nicht erreichen würde. Zu seiner Linken verbreiterte sich die Hügelkuppe, bis sie gut zwanzig, dreißig Schritt weit war, durchsetzt mit kleinen, vom Wind geschüttelten Bäumen. Llian kroch zwischen zwei Felsen hindurch in den Schutz der Bäume, machte sich eine Lagerstatt auf dem

Boden, und der Traum, aus dem er nie richtig erwacht war, zog ihn wieder nach unten. Llian schlief sofort ein.

Llian war endlich weg. Karan ließ sich wieder auf den Boden fallen. Der Schmerz hinter ihren Augen setzte erneut ein und schwoll an wie ein Abszess, bis ihr ganzer Kopf pochte. Und dann kamen die Visionen wieder zurück, die Träume, Albträume. Die Augen. Wo hatte sie diese brennenden Augen schon einmal gesehen? Dann waren sie verschwunden, und da war nichts, und sie war wie gelähmt. Noch nie zuvor hatte sie solch einen Schrecken empfunden. Noch nie zuvor war sie all ihrer Möglichkeiten beraubt gewesen. Direkt über ihr leuchtete der Skorpionnebel über den Wipfeln – größer und heller, als sie ihn je gesehen hatte.

Dann war da wieder der Hund. Das tote Ding von vor so langer Zeit. Erneut spürte sie die verrottete Zunge zwischen den Schulterblättern, kalt und schleimig. Argh! Noch nie hatte sie sich so beschmutzt gefühlt; doch dieses Gefühl riss sie aus der Verwirrung, die sie lähmte. Karan besann sich ihrer Nacktheit. Sie sprang auf, zog die Hose an, knöpfte das Hemd zu und warf Holz ins Feuer, bis es aufflammte. Dann holte sie ihr kleines Messer heraus und wartete. Sie würde fliehen; nur konnte sie nirgends hin. Es gab keinen Ort, an dem sie sie nicht finden würden. Karan konnte jenen nicht entkommen, die sich an sie heranschlichen, die sie *kannten.*

Die Augen. Das Gesicht. Gewaltig und unerträglich schön, tückisch und grausam. Karan hatte nun schon viele Male von diesem Gesicht geträumt, und jedes Mal war das Bild stärker geworden, mächtiger, fordernder. Aber dieses Gesicht war eingesperrt, litt Höllenqualen. Es wollte, bekam es aber nicht. Dann der Hund. Die Augen. Der Druck. Der Schmerz. Die Augen. Die Lähmung. Der Hund.

Karan schnappte nach Luft. Sie keuchte. Ihre Augen huschten hin und her wie wahnsinnig. Die Welt wurde dunkel, feuerrot und schwarz und wieder dunkel. Ein Wind kam aus dem Nirgendwo auf, und die Gliedmaßen der Bäume rieben aneinander wie schuppige Hände. Dann war alles wieder still.

Ein Schauder lief ihr über Kopfhaut, Nacken und den Rücken hinunter, und Schweiß kribbelte in ihren Achselhöhlen. Sie war wieder gelähmt. Plötzlich wusste sie, dass sie überall um sie herum waren. Dunkle Schatten schlichen zwischen den Bäumen hindurch. Ihre Sandalen raschelten im Gras. Die Whelm waren gekommen! Und Karan konnte sich nicht rühren, denn sie kannten sie, wussten alles über sie ... *Sie wussten, was sie gegen sie einsetzen mussten.*

Eine Hand erschien in der Zeltluke. Karans Herz setzte einen Schlag lang aus. Sie konnte nichts tun!

Doch in einer winzigen Ecke ihres Wesens lebte die Hoffnung weiter. Es gab einen entfernten Teil von ihr, den sie nicht kannten, den niemand kannte. Eine wilde Entschlossenheit hauste dort, und nun erwachte sie und sprach zu ihr. Niemand war unbesiegbar, noch nicht einmal die Whelm – das wusste Karan besser als sonst irgendjemand. Hatte sie nicht gesehen, wie Idlis sich gequält hatte? Die Lähmung verflog; stattdessen wurde sie von Wut ergriffen, und als der Whelm seine dürren Finger nach ihr ausstreckte, schlug sie danach. Mit einem Heulen riss er die Hand wieder zurück.

Doch das war nicht Idlis' Bande – hier war ein kälterer Geist am Werk. Gleichzeitig kehrte der Schmerz wieder zurück und wurde immer stärker, bis Karan der Kopf zu platzen drohte. Und auch das schöne, grausame Gesicht aus ihren Träumen war wieder da, obwohl sie nicht länger schlief. *Würde sie es tun? Konnte er sie zwingen?* Das Zelt wurde auseinandergerissen, und der Whelm griff nach Karan. Ihr Kopf brannte wie Feuer, und ihr Messer zerschnitt Fleisch. Der Whelm ließ sich zurückfallen, doch ihm folgte ein anderer, und der schlug Karan die Klinge aus der Hand … dann ein Albtraum, ein Mahlstrom, ein Zorn … Karans gequälter Geist suchte nach Trost, *sendete*, und unglaublicherweise fand sie ihn, und das sogar ganz in der Nähe. Aber was für einen Preis sie für diesen Trost zahlen musste!

Maigraith!, schrie sie. Ein goldenes Licht erschien in ihren Augen, und sie stellte eine Verbindung zwischen ihnen beiden her.

Es war, als stiege ein mächtiges Seufzen aus den tiefsten Tiefen auf, ein gewaltiges Aufatmen, Zeichen von Erleichterung jenseits aller Hoffnung. Doch die Sterne weinten kristallene Tränen – Tränen, die in glitzernde Splitter zerbarsten und Karan in den Augen brannten. Die Verbindung wurde ihr entrissen und in sich verdreht. Dann eine Explosion von Feuer und Schmerz, die Berührung der Whelm, der tote Hund an ihrer Kehle, und aller Schmerz und aller Druck waren verschwunden … Karan verlor das Bewusstsein und glitt in den dunklen Abgrund des Vergessens. Das Letzte, was sie wahrnahm, war ein Ausdruck schier unbeschreiblicher Erleichterung in den Augen der Whelm.

»O perfekter Meister!«, rief einer der Whelm. »Endlich! Endlich!«

»*O treue Diener*«, dröhnte es schrecklich und gewaltig. »*Die Krise rückt näher, und es gibt so viel zu tun. Hört zu und gehorcht. Die Verbindung verblasst bereits. Erinnert ihr euch eurer selbst?*«

»Nun erinnern wir uns. Wir sind Ghâshâd, Meister.«

»*Ich habe einen Feind, Ghâshâd!*«

»Wir kennen ihn jetzt.«

»*Quält ihn. Stachelt ihn an. Treibt ihn zur Torheit. Aber fügt ihm kein Leid zu. Ruft die Ghâshâd zusammen, und wenn die Gelegenheit kommt, ergreift sie!*«

Als Llian am nächsten Morgen aufwachte, war er müder als vorher; er hatte das Gefühl, als wäre er die ganze Nacht über ein Flüchtling in einem Schattenland gewesen. Immerfort auf der Flucht und immerfort verfolgt. Sein gewaltiger Feind wurde immer mächtiger und boshafter, je näher er kam, und Llian konnte nichts tun, um sich zu retten, denn da war noch eine andere Präsenz in seinem Geist, die ihn quälte und ihm jeden Fluchtweg versperrte.

Nun schien ihm ein Licht ins Gesicht, und er hatte das Gefühl, als hätte er einen Stock im Rücken. Mühsam öffnete er die geschwollenen Augenlider. Es war Morgen, und die Sonne schien ihm in die Augen. Llian sprang auf und rieb sich den Rücken. Er versuchte, sich an die Kette von Torheiten zu erinnern, die ihn zu diesem Fleck geführt hatte, allein im hellen Sonnenlicht auf einer kahlen Hügelkuppe. Die Erinnerung an die vergangene Nacht kam erst langsam, dann wie eine Flut.

Karan! Welch Wahnsinn hatte ihn in der Nacht an diesen Ort geführt? *Nein,* dachte er, *nenn es beim richtigen Namen: Feigheit!* Wie hatte er sie nur allein lassen können? Sich an solch ein lächerliches Versprechen zu halten …

Llian warf sich den Rucksack über die Schulter und schaute zur Sonne hinauf. Es war schon nach sieben Uhr. Er musste sie finden. Vielleicht war sie schon an der Fähre. Llian rannte den Weg hinunter und blickte in Richtung Fluss. Da war Narne, eine Ansammlung von Gebäuden und Landungsstegen am anderen Ufer. Und da war jetzt auch die Fähre, die sich langsam über den Fluss arbeitete. Llians Blick folgte ihr auf ihrem Weg. Auf seiner Flussseite befand sich ein kleinerer Landungssteg, teilweise verborgen von einem kleinen Wäldchen, und daneben ein offener Schuppen mit einem riesigen Kabelrad. Die Anlegestelle war gut eine Meile entfernt. Wenn er rannte, würde er spätestens in zwanzig Minuten dort sein. Bis dahin war sie doch sicherlich nicht wieder abgefahren.

Llian setzte sich mit langen Schritten in Bewegung, doch der Pfad war wenig mehr als eine Rinne voller Steine, und bei jedem Schritt schlug ihm der Rucksack gegen die Schulter und drohte, ihn aus dem Gleichgewicht zu bringen. Nachdem er zweimal gestürzt war und sich dabei beinahe den Knöchel gebrochen hatte, stellte er das Laufen ein und ging stattdessen nur noch schnell, bis er den Fuß des Kamms erreicht hatte. Dann rannte er wieder, aber es war schon fast eine halbe Stunde vergangen, als er mit zittrigen Knien auf den Landungssteg trat und sich an dem Landvolk dort vorbeidrängte, das ihn sich ohne Neugier anschaute.

Die Fähre hatte bereits hundert Spannen ihres Rückwegs zurückgelegt, und trotz Llians flehentlichem Schreien fuhr sie stetig weiter. Das Führungskabel knarrte, und das Dollbord wurde durch die Kraft der Strömung auf Wasserhöhe hinuntergedrückt. Zehn Leute waren an Deck zu sehen; allerdings ähnelte keiner von ihnen Karan mit ihrem leuchtenden Haar und dem blassen Gesicht.

Llian lief wieder zu den Landarbeitern zurück, die sich inzwischen an den Aufstieg den Hügel hinauf gemacht hatten. Er rief den nächstbesten an, einen großen, schmuddeligen Kerl in weitem grünem Hemd und brauner Hose, der eine Hacke über der Schulter trug. Die Gruppe ging weiter, als Llian sie einholte.

»Hey!«, rief er. Der Kerl drehte sich um und schaute ihn an, blieb aber nach wie vor nicht stehen. Er war unrasiert und hatte eine mächtige Knollennase.

»Hast du eine Frau auf die Fähre gehen sehen? Rotes Haar, grüne Augen, ungefähr so groß?«, fragte Llian, hielt die Hand in Höhe seiner Nase und lief rückwärts, um mit dem Mann Schritt zu halten.

»Hä?«, erwiderte der Kerl.

Llian wiederholte die Frage, diesmal langsam und lauter.

Die dicken Lippen des Mannes teilten sich zu einem spöttischen Grinsen und entblößten eine Reihe schwarzer Stümpfe. »Frau, rotes Haar, schön!« Er klang, als hätte er irgendeine Art Brei im Mund. Das alles erzeugte ein derart starkes Bild von Fäulnis, dass Llian den Blick abwenden musste.

»Schön? Nein, das habe ich nicht gesagt …«, begann er, doch dann wurde ihm klar, dass der Mann mit sich selbst gesprochen hatte.

»Hast du sie gesehen?«, fragte Llian drängend. Er lief noch immer rückwärts. Plötzlich verfing sich sein Fuß in einem Kaninchenbau, und er fiel der Länge nach hin.

»Nein, kein Mädchen, kein rotes Haar, kein Mädchen«, sagte der Mann, und seine Stimme verhallte. Dann wandte er sich von Llian ab und beschleunigte seinen Schritt.

Llian setzte sich dorthin, wo er gefallen war, und schaute der kleinen Gruppe von Landarbeitern hinterher. »Kein Mädchen! Kein Mädchen!«, hörte er noch einmal, bevor die Männer hinter der Kuppe verschwanden.

Llian rechnete nach. Vergangene Nacht war er mindestens zwei Stunden lang marschiert. Karan musste schon weit vor Sonnenaufgang aufgebrochen sein, wenn sie die Fähre noch hatte erwischen wollen. Llian lief wieder zum Landungssteg zurück. Doch er wusste nicht so recht, was er jetzt tun sollte. Er nahm seinen Rucksack ab und setzte sich unter einen Baum. Abwechselnd schaute er über den Fluss nach Narne und wieder den Pfad hinauf. Niemand kam. Die Zeit verging, und Llian wurde allmählich nervös. Er lief auf dem Steg auf und ab.

Wo *war* sie? Sie hätte schon längst hier sein sollen. Plötzlich traf er eine Entscheidung. Er würde seinen Rucksack hierlassen und den Pfad ein Stück wieder zurückgehen, nur den Kamm hinauf, um sie von dort aus vielleicht sehen zu können. Llian schob sich durch die Brombeersträucher am Ende des Stegs und machte sich auf den Weg den Pfad hinauf.

Von der Hügelkuppe schaute er zurück. Die Fähre war fast in Narne angekommen. Auf dem steinigen Untergrund waren keine Fußspuren zu sehen, noch nicht einmal seine eigenen. Weiter vorne verschwand der Pfad im dichten Wald, der auf halbem Weg den Hang hinunter begann.

Eine dunkle Ahnung überkam Llian. Irgendetwas war ihr passiert. Tensor musste einen Weg über den Fluss gefunden und einen seiner Zauber auf sie angewendet haben. Deswegen hatte sie ihn auch weggeschickt. Doch er, Llian, hätte dort sein sollen, um ihr zu helfen.

Ohne bewusst eine Entscheidung getroffen zu haben, lief er zum Lager zurück. Je weiter er ging, desto größer wurde seine Unruhe. Er rannte immer schneller und sprintete schließlich. Die Seitenstiche und das Pochen in seinem Kopf waren ihm egal. Er lief durch Täler, Bäche, Hügel hinauf und über Lichtungen, immer weiter und weiter, bis ihm schließlich jeder Atemzug Schmerzen bereitete. Schließlich traf er wieder auf den Bach, an dem sie gelagert hatten. Er rannte ihn entlang, auf die Lichtung und blieb stehen.

Kein Geräusch war zu hören, nur sein abgehacktes Atmen. Die grasbewachsene Anhöhe war schattig, kalt und feucht, und die Bäume schienen sich geradezu absichtlich davon fernzuhalten. Das Zelt stand noch immer da. Eine Welle der Erleichterung verdrängte Llians Angst. Karan musste beschlossen haben, noch einen Tag zu bleiben.

»Karan!«, rief er. Keine Antwort.

Ein Schauder lief ihm über den Rücken. Llian ging zum Zelt und sah, dass es aufgerissen worden war. Karans Rucksack lag halb im Inneren. Er war förmlich auseinandergepflückt worden, der Rahmen unwiederbringlich zerstört. Der Inhalt lag überall verstreut und war ebenfalls zerschlagen worden. Im Zelt waren die Decken durcheinandergeworfen. Llian hob eine auf. Sie war aufgeschlitzt und voller Blut. Die anderen sahen genauso aus. Llian zog sie hinaus. Auch der Boden darunter war voll Blut – jede Menge Blut. Ein einzelner Mensch konnte nicht so viel verlieren und noch leben. Llian warf sich auf den Boden und weinte.

Kapitel elf

Die Verbindung

Als Faelamor schließlich das Boot aus dem Kanal und ins Schilf lenkte, war es bereits kurz vor Sonnenuntergang. Zehn Stunden waren vergangen, seit sie Maigraith aus Fiz Gorgo geholt hatte. Maigraith lag an der Bootswand, fiebrig und nur halb bei Bewusstsein. Ihre von Blasen übersäten Füße waren mit schwarzem stinkendem Schlamm verkrustet, und Sumpfwasser schwappte mit jeder Bewegung des Bootes hin und her. Plötzlich liefen sie auf einer Schlamminsel auf Grund. Maigraith stieß ein leises Stöhnen aus und öffnete die Augen. Sie waren eingefallen, das Weiße gelb.

Faelamor kletterte aus dem Boot ins braune Wasser und zog das Gefährt ans Ufer, obwohl es dank der hohen Schilfbüschel ringsum ohnehin nicht hätte wegtreiben können. Dann watete sie ins Wasser zurück und richtete die umgeknickten Schilfhalme wieder auf, bis nichts mehr verriet, dass sie hier entlanggekommen waren. Schließlich machte sie sich daran, die Insel zu erkunden. Der Schlamm war an der Oberfläche weich, darunter jedoch hart, und er klebte an ihren Stiefeln, sodass jeder Schritt mühselig war. Faelamor bahnte sich einen Weg durchs Schilf auf die andere Seite, dann ging sie wieder ein Stück zurück und durchquerte die Insel noch einmal. Nirgends gab es trockenes Land, nur kalten grauen Schlamm, Schilf und einen einzigen dürren Baum, der jedoch schon lange tot war. Mit dem Sonnenuntergang kam der Nebel.

Als Faelamor zum Boot zurückkehrte, setzte Maigraith sich

auf und erbrach sich über die Seite. Sie hob den Blick, als das Boot zu schaukeln begann; dann wurde sie von einem zweiten Krampf erfasst, und sie klammerte sich an die Bootswand. Faelamor schaute ihr teilnahmslos zu.

»Wir werden im Boot lagern«, verkündete sie schließlich, als es Maigraith wieder besser ging. »Hier gibt es nichts als Schlamm. Lass mich mal nach dir sehen, solange wir noch Licht haben.«

Vorsichtig löste Faelamor den harten, trockenen Stoff von Maigraith' Rücken und untersuchte sorgfältig die Wunden. »Du hast da ein wenig Gift hineinbekommen ... und hier auch«, sagte sie und runzelte die Stirn. »Ich nehme an, sie haben es auf eines der Instrumente aufgetragen. Ich habe eine Salbe, die dir helfen wird.«

Sie machte drei Schritt zum anderen Ende des Boots und kramte in ihrem Rucksack herum. Der Wind schnitt in Maigraith' Rücken. Ihre grobe Kleidung war bereits feucht von Nebel. Die Nacht war rau. Faelamor kehrte wieder zurück und schmierte Maigraith' Wunden mit der Salbe ein. Die Berührung ihrer Finger war schmerzhaft, doch die Salbe erzeugte eine lindernde Taubheit.

»Ich habe nichts, womit ich deine Wunden verbinden könnte. Es sind zu viele, obwohl sie jetzt rasch heilen werden. Zieh das an.« Faelamor holte ein langes, weites Hemd aus ihrem Rucksack. Es glitt Maigraith über Schulter und Rücken wie Seide. Maigraith hielt es ein Stück hoch, damit Faelamor sich auch noch um die restlichen Wunden kümmern konnte.

Als Maigraith spät am nächsten Morgen aufwachte, glitt das Boot durch einen schier endlosen Sumpfwald. Das Wasser war dunkel, teefarben und an der Oberfläche mit gelben Blättern übersät. Die Bäume waren groß, mindestens zwanzig Spannen. Ihre Stämme und Kronen waren gewaltig. Weiche Rinde, in Farbe und Textur Pergament nicht unähnlich, hing wie Banner an den Ästen herab oder trieb im Wasser. Das Boot fuhr fast exakt in Richtung Norden. Die tiefstehende Sonne war durch eine Lücke zwischen den Bäumen hindurch zu sehen.

»Guten Morgen«, rief Maigraith Faelamor zu, die das Boot am Heck stakte.

Faelamor, die offensichtlich die Nacht damit verbracht hatte, über Maigraith' Versagen nachzudenken, schaute sie kurz an, verzog das Gesicht und wandte sich wieder ab, ohne ihr zu antworten. Den ganzen Morgen über fuhren sie in dieselbe Richtung. Mussten sie einmal einem Hindernis ausweichen, lenkte Faelamor das Boot anschließend direkt wieder nach Norden. Gegen Mittag versuchte Maigraith es erneut.

»Wo gehen wir hin? Warum nach Norden?«

»Schweig!«, schrie Faelamor sie an. »Ich vertraue dir nicht länger mit meinen Angelegenheiten. Stell keine Fragen. Nach allem, was ich dich gelehrt habe, hast du mich einfach verraten.«

Faelamor wandte sich wieder von ihr ab und stakte weiter. Mit wütenden Stößen trieb sie das Boot voran.

Maigraith schloss die Augen, legte den Kopf auf die Bootskante und versuchte zu schlafen. Und sie schlief auch – diesen wie auch den nächsten Tag verbrachte sie mehr schlafend als wach, und das Boot schaukelte sanft unter ihr. Und überraschenderweise waren ihre Träume auch angenehm, zumindest meistens. Nur einmal träumte sie von den Whelm und wachte schreiend auf. Faelamor war sofort an ihrer Seite, streichelte ihr über die feuchte Stirn und murmelte ihr beruhigende Worte in der Sprache der Faellem zu. Als Maigraith wieder einschlief, glaubte sie, einen Hauch von Mitleid in Faelamors Augen zu sehen, wie sie ihn noch nie gesehen hatte. Mitleid ... oder

Trauer. In jedem Fall war es etwas, das zu zeigen sich Faelamor bisher nie gestattet hatte.

Wann immer Maigraith aufwachte, war das Bild das Gleiche: Faelamor stand mit steinernem Gesicht im Heck, die Stange in der Hand, und starrte stur nach vorne. Zweimal am Tag hielt sie kurz an, damit sie ein wenig Brot, Räucherfisch und Trockenobst essen konnten, das sie dann mit kaltem braunem Sumpfwasser runterzuspülen versuchten.

Am vierten Tag wachte Maigraith weit nach Mitternacht auf. Die Sichel des aufgehenden Mondes schimmerte durch die Wipfel, und die weißen Stämme der mächtigen Bäume erstreckten sich in alle Richtungen wie die Säulen eines Tempels. Das Boot rührte sich nicht. Faelamor gönnte sich eine kurze Ruhepause im Heck. Maigraith ging leise zu ihr und legte ihr die Hand auf die Schulter.

»Es tut mir leid«, sagte sie. »Ich habe dich furchtbar enttäuscht. Aber noch ist nicht alles verloren. Karan hat nach wie vor den Spiegel. Sie wird ihn dir bringen. Sie hat es geschworen.«

Faelamor wachte unvermittelt auf und schlug Maigraith' Hand beiseite. Ihr zeitloses Gesicht bekam plötzlich Risse. »Du elende Närrin«, sagte sie. »Hör auf zu betteln. Ich kann dir niemals vergeben. Ich habe dir gesagt, du sollst allein gehen.«

Maigraith wich einen Schritt zurück, stieß mit der Ferse gegen eine Querstrebe und fiel schmerzhaft auf die Seite. Faelamor starrte mit einer Bitterkeit auf sie hinunter, die ihren Ursprung in der uralten Frustration der Faellem hatte.

»Ich brauchte ihre Hilfe. Alleine hätte ich es nicht geschafft.«

»Pah! So wie ich dich erschaffen habe, kann dieser Emporkömmling Yggur es nicht mit dir aufnehmen.«

»Das mag durchaus sein. Bisweilen habe ich selbst das Gefühl, stark zu sein. Doch eine Sache hast du bei meiner Ausbildung vernachlässigt, etwas Wesentliches: den Willen, das Verlangen zu beherrschen. Ich habe meine Pflicht dir gegenüber erfüllt und Karan mit jenem Ding fortgeschickt, das du so verzweifelt haben willst – ja, ich habe sogar Yggur kurz niedergehalten. Das hat mir jedoch keine Freude bereitet, und kurz darauf hat mein Wille mich im Stich gelassen. Als ich ihn und seine Sorgen später kennen lernte, bekam ich Mitleid mit ihm. Das habe ich in Fiz Gorgo gelernt.«

»Mitleid mit ihm!« Faelamor konnte das einfach nicht glauben. Zum ersten Mal erkannte sie, dass ihr Werkzeug fehlerhaft war, und sie war dafür verantwortlich. »Nach allem, was er dir angetan hat? Ihn zu hassen muss dein Leben sein. Du musst *brennen,* ihn zu vernichten. Er hat dir gegenüber *kein* Mitleid gezeigt.«

»Ich glaube nicht, dass er *sie* nach mir geschickt hat. Seine Kontrolle über die Whelm wird schwächer. Sie werden ihm nur noch so lange dienen, wie es ihren eigenen Zielen hilft. Und er ist nicht der Einzige, der mich benutzt hat. Viele Male habe ich mich gefragt, welch furchtbares Verbrechen meine Eltern wohl begangen haben mögen *oder was man ihnen angetan hat.* Warum hast du mich aufgenommen? Zu welchem Zweck unterweist du mich? Warum muss ich meine Augenfarbe verbergen?« Sie wurde immer lauter, bis sie fast schrie. »*Wer bin ich?*« Dann nahm ihre Stimme einen flehentlichen Tonfall an. »Warum ich? Du hast gezeigt, wie leicht es für dich, eine Meisterin der Illusion, gewesen wäre, den Spiegel zu holen. Warum hast du das nicht getan?«

Der überraschende Angriff und die ungewohnte Zurschaustellung von Emotionen hatte Faelamor kurz aus dem Gleichgewicht gebracht. Nun musste sie erkennen, dass es Teile von Maigraith gab, über die sie nichts wusste und die sie nicht unter Kontrolle hatte. Was war in Fiz Gorgo geschehen, dass sie sich so sehr verändert hatte?

»Denk, was du willst. Es war nicht leicht, noch nicht einmal für mich. Man muss hart arbeiten, *bevor* man Illusionen wirkt.«

»Du wolltest mich auf die Probe stellen! Wolltest herausfinden, wie gut ich bereits ausgebildet bin! Was hast du mit mir vor? Die Faellem wussten es, denn als ich noch ein Kind war, haben sich mich deswegen ins Exil geschickt. Warum vertraust du mir nicht? Ich bin dir immer treu gewesen. Ich denke nur an meine Pflicht dir gegenüber.« Nun hatte ihre Stimme einen traurigen Tonfall angenommen.

Faelamor trat näher, schaute Maigraith in die Augen und legte ihr eine Hand auf die Stirn. »Maigraith, Maigraith«, sagte sie. »In dir brennt das Fieber und schickt dir wilde Bilder. Komm. Du musst dich jetzt ausruhen.«

Beinahe augenblicklich fühlte Maigraith, wie sich Ruhe über sie herabsenkte, und die quälenden Gefühle zogen sich mehr und mehr zurück. Sie wehrte sich kurz, doch die Anstrengung war bereits zu groß, und sie gestattete Faelamor, ihr zu helfen, sich zu setzen. Eine Decke wurde ihr um die Schulter gelegt, und sie zog sie eng um sich, so kalt war ihr plötzlich. Maigraith saß mit dem Rücken an der Bootswand, zitterte und starrte in den Sumpf hinaus. Faelamor machte irgendetwas am anderen Bootsende und kam dann mit einer kleinen Schüssel in der Hand zurück.

»Trink das«, forderte sie Maigraith auf. »Das wird deine Schmerzen und das Fieber lindern und dir beim Schlafen helfen.«

Aber der Schmerz ist weg, und Fieber habe ich auch nicht, dachte Maigraith benommen und schaute in die Schüssel. Sie enthielt eine kleine Menge einer zähen, metallisch aussehenden Flüssigkeit, die sich träge wie Quecksilber im Mondlicht bewegte.

»Trink«, sagte Faelamor, und Maigraith trank. Faelamor beobachtete sie aufmerksam, und nachdem Maigraith geschluckt hatte, nahm sie ihr die Schüssel wieder ab.

Im selben Augenblick ließ Maigraith den Kopf auf die Arme

fallen, und die restliche Flüssigkeit tropfte aus dem Mundwinkel auf die Planken, wo sie im schlammigen Wasser versickerte und verschwand. Gleichzeitig wurde sie bereits von Müdigkeit übermannt. Sie ließ sich gegen die Wand sacken und schlief sofort ein.

Faelamor schaute auf Maigraith hinunter. In ihren weiten Gewändern sah sie wie ein dunkler, formloser Haufen Stoff aus; nur ein nackter, schlanker Arm lag auf dem Dollbord ausgestreckt. *Ich weiß durchaus, was Mitleid ist,* sinnierte Faelamor, *doch Mitleid kommt meiner Queste nicht zugute. Ich werde weder sie noch dich aufgeben; aber was dich betrifft, muss ich von nun an vorsichtiger sein.*

Faelamor kletterte aus dem Boot auf eine kleine, schilfbewachsene Insel. Dort fand sie eine Lichtung, wo ein paar Kräuter wuchsen. Sie setzte sich und strich mit den Fingern über die aromatischen Blätter. *Wie ist es nur so weit mit mir gekommen?*

Die Faellem von Santhenar fortzuführen ... Oh, wie sehr ich mich vor unendlicher Zeit in Tallallame danach gesehnt habe. Ich habe förmlich gebrannt vor Sehnsucht. Oh, wie gierig ich die Hand nach dem Ruhm ausgestreckt habe; wie sorglos habe ich diese Pflicht auf mich genommen. Habe ich damals schon gewusst, dass nichts mich je von dieser Pflicht entbinden würde, außer der Tod? Ich erinnere mich nicht mehr. Glücklich sind die Faellem, dass sie all ihre Last ihrem Anführer aufbürden.

Und doch hat der Rat uns nur widerwillig hierher geschickt. Pflicht hat uns getrieben – und auch Angst. Nachdem die Charon von Aachan ausgebrochen waren, mussten wir ihnen folgen. Die Drei Welten sind miteinander verbunden. Um des Gleichgewichts willen mussten wir uns ihnen entgegenstellen, denn alles berührt alles andere. Aber oh, wie sehr wir Santhenar gehasst haben. Natürlich gibt es auch hier Schönheit – von gewisser Art –, doch nicht wie in Tallallame. Wir waren so einsam hier, und so einsam bin auch ich. Wie sehr ich mich danach sehne, mein Volk um mich zu haben und von ihm in die Arme geschlossen zu werden. Dieser Überrest, den ich hierher gebracht habe, ist verdorben, wie auch ich ...

Ich habe die Faellem hierher geführt, und ich muss sie auch wieder zurückbringen. Doch niemand ist für solch eine unmögliche Aufgabe gemacht. Die Düsternis war nahtlos, undurchdringlich. Die Pflicht hat mich dazu gezwungen, einen Weg zu finden, aber es gab keinen. Fast hätte der Konflikt mich um den Verstand gebracht, und meine Einsamkeit wurde unerträglich. Dann hat Yalkara, die listiger war, als man sich vorzustellen vermochte, mit Hilfe des Verdrehten Spiegels eine Verwerfung in der Düsternis gefunden; doch nach ihrer Flucht hat sie die Lücke hinter sich geschlossen. Rasch folgte vollkommene Verzweiflung diesem kurzen Hoffnungsschimmer, und da begann meine Verderbnis. Ich brütete, suchte, spionierte, bis sich mir eine letzte Hoffnung eröffnete, und eine Gelegenheit.

Wenn du uns besser kennen würdest, Maigraith, würdest du vielleicht verstehen, warum mich nach all diesen Zeiten die Aussicht auf einen Weg nach Hause dazu bewogen hat, etwas derart Falsches zu tun. Es verwundert nicht, dass ich dich so sehr hasse. Ich habe dich erschaffen, und wenn ich dich anschaue, sehe ich all das Schlechte in mir selbst.

Faelamor beendete ihren Monolog. Schweigend saß sie im Gras und schaute zu den Sternen hinauf, bis sie im Licht der Morgendämmerung verblassten.

Maigraith erwachte spät. Ihr Mund war wie ausgetrocknet, und sie spürte einen dumpfen Druck in der Schläfe. Die Ereignisse des vergangenen Abends waren irgendwie in weite Ferne gerückt; dennoch wurde sie das Gefühl nicht los, dass sie sich dringend erinnern musste. Sie zwang ihren trägen Geist, sich zu bewegen. Dabei hob sie den Blick und sah, dass Faelamor sie mit ungewöhnlicher Aufmerksamkeit anschaute.

»Mir tut der Kopf so weh«, sagte Maigraith, legte die Stirn in Falten und wandte sich ab, damit Faelamor ihr nicht an den Augen ansah, dass sie sich erinnerte.

»Aber wie ich sehe, ist das Fieber verschwunden. Dann hat meine Medizin also gewirkt.«

»Ich nehme an, ja, auch wenn ich mich nicht daran erinnere. Welchen Tag haben wir?«

»Es ist der Morgen des vierten Tages, seit ich dich aus Fiz Gorgo geholt habe. An was erinnerst du dich?«

»An die Kammer der Whelm. Das könnte ich nie vergessen. Du bist gekommen, um mich zu holen«, antwortete Maigraith in verträumtem Tonfall. »Gänge mit steinernen Wänden. Meine Füße tun mir weh und auch mein Rücken. Alles tut mir weh. Du hast mich in ein Boot gehoben. In dieses Boot«, fügte sie hinzu und schaute sich um. »Lange Zeit schienen wir durch einen Wald aus großen, weißen Bäumen zu treiben, obwohl das natürlich auch ein Traum gewesen sein könnte ... Nein, es sei denn, wir träumen immer noch, denn wie ich sehe, sind solche Bäume noch immer um uns herum. Ich wusste, dass du kommen würdest, um mich zu holen.« Sie lächelte Faelamor an, und Faelamor erwiderte das Lächeln und berührte sie an der Schulter, obwohl da noch immer dieser misstrauische Ausdruck in ihren Augen war.

Später fragte Faelamor Maigraith ausführlich über den Diebstahl des Spiegels aus, die Whelm und Yggur, besonders aber über Karan. Maigraith wusste nicht, was sie sagen sollte; sie war hin und her gerissen zwischen ihrer Loyalität Karan und ihrer Pflicht Faelamor gegenüber. Die Whelm waren ebenfalls sehr neugierig gewesen, was Karan betraf. Weshalb? Lag das daran, dass sie eine Empfindsame war? Und warum hatten sich die Whelm so gefreut, als sie Karans Abstammung offenbart hatte? Was hatte Vartila noch einmal gesagt? *Jetzt wissen wir, was wir gegen sie einsetzen können.*

Ich habe Karan gewarnt, ihr Erbe zu verbergen. Ich hätte sie jedoch auch vor mir warnen sollen. Ich hätte sie warnen sollen, mir nie zu vertrauen. Welches Schicksal wird sie aufgrund meines Verrates erwarten? Tod oder Sklaverei?

»Seltsam«, sagte Faelamor. »Karan ist weit tiefgründiger, als ich erwartet habe. Dieses Talent, eine Verbindung herzustellen ... Woher mag es gekommen sein? Ich muss mehr über sie erfahren. Ihr Familiensitz liegt in der Nähe von Tolryme, hast du einmal gesagt. Einer der Faellem hat dort vor langer Zeit gelebt, und Gerüchten zufolge, hat er eine Tochter gezeugt, obwohl sie natürlich nie zu uns gekommen ist. Vielleicht ist ja noch etwas von dieser Linie übrig.«

Doch Maigraith hörte ihr nicht zu. Ihre Schuldgefühle und Scham drohten sie zu verschlingen. Sie hatte schreckliche Angst um Karan. Und sie sagte kein Wort mehr über sie.

In der Mitte jenes Tages stakten sie durch eine Schilfwand auf einen kleinen See hinaus. Auf der anderen Seite des Sees ließen sie ihr Boot zurück und marschierten noch einen weiteren Tag durch den Wald, bevor sie ein Dorf an einem Fluss erreichten, der nach Westen floss. Dort kaufte Faelamor ein Kanu für eine Hand voll Silber.

»Dieser kleine Fluss fließt in den Hindirin«, erklärte sie. Danach fuhren sie Tag und Nacht, so gut sie konnten, denn kein Mond stand mehr am Himmel. Faelamor wollte Karan um jeden Preis finden, auch wenn nach so langer Zeit die Hoffnung in der Tat gering war, dass Karan den Spiegel noch immer bei sich hatte.

Eines Tages, als sie angehalten hatten, damit Maigraith auf die hohe Uferböschung steigen konnte, um zu sehen, wo sie waren, sah sie, dass der Wald verschwunden war abgesehen von einem schmalen Band entlang des Flusses. Jenseits davon erstreckte sich eine grasbewachsene Ebene, so weit sie sehen konnte.

»Wir sind gut vorangekommen«, bemerkte Faelamor, als sie wieder ins Kanu stiegen.

»Weiter flussabwärts sollten wir zu einer Stadt kommen«, sagte Maigraith. »Sie heißt Preddle. Wenn wir uns offen bewegen wollen, brauche ich neue Kleider und außerdem noch Stiefel.«

»Ich sehe nur zwei Möglichkeiten«, erklärte Faelamor, »vorausgesetzt, dass Karan noch immer nach Sith unterwegs ist. Wir können uns nach Südosten wenden, den Hindirin bei Galardil überqueren, durch die Kluft von Zarqa gehen und Iagador von Süden her betreten; oder wir können nach Nordosten abdrehen und über die Berge nach Iagador gehen. Der südliche Weg ist länger; andererseits sind die Pässe vielleicht unpassierbar, wenn es entsprechend geschneit hat.«

»Es gibt zwei Pässe, die womöglich noch offen sind«, erwiderte Maigraith. »Einer führt über Tullin von Hetchet nach Bannador. Aber das ist zu weit von hier. Der andere ist die alte Straße, die von Preddle nach Narne und Sith führt. Auf dem Weg bin ich erst vor einem Jahr gereist. Das ist die direkteste Route von hier nach Iagador; trotzdem dauert die Reise gut einen Monat. Von Narne aus können wir dann auf dem Fluss nach Sith fahren oder uns nach Norden in Richtung Bannador und Thurkad wenden. Das sind Karans mögliche Ziele.«

»Lass mich nach Preddle gehen und die Dinge kaufen, die du brauchst. Dort werde ich auch versuchen, an Informationen zu gelangen. Dann werde ich eine Entscheidung treffen.«

Sie paddelten weiter, bis sie die Hütten erreichten, welche die äußersten Ausläufer der Stadt bildeten. Faelamor gab sich ein anderes Aussehen und ging nach Preddle. Maigraith paddelte wieder ein Stück flussaufwärts, verbarg das Kanu und schlief, aber nur kurz. Nun, da Faelamor nicht da war, war sie nervös, und es gab viel, worüber sie nachdenken musste.

Was würde Yggur tun? Würde er ihr jemanden hinterherschicken? Eine Zeitlang hatte es so ausgesehen, als wäre das, was sie ihm sagen konnte, nur von geringer Bedeutung für die Planung seines Feldzuges, seinen Kampf mit den Whelm und seine eigenen Albträume. Es war, als wisse er nicht so recht, was er mit ihr tun solle. Nein, er würde sie nicht verfolgen. Sie war nur eine Ablenkung für ihn gewesen; sie hatte ihn fasziniert, doch nun würde er seine eigenen Pläne weiterverfolgen. Und was würde dann geschehen? Und was war mit den Whelm?

Und Maigraith begann, die Natur ihres eigenen Konflikts zu verstehen. Sie wuchs aus Faelamors Schatten heraus. Es musste mehr für sie geben als nur ihre Pflicht. Es *musste.*

Faelamor kehrte gegen Mitte des Nachmittags wieder zurück. »Wir müssen über die Berge gehen«, sagte sie, als Maigraith das Gewand abwarf, das sie die letzten Tage über getragen hatte, und sich die neuen Kleider anzog. »In der Stadt wurde über nichts anderes mehr geredet als über Yggurs Armeen aus Orist und aus dem Süden. Sie rücken durch die Kluft von Zarqa gegen Iagador vor, und sämtliche Brücken werden bewacht. Dort können wir nicht entlang.«

Maigraith hörte sich die Nachrichten über ihn begierig an, vielleicht *zu* begierig, denn Faelamor sah sie befremdet an. *Ich muss aufpassen,* ermahnte sie sich und entspannte das Gesicht, während ihr Lächeln verblasste. Dieses eine Geheimnis durfte Faelamor nie erfahren, und danach – wann immer sie Nachrichten auf dem Weg bekommen würden – würde Maigraith sorgfältig darauf achten, weder zu viel Interesse an Yggurs Taten zu zeigen noch zu wenig.

Kaum hatte sie die Kleider des Whelm abgelegt, da hatte Maigraith das Gefühl, als hätte man ihr eine gewaltige Last von den Schultern genommen, und das Reisen fiel ihr nun sichtlich leichter und bereitete ihr mehr Freude. So schnell sie konnten, paddelten sie über eine Woche lang den Hindirin hinunter und gaben das Kanu schließlich in einer Stadt mit Namen Gessoe auf. Dort kauften sie dann Pferde und ritten eine weitere Woche gen Norden. Schließlich erreichten sie den Weg, der zum Pass von Narne führte, und vier weitere ereignislose Tage später kamen sie in die Berge.

Sie ritten stetig bergauf, als sie auf eine Felsnadel stießen, von der aus sie einen ungehinderten Blick auf die Ebene unter sich hatten. Dort hielt eine Gruppe Reiter auf ihren Weg zu. Faelamor betrachtete die weit entfernten Punkte und beschattete ihre Augen mit der Hand.

»Whelm«, verkündete sie schließlich. »Ich bin nahezu sicher. Eine große Gruppe, und sie reiten schnell. Sie versuchen gar nicht erst, sich zu verstecken, und warum sollten sie auch? Wir sind nur zwei, wenn auch zwei, vor denen sie eine gewisse Ehrfurcht haben. Unsere Pferde sind müde. Wir müssen uns darauf vorbereiten, uns zu verteidigen.«

Whelm! Maigraith vermochte ihre Furcht nicht zu verbergen.

»Reiß dich zusammen, Feigling! Hast du alles vergessen, was du gelernt hast?«, ermahnte Faelamor sie verächtlich. »Du kennst deinen Platz. Was bleibt uns für eine Wahl?«

»Weiter oben«, sagte Maigraith mit zittriger Stimme, »führt ein kleiner Pfad vom Weg herunter. Zwischen den Felsen befindet sich ein kleines Becken, umgeben von hohen Felswänden. Ich habe dort einmal die Nacht verbracht. Das Becken ist leicht zu verteidigen, auch wenn es keinen Weg hinaus gibt. Aber was nützt uns selbst die beste Verteidigung gegen so viele?«

»Dein Wille ist wirklich schwach«, erwiderte Faelamor angewidert. »Wir verteidigen uns, weil wir uns nicht ergeben dürfen. Der Tod ist der Gefangenschaft vorzuziehen, denn solange wir laufen können, besteht Hoffnung.« Sie schien ein Stück zu wachsen und hob die Stimme. »Ich verteidige mich, weil ich die Hoffnung von Tallallame bin, und Tallallame ruft nach mir. Kein Whelm kann mich gefangen nehmen, seien es nun zehn oder fünfzig, denn der Wille der Whelm ist der Wille von Dienern. Sie sind schäbige, bleiche Schwächlinge. Ich *bin* die Faellem, und ich habe mit Rulke persönlich gerungen.«

Die Reiter kamen so schnell näher, dass sie schon auf der Straße unten zu sehen waren, bevor die beiden Frauen ihre Zuflucht erreicht hatten. Sie waren weniger als eine Stunde entfernt.

»Schau«, sagte Faelamor. »Erkennst du sie?«

»Das sind ohne Zweifel Whelm.«

Sie bauten ihre Verteidigung auf, so gut sie konnten. Die Nacht senkte sich herab, und leichter Schneefall setzte ein, der ihre Spuren verbarg; doch später kam Wind auf, und es hörte auf zu schneien. Faelamor und Maigraith kauerten sich in einen groben Unterstand zum Schutz vor dem Wind und bereiteten sich darauf vor, sich zu verteidigen; aber obwohl sie die ganze Nacht warteten, kamen die Whelm nicht.

In der kalten Morgendämmerung schlichen sie wieder auf den Weg. Ihre Spuren vom Vortag waren noch immer zu sehen; deutlich konnte man erkennen, wo sie den Weg verlassen hatten. Die Spuren der Whelm waren ebenfalls deutlich zu sehen. Sie hatten noch nicht einmal angehalten. Als die beiden Frauen kurze Zeit später den nächsten Kamm erreichten, sahen sie die Whelm weit über sich; sie ritten so schnell sie konnten.

»Was auch immer sie suchen, es muss wichtiger sein als wir. Vermutlich sollen sie als Vorhut von Yggurs Armee für Unruhe sorgen.«

»Ich habe ein schlechtes Gefühl, was sie betrifft«, erwiderte Maigraith.

Sie saßen wieder auf und ritten eine weitere Woche vorsichtig über die steilen Bergpfade; halb rechneten sie noch immer mit einem Hinterhalt. Schließlich überquerten sie den letzten Pass und kamen in einen Wald hinunter. Dort schlugen sie ihr Lager zwischen den großen Bäumen auf.

»Mit etwas Glück werden wir morgen Abend in Narne sein«, sagte Maigraith, als sie sich nach dem Essen vors Feuer kauerten. »Dort werden wir auch Neues über den Krieg erfahren.«

Maigraith lag in ihrem Schlafsack auf dem Rücken, den Kopf auf einem Scheit. Sie war nervös und konnte nicht schlafen. Einmal stand sie leise auf und ging in den Wald, bis sie den Feuerschein nicht mehr sehen konnte. Die Nacht hatte etwas Stilles, Brütendes an sich. Was bereitete ihr solches Kopfzerbrechen? Maigraith vermochte es nicht zu sagen, doch die Whelm waren im Herzen der Angelegenheit. Sie zogen nicht in den Krieg; sie folgten einem anderen Ziel.

Es war schon nach Mitternacht. Die Nacht war klar und kalt, und die Sterne leuchteten schwach durch die Baumwipfel. Faelamor schlief ein gutes Stück vom Feuer entfernt. Nur ihr Kopf ragte aus dem Schlafsack heraus. Maigraith kehrte wieder zurück und legte sich in ihre kalten Decken. Das Feuer war heruntergebrannt; orangefarbene Glut war alles, was noch davon übrig war. Maigraith schaute in den dunklen Himmel hinauf. Ein Wolkenfetzen versperrte die Sicht auf den Stern, zu dem sie schaute. Maigraith schloss die Augen, und dann träumte sie.

Ein Schatten zog vor den züngelnden Flammen vorbei, dann noch einer, dann viele Schatten. Sie zitterte, schrie aber nicht. Es gab ohnehin niemanden, der ihr hätte helfen können. Eine verhüllte Gestalt erschien vor dem Zelt, bückte sich und riss den Eingang auf. Sie hielt den kleinen Dolch in die Höhe. Die Gestalt drängte sich hinein und griff nach ihr in der Dunkelheit. Sie schlug nach ihr. Die Gestalt wich mit einem Heulen zurück. Dann kamen andere, und obwohl sie auch die verletzte, wurde sie dennoch überwältigt. »Maigraith!«, schrie sie. Dann verdrehte sich die Verbindung in sich selbst; eine Faust krachte gegen ihre Schläfe, und da war nichts mehr.

Maigraith setzte sich senkrecht auf und schrie: »Karan, wo bist du?« Doch da war nichts zu sehen außer dem schwachen Schein der Glut und den Bäumen ringsum.

Faelamor sprang ebenfalls auf. Sie war sofort hellwach. »Was ist? Was hast du gesehen?«

»Karan! Sie haben sie geholt – die Whelm! Einen Augenblick lang ist die Verbindung zwischen uns wieder zum Leben erwacht. Deshalb haben sie sich also so beeilt. Sie muss ganz in der Nähe sein.«

»Dann beweg dich, bevor sie mit ihm fliehen können.«

Maigraith hätte ihr fast ins Gesicht geschlagen. »Verdammt soll der Spiegel sein und verdammt auch du! Ich bin in ihren Händen gewesen. Ich weiß, was sie ihr antun werden.«

»Wo war sie? Hat sie dir das gesagt?«

»Nein!«, antwortete Maigraith wütend. »Vielleicht hat sie zuerst noch nicht einmal gewusst, dass ich es bin. Ich habe gesehen, was sie gesehen hat. Dann hat sie geschrien, und dann ... nichts.«

Rasch brachen sie das Lager ab, löschten das Feuer und machten sich auf den Weg.

»Was hast du dann gesehen? Wie sah das Land aus?«

Maigraith versuchte, sich zu erinnern. »Dank der Sterne war es recht hell dort. Das Feuer hat noch immer gebrannt; trotzdem habe ich nur wenig gesehen. Bis zum Ende war sie in einem Zelt oder einem Unterstand. Eine Lichtung; Gras unter den Füßen ... Die Bäume waren größer als hier und der Boden eben. Da war kein Schnee, aber in der Nähe muss ein Bach geflossen sein – ich konnte sein Plätschern hören. Das ist alles.«

»Das ist nicht viel, um uns zu führen. Vermutlich liegt die Stelle aber ein Stück weiter unten, neben dem Fluss vielleicht. Du kennst das Land hier. Denk nach! Aber wie ist sie hierhergekommen? Du hast gesagt, du hättest gehört, sie sei in der Nähe von Hetchet gewesen. Das liegt ein gutes Stück nördlich von hier.«

»Und das war auch vor langer Zeit. Vielleicht hat sie kehrtgemacht und wie wir den Pass überquert. Ohne Zweifel hat einer von Yggurs Spionen sie dabei beobachtet und den Whelm eine Nachricht geschickt. Wie sonst hätten sie wissen sollen, wo sie zu finden ist? Ah! Jetzt erinnere ich mich an dieses Land. Es gibt da einen Pfad, der nach Narne führt, genauer gesagt zu der Fähre dort. Aber das ist ein großes Gebiet zum Suchen.«

»Lass uns der Einfachheit halber davon ausgehen, dass sie ihr Lager neben dem Weg aufgeschlagen hat. Ebenes Gelände mit einem Bach. Beeil dich.«

Sie suchten die ganze Nacht hindurch, aber erst bei Sonnenaufgang fanden sie die Spuren vieler Menschen an einem Bach, der den Pfad durchschnitt. Denen folgten sie dann zu einer Lichtung mit einem Zelt auf einer grasbewachsenen Anhöhe. Karans Besitztümer waren zerschlagen und in den Dreck getrampelt worden, die Decke blutdurchtränkt.

»Sie war hier«, sagte Maigraith. »Das sind ihre Stiefel und hier der Becher und der Teller, die sie immer bei sich hatte. Oh Karan! Es waren mein Schwäche, meine *Not*, die dich schlussendlich verraten haben.«

»Dann haben sie ihn also«, sagte Faelamor verbittert. »Es war alles umsonst.«

»Noch nicht. Ihre Gefangennahme kann noch nicht länger als sechs Stunden her sein. Aber wo würden sie hingehen? Nach Narne? Wohl kaum – zumindest nicht bei Tageslicht. Vermutlich haben sie sich irgendwo im Wald versteckt, um auf die Nacht zu warten. Lass sie uns verfolgen.«

Vorsichtig machten sie sich auf den Weg den Bach hinunter, doch schon bald verloren sie die Spur im Wald. Das Unterholz war zu dicht, als dass sie hätten reiten können; also banden sie die Pferde am Ufer fest. Nach mehr als zwei Stunden des Suchens, während derer Faelamor immer erregter geworden war, sagte sie ruhig: »Das ist falsch. Da steckt irgendein Trick dahinter. Sie hat den Spiegel nicht länger, und sie haben ihn somit auch nicht gefunden. Sie muss ihn versteckt haben.«

»Dann geh und finde das verdammte Ding!«, zischte Maigraith von plötzlicher Wut erfüllt. Ihre Verzweiflung und Selbstverachtung wuchsen mit jedem Schritt. »Aber *ich* werde dich nicht begleiten.« Und mit diesen Worten wirbelte sie herum und starrte Faelamor unverwandt in die Augen. Faelamor kam mit ausgestreckter Hand auf sie zu.

»Bleib, wo du bist!«, sagte Maigraith. »*Ich habe den Willen*, wenn du mich zwingst.«

Einen langen Augenblick lang standen sie einander gegenüber; dann machte Faelamor auf dem Absatz kehrt und ging in den Wald hinein davon. Maigraith schaute ihr hinterher, bis sie nicht länger zu sehen war. Sie hatte das Gefühl, als sei plötzlich eine große Last von ihr abgefallen. Dann drehte auch sie sich um und folgte weiter dem Bachverlauf abwärts.

Kapitel zwölf

Faelamors Geschichte

Faelamor ging bergauf durch den Wald zur Lichtung zurück. Sie hatte das Gefühl, irgendetwas übersehen zu haben. Sie war so sehr darauf konzentriert, dass sie kaum einen Gedanken an Maigraith und deren seltsame Zurschaustellung von Trotz verschwendete. Maigraith würde zu gegebener Zeit schon wieder zurückkommen. Die Pflicht würde sie zurücktreiben. Es war nach Mittag, als sie schließlich die Lichtung erneut erreichte, doch als sie näher kam, wurde sie von Stimmen gewarnt. Sie benutzte eine Illusion, um sich zu verbergen, machte sich überdies aber auch die Deckung des Waldes zunutze. Fast im selben Augenblick, als sie verschwand, betrat ein Trupp Aachim die Lichtung. Faelamor erkannte den Anführer. Sie kannte ihn aus alter Zeit. Es war Tensor.

Tensor trat vor, untersuchte die Überreste von Karans Zelt und ihre verstreuten Habseligkeiten und schüttelte den Kopf. Dann ging er die paar Schritte zum Bach, wobei er sorgfältig darauf achtete, keine Spuren zu verwischen, und dort blieb er einen Augenblick lang stehen und schaute bachabwärts. Schließlich winkte er den Aachim, die am Rand der Lichtung in einer Gruppe beisammenstanden, als würden sie auf ihn warten. Sofort schwärmten sie auf der Lichtung aus und untersuchten den Boden. Das Nieseln verwandelte sich in einen Schauer.

Nach ein paar Minuten rief einer den anderen mit leiser Stimme etwas zu. Er hielt etwas in jeder Hand. Der Mann stand auf der anderen Seite der Lichtung, und durch den Regen hindurch vermochte Faelamor nicht zu erkennen, was er da hielt, oder zu hören, was gesagt wurde. Die Aachim versammelten sich um den Mann und untersuchten die Gegenstände aufmerksam. Nach einer Minute lösten sie ihre Versammlung wieder auf; die Gegenstände wurden auf den Boden geworfen, und die Suche begann von neuem.

Tensor und ein anderer, ein kleinerer Mann, standen am Rand der Lichtung und redeten miteinander. Dann deutete der Mann in den Wald hinein, und sie gingen langsam und mit gesenkten Köpfen in die angegebene Richtung. Hier und da bückten sie sich, um irgendeine Spur auf dem Boden zu untersuchen, und schließlich verschwanden sie außer Sicht. Das sollte sie retten.

Kaum waren sie verschwunden, da versammelte sich still und heimlich eine Bande Whelm auf zwei Seiten der Lichtung. Ohne Vorwarnung griffen sie die Aachim mit Pfeilen an. Drei fielen bei der ersten Salve, ohne ein Geräusch von sich zu geben, dann einer bei der nächsten, und die Whelm stürmten auf die Lichtung. Eine Aachim, die noch immer stand – eine große, schöne Frau –, wurde innerhalb von Sekunden niedergestreckt. Als die drei Übriggebliebenen die Aussichtslosigkeit ihrer Lage erkannten, flohen sie in den Wald. Von den zehn Whelm waren zwei gefallen. Zwei blieben auf der Lichtung, und sechs folgten den fliehenden Aachim. Faelamor schaute voller Entsetzen zu. Der Kampf war nach weniger als einer Minute vorbei, und es gab nichts, was sie hätte tun können.

Kurz darauf kam eine Whelmfrau aus dem Wald gerannt. Sie und die beiden auf der Lichtung Zurückgebliebenen liefen auf dem gleichen Weg wieder zurück, den sie gekommen war. Die anderen kamen nicht wieder.

Faelamor richtete sich auf die Zehenspitzen auf und spähte über die Büsche. Ihre Sinne waren aufs Äußerste geschärft. Doch jene, die sich an sie heranschlichen, waren noch geschickter, und so kam der Angriff vollkommen überraschend. Ein schwerer Arm legte sich um ihren Hals, und etwas Spitzes drückte sich ihr zwischen die Rippen. Der Arm verstärkte den Druck, bis sie nicht mehr atmen konnte.

Faelamor stieß einen leisen Schrei aus und gestattete ihren Beinen, ein wenig nachzugeben. Schlaff hing sie an dem Arm und wartete auf eine Gelegenheit, doch das Messer drückte sich in ihre Seite und zwang sie, sich wieder aufzurichten. Dann band ihr irgendjemand rasch die Hände mit mehreren straffen Knoten, und sie wurde ins feuchte Laub geworfen. Dort lag sie einen Moment mit dem Mantel über dem Gesicht. Dann drehte sie sich unbeholfen auf den Rücken und blickte zu ihren Angreifern hinauf. Tensor! Zuerst hatte sie keine Angst, denn einst waren sie Verbündete gewesen.

Tensor starrte sie eine ganze Minute lang an. Offenbar fragte er sich, wer sie war; dann durchdrang er ihre Verkleidung, und sie verblasste.

»Fay-el-amor!«, sagte er langsam. »Dann bist du also nicht gestorben. Was tust du hier?«

»Ich könnte dich das Gleiche fragen«, erwiderte sie und rappelte sich auf. »Nimm mir die Fesseln ab.«

Doch Tensor schaute sie weiter mit zusammengekniffenen Augen an. Langsam dämmerte ihm etwas. Nicht Mendark. Mendark hatte ihm gesagt, dass er nichts damit zu tun habe, aber Tensor hatte seinem alten Freund nicht geglaubt. Faelamor hatte genauso viel Grund, den Spiegel zu wollen, wie jeder andere auch, und hätte er gewusst, dass sie noch lebte, er hätte sie sofort verdächtigt. Ja, das war wesentlich plausibler. Und in seiner Verzweiflung gestattete er sich zu glauben, dass sie die Aachim aus dem Weg haben wollte – je mehr von ihnen tot waren, desto besser für sie. So hatte sie sich also hier versteckt und hämisch gefreut, während andere die Drecksarbeit für sie erledigt hatten.

»*Du!*«, sagte er schließlich mit aufwallender Wut und in all seiner Trauer und Erhabenheit. Dass der Spiegel so nahe war und er ihn abermals verloren hatte, hatte seinen Zorn erneut angefacht. »Jetzt verstehe ich. Alles läuft auf dich hinaus. Du hast Karan mit deiner Faellem-Tücke dazu verführt, uns zu verraten. Für dich hat Karan den Spiegel geraubt, und wegen dir sind meine Leute jetzt tot, und die Whelm jagen uns wie Hunde.«

Er drehte sich zu einem seiner Männer um. »Bindet sie, und stopft ihr den Mund. Bringt sie nach Shazmak, und haltet sie dort bis zu meiner Rückkehr fest. Blase, du gehst mit ihnen über den Fluss und dann nach Narne. Sag den anderen, was passiert ist. Ich werde den Whelm dorthin folgen, wohin Iennis und Thel sie geführt haben. Trefft mich am Garr, sechs Meilen flussaufwärts von Narne. Wartet bei Sonnenaufgang dort, und sollte ich nicht kommen, noch einmal bei Sonnenuntergang.«

Er drehte sich zu Faelamor um. »Wir werden dich in Shazmak als Geisel im Tausch für den Spiegel festhalten. Sobald er zurückgegeben ist, bist du wieder frei.«

Als Faelamor sprach, lag eine Kälte in ihrer Stimme, die selbst Tensor schaudern ließ, denn sie betrachtete dieses zufällige Aufeinandertreffen als Anfang vom Ende all ihrer Pläne. »Ich habe nichts mit Karans Verrat zu tun. Ich habe Maigraith befohlen, allein zu gehen. Karan hat Yggur meinen Namen verraten, so wie sie auch euch verraten hat. Gib mir nicht die Schuld für die Taten der Whelm. Es betrübt mich, das wertvolle Blut der Aachim hier vergossen zu sehen.«

Ihre Stimme sank unter den Gefrierpunkt. »Aber ich warne dich: Das Schicksal der Aachim steht auf Messers Schneide. Die Zeit ist gekommen, da du eine Wahl treffen musst, ob dir das nun bewusst ist oder nicht. Wir sollten die Whelm verfolgen, nicht einander. Wenn du mich festhältst, beschwörst du den Untergang von Shazmak herauf, denn *nichts* wird mich von meinem Weg abbringen.«

»Du solltest auf sie hören, Tensor«, sagte Blase, ein schlaksiger Mann mit einer blutenden Schulterwunde. »Das ist Wahnsinn. Wir dürfen uns die wenigen Freunde, die wir haben, nicht zu Todfeinden machen.«

Tensor schaute Faelamor in die Augen und sah sein Schicksal darin. Einen Moment lang geriet er ins Wanken; doch sein Zorn, seine Verzweiflung und seine Torheit waren derart, dass ihn jedes Flehen in seiner Entschlossenheit nur noch bestärkte. Er straffte die Schultern, und selbst Faelamor war von seiner erhabenen Erscheinung beeindruckt.

»*Wir sind Aachim!* Deine Freundschaft würde uns helfen, aber wir betteln nicht. Du hättest sie retten können«, sagte er kalt. »Bringt sie weg. Behandelt sie gut, aber lasst sie nicht aus den Augen. Und hütet euch vor ihren Talenten. Räumt ihr keinerlei Freiheiten ein.«

Die Aachim packten Faelamor. Sie widersetzte sich kurz ihrem Griff, obwohl sie bereits gefesselt war, und funkelte Tensor an, der plötzlich nervös einen Schritt zurückwich. Ihr Wille und Stolz waren keinen Deut geringer ausgeprägt als bei ihm; Gleiches galt für ihre Kraft. Aus diesem Konflikt konnte nur einer als Sieger hervorgehen.

»Wer Wind sät, wird Sturm ernten«, sagte sie. »Du wirst die Angst wieder fühlen, die du seit fünfzig Menschengenerationen nicht mehr empfunden hast. Deine Feinde rühren sich bereits.«

Sie wandte sich ab, doch ein Schauder ging durch die beiden Aachim. Sie zogen ihre Fesseln fest, verbanden ihr Mund und Augen und führten sie wortlos in Richtung des Bootes davon. Tensor blieb, wo er war, allein in seiner Qual; dann verdrängte er Faelamor aus seinen Gedanken und machte sich an die Verfolgung der Whelm.

Für Faelamor war der Marsch nach Shazmak ein nicht enden wollender Albtraum. Blind wurde sie durch Dickicht und eisige Bäche geschleppt. Einmal kamen sie ans Flussufer, und ihre Wächter halfen ihr in ein kleines Boot für die wilde Überfahrt, die umso Furcht erregender war, da sie nichts sehen konnte. Dann waren sie drüben, und der Kiel schabte über Kies. Auf der anderen Seite verließ Blase sie, und sie marschierten in großer Hast weiter flussaufwärts. Nicht ein Mal hielt der Aachim an, der noch bei Faelamor geblieben war, und er sprach nur, wenn er ihr etwas zu essen oder zu trinken anbot.

Es folgte ein lange Reise unter der Erde, durch feuchte, stille Höhlen und rutschige Treppen und Leitern hinauf. Anschließend führte sie ein Gewaltmarsch zu den Türmen von Shazmak, um die ohne Unterlass der Wind heulte.

Der erste Tag ihrer Gefangenschaft in Shazmak ging endlich vorbei, und Faelamor war so müde, dass selbst ihre Knochen schmerzten, und so verzweifelt, dass sie nicht schlafen konnte. Und in diesem halbverrückten Stadium der Schlaflosigkeit brütete sie über ihre Gefangenschaft, über das Unrecht, das Tensor ihr angetan hatte, und über die Notwendigkeit, so rasch wie möglich wieder freizukommen. Wie hatte sie nur zulassen können, dass sie sie gefangen genommen hatten, wo der Spiegel doch so nah gewesen war? Sie *musste* frei sein.

Faelamor schaute sich um und schätzte Maße und Qualität ihres Gefängnisses ab – in dieser Zelle innerhalb einer Zelle würde sie keine Freiheit finden. Außerdem waren die Wachen zu sechst und hielten sich stets zu weit entfernt, als dass Faelamor sie hätte beeinflussen können. Aber selbst wenn sie die Wachen in ihren Bann hätte schlagen können, die nichtmenschlichen Hüter der Stadt vermochte sie nicht zu täuschen. So verging der zweite Tag, und Faelamor war fast rasend vor Erschöpfung und Verzweiflung. Es musste doch einen Weg geben … irgendeinen … irgendwie … Dann bekam sie eine unverhoffte Chance.

Die Aachim hatten den Befehl, Faelamor mit der Höflichkeit zu behandeln, die ihrem Rang entsprach. Einmal kam Emmant, der nach Karans Prozess in Shazmak geblieben war, zu ihr, um zu sehen, ob er ihr die Gefangenschaft vielleicht mit ein paar Büchern erleichtern könnte. Sie wollte das nicht, doch als sie die wuchtige, brütende, vernarbte Gestalt sah, bemerkte sie beinahe sofort die Qual, die ihn bedrückte, und sie erkannte auch die Quelle dafür. Sie sah seine Fremdartigkeit, seine Besessenheit von Karan und seine Zurückweisung und Demütigung durch sie und die Aachim.

Faelamor befragte Emmant über Karan. Sie versuchte, jene illusorische Eigenart zu identifizieren, die ihr bei ihrem bisher einzigen Zusammentreffen mit Karan solches Kopfzerbrechen bereitet hatte. Doch das Bild, das Emmant malte, war voller Hass und Bitterkeit. Für ihn war Karan ein verabscheuungswürdiges, verräterisches Biest.

Wo ich auch hingehe, wird mir von ihrer List und ihrer Tücke berichtet, dachte Faelamor. *Sie und Emmant haben einander verdient.* Denn Faelamor erkannte deutlich Emmants Schwächen: seine Gewalttätigkeit, seine gefährliche und wahnsinnige Hinterlist sowie seine Besessenheit. Und sie sah auch etwas, das sie ausnutzen konnte, und das tat sie nun auch. Sie schürte Emmants Schwächen, bis Hass und Verzweiflung ihn in den Wahnsinn trieben.

Und plötzlich sagte er etwas, das Faelamor traf wie ein Hammerschlag.

»Karan ist eine Kreuzung wie ich, aber eine niedere, nur ein Viertel. Warum die Aachim …«

»Nein, *sie* ist ein Mischling aus …«, begann Faelamor, erkannte jedoch, dass sie unmöglich wissen konnte, was sie vermutete: nämlich dass Karan das Blut der Faellem in den

Adern hatte. Ihre Angst war fast zu groß, um weiter zuzuhören. »Was hast du gesagt?«

»Ihre Großmutter war eine reinblütige Aachim, eine entfernte Cousine von Tensor. Ihr Name war Mantille.«

»*Ein Mischling ...!*«

Faelamor war so entsetzt, dass sie ihr Gesicht nicht länger beherrschen konnte. Das war viel, viel schlimmer, als sie erwartet hatte. Karan könnte womöglich eine *Triune* sein, ein Wesen mit dem Blut aller Drei Welten. Kein Wunder, dass Maigraith sich zu ihr hingezogen fühlte. Karan war ein Unfall der Geschichte, unerkannt, unkontrolliert ... und dann auch noch so böse und verräterisch. Faelamor hatte recht daran getan, sich vor ihr zu fürchten. Und Karan hatte nun den Spiegel – oder zumindest hatte sie ihn noch bis vor kurzem gehabt. Wie hatte so etwas unbemerkt entstehen können, dieser Mischling von einem Mischling, diese wilde Triune?

Die Angst drang tief in Faelamors Herz – auch ihre eigene Queste stand auf Messers Schneide. Zu was war diese Triune fähig? Was für eine Kette von Ereignissen vermochte sie in Bewegung zu setzen, und hatte sie das vielleicht schon getan? Wie konnte sie die Ordnung verändern, die aufzubauen Faelamor sich so lange bemüht hatte? Hier war weder Platz für Sentimentalitäten noch für Ehre. Karan war viel zu gefährlich, als dass Faelamor sie hätte leben lassen dürfen. Und welch bessere Waffe gab es dafür als diese Elendsgestalt vor ihr? Womöglich könnte er Faelamors beiden Zielen zugleich dienen.

Aber sie musste sich auch vergewissern und nach Gothryme gehen. Und vielleicht gab es ja noch Brüder und Schwestern, die genauso tödlich waren. Das herauszufinden war sogar noch wichtiger als der Spiegel.

Faelamor hatte versucht, Emmant dazu zu verführen, ihr die Freiheit zu schenken, aber weder für sich selbst noch für sie würde er die Aachim verraten. *Nicht für mich, nein. Warum sollte er auch? Aber für* Karan ... *Wenn ich* sie *ihm geben könnte, dann, so glaube ich, würde er es tun. Und das käme auch meinen eigenen Zielen zugute, denn er steckt so voller Lust und Hass, dass er sie zu guter Letzt vernichten würde.* Einmal auf sie angesetzt, würde ihn nichts mehr von seinem Weg abbringen, weder Hunger noch Erschöpfung, Angst oder Tod.

Und Emmant, der fühlte, dass sie ihm geben konnte, was er wollte, kam wieder zurück.

»Die Frau, nach der dich verlangt ...«, sagte sie zu ihm. »Ich werde dir sagen, wie du sie bekommen kannst.«

Emmants Augen begannen zu funkeln, doch sein Blick blieb säuerlich. Die Narben schimmerten weiß durch seinen Bart. »Sie wird sich niemals unterwerfen.«

»Ich werde dir zeigen, wie du es kannst.«

Emmant saß regungslos da, starrte durch die Gitterstäbe, und sein Blick löste sich nicht einmal von Faelamors Gesicht. »Sag es mir«, forderte er schließlich.

»Sie verfügt über das Talent, eine Verbindung herstellen zu können, und dieses Talent kann man auch dazu benutzen, sie dem eigenen Willen zu unterwerfen. Wie ich sehe, verfügst auch du in geringem Maß über die Gabe, den Geist anderer zu fühlen. Das ist nichts Ungewöhnliches bei den Mischlingen der Aachim«, sagte sie und versuchte kaum, ihre Verachtung zu verbergen. »Ich werde dir zeigen, wie man eine Verbindung herstellen kann, die sie nicht zu unterbrechen vermag. Dann kannst du mit ihr tun, was du willst. Aber natürlich, wenn du sie wirklich liebst ...«

Emmant wurde allmählich ungeduldig. »Und was muss ich als Gegenleistung tun?«, verlangte er wütend zu wissen. »Ich kann dich nicht befreien. Dafür sind jetzt zu viele Wachen unterwegs. Ich habe bereits darüber nachgedacht.«

»Du wirst Shazmak über einen geheimen Weg verlassen. Du wirst nach Bannador gehen und dort die Whelm in der Nähe von Narne suchen. Zeig ihnen den geheimen Weg nach Shazmak hinein, und schalte die Wächter aus. Sag ihnen, dass Karan den Spiegel hier versteckt habe. Das wird sie hierher bringen.«

»Die Whelm! Das kann ich nicht tun.«

»Sie sind nicht eure Feinde«, erklärte Faelamor und verschloss ihre Gedanken. »Was vermag eine Hand voll Whelm schon gegen die Macht der Aachim auszurichten, die jahrtausendelang Bestand gehabt hat?«

»Und wie willst du dich dann befreien?«, fragte Emmant, den das eigentlich gar nicht kümmerte; er war nur neugierig.

»Ich habe Macht über sie«, antwortete Faelamor. »Sie können mich nicht halten.« *Es bedarf wirklich nicht viel, um dich zu überzeugen, mein Freund*, dachte sie verächtlich. *Du bist so verdorben, dass dir jede Entschuldigung genügt, selbst um dein eigenes Volk zu verraten. Kein Wunder, dass ihr Aachim eure Welt so einfach aufgegeben habt. Ein Faellem würde nie sein Volk oder seine Welt verraten.*

»Wie kann ich diese Verbindung aufbauen?«, fragte Emmant, und Faelamor wusste, dass sie ihn am Haken hatte.

»Hast du etwas von ihr, das ich verwenden kann? Etwas, das sie immer nah bei sich gehabt hat? Vielleicht etwas, das du dir heimlich angeeignet hast?«

Emmants säuerliches Gesicht hellte sich kurz auf, und er ging ohne ein Wort davon. Er nickte kurz den Wachen an der äußeren Zelle zu. Als er wieder zurückkehrte, hielt er eine feine Silberkette in der dicken Hand. Ein kleines Jadeamulett hing daran.

»Das hat ihr gehört?«, fragte Faelamor. »Bist du sicher?«

»Ja. Ich habe es aus ihrem Zimmer genommen, als sie vor wenigen Wochen zum letzten Mal in Shazmak war. Ich habe es bereits versucht, hatte jedoch keinen Erfolg. Vielleicht ist sie ja gegen solche Zauber immun.«

Faelamor untersuchte das Schmuckstück. »Da ist ein Residuum, ein kindliches, gewöhnliches Ding«, sagte sie. »Kein Wunder, dass das nicht funktioniert hat.«

Emmant zuckte unwillkürlich zusammen, schwieg aber. Er konnte warten.

»Lass die Kette hier und geh. Komm morgen früh wieder zurück.«

Am nächsten Morgen war Emmant noch vor Sonnenaufgang wieder da. Faelamor war bereits wach. Sie gab ihm die Kette zurück.

»Wenn du sie findest, gib ihr die Kette, und bitte sie, sie anzulegen. Ich habe in der Nacht einen bestimmten Zauber hineingewoben. Halte dich an die Instruktionen, die ich dir geben werde. Zwischen dir und ihr wird eine Verbindung aufgebaut werden, die sie nicht brechen kann. Sie wird sich deinem Willen unterwerfen.«

»Und sie wird mich lieben? Du gibst mir dein Wort darauf?« Seine Stimme hatte einen weinerlichen Unterton bekommen.

»Du würdest *meinem* Wort vertrauen? Wenn ja, dann will ich es dir gerne geben.« Und dann erklärte sie ihm mit leiser Stimme genau, was er zu tun hatte.

Emmant zögerte noch immer. »Und wie soll ich sie finden?«

»Geh nach Narne, und suche ihre Freundin, eine Frau mit Namen Maigraith. Warte. Ich sehe, dass du empfindsam bist.« Sie stellte eine Verbindung zu Emmant her und zeigte ihm Maigraith, damit er sie jederzeit wiedererkennen würde. »Sie wird dich zu Karan führen. Sollte das scheitern, suche in Thurkad nach ihr. Yggur fegt bereits über Iagador hinweg, und außer Thurkad vermag ihm niemand Widerstand zu leisten. Tu, was du tun musst; dann verwahre den Spiegel sicher für mich. Ich werde ihn in Thurkad holen.«

»Ich muss Maigraith einen Grund nennen, warum ich Karan suche, sonst wird sie misstrauisch werden.«

»Sag ihr, dass du eine Nachricht von Tensor bringen würdest, ein Versöhnungsangebot. Sie wird wissen, dass Tensor einst wie ein Vater für Karan war. Sie wird glauben, dass er ihr vergeben will. Und sag Maigraith, dass ich in Shazmak gefangen gehalten werde; aber sie soll nicht kommen, denn ich würde mich selbst befreien. Sag ihr, dass wir miteinander sprechen müssten und dass sie mich in Tolryme, in Bannador finden wird. Und jetzt geh ... und verkleide dich; Maigraith hat vielleicht von dir gehört.«

Zehn Tage vergingen, während derer Faelamor sich ans Gitter ihrer Zelle klammerte und in der Hoffnung wartete, dass sie Maigraith richtig eingeschätzt hatte. *Sie* wird *kommen. Vermutlich bereut sie bereits, was sie zu mir gesagt hat, und sie wird sich schuldig fühlen und verwirrt sein. Sie braucht mich – sie wird mich immer brauchen, und ihr Pflichtbewusstsein wird sie wieder zurückführen. Es* muss. *Aber wird sie wirklich kommen?*

In den frühen Morgenstunden wurde Faelamor von Kampflärm geweckt; die Wachanlagen versagten, und sie konnte einfach so aus ihrer Zelle marschieren. Faelamor verbarg sich hinter einer Illusion und schaute zu. Ihre eigene Tat widerte sie an; bei der Wildheit der Whelm wurde ihr übel. Ihre Macht über die Aachim war offenkundig. Woher waren sie gekommen, und noch dazu so viele?

Dann kam Faelamor eine furchtbare Erkenntnis. Das waren keine Whelm, oder genauer ... das waren keine Whelm *mehr*. Das waren Ghâshâd! *Er* rührte sich wieder; der Spiegel war nicht länger sicher verwahrt, und eine wilde Triune lief frei herum. *Er* würde wissen, was er mit ihr zu tun hatte.

Kapitel dreizehn

Der Triumph der Whelm

Nachdem er geweint hatte, bis er nicht mehr weinen konnte, stand Llian auf. Sein Herz hatte sich in einen eisigen Klumpen der Wut verwandelt, und er verdrängte seine Trauer mit der Durchsuchung des Lagerplatzes. Llian steckte die Hand in die Asche – sie war kalt. Sie mussten kurz nach seiner Flucht gekommen sein, dachte Llian verbittert. Karan hatte gewusst, dass sie kamen. Warum hatte sie ihm nur dieses Versprechen abverlangt? Warum hatte sie ihn davongejagt? Und warum war er gegangen?

Der Morgen war inzwischen fortgeschritten. Vor zwei Stunden hatten Maigraith und Faelamor das Lager gefunden, und in noch einmal zwei Stunden würde Faelamor allein wieder zurückkehren. Als er am Bach suchte, fand Llian Fußspuren – schwere Leute mit schmalen Füßen – und daneben einen kleineren Abdruck, wenn auch immer noch größer als Karans Fuß. Es könnten gut fünf gewesen sein, vielleicht auch mehr.

Karans Besitztümer ergaben ein armseliges Bündel, nachdem Llian sie eingesammelt hatte: Der Kochtopf lag noch immer dort, wo er ihn gestern Nacht nach dem Spülen hingelegt hatte; doch Karans Becher und ihr Teller waren zertrampelt und verbeult. Der Proviantsack war unbeschädigt, der Inhalt jedoch wahllos auf dem Boden verstreut. Gedankenverloren sammelte Llian den Proviant wieder ein und steckte ihn in den Sack zurück. Karans Stiefel waren zerschnitten; selbst die Absätze hatten die Entführer bei ihrer wilden Suche abgebrochen, obwohl ihre restliche Kleidung – mit Ausnahme des schweren Mantels, der schlicht fehlte – unbeschädigt geblieben war. Bürste, Socken, Messer – alles blutig. Der Krug mit der Salbe, die Lichtkugel – zerschlagen und in den Schlamm getreten. Llian fand Karans kleines Tagebuch unter dem Zelt; im Dunkeln war es wohl schlicht übersehen worden. Das Beil war halb in der Erde vergraben. Llian sammelte alles Unzerstörte ein und steckte es zu den Proviantresten in den Sack.

Ob Karan wohl noch am Leben war? Llian gestattete sich ein wenig Hoffnung. Das Blut hier überall stammte vielleicht nicht von ihr. Dieser Angriff wirkte zu wild, zu unerbittlich, als dass es die Aachim gewesen sein könnten. Doch andererseits, was wusste Llian schon über sie? Wie würden sie eine Ausgestoßene behandeln, eine Verräterin? Nein, das hier deutete eindeutig auf die Whelm hin, besonders die Albträume.

Und Karan hatte gewusst, dass sie kamen, und dennoch war sie nicht geflohen. Sie schien resigniert zu haben, als hätten sie ihr irgendwie den Willen geraubt. Aber falls dem so gewesen sein sollte, warum hatten sie diese Macht dann nicht schon früher eingesetzt? Karan hatte gerade noch genug Kraft gehabt, ihn fortzuschicken. *Oh, Karan!*

Am Ende seiner Suche sah Llian etwas Weißes unter einem umgestürzten Baumstamm am Rand der Lichtung. Es stellte sich als Hälfte des Gipsverbands heraus, den die Angreifer auf der Suche nach dem Spiegel grob der Länge nach entzweigeschlagen hatten. Llian trug ihn auf die Lichtung und setzte sich, den Gips auf den Knien.

Eine Welle der Verzweiflung spülte über ihn hinweg. Alles, was Karan zu dem machte, was sie war, hatte sich in nichts aufgelöst. Llian fuhr mit den Fingern die Konturen ihres Arms entlang, die sich in den Gips gedrückt hatten. Wie schlank ihr

Handgelenk war, wie klein und fein ihre Hand ... Oh, wie sehr er sie vermisste. *Oh, wie sehr er sie liebte!* Die Erkenntnis schockierte ihn. Er hatte noch nie so empfunden, nie! Warum war sie ihm genommen worden? Wo lag da die Gerechtigkeit?

Dort saß er also nun mit gesenktem Kopf. Der Nieselregen bildete kleine Tropfen in seinem Haar, die ihm langsam ins Gesicht liefen. Schließlich wandten sich seine Gedanken dem Spiegel zu. »Ich werde nicht darüber sprechen, vor allem heute Nacht nicht«, hatte sie gesagt. Schon da hatte Llian sich gefragt, was sie wohl damit meinte. Da hatte sie es bereits gewusst. Sie würde den Spiegel nicht einfach so hergeben. Wo hatte sie ihn versteckt, dass selbst die Aachim ihn nicht hatten finden können?

Llian bemerkte, dass er noch immer den halben Gipsarm auf den Knien hatte. Nein, so einfach konnte das nicht gewesen sein. Sie hatten unter dem Verband gesucht; das hatten sie beim Prozess gesagt. Und *in* dem Verband konnte Karan den Spiegel auch nicht versteckt haben, denn Llian hatte gesehen, wie Rael den Gips angerührt und aufgetragen hatte. Er wog den Gips in den Händen und schaute ihn sich genauer an. Der Schnitt war ausgefranst. Ein paar Tropfen Blut fanden sich darauf. Ihr Blut! Llian warf das befleckte Ding weg. Es schlug auf einen Stein und zerbarst, wodurch das Ende einer der hohlen Metallstangen zum Vorschein kam, welche als Schiene dienten. Das rief Llian wieder die ganze elende Angelegenheit in Shazmak ins Gedächtnis zurück. Er erinnerte sich daran, wie er Karans Zimmer durchsucht hatte und erwischt worden war ... Selbst jetzt noch trieb ihm allein der Gedanke daran schon die Schamesröte ins Gesicht.

Llian bückte sich und hob das Stück Gips wieder auf. Er brach den Gips vom Stab und rieb das Metall an der Hose ab, bis die wunderschön gearbeitete Oberfläche wieder sauber war. Dann fand er die andere Hälfte des Stabs, halb verborgen unter dem Laub. Gedankenverloren säuberte er auch diesen Stab und versuchte anschließend, die beiden Hälften wieder zusammenzuschrauben, doch es ging nicht. In einer von beiden steckte etwas. Llian holte es mit Hilfe eines Zweigs heraus. Es handelte sich um ein eng zusammengerolltes Blatt aus dunklem Metall. Es entrollte sich von selbst zu einer Größe, die der einer Buchseite entsprach, und zeigte eine reflektierende Oberfläche umgeben von einem schwarzen Rahmen. Sein schmutziges Gesicht umgeben von den zerzausten Haaren und mit einem Stoppelbart starrte Llian von der glänzenden Oberfläche aus an.

Staunend betrachtete Llian den Spiegel. Der Gedanke, dass man ihn zusammenrollen könnte, war ihm nie gekommen – warum auch? Sowohl er als auch Rael hatten von den Stäben gewusst, doch nachdem der Verband getrocknet war, hatten sie keinen Gedanken mehr daran verschwendet. Und die Whelm hatten überstürzt gesucht, und noch dazu im Dunkeln. Karan musste den Spiegel in die Stange gestopft haben, als Llian Rael geholt hatte, um ihr den Gips anzulegen.

Oh, wie verzweifelt er ihn hatte sehen wollen. Nun wollte er ihn jedoch nicht mehr – er gehörte ihm nicht. Dann kam er plötzlich wieder zu Sinnen. Was machte er hier eigentlich, mitten im Freien, den Spiegel offen in der Hand? Hier draußen konnte wer weiß wer sein, ihn beobachten und warten.

Llian unterdrückte das Verlangen, über die Schulter zu schauen, ließ den Spiegel in die Manteltasche gleiten, knöpfte sie zu und ermahnte sich, nicht zu vergessen, sie später zuzunähen, damit er nicht verloren gehen konnte. Schließlich warf er den Rest des Gipsverbands beiläufig wieder weg.

Wenn ich ein vorbeiziehender Vagabund oder ein verräterischer Freund wäre, würde ich das alles einfach nehmen, dachte er und überprüfte Karans restliche Besitztümer. *Na ja … so aussehen tue ich jedenfalls.* Er schnitt ein Stück ohne Blut aus der Decke, schnürte daraus ein Bündel für die Sachen und warf sich das Ganze mit einem Stück Seil über die Schulter.

Der Morgen neigte sich inzwischen seinem Ende zu. Wo waren sie langgegangen? Llian suchte stromabwärts und fand einen Stiefelabdruck. Weiter bergab, auf der anderen Seite des Pfads, gab es dann weitere Spuren, allesamt von schweren, mit Nägeln beschlagenen Stiefeln, breit und lang. Llian untersuchte sie aufmerksam. Eine Spur war besonders tief. Die anderen waren schwächer ausgeprägt – hier der Abdruck eines nagelbeschlagenen Absatzes, dort die Krümmung einer Sohle. Waren das Blutflecken auf dem Moos? Llian berührte einen der rostfarbenen Flecken mit der Fingerspitze und schnüffelte daran. Ja, das war Blut … aber wessen? Hoffnung keimte in ihm auf. Sie mussten sie am Leben gelassen haben, da sie den Spiegel ja nicht gefunden hatten.

Llian folgte dem Bachlauf in Richtung des Garr. Zweimal sah er noch andere Spuren, kleiner und leichter, was ihn verwunderte. Blut fand er jedoch keines mehr. Diese Spuren gehörten Maigraith und Faelamor, die Stunden zuvor hier gewesen waren, doch das wusste Llian natürlich nicht. Das Nieseln verwandelte sich in einen dunstigen Regen. Plötzlich wieherte ein Pferd unmittelbar vor Llian. Zwei Pferde waren an lange Stricke gebunden, die bereits ineinander verdreht waren. Ohne nachzudenken, schnitt Llian sie los und ging weiter.

Das zunächst sanft abfallende Tal wurde immer steiler und felsiger, der Bachlauf tiefer und schneller. Ranken wanden sich zwischen den großen Bäumen hindurch und an ihnen hinauf, während überall Farne wucherten und von den Ästen hingen. Die Luft war dick von Feuchtigkeit. Gegen Mittag hielt Llian an, um an einem Stück Schwarzbrot zu kauen, denn kaum hatte er einmal an Essen gedacht, da erkannte er, wie ausgehungert er war. Der Regen wurde immer heftiger.

Llian suchte den ganzen Tag. Kurz vor Sonnenuntergang war der Wald in einen grauen Nebel getaucht, und es waren keine Spuren mehr zu sehen. Je näher Llian dem Fluss kam, desto überwucherter wurde das Gelände, und er kam kaum noch tausend Schritt pro Stunde voran. Er wusste, dass er so gut wie keine Hoffnung mehr hatte, Karan zu finden. Sollte er bis zum Morgengrauen warten? Der Regen hatte die Spuren ohnehin verwischt. Aber sie mussten zum Fluss gegangen sein, wo vermutlich ein Boot auf sie wartete; ansonsten hätten sie den Pfad genommen.

Llian ging weiter. Er suchte sich einen Weg am Bachufer entlang, bis es gefährlich steil wurde. Schließlich war er gezwungen, sich vom Bach zu lösen und in den Wald auszuweichen. Weiter oben war das Gelände offener. Llian kam gut voran und erreichte bald ein steiles Stück gerodetes Land. Jenseits davon lag der Fluss, hinter einer Felswand von drei, vier Spannen Höhe. Llian marschierte flussaufwärts. Nach fünf Minuten Marsch fand er den Bach erneut und sah, wie das Wasser über den Fels in den Garr hinabstürzte. Der Regen hatte aufgehört, doch in dem trüben Sternenlicht waren keine Spuren zu sehen. Llian setzte sich auf einen Fels, um nachzudenken.

Warum hätten sie hier entlangkommen sollen, wenn kein Boot auf sie wartete? Und waren sie schon weg, oder wollten sie erst die Nacht abwarten? Llian rollte sich auf der feuchten Erde unter einem Busch zusammen und wartete.

Llian erwachte plötzlich aus einem unruhigen Schlaf. Das blasse Strahlen der Kette von Tychid schien durch das Laub der Wipfel. Llian wickelte sich aus seinem Mantel und spähte zwischen den Ranken hindurch, die seinen Lagerplatz vom Ufer abschirmten. Das Sternenlicht glitzerte auf jedem Blatt und Grashalm; es war fast hell genug zum Lesen.

Llian stand auf und schickte sich an, den Wald zu verlassen, als ihn ein dumpfer Schlag innehalten ließ: Das war das Geräusch, erkannte er, das ihn geweckt hatte. Dem Schlag folgte ein metallisches Klopfen, Metall auf Stein. Es war fern, klang, als käme es vom Fluss. Ohne nachzudenken, schlich Llian aus dem Wald und kroch auf dem Bauch zum Ufer. Dort versteckte er sich unter den Büschen am Rand und schaute hinunter.

Gut fünfzig Schritt entfernt war ein Boot vertäut. Es war lang und schmal mit einem vorstehenden Steven. Eine schattenhafte Gestalt, groß und kräftig, stand dort und schaute den Uferhang hinauf. Eine weitere Gestalt hatte gerade mit dem Aufstieg begonnen. Oben angelangt, kauerte sie sich auf die Kante, schaute hierhin und dorthin und huschte dann offensichtlich zufrieden in den Wald hinein. Wäre Llian nicht vom Bachlauf abgebogen, er wäre mitten in sie hineingelaufen. Er schlich wieder in den Wald zurück und kroch näher heran.

Als er nur noch wenige Schritte von der Stelle entfernt war, wo die Gestalt verschwunden war, wand er sich in einen wuchernden Busch mit langen, hängenden Blättern, die schwach nach Kampfer rochen. Er musste nicht lange warten. Zweige knirschten, und fünf große Gestalten traten aus dem Wald. Sie waren allesamt in dunkle Kapuzenmäntel gehüllt, die an der Hüfte von Gürteln zusammengehalten wurden. Erst kam einer, dann folgten zwei mit einer Bahre zwischen sich und noch einmal zwei mit einer ähnlichen Last.

Der Erste blieb am Waldrand stehen und schaute sich um; dann winkte er den anderen. Als sie an Llian vorbeigingen, fiel das Sternenlicht auf sie. Eine graue Haarsträhne fiel aus der Kapuze des Anführers. Llian sah eine Frau mittleren Alters mit kräftigem, scharfkantigem Gesicht und langem Kinn. Die Gesichter der anderen hingegen waren nicht klar zu sehen. Llians Blick wanderte zur ersten Bahre. Darauf lag ein Mann, ein Whelm mittleren Alters, groß und kräftig gebaut. Langes, dunkles Haar fiel über einen fleckigen Verband um seine Stirn. Auch seine Brust war verbunden und der Verband dunkel von Blut. Seine Augen waren geschlossen, und er war auf der Bahre festgebunden.

Auf der zweiten Bahre, gehüllt in ihren zerrissenen Mantel, mit nackten Füßen, das Haar zerzaust, die Augen weit geöffnet und auf Llians Versteck starrend, lag Karan. Auch sie war an die Bahre gebunden. Llian war vor Entsetzen wie gelähmt. Bevor sein träger Geist einen Rettungsplan ausarbeiten konnte, war die erste Bahre schon über die Kante zum Ufer hin verschwunden, und die große Frau trieb die Träger der zweiten an, ihr rasch zu folgen.

Llian riss sein Messer heraus und dachte einen verrückten Augenblick lang darüber nach, ihnen hinterherzustürzen; doch die Gelegenheit war schneller vorbei, als er sie erfassen konnte, und so kauerte er sich in ohnmächtiger Wut wieder in seinen Busch, als der letzte Whelm außer Sicht verschwand.

Geduckt huschte Llian über das offene Feld zu seinem ersten Aussichtspunkt zurück. Inzwischen lagen die beiden Bahren nebeneinander im Bug des Boots. Jeder der fünf Whelm nahm sich ein Ruder, während die Frau erst die Bug-, dann die Heckleine löste und sich ans Ruder setzte. Das Gefährt trieb in den Strom hinaus. Es fuhr unmittelbar unter Llian vorbei, und im Sternenlicht konnte er nun auch die Figur am Steven erkennen: einen Chacalot, ein gefräßiges Wasserreptil mit vor Zähnen starrendem Maul und gezacktem Schwanz. Ein letztes Mal sah Llian Karans starrende Augen; dann schlugen die Ruder ins Wasser, und das Boot schoss in die reißende Strömung hinaus und war kurz darauf in der Nacht verschwunden.

Später, viel später, rappelte Llian sich wieder auf. Die Kette von Tychid war hinter dem Wald versunken, und der Himmel wurde nur noch von einem hell leuchtenden Planeten erhellt, der sich im Osten, jenseits von Narne über den Horizont erhob. In dieser Richtung war der Himmel von Wolkenfetzen überzogen, von denen das Licht des strahlenden Himmelskörpers immer wieder gedämpft wurde. Wenn er klar zu sehen war, ließ er den Schaum auf den Wellenkronen funkeln, und sein Licht spiegelte sich auf den kleinen Wellen näher am Ufer, wo der Wind über das Wasser strich, der gerade aus Richtung Süden aufgekommen war. Verträumt schaute Llian auf die Szenerie, und die Selbstvorwürfe, die ihn geplagt hatten, wurden vom Wind davongetragen. Eine seltsame Gelassenheit überkam ihn, hervorgerufen durch die Akzeptanz des Geschehenen. Was hätte er auch tun können? Und wäre es umgekehrt gewesen, hätte sie dann mehr getan? Trost fand er in diesem Gedanken allerdings nicht.

Bei den Entführern handelte es sich ohne Zweifel um Whelm, doch nicht um die, die sie von Tullin aus verfolgt hatten. Wie hatten sie Karan so rasch gefunden? Jedenfalls nicht durch irgendeine Macht des Spiegels, sonst hätten sie auch ihn entdeckt.

Llian vermochte diese Fragen nicht zu beantworten. Mehrere Dinge waren jedoch sicher, sinnierte er und zählte sie an den Fingern ab. Erstens: Die Aachim waren in der Nähe. Zweitens: Die Whelm mussten darauf hoffen, ihre Gefangene versteckt halten zu können – jedenfalls bis sie den Spiegel gefunden hatten. Drittens: Llian hatte Spuren von sich beim Lager hinterlassen. Schon bald würden beide Parteien ihre Aufmerksamkeit auf ihn lenken. Er schauderte, versuchte, das Unvermeidliche zu verdrängen, doch es zwang sich ihm auf … Jetzt lag es an ihm. Er, allein, unbewaffnet und ohne irgendwelche Fähigkeiten, musste Karan befreien und sie fortschaffen. Aber wie? Er hatte nicht die Kraft, es mit ihnen aufzunehmen, und wo sollten sie sich verstecken? Der nächste sichere Ort war Thurkad, und das lag Tage, ja Wochen von hier entfernt, und der Weg führte durch Länder, die Llian kaum kannte.

Wo brachten sie sie hin? Fiz Gorgo war ebenfalls mehrere Wochen entfernt. Außerdem war die Gefangennahme des Diebs für Yggur sicher nur ein schwacher Trost; er wollte den Spiegel zurück, und zwar so schnell wie möglich. Da die Whelm den jedoch nicht hatten, würden sie nicht weiter als bis nach Narne fahren.

Llian suchte sich einen Weg im Dunkeln am Ufer entlang. Zuerst fiel ihm das Gehen leicht, in diesem welligen, gerodeten Land unmittelbar am Fluss. Dann stieß er auf eine Reihe steiler Kanäle, kahl und felsig oben und unten von einem nahezu undurchdringlichen feuchten Wald bedeckt. Nachdem er sich in zwei von ihnen hinein- und wieder hinausgekämpft hatte und als er nun einem dritten gegenüberstand, erkannte Llian, wie sinnlos das war. Die Nacht neigte sich ihrem Ende zu, und er war unglaublich müde. Der Weg war zu dunkel, zu steil und zu schlüpfrig, und Llian erinnerte sich daran, dass diese Kanäle sich fast den ganzen Weg bis zur Fähre erstreckten; das hatte er am vergangenen Morgen vom Hügelkamm aus gesehen.

Während er marschiert war, waren dicke Wolken von Süden herangezogen, und nun begann es wieder zu regnen. Plötzlich verlor Llian allen Willen weiterzugehen. Er wickelte sich in seinen Mantel, kauerte sich an die Steilwand des Kanals, kalt, nass und hundeelend, und döste unruhig bis zum Morgengrauen.

Beim Aufwachen sah Llian, dass er sich in einem Dickicht auf halbem Weg einen Kamm hinauf befand. Ein wenig früher hatte es heftig geregnet, doch der Regen hatte mit dem Morgengrauen nachgelassen und war einem feuchten Nebel gewichen, der vom Fluss aufstieg. Llian aß ein miserables Frühstück, stand auf und machte sich dann auf den Weg den Kamm hinauf. Der Kamm war steil und rutschig; dennoch fiel ihm das Gehen hier leichter als im Wald, und er erkannte, dass er diesem Kamm nur folgen musste, um schlussendlich auf den Weg zur Fähre zu stoßen.

Endlich ging die Sonne auf, doch der Nebel wurde nur noch dichter. Llian trottete weiter. Die Feuchtigkeit bildete kleine Tropfen in seinem Haar und den Augenbrauen und lief ihm schließlich übers Gesicht. Inzwischen war ihm die Nässe bis in die Knochen gedrungen. Sosehr er auch mit den Füßen stampfte und mit den Armen schlug, ihm wollte einfach nicht warm werden. Stunden später erreichte er einen schmalen Pfad. Dort stand er und zögerte, denn er wusste nicht, ob das nun der Weg nach Narne war oder nicht.

Langsam ging er weiter. Im Nebel konnte man dem Pfad nur schwer folgen, und Llian wich ständig von ihm ab. Einmal folgte er sogar für eine halbe Stunde einem Trampelpfad, der an einem moosbewachsenen Felsvorsprung endete. Überdies bereitete ihm inzwischen seine Fantasie Sorgen. Jede Gruppe von Büschen, die aus dem Nebel ragte, wurde zu einem Trupp des Feindes. Llian drehte sich um, und eine dunkle Gestalt stand schweigend neben ihm. Er sprang außer Reichweite, doch es war nur ein kleiner Baum, der einen Ast über den Pfad reckte.

Der Nebel wurde immer dichter, sodass Llian ab einem bestimmten Punkt nur noch ein, zwei Schritt weit sehen konnte. Schließlich bemerkte er, dass er wieder einmal den Pfad verlassen und keine Ahnung hatte, wo er war. Ihm kam ein Stück der *Geschichte von Larne* in den Sinn, jener Ballade, die von Verrat, dem Mord an Unschuldigen und der Prinzessin erzählte, die jenseits des Meeres ins Exil gehen musste. An einem Tag wie diesem, mit Nebel im Wald, hatte das Massaker stattgefunden. Ihm lief ein Schauder über den Rücken.

Llian begann, Geräusche zu hören: Rascheln wie von Wind in den Bäumen – nur dass kein Wind wehte. Hinter sich glaubte er, Schritte zu hören. Llian wirbelte herum und versuchte, den Nebel mit seinen Augen zu durchdringen. Es gab nichts zu sehen; dennoch hielt das Geräusch noch ein paar Sekunden lang an, bis es schließlich verhallte. Dann ertönte ein Stöhnen, ein tiefes, knarrendes Stöhnen wie von einem uralten Baum, der vom Sturm durchgerüttelt wird. War das wirklich nur seine Fantasie, oder versuchten sie, ihn dazu zu verleiten, seinen Standort preiszugeben?

Llian zwang sich, ruhig zu bleiben, und hielt nach einer Stelle Ausschau, wo er sich verstecken und nachdenken konnte. Erneut setzte der Regen ein, und das Laub unter seinen Füßen sonderte einen vollen, erdigen Geruch ab. Vor ihm ragte ein großer, alter Baum empor. Der Waldriese war schon lange tot und auf halber Höhe abgebrochen. Am Fuß war der Stamm aufgeplatzt und bildete einen Hohlraum, der von einem Busch geschützt wurde. Dankbar kroch Llian in den Hohlraum hinein. Es war eng dort drin und Heimat einer Vielzahl von krabbelndem Getier, aber es war auch trocken.

Llian aß ein wenig Brot und versuchte, einen Plan zu entwickeln. In diesem Nebel war es ihm unmöglich, den richtigen Weg zu finden. Trotzdem würden sie ihn inzwischen jagen. Wie hart das alles ohne Karan war; sie schien immer gewusst zu haben, was zu tun war. Llian war viel zu müde, um eine Entscheidung zu treffen; ja er konnte noch nicht einmal mehr denken. So döste er ein, wachte wieder auf, döste ein, wachte auf, und der Nebel blieb weiterhin dicht, während der Tag sich seinem Ende zuneigte.

Erst da dachte Llian an den Spiegel. Er hatte so lange von ihm geträumt und sich danach gesehnt, ihn anzuschauen, ihn zu berühren, und nun hatte er den ganzen Tag über vergessen in seiner Tasche gesteckt. Llian holte ihn heraus, starrte ihn im Zwielicht an und zeichnete die silbernen Glyphen auf dem Rahmen mit den Fingern nach. Das Symbol in der oberen rechten Ecke sah aus wie drei zusammengewachsene Sphären, umgeben von roten Halbmonden. Hatte das irgendeine Bedeutung? Solch ein edles Ding, so perfekt ... Enthielt der Spiegel die Antworten auf seine Fragen? Wenn er ihn doch nur zum Sprechen bringen könnte.

Llian berührte das Symbol auf unterschiedliche Art, doch nichts geschah. In den Historien waren viele Möglichkeiten verzeichnet, etwas zu öffnen, und Llian sprach alle Formeln, an die er sich erinnerte; aber der Spiegel zeigte nur sein Gesicht.

In dieser Nacht kam wieder Wind auf, und der Nebel lichtete sich. Kaum wurde es heller – es war der fünfte Tag seit ihrer Flucht durch die Tunnel –, machte Llian sich auf den Weg zur Fähre. Dort verbarg er sich zwischen den Bäumen und wartete.

Als die Sonne sich aus dem Nebel erhob, glitt die Fähre lautlos aus dem Zwielicht und spie ihre Passagiere an Land: Landarbeiter, Reisende, ein Hausierer und andere, die unschuldigen Geschäften nachzugehen schienen. Die Arbeiter schulterten ihre Werkzeuge und machten sich sofort auf den Weg. Die anderen warteten am Landungssteg, während Kisten, Taschen, Truhen und andere Gepäckstücke ausgeladen wurden. Dann drängte die Gruppe, die an Land gewartet hatte, an Bord, doch nur um von einem Fährmann zurückgewiesen zu werden, der breitbeinig auf der Planke stand. Schließlich war die Ordnung wiederhergestellt, und die Passagiere konnten aufs Boot.

In diesem Augenblick bemerkte Llian einen großen, schlanken Kerl mit scharfkantigem Gesicht neben der Fähre, der alles beobachtete. Schließlich waren alle an Bord; die Planke wurde eingeholt, und die Fähre glitt davon. Der Beobachter stand am Steg, bis das Boot in dem Nebel verschwunden war, der nach wie vor in der Mitte des Flusses hing. Dann ging er langsam ans Ufer zurück und schaute sich gelassen um.

Llian zog sich weiter in seine Deckung zurück. Mehrere Stunden vergingen. Dann und wann ging der Beobachter ein Stück den Pfad hinauf, erst flussaufwärts, dann flussabwärts, kehrte aber immer wieder auf seinen Posten zurück. Nach dem letzten dieser Ausflüge kam er zurückgerannt und schlüpfte flussabwärts zwischen die Bäume am Pfad. Die nächste Fähre kam.

Der Späher kam an Llian vorüber. Llian griff nach unten und schnappte sich einen knorrigen, alten Ast. Ein Raunen kam von der Straße. Mehrere Gruppen von Menschen kamen den Pfad hinunter.

Llian nutzte den Augenblick, nahm einen dünnen, trockenen Zweig und brach ihn mit lautem Knacken entzwei. Der Mann wirbelte herum, schaute sich um und blickte schließlich zu den Leuten, die in Richtung Fähre marschierten. Llian warf den zerbrochenen Zweig, sodass er mit leisem Rascheln ein paar Schritt neben dem Späher landete – das war der älteste Trick der Welt, aber der Kerl fiel darauf herein. Mit dem Dolch in der Hand schlich er in Richtung des Geräuschs. Llian konnte ihn atmen hören. Den Gesichtszügen nach hätte er einer der Träger von vergangener Nacht sein können.

Der Mann teilte das Gebüsch neben Llian mit dem Messer. Llian packte seinen Ast, zögerte, und dann streckte der Späher die Hand nach dem Busch aus, der sie voneinander trennte. Plötzlich ertönte ein Ruf von der Landestelle, und schnelle Schritte eilten herbei. Die Fähre war angekommen. Der Späher ließ seinen Dolch wieder in die Scheide gleiten und wandte sich ab.

Jetzt!, dachte Llian. Er schlüpfte aus dem Busch und versetzte dem Mann mit dem Ast einen unbeholfenen Schlag auf die Schläfe. Der Mann fiel auf alle viere und versuchte, sich wieder aufzurappeln, doch Llian sprang ihm auf den Rücken und schlug ihn nieder. Er band den Späher mit Streifen, die er aus dessen Hemd geschnitten hatte, knebelte ihn mit einem Stück Stoff, warf seine Waffen und Geld in den Fluss und rannte in dem Augenblick zur Fähre, als diese gerade ablegte. Llian bezahlte das Fährgeld, setzte sich aufs Deck, senkte den Kopf und zog die Kapuze ins Gesicht.

Die Fahrt von gut einer Meile über den großen Fluss dauerte fast eine Stunde, während die Fähre sich langsam an ihrem Führungskabel entlangzog. Auf der anderen Seite angekommen, ging Llian ohne große Eile inmitten der anderen Passagiere über den Landungssteg und nach Narne hinein.

Narne war die größte Stadt in diesem Gebiet und ein wichtiger Handelsknoten. Vielleicht zehntausend Menschen lebten hier, doch in der Vergangenheit war der Ort sogar noch größer gewesen, wovon viele leerstehende und verfallene Gebäude zeugten. Das Ufer war mir Landungsstegen, Werften und Lagerhäusern gespickt. Im Zentrum der Stadt befand sich ein ovaler Park mit großen, alten Bäumen und einem moosbedeckten Tempel in der Mitte. Die um den Park herum stehenden alten öffentlichen Gebäude bestanden aus Stein, doch jenseits dieses wohlstrukturierten Zentrums war von Planung nichts mehr zu sehen. Rasch degenerierte Narne zu einem Wust von schmalen, ungepflasterten Straßen, an denen sich hohe, hölzerne Wohnhäuser drängten, durchsetzt mit Ruinen.

Llian hielt sich an den schmutzigen Stadtteil am Ufer und suchte sich eine Herberge. Er bezahlte extra für ein Zimmer ganz für sich allein, extra für heißes Wasser und lag im Bad, bis der Dreck der vergangenen Tage abgewaschen war. Dann verbarrikadierte er die Tür und schlief bis zum Einbruch der Dunkelheit.

Den Abend verbrachte er in den Tavernen von Narne. Vorsichtig lauschte er den Gesprächen der Trinker und stellte gelegentlich eine indirekte Frage, doch er erfuhr nichts. Es war jedoch klar, dass er nicht der Einzige war, der in Narne Fragen stellte. Die Leute sprachen von neugierigen Fremden, bei denen es sich nur um Aachim handeln konnte, und Llian erkannte, wie auffällig er war mit seinem zotteligen braunen Haar inmitten dieses Volks mit seinen kurzgeschorenen schwarzen Haaren. Als die Blicke des Stadtvolks schließlich unfreundlich wurden, ging Llian in die Nacht hinaus und schlenderte zum Ufer. Er war nicht zum Spion geboren, also würde er sich eine andere Möglichkeit suchen müssen, um an Informationen zu gelangen.

Am Fluss wandte Llian sich nach rechts und ging langsam flussabwärts. Neben dem Fährsteg ragten mehrere Landungsbrücken in den Fluss hinaus. Das Holz, aus dem sie bestanden, war teerverschmiert, teilweise schon verrottet und von Algen und Muscheln überzogen. Die Lagerhäuser waren wie die meisten Gebäude in Narne rechteckige Gebilde, gebaut aus unbemalten Brettern. Die meisten standen auf Pfählen, sodass sie über die Flutmarke ragten. Die Dächer waren mit Schindeln gedeckt. Am Ufer war es ruhig außer im zweiten Lagerhaus von Llian aus gesehen, wo eine Gruppe von Arbeitern einen großen Ballen von einem Stapel auf einen Karren wuchtete.

Llian blieb eine Weile vor dem offenen Tor stehen und beobachtete die Arbeiter. Der Ballen war groß und schwer, und im entscheidenden Augenblick glitt er einem der Arbeiter aus der Hand. Der Ballen fiel zu Boden, platzte wie eine Ziegenblase, und Rohwolle ergoss sich über den Boden und die Arbeiter. Ein Aufseher riss seine Laterne aus dem Weg und verfluchte lautstark den ungeschickten Arbeiter. Llian zog sich rasch vom Tor zurück, als hätte er Angst, man könne ihm die Schuld an dem Vorfall geben.

Hinter dem letzten Lagerhaus befand sich eine Ansammlung schmuddeliger Holzhütten; kleine Boote lagen am Ufer neben ihnen. Llian schaute sich die Boote genau an und ging dann wieder auf dem Weg zurück, den er gekommen war. An dem Wolllager hatte man die Unordnung inzwischen beseitigt, und die Arbeiter waren mit einem weiteren Ballen beschäftigt. Jenseits des Fähranlegers erstreckten sich Lagerhäuser noch einmal so weit in die andere Richtung. Llian kam an eine Reihe von Hellingen. An der letzten zog gerade ein Mann mit Hilfe einer Winde ein Boot an Land, ähnlich dem, das Llian in der Nacht zuvor gesehen hatte. Weitere Boote lagen an Bug und Heck vertäut im Fluss.

Llian ging an dem Anlegeplatz entlang, dann langsam wieder zurück und schaute sich jedes einzelne Boot genau an. Das Gefährt, das er suchte, fand er jedoch nicht. So wandte er sich wieder flussaufwärts, und dort war er, nahe dem Ende der Reihe und teilweise unter einer Leinwand verborgen: der Steven mit dem Chacalot. Llian starrte das Boot an. Er war sicher, das richtige gefunden zu haben, und er fragte sich, was er nun tun sollte.

Plötzlich knurrte eine Stimme hinter ihm: »Was schleichst du da um mein Boot herum, äh?«

Llian drehte sich um. Der Sprecher war ein fülliger Mann mit nasaler Stimme. Sein Gesicht war im Dunkeln verborgen. Llian hatte seine Geschichte schon parat.

»Mein Name ist Garntor«, sagte er kühn. Das war der Familienname seiner Großmutter. »Ich suche nach einer Freundin, einer jungen Frau mit rotem Haar. Vor einer Nacht habe ich sie in deinem Boot gesehen. Weißt du, wo sie ist?« Und dann fügte er leise hinzu: »Natürlich werde ich dich für deine Hilfe gut bezahlen.«

Der Mann wich einen Schritt zurück, und das Licht einer Straßenlampe fiel auf sein unrasiertes Gesicht. Er wirkte erstaunt.

»Ich habe keine Ahnung, wovon du redest«, murmelte er. Sein Akzent ließ alles, was er sagte, wie ein Jammern klingen. »Das Boot hat die ganze letzte Woche hier gelegen. Es gab halt keine Arbeit für mich. Meine Kinder hungern!«

Im Gegensatz zu dir, du fettes Schwein, dachte Llian. »Schau«, sagte er. »Ich will keinen Ärger. Ich will nur meine Freundin finden. Ich zahle gut«, wiederholte er und klimperte mit den Münzen in seiner Tasche.

Angst und Geldgier kämpften miteinander auf dem Gesicht des Mannes. Die Gier gewann. »Sie haben mir kaum etwas bezahlt«, jammerte er. »Sie haben mir viel versprochen, aber nichts gezahlt. Ein paar Kupferstücke, das war alles – und dann haben sie mein Boot für zwei Nächte genommen. Und da erwarten sie noch von mir, dass ich den Mund halte, äh!«

Llian empfand die Angewohnheit des Mannes, seine Sätze mit einem nasalen ›äh‹ zu beenden, als äußerst irritierend, aber er lächelte nur und klimperte noch einmal mit den Münzen. Der Mann leckte sich die Lippen.

»Ich gebe dir einen Silbertar, wenn du mir sagst, wer das Boot geheuert hat und wo ich sie finden kann«, sagte Llian.

Die Augen des Mannes funkelten im Lampenlicht. Erneut leckte er sich über die Lippen und sagte: »Das ist nicht genug. Sie werden mich suchen kommen. Werde wohl weggehen müssen, äh. Fünf Silbertar und kein Kupfer weniger.«

Llian runzelte die Stirn, wandte sich ab und tat so, als würde er das Geld in seiner Tasche abzählen. Schließlich drehte er sich wieder um.

»Drei Silbertar und ein Kupfer – das ist alles, was ich habe.«

Der Mann streckte die Hand aus, doch Llian wich einen Schritt zurück. »Erst die Geschichte.«

Der Mann packte Llian an der Schulter und zischte: »Nicht hier draußen. Komm hinter das Boot.« Llian schob die verdreckte Hand beiseite, rührte sich aber nicht.

»Da kommt niemand. Erzähl es mir hier.«

Der Mann regte sich mehr und mehr auf. »Nicht hier. Behalt deine Tar!«, sagte er und wandte sich ab.

»Also gut«, sagte Llian und ließ sich widerwillig hinter das Boot ziehen. Dort war es deutlich dunkler.

»Sie waren zu siebt«, begann der Mann. »Zwei Frauen und fünf Männer. Die große Frau war die Anführerin, äh! ›Ich will dein Boot‹, hat sie gesagt. ›Für eine, vielleicht zwei Nächte. Ich zahle gut. Niemand darf davon erfahren, und du darfst dich uns nicht nähern‹.«

»Wann war das?«, fragte Llian.

»Sie sind vor drei Nächten in großer Eile in die Stadt geritten. Alle sieben stiegen ins Boot. Kurz vor Sonnenaufgang kamen sie wieder zurück, aber nur die Anführerin und zwei andere. Sie waren flussaufwärts gewesen. Vorletzte Nacht haben sie um acht Uhr wieder abgelegt. Eine ziemlich harte Fahrt für nur zwei Ruderer, äh! Nach Mitternacht sind sie dann zurückgekommen – vielleicht gegen drei Uhr morgens. Diesmal waren es sechs, und einer lag auf einer Bahre. Und da war auch ein Mädchen mit rotem Haar. Sie sah tot aus. Jaja, vor dem alten Pender konnten sie das nicht verbergen. Du bist zu spät ... Inzwischen fressen bestimmt schon die Würmer an ihr, äh! Eine Schande ist das.«

Pender streckte die Hand aus. »So! Das ist drei Tar wert.«

»Wo haben sie sie hingebracht?«, verlangte Llian kalt zu wissen und ignorierte die Hand.

»Weiß ich nicht«, murmelte Pender.

»Natürlich weißt du das«, widersprach Llian ihm und folgte damit seiner Intuition. »Du bist ihnen gefolgt. Und für jemanden, der so klug ist wie du, war es sicherlich leicht, ihnen zu folgen. Sie haben das Mädchen irgendwo in die Nähe gebracht, nicht wahr?«

»Nicht in die Nähe«, sagte Pender und hielt dann nervös inne. »Nun, natürlich bin ich ihnen gefolgt. Ich musste doch schließlich wissen, was sie vorhatten«, fuhr er missmutig fort. »Sie haben sie zu einem großen Haus in der Altstadt gebracht, das dritte vom Ende der Müllerstraße aus. Es hat ein Türmchen vorne, das einzustürzen droht. Mehr weiß ich nicht. Jetzt gib mir mein Geld«, forderte er mürrisch.

Llian zählte Pender drei Silbertar und zwei Kupfer in die Hand. Pender ließ das Geld in seiner Gesäßtasche verschwinden und watschelte davon. Llian schaute ihm hinterher; er war nicht sicher, ob er das Richtige getan hatte. Er zog sein Messer. »Pender!«, rief er. Widerwillig kehrte Pender wieder zurück.

»Ich kann mich doch darauf verlassen, dass du Schweigen bewahren wirst, nicht wahr?«, sagte Llian und hielt das Messer in die Höhe, sodass das Licht sich auf der Klinge spiegelte. Pender erstarrte. Llian trat vor und packte ihn am Hemd. Pender wand sich, und Nähte platzten. »Sie hast du bereits verraten. Nenn mir einen guten Grund, warum du es mit mir nicht genauso halten wirst.«

Penders Augen schienen aus den Höhlen zu quellen. »Ihr erwürgt mich, Herr«, gurgelte er. »Ich weiß, wie übel ich aussehe, aber wenn man mich bezahlt, dann halte ich mich auch an die Vereinbarung. Diese Frau ... sie hat mich noch immer nicht bezahlt. Ich schulde ihr gar nichts.«

Nachdenklich schaute Llian Pender an. »Ich denke, ich kann dir vertrauen«, sagte er. »Beweise es, und du sollst noch einmal fünf Tar bekommen. Aber wenn du mich verrätst, dann werde ich dich töten und deine Frau und deine Kinder in den Fluss werfen.«

Der Mann schaute so elend drein, dass Llian seine Drohung schon fast wieder bedauerte. »Herr, Herr«, weinte Pender.

»Vertraut mir. Behaltet Eure Tar; lasst uns nur in Ruhe. Narne ist ein grausamer Ort für Fremde. Vertraut mir, äh! Ihr habt mich gut bezahlt. Ich werde Euch nicht verraten.«

»Nun gut«, sagte Llian. »Vergiss das aber nicht. Und jetzt mach, dass du fortkommst.«

Pender verschwand in der Dunkelheit. Llian blieb noch einen Moment stehen und folgte ihm dann. In der Nähe fiel eine Tür mit lautem Knall ins Schloss. Llian schlich über einen Hof. Der Hof war leer mit Ausnahme eines alten Baums und ein paar Blumen neben der Stufe, die zum Eingang des kleinen Hauses dahinter führte. Das gelbe Licht einer Öllampe schien durch ein kleines Fenster. Im Inneren sah Llian einen schäbig eingerichteten Raum. Der fette Mann saß mit hängendem Kopf auf dem Bett, während zwei Kinder sich an eine kleine Frau mit dunklem Haar klammerten. Von Schuldgefühlen geplagt, wandte Llian sich ab und dachte: *Was hätte ich anders tun sollen? Pender sah nicht gerade so aus, als hätte man ihm vertrauen können. Trotzdem ... Ich glaube, wenn er mir bei Tageslicht begegnet wäre, wäre er nicht so verängstigt gewesen.*

Kapitel vierzehn

Maigraith' Geschichte

Maigraith schaute Faelamor hinterher, bis diese im Wald verschwunden war; dann setzte sie ihren Weg den Bach hinunter fort. Es war mitten am Morgen, und sie hatten bereits für mehr als zwei Stunden gesucht, doch ohne Erfolg. Nun begann es zu regnen – ein Nieseln zuerst, aber genug, um Maigraith zu behindern. Es war schon Ewigkeiten her, seit sie die letzten Spuren gesehen hatte, und das war weit bachaufwärts gewesen. Vielleicht waren sie dem Bachlauf ja nicht weiter gefolgt – tatsächlich konnten sie in alle möglichen Richtungen gegangen sein. Maigraith war hundemüde. Auch wenn ihre Flucht aus Fiz Gorgo schon über einen Monat zurücklag, hatte sie sich noch immer nicht vollständig erholt. Wie hätte sie auch? Immer weiter, nie genug Schlaf, Angst vor dem, was hinter ihr lag und vor ihr liegen könnte ...

Maigraith lehnte sich an einen Baum. Die raue Rinde drückte in ihre Schulter, während sie versuchte nachzudenken. Vermutlich waren sie nach Narne unterwegs, aber sie konnten jeden möglichen Weg dorthin genommen haben. Wie also sollte sie sie finden, wenn nicht durch Zufall? Sie waren stark – vielleicht marschierten sie sogar offen. Am besten sollte sie auf direktem Weg dorthin marschieren und das Flussufer im Auge behalten.

Maigraith wandte sich vom Bach ab und machte sich auf den Weg durch den Wald zur Fähre. Hätte sie ein wenig getrödelt, wäre sie auf Llian getroffen, als dieser dem Bach in Richtung Garr folgte. Dann wäre die Zukunft der Drei Welten vielleicht eine völlig andere gewesen, doch verpassten sie einander um eine knappe halbe Stunde. Maigraith schalt sich selbst, weil sie Faelamor abgewiesen hatte. Die Konfrontation, die schon so lange gedroht hatte, hatte Maigraith zunächst in ein Hochgefühl versetzt; doch das war rasch wieder verflogen, und der bittere Geschmack von vernachlässigter Pflicht war zurückgeblieben.

Plötzlich fielen Maigraith die Pferde wieder ein. Sie machte sich auf den Weg zu der Stelle, wo sie die Tiere zurückgelassen hatten, doch die Seile waren durchschnitten und die Pferde weg. Maigraith machte wieder kehrt und kämpfte sich durch den Wald zwischen Fluss und Pfad. Das war ein langer, ermüdender Marsch im Regen, und es war fast dunkel, als sie schließlich die Anlegestelle erreichte, doch dieses eine Mal hatte ihr Glück Bestand: Die Fähre lag noch immer am Ufer.

Als sie näher kam, sah sie auch den Grund für die Verzögerung. Eines der schweren Eisenräder, über die das Führungskabel lief, war gebrochen. Offensichtlich war das nichts Ungewöhnliches, denn die Fährleute hatten es bereits abmontiert und durch eines aus ihren Vorräten ersetzt. Nun kämpften sie mit Hebeln gegen die Spannung des Kabels, um es wieder aufs Rad zu legen. Mehrmals hatten sie es fast geschafft. Das Kabel war schon fast über den Rand. Unbeholfen arbeiteten die Männer im Halbdunkel; Regen zischte auf heißen Lampen, und dann rutschte ein Hebel durch kalte Finger; das Kabel flog zurück, und die Arbeiter sprangen erschrocken beiseite.

Zu guter Letzt zwangen sie es jedoch wieder in Position; die Männer gingen auf ihre Posten, und die Fähre glitt wieder langsam in die Strömung hinaus.

Das neue Rad hatte jedoch offenbar eine Unwucht, denn das Kabel verfing sich immer wieder und verkantete sich schließlich mit lautem Knirschen. Die Fähre wurde langsamer, bis sich das Rad mit einem Übelkeit erregenden Krachen wieder drehte. Als die Fähre die Mitte der Strömung erreichte, wurde das Dollbord so weit heruntergedrückt, dass ein Stück Treibholz ausgereicht hätte, das Fährdeck unter Wasser zu kippen. Maigraith schaute sich das Gerät an, und obwohl sie schon zuvor mit der Fähre gefahren war, versetzte es sie in Erstaunen, dass der Mechanismus nicht einfach brach und das Boot mitsamt seinen Passagieren in den Tod stürzte.

Die Winde knarrte, und das Kabel quälte sich über die Rolle. Dunkles Wasser strömte am Boot vorbei, und schließlich ließ die Strömung wieder nach, und die Anlegestelle von Narne kam in Sicht. Straßenlampen leuchteten auf die feuchten Planken. Dankbar stieg Maigraith von Bord und ging in die Stadt hinein.

Nach kurzem Suchen fand sie einen ungehinderten Aussichtspunkt: eine offene Fläche auf dem Dach eines verfallenen Lagerhauses, von wo aus sie das gesamte Stadtufer überblicken konnte, auch wenn die Straßenlaternen kaum genug Licht abgaben. Doch obwohl Maigraith die ganze Nacht auf ihrem Posten blieb, sah sie nichts, denn die Whelm hatten Penders Boot fast zwei Meilen flussaufwärts vor Narne versteckt, sodass es selbst bei Tageslicht nicht zu sehen gewesen wäre.

Auch den ganzen nächsten Tag über hielt Maigraith Ausschau, bis sie schließlich keine Wache mehr halten konnte, denn inzwischen hatte sie seit drei Nächten nicht mehr geschlafen. Sie schloss die Augen, döste im Sitzen ein und wachte erst am nächsten Tag wieder auf. Sicher, Karan und die Whelm in der Nacht verpasst zu haben, rannte Maigraith vom Dach herunter und zur Fähre. Sie befragte jeden Passagier und jeden Arbeiter am Ufer, doch niemand konnte ihr weiterhelfen. Allmählich begann sie, daran zu zweifeln, dass Karan je in Narne gewesen war, und was die Whelm betraf, so waren die zwar mit Sicherheit hier gewesen, doch Maigraith fand niemanden, der über sie sprechen wollte.

Maigraith blieb noch einen weiteren Tag in der Stadt, bis sie schließlich fürchtete, dass Karan schon weit weg sein könnte. So setzte sie wieder über den Garr und ging auf dem westlichen Weg bis nach Gilte, einen Tagesmarsch flussabwärts. Sie befragte jeden, den sie traf, doch erst als sie wieder zurückkehrte, erhielt sie Informationen, allerdings eher verwirrende Fetzen.

Als sie mit wunden Füßen und hundemüde wieder zur Fähre trottete, traf sie auf eine Gruppe von Landarbeitern, die auf einem Feld neben dem Weg Unkraut jäteten. Maigraith beugte sich über die niedrige Hecke und rief einen der Arbeiter zu sich, einen hageren, alten Mann. Seine ledrigen Arme und Beine waren nackt und die Hände zerfurcht und schwielig, die Gelenke geschwollen und verdreht. Er schaute Maigraith unter der Krempe seines Strohhuts hervor an; seine Augen waren feucht, aber scharf.

»Ich suche nach einer jungen Frau«, sagte Maigraith zum wohl hundertsten Mal. »Sie hat lockiges rotes Haar und grüne Augen, und sie ist ungefähr so groß.«

»Kann nicht sagen, dass ich sie gesehen hätte, Mädchen«, sagte der alte Mann und lehnte sich auf seine Hacke. Aufmerksam musterte er Maigraith und fügte dann hinzu: »Allerdings bist du nicht die Erste, die danach fragt.«

Endlich, dachte Maigraith. »Und wer hat dich sonst noch nach ihr gefragt?«

»Nun, *mich* hat niemand gefragt; aber ein junger Kerl hat mit Creeny da drüben gesprochen.«

Der alte Mann hatte eine komische Art zu reden. Nach jedem Satz hielt er kurz inne, als würde er nachdenken, bevor er langsam und deutlich weitersprach, als genieße er jedes einzelne Wort.

»Hat ihm natürlich nichts genutzt. Creeny ist nicht ganz richtig im Kopf und auch nicht gerade der Hellste.«

Maigraith schaute zu dem Mann, auf den der Alte wies. Es war ein großer, schlaksiger Kerl, der irgendwie sprunghaft hackte.

»Es ist wohl gar nicht mal so schlecht, so zu sein, wenn man bedenkt, was auf uns zukommt. Aber ich bin mit ihm gegangen und habe alles gehört. Das war schon seltsam. Wir waren gerade mit der Fähre gekommen, und der Kerl kam den Hügel heruntergerannt, als wolle er sich den Hals brechen. Dann hat er Creeny gefragt. Wir hatten sie aber nicht gesehen. Lass mich nachdenken …« Das tat er dann auch einen Moment. »Das muss vor sechs Tagen gewesen sein, und zwar früh am Morgen, denn wir hatten die erste Fähre genommen.«

Maigraith rechnete nach. Falls der Landarbeiter Recht hatte, dann war das genau an dem Morgen gewesen, als sie und Faelamor das Lager gefunden hatten – tatsächlich sogar fast zur selben Zeit. Der alte Mann sprach weiter und beantwortete Maigraith' Frage, bevor sie sie hatte stellen können.

»Es war ein ziemlich junger Kerl, jaja. Ungefähr so groß wie du oder ein wenig größer. Glattes braunes Haar, lang. Das ist hier in der Gegend ungewöhnlich. Und braune Augen. Auch hatte er sich eine Weile nicht rasiert. Ziemlich nervös war er, und er hatte eine seltsame Stimme … Also ich würde sagen, er hat eine Ausbildung als Geschichtenerzähler.« Er bemerkte Maigraith' starren Blick. »Ich bin viel gereist, bevor ich hier gelandet bin, weißt du? Ich habe schon gehört, wie die Historien erzählt werden.«

Nachdenklich stand er noch eine Weile da; dann machte er sich langsam wieder ans Unkrautjäten.

Maigraith winkte ihm dankbar zu, doch er blickte noch nicht einmal auf. Sie kehrte wieder auf die Straße zurück und ging weiter in Richtung Fähre. Wer war dieser Mann, der Karan so verzweifelt suchte? *Ich habe ihn selbst gesehen*, erkannte Maigraith. *Zweimal habe ich ihn in Narne gesehen. Das war am zweiten Morgen nach meiner Ankunft. Er ist von der Fähre gekommen. Er ist mir sofort aufgefallen, denn die Leute von Narne – eigentlich die Leute in der ganzen Gegend hier – haben größtenteils schwarzes Haar, das sie kurzgeschnitten tragen. Dann habe ich ihn wieder in der darauffolgenden Nacht gesehen. Er ging am Ufer hin und her. Aber das war nicht sonderlich auffällig. Hat er sie gefunden?*

Maigraith eilte nach Narne zurück, doch die Spur war kalt, und obwohl sie mehrere Tage dort verbrachte, erfuhr sie nichts. Am nächsten Morgen nahm sie wieder die Fähre, bog auf den nördlichen Pfad und erreichte kurz nach Mittag die Lichtung, auf der Karan vor so vielen Tagen gelagert hatte.

Der Platz war verlassen und zertrampelt, und es war offensichtlich, dass hier Menschen gekämpft hatten und gestorben waren, denn überall lagen Pfeile, und zerbrochene Waffen verrosteten unter dem Laub. Auf der Westseite der Lichtung befanden sich fünf sorgfältig angelegte Gräber. Ein Stück in den Wald hinein stieß Maigraith auf zwei weitere; der Gestank hatte sie verraten. Anders als bei jenen auf der Lichtung hatte man hier einfach Erde auf die Toten geworfen, und eine Leiche war bereits wieder zu sehen. Maigraith ging hinüber, um sie sich genauer anzusehen, doch sie kam nicht näher heran: Der Gestank war derart überwältigend, dass es ihr den Magen umdrehte. Aasfresser hatten sich bereits an der Leiche gütlich getan, die bei Maigraith' Näherkommen auch nur ein Stück zurückwichen. Allerdings war noch genug von dem Toten übrig, um ihn als Whelm identifizieren zu können.

Maigraith wandte sich ab und eilte zum Lagerplatz zurück. Dort gab es nur wenig zu sehen. Karans sämtliche Besitztümer waren weg, abgesehen von den zerbrochenen und nutzlosen – ein Stück einer blutigen Decke, Stofffetzen des Zelts. Selbst die kaputten Stiefel waren mitgenommen worden. Die Lichtung hatte eine kalte, bittere Aura, und die Bäume um sie herum schienen sich zurückgezogen zu haben, als seien sie von dem entsetzt, was hier geschehen war.

Der Spiegel hat sie alle hierher gebracht, dachte Maigraith. *Auch als Karan schon weg war, haben sie hier immer noch um ihn gekämpft und sind sinnlos gestorben.* Und wem gehörten diese anderen Gräber, fragte sie sich, die man so sorgfältig am Rand der Lichtung angelegt hatte, so vollkommen anders als die eilig angelegte Ruhestätte der beiden Whelm? Doch allein die Vorstellung, eines von ihnen mit bloßen Händen zu öffnen, war unerträglich für sie.

Eine weitere Stelle erregte Maigraith' Aufmerksamkeit. Das Gras war dort von vielen Füßen in den Schlamm getreten, und als sie darüberging, sah sie etwas Weißes im Laub liegen. Es waren Gipsstücke von einem Verband. Sie waren weich, lösten sich langsam auf und zerbröselten im Regen. In der Nähe lagen zwei hohle Metallstäbe.

Maigraith hob einen der Stäbe auf und strich mit dem Finger über das fein ziselierte Metall. Sie bekam eine Gänsehaut, und kurz sah sie einen anderen edel bearbeiteten Zylinder vor ihrem geistigen Auge: den Zylinder, aus dem sie den Spiegel gezogen hatte, in Yggurs Bibliothek, in Fiz Gorgo. Der Spiegel war vor noch nicht allzu langer Zeit hier gewesen. Der Stab war nur ein Stück Metall, aber nichtsdestotrotz auch ein Kunstwerk, und so steckte sie ihn in die Tasche ihres Mantels. Der andere Stab hingegen war ein mattes, lebloses Ding, und Maigraith ließ ihn liegen.

Maigraith ging zu der Stelle hinüber, wo Karans Zelt gestanden hatte, und setzte sich auf den Stamm, den Karan dorthin gezogen hatte, um sich ans Feuer setzen zu können. Dort blieb Maigraith den Rest des Nachmittags, beseelt von einer lethargischen Melancholie. All ihre Arbeit und all ihr Streben waren umsonst gewesen. Sie hatte gegenüber Faelamor versagt, und die Whelm hatten Karan, aus deren Klauen Maigraith sie nicht mehr befreien konnte. Und nun war auch noch der Spiegel verschwunden, obwohl Karan alles getan hatte, um das zu verhindern. Höchstwahrscheinlich hatten die Whelm ihr sein Versteck unter Folter entlockt. Und wo war Faelamor?

Maigraith hatte Faelamor nie geliebt; dennoch sehnte sie sich nach Bestätigung von ihr, denn sie hatte niemand anderen. Ihre Pflicht war es zu dienen, doch sie hatte Faelamor zurückgewiesen, und nun hatte sie gar nichts mehr. Und sie war auch von Yggur weggegangen; ein weiterer Teil ihres Lebens hatte geendet, bevor er begonnen hatte.

Als das Licht schwächer wurde, setzte leichter Regen ein. Dann kam Wind auf, trieb Maigraith den Regen ins Gesicht und schlug die Äste der Bäume gegeneinander. Und es regnete auch in Maigraith' Herz, nur dass der Regen dort noch kälter und einsamer war, und schließlich spülte er ihren Mut hinfort und ließ sie öd zurück.

Inzwischen war es dunkel geworden, und obwohl Maigraith innerlich leer war, drang ihr die Kälte durch und durch. Mechanisch stand sie auf und holte den feinen, starken Ölmantel aus ihrem Rucksack, den Faelamor ihr in Preddle gekauft hatte. Sie breitete ihn aus, band ein Gerüst aus Ästen zusammen und baute sich so einen Unterstand. Dann kroch Maigraith hinein, kauerte sich zusammen und starrte in die Dunkelheit und den Regen hinaus. Sie holte etwas aus ihrem Proviantsack und aß. Was das war, bemerkte sie nicht, und es war ihr auch egal.

Die Nacht verging langsam, und schließlich dämpfte die Müdigkeit Maigraith' Elend, ihren Selbstekel und selbst ihre Schuld, und sie schlief ein, auch wenn dieser Schlaf kaum erholsamer war als das Wachsein. Denn die ganze Nacht hindurch schaute sie im Traum ohnmächtig zu, wie ihre Gefährten von Phantomen gejagt wurden, den Leichen der Whelm mit weggefressenen Gesichtern und Gliedmaßen, und alles, was sie tat, führte nur noch zu größeren Qualen.

Schließlich kam der Morgen und mit ihm ein ruhiger, sanfter Schlaf. Maigraith lag dort, badete in der Morgensonne, warm und friedvoll, und im Traum strich ihr eine kühle Hand über die Stirn. Sie war so entspannt wie schon seit Monaten nicht mehr. Nichts bereitete ihr Kopfzerbrechen, und all ihre Sorgen schwanden dahin. Lächelnd wachte sie auf, und die Sonne fiel schräg in ihren Unterstand und schien ihr warm aufs Gesicht.

Maigraith gähnte, reckte sich, öffnete die Augen ... und blickte direkt in die wahnsinnigen schwarzen Augen von Emmant! Maigraith wand sich herum, sprang auf, und der Unterstand fiel hinter ihr zusammen.

»Wer bist du? Was willst du von mir?«, verlangte sie mit erhobener Hand zu wissen.

Emmant trat einen Schritt zurück und hob die offenen Hände. Das Licht schwand aus seinen Augen, und er sah aus wie jeder andere Mann auch, nur dass seine Haut eingefallen und fleckig war und die Falten um seinen Mund von fortschreitender Verderbnis kündeten. Doch seiner geschulten, tiefen Stimme war nichts von alledem anzumerken. »Ich wollte dich nicht erschrecken«, sagte er höflich. »Mein Name ist Flacq. Ich suche jemanden mit Namen Maigraith. Du ähnelst ihr sehr.«

»Ich bin Maigraith«, sagte sie. »Wie lautet deine Botschaft?«

»Ich bringe geheime Kunde von Faelamor. Die Aachim haben sie gefangen genommen und halten sie in Shazmak fest. Sie wird sich selbst befreien und bittet dich, sie in Tolryme zu treffen, in Bannador.«

Faelamor gefangen? »Noch etwas?«

»Nicht von Faelamor.« Er schien zu zögern. »Aber da ist noch etwas.«

»Und was?«

»Ich glaube, du bist eine Freundin von Karan von Bannador. Tensor sucht sie.«

»Warum?«

»Ah! Das kannst du ja nicht wissen. Karan ist nach Shazmak gekommen und hat mit Tensor erbittert um den Spiegel gekämpft; aber sie hat ihn wieder mitgenommen. Jetzt will Tensor es wiedergutmachen. Sie haben sich stets sehr nahe gestanden.«

»Das weiß ich. Sie hat oft von ihm gesprochen. Aber ich kann dir nicht helfen. Es ist neun Tage her, seit Faelamor und ich hierhergekommen sind – selbst da haben die Whelm sie schon gehabt. Der Spiegel ist ebenfalls verloren. Ich habe Karan in Narne gesucht, auf beiden Seiten des Flusses, doch sie ist spurlos verschwunden.«

Emmant wandte sich ab. »Ich werde nach Narne gehen; ich werde sie finden. Wenn du sie sehen solltest, dann sag ihr, sie soll nach Thurkad gehen. Krieg droht am Horizont, und außer in Thurkad ist es nirgends mehr sicher.« Er verschwand im Wald.

Maigraith schaute ihm schaudernd hinterher, dann stand sie mechanisch auf, entzündete das Feuer und kochte Tee. Mit der warmen Schüssel in den Händen setzte sie sich auf den Stamm und versuchte, zu einer Entscheidung zu kommen, was sie tun sollte. Sie wollte Karan finden, nur wusste sie nicht, wo sie suchen sollte. Ihr Gefühl riet ihr, nach Süden zu gehen, doch selbst an Yggurs Seite würde sie sich den Whelm nicht wieder stellen. Also hatte sie eigentlich gar keine Wahl. Wieder einmal lief alles nur auf die Pflicht hinaus. Ihre kleine Rebellion war gescheitert; sie hatte keinen Wert außer dem, den Faelamor ihr beimaß.

Eine ganze Weile war vergangen, als Maigraith schließlich Tolryme erreichte, eine kleine Stadt im Norden Bannadors, nicht weit entfernt vom Gut Gothryme. Sie fürchtete, dass Faelamor schon weg sein könnte, doch das war sie nicht. Maigraith fand sie, kaum dass sie den Marktplatz betreten hatte. Faelamor saß an einem Tisch unter einem Feigenbaum auf der sonnigen Seite des Platzes, vor sich eine Schüssel mit Obst.

»Dann bist du also gekommen«, sagte sie, als Maigraith näher kam. »Das hatte ich gehofft. Hast du ihn?«

Maigraith gestand ihr Versagen. Zu ihrer Überraschung zeigte Faelamor jedoch keinen Zorn; tatsächlich blieb sie sogar vollkommen ausdruckslos.

»Seit du mir von ihren Talenten erzählt hast, habe ich mir lange über Karan den Kopf zerbrochen. Woher kommen diese Talente? Da erinnerte ich mich plötzlich an etwas, und so habe ich hier die Archive von Fyrn durchsucht. Meine Vermutung war richtig. Vor langer Zeit hat hier in der Tat ein Faellem-Mann kurz gelebt. Aus einer geheimen Verbindung mit einem Mädchen des Hauses Fyrn ist dann eine Tochter hervorgegangen. Die Angelegenheit war beschämend und wurde dementsprechend verborgen; dennoch hat man Aufzeichnungen darüber angefertigt. Das Ereignis liegt nun schon viele Generationen zurück, doch der Name, Melluselde, ist in der Familie weitervererbt worden, wie es in diesem Land der Brauch ist, egal ob an eine Tochter oder an einen Sohn – wer auch immer der geeignetere zu sein schien. Die Mischung gebiert das Talent. Doch was ich dann in Shazmak erfahren habe, hat mich in große Angst versetzt.«

An dieser Stelle hielt Faelamor inne und funkelte Maigraith wild an.

Maigraith war verblüfft. »Ja«, sagte sie schließlich, und ihre Wangen leuchteten rosa. »Durch Karans Adern fließt das Blut der Aachim. Sie hat es von ihrer Großmutter geerbt. Das habe ich dir bis jetzt nicht erzählt, weil ich wusste, mit welch Bitterkeit du sie betrachtest. Was ist damit?«

Nur mit Mühe konnte Faelamor sich beherrschen. »Das macht sie zu einer Triune«, erklärte sie, und ihre Lippen waren nur noch ein dünner weißer Strich. »Sie stammt von allen drei menschlichen Spezies ab, von allen Drei Welten. Als ich sie zum ersten Mal gesehen habe, hatte ich sofort das Gefühl, dass sie eine Gefahr für mich darstellt; jetzt weiß ich auch, warum.« Sie sinnierte über die Ironie des Ganzen – da hatte sie solche Mühen auf sich genommen, um eine Triune zu erschaffen, und da tauchte plötzlich eine weitere aus dem Nichts auf, voll ausgebildet, aber wild, ungebrochen und tückisch. Vielleicht versuchte die Natur auf diese Art ja, das Gleichgewicht wiederherzustellen. Diese neue Triune besaß Geschick, doch keine Macht. Ihre war besser.

»Ich bin wieder zu dir zurückgekehrt«, sagte Maigraith, »aber treib mich nicht zu weit. Wenn Karan dich in deinen Plänen behindert, musst du dir einen Weg um sie herum suchen. Füge Karan ein Leid zu, und du wirst mich niemals wiedersehen.«

»Ich *werde* ihr kein Leid zufügen«, erwiderte Faelamor und wandte sich ihrem Rucksack zu. Als sie sich wieder aufrichtete, hatte sie eine Brille in der Hand. »Trag die! Sie wird deine Augenfarbe verbergen.« Maigraith setzte die Brille auf. »Und jetzt zum Spiegel ...«

»Ich habe herausgefunden, wie sie ihn transportiert hat«, und Maigraith zeigte Faelamor die Metallröhre.

»Und wo ist er jetzt?«, schrie Faelamor. »Dieser Gipsverband war nicht auf der Lichtung, als wir zum ersten Mal dort gewesen sind. Aber als ich wieder zurückgekehrt bin, vier Stunden später, da lag er zerbrochen da. Irgendjemand ist gekommen, weder Aachim noch Whelm, und hat den Spiegel mitgenommen. Ah! Der, den du erwähnt hast. Ich habe in Shazmak von ihm gehört. Ihr Gefährte, Llian. Er muss den Spiegel haben. Und er ist ein Zain! Das ist wirklich eine schöne Bescherung. Was wird er wohl damit machen?

Er wird nach Thurkad gehen«, beantwortete Faelamor ihre Frage nach kurzem Nachdenken selbst. »Sonst kann er nirgendwo hin. Wir müssen auch dorthin gehen. Ein kritischer Zeitpunkt rückt immer näher, und ich habe Angst und bin unvorbereitet. Komm. Ich muss meine Pläne ändern … wieder einmal.«

Kapitel fünfzehn

Feuer in der Nacht

Der alte Teil von Narne lag oberhalb eines Felshangs, von wo aus man den Fluss überblicken konnte. Er war von einer Steinmauer umgeben, die an vielen Stellen zerfallen war, und ›alt‹ war er nur dem Namen nach, denn die meisten der ursprünglichen Steingebäude waren schon vor langer Zeit abgerissen worden. An ihrer Stelle erhob sich nun eine seltsame Mischung aus Bretterhütten, Terrassengärten und reich geschmückten, aber verfallenden Herrenhäusern.

Die Mühlenstraße verlief vom Marktplatz zurück in Richtung Fluss, und sie endete an der kahlen Rückwand eines Wolllagerhauses. Sämtliche Häuser in dieser Straße waren aus grob gesägten Brettern zusammengezimmert worden und von unregelmäßiger Form. Zimmer, Patios und Veranden ragten in allen möglichen Winkeln aus den Gebäuden und schienen jedem möglichen Grundsatz der Baukunst zu widersprechen. Die meisten Häuser standen wegen der Hochwassergefahr auf Pfählen.

Das Haus, das Pender erwähnt hatte, lag in der Nähe der Mauer, in einem Gebiet, wo die Gebäude besonders hinfällig und die Straßen leer waren. Es war groß und verschachtelt und hob sich von seinen Nachbarn durch einen großen, konischen Turm vorne ab, der an einen Hexenhut erinnerte, nur dass er leicht schief war und die Schindeln vom Dach fielen. Selbst in der Dunkelheit erweckte das Haus den Eindruck von Verfall mit seinem abgesackten Dach und den grob vernagelten Fenstern.

Llian schlenderte die Straße hinauf und blieb zwei Türen von dem Haus entfernt in der Dunkelheit stehen. An dem Haus war nicht die Spur einer Menschenseele zu sehen, auch wenn Licht durch Risse in den Brettern fiel. Einmal wankte ein junger Kerl die Straße hinauf, einen Weinschlauch in der Hand. Kurz darauf war in einem Haus hinter Llian Schreien zu hören, dann das Scheppern von Glas, und schließlich kehrte wieder Stille ein. Die Nacht war kühl.

Llian bewegte Finger und Zehen. Dabei sah er eine Bewegung auf der Vorderseite des Hauses. Irgendjemand stand dort in der Dunkelheit Wache. Die Gestalt war kurz vor dem hellen Inneren in Umrissen zu sehen; dann verschwand sie wieder, und zurück blieb nur ein schmaler Lichtstreifen, der durch die teilweise geöffnete Tür fiel.

Llian bückte sich und schlich zum Haus. Dort schlüpfte er in eine Seitengasse und duckte sich unter die Veranda. Die Unterseite des Hauses war ein Labyrinth. Die Vorderseite stand gut eine halbe Spanne erhöht auf Pfählen; der ältere hintere Teil war niedriger und ruhte auf einem Fundament aus zerbröckelnden Ziegeln. Der Boden war mit allen möglichen Dingen übersät, die man im Laufe der Jahre vergessen hatte: zerbrochene Töpfe, verrottende Säcke, aus denen Sand quoll, fauliges Holz und verrostendes Eisen.

Llian verbrachte Stunden damit, die Unterseite des Hauses zu untersuchen. Dabei ließ er große Vorsicht walten aus Angst, irgendetwas könne plötzlich in der Dunkelheit über ihm zusammenbrechen. Manchmal lag er auch einfach nur da, das Ohr gegen die Bodenbretter gepresst, und lauschte auf eventuelle Geräusche von oben. Zu hören gab es jedoch nur wenig. Manchmal ging der Wachposten vor dem Haus auf und ab oder schaute auch mal hinein; Türen wurden geöffnet und wieder geschlossen; Schritte hallten über die Bretter, und dann und wann erklangen auch leise Stimmen. Doch nichts deutete darauf hin, dass es sich bei den Bewohnern um Whelm handelte oder dass Karan sich dort drinnen befand. Schließlich machte Llian es sich in der Enge des Unterbaus so bequem wie möglich und schlief den Rest der Nacht.

Am Morgen wurde er vom Klang schneller Schritte auf der vorderen Veranda geweckt und einem lauten Hämmern an der Tür. Die Tür wurde geöffnet, und das darauffolgende Gespräch war klar und deutlich durch die Bodenbretter zu hören.

»Ich bin von hinten angegriffen worden. Es waren mindestens zwei, vielleicht auch drei. Sie haben mich gefesselt«, keuchte der Mann.

»Reiß dich zusammen, Tarlag«, erwiderte die eiskalte Stimme einer Frau. »Lenk keine Aufmerksamkeit auf dich oder dieses Haus. Und jetzt erzähl mir, was passiert ist.«

»Ich habe Wache gestanden. An der Fähre. Wie du befohlen hast. Am späten Morgen kam die Fähre dann auch. Ich habe ein Geräusch zwischen den Bäumen in der Nähe gehört. Natürlich habe ich nachgesehen. Sie haben mich von hinten niedergeschlagen, gefesselt und liegen gelassen. Erst letzte Nacht habe ich mich befreien können. Die nächste Fähre kam dann erst wieder heute Morgen.«

»Wie viele waren es? Was weißt du über sie?«

»Nichts. Sie haben keinerlei Spuren hinterlassen, die ich im Dunkeln hätte sehen können.«

»Könnte es ihr Gefährte gewesen sein? L-lian?« Sie zögerte bei dem Namen. »Der Kerl, von dem Idlis gesprochen hat? Der, den sie in der Nähe von Tullin getroffen und der ihr bei der Flucht geholfen hat?«

Tarlags Stimme nahm einen verächtlichen Tonfall an. »Wie kann das sein? Allen Berichten zufolge ist er ein Narr und Feigling. Nein, es muss einer dieser *skretza* gewesen sein«, er betonte das Wort auf vulgäre Art, »einer dieser Aachim. Wir sollten sie vernichten, Vartila.«

Unter dem Haus lächelte Llian grimmig. Es freute ihn, dass sie ihn derart unterschätzten. Durch seine Taten würde er seinen Wert schon beweisen.

»Vielleicht hast du Recht, Tarlag. Die Wachposten müssen verdoppelt werden. Wir stehen kurz davor, sie zu brechen. Wir werden ihn schon bald haben. Wir *müssen.* Die Not ist groß. Und jetzt geh.«

Llian hörte schwere Schritte, die sich zur Rückseite des Hauses bewegten. Als sie verhallten, sagte Vartila leise: »Behalte ihn im Auge, Gend. Tarlag ist sorglos, und seine Geschichte hat einen falschen Klang. Bezahl den Schiffer, und hab auch ein Auge auf ihn. Ich will weiteres Töten vermeiden, aber tu, was du tun musst, wenn es keine andere Möglichkeit gibt. Nun denn, was gibt es Neues vom Rest unseres Trupps?«

»Sie haben die Aachim den Fluss hinauf verfolgt.« Gends Stimme surrte wie ein Stock, den man durch die Luft schnellen lässt. »Würdest du wirklich ihren Geist brechen, Vartila?«

»Natürlich nicht. Solch ein Talent werden wir vielleicht nie wieder finden. Ich will sie unversehrt lassen, solange es eben geht. Aber sie kann ruhig leiden; das wird ihr Talent nur fokussieren.«

Schritte gingen in zwei Richtungen. Aus der Ferne war zu hören, wie Vartila Befehle erteilte; die Worte konnte Llian jedoch nicht verstehen. Aber wenigstens wusste er jetzt, dass Karan hier war.

Das Morgenlicht sickerte unters Haus, und Llian nahm seine Wacht wieder auf. Schließlich wurde er für seine Geduld belohnt. Er fand sie in einem Raum auf der Rückseite des Hauses. Vartila redete mit ihrer rasselnden Stimme über Maigraith. Sie sprach von Folter und Grausamkeiten, dass Llian es kaum ertragen konnte, und sie erklärte, was sie als Nächstes mit Karan machen würden; doch Karan schnaubte nur verächtlich.

»Ich weiß, dass du lügst«, sagte Karan. »Maigraith ist frei und sucht nach mir.«

Schweigen – dann wieder die Stimme.

»Ich frage dich ein letztes Mal: Was hast du mit dem *pash-lar* gemacht, dem Spiegel? Ich will deinen Geist nicht vernichten, aber ich muss den Spiegel haben.« Vartilas Stimme nahm einen Tonfall an, von dem Llian vermutete, dass er tröstend wirken sollte. »Es ist nicht unehrenhaft, es mir zu sagen, denn ich werde ohnehin bekommen, was ich will.«

Karan erwiderte stockend: »Du … Du kannst meinen Geist brechen, aber du wirst ihn nicht bekommen, denn er ist außerhalb deiner Reichweite. Llian hat ihn den Fluss hinuntergebracht. In zwei Tagen ist er in Sith, und dann wird der Spiegel in sicheren Händen sein. Geh zu deinem Meister zurück, und sag ihm das.«

Vartila lachte – ein Geräusch wie Sand, den man über Metall reibt. »Du lügst, Karan von Bannador. Die Große Täuscherin nennen dich die Aachim – oder zumindest diejenigen von ihnen, die übrig geblieben sind. Dein Llian hat gestern einen meiner Männer an der Fähre angegriffen. Er ist bereits in Narne und sucht nach dir.«

Nun war es an Karan zu lachen, ein lebloses, quiekendes, schreckliches Geräusch. »Es war Rulke, dem sie diesen Namen gegeben haben: der Große Täuscher. Selbst ihr Sumpfschwimmer solltet das wissen. Verglichen damit sind meine Taten nur harmlose Nadelstiche. Was Llian betrifft, so besitzt er weder die Kraft noch den Mut dazu. Er ist in jener Nacht vor euch davongerannt. Er wird nicht hierherkommen; er liebt mich nicht. Er ist nur an dem Spiegel interessiert. Mendark hat ihn geschickt; das müsstet selbst ihr wissen.« Es folgte ein Zischen von scharf eingesogener Luft. »Ja, Mendark! Der Magister wird wissen, was mit dem Spiegel zu tun ist. Aber jetzt solltet ihr euch eher um Tensor sorgen. Auch er ist in Narne, und er vergisst niemals.«

»Es reicht!«, schrie Vartila. »Spiel keine Spielchen mit mir. Sag mir, wo der Spiegel versteckt ist.«

Karan musste sie angespuckt haben. Vartilas Antwort war ein dumpfer Schlag. Karan schrie kurz auf. Unter den Bodenbrettern drückte Llian sich die Fäuste auf die Stirn.

Noch zweimal an diesem Tag kam Vartila in Karans Raum. Zweimal trotzte Karan ihr mit ihrer dünnen Stimme, und zweimal geriet Vartila in Wut. Es war inzwischen Spätnachmittag, und im Haus herrschte Ruhe. Erneut erkundete Llian die Unterseite, bis er das Fundament genau kannte und anhand der Geräusche wusste, wo jeder Raum und jeder Gang oben lag. Allmählich nahm ein Plan in seinem Geist Gestalt an. Den Stimmen nach zu urteilen, befanden sich mindestens sechs Personen im Haus: Vartila, Tarlag, Gend und drei weitere, die abwechselnd vor und hinter dem Haus Wache hielten. Die Wachen wechselten alle zwei Stunden ihre Posten und wurden nach sechs abgelöst. Llian würde bis nach dem Mitternachtswechsel warten – nein, bis zwei Uhr morgens. Dann waren die Wachen müde genug, und die anderen schliefen mit etwas Glück.

Der Tag neigte sich seinem Ende zu. Als es schließlich vollkommen dunkel war, kroch Llian hinaus und ging die Straße hinunter. Die Kamine auf beiden Seiten des Hauses qualmten. Llian kaufte Essen, einen Schlauch Nussöl, wie man es zum Kochen verwendet, einen großen Sack sowie Kleider und Stiefel für Karan. Die Stiefel waren am schwersten zu finden; Llian wollte, dass sie genauso bequem und stabil waren wie die, die Karan verloren hatte.

Bei einem seiner vorherigen Gänge durch die Stadt war er an einer Sägemühle vorbeigekommen. Er füllte seinen Sack mit Sägemehl von einem Haufen neben dem Wasserrad und wankte mit dem Sack auf dem Rücken die Straße wieder hinauf. Da er nur eines von vielen menschlichen Lasttieren zu sein schien, erregte er keine Aufmerksamkeit. Im Dunkeln stopfte er den Sack mit den Kleidern unter eine Hecke und zog sich wieder in seine Zuflucht unter dem Haus zurück.

Schließlich war Mitternacht. Von der Vorderseite des Hauses war ein leises Gespräch zu hören; dann wurde die Tür mit einem leisen Klicken geschlossen. Der Rohrstuhl auf der vorderen Veranda knarrte. Von hinten war nichts zu hören. Unter dem Haus war die Dunkelheit vollkommen. Llian zog seinen Sack zu einer Stelle, wo die Bodenbretter große Lücken aufwiesen. Dort schaufelte er das Sägemehl aus dem Sack und häufte es kniehoch und gut eine Armeslänge breit auf. In der Mitte des Haufens machte er eine Kuhle und schüttete das Öl hinein. Dann wartete er.

Um zwei Uhr morgens wechselten die Wachen ihre Posten. Fast hätte Llian den Zeitpunkt verpasst. Ein in Abständen auftretendes Knarren verriet ihm, dass die Wache vorne auf ihrem Stuhl saß. Der Wachposten auf der hinteren Seite ging mehrmals ums Haus herum; dann hörte Llian ihn nicht mehr. Er schlug Funken ins Sägemehl.

Eine gelbe Flamme züngelte aus dem mit Öl durchtränkten Haufen. Eine Minute lang brannte sie hell, dann erstarb sie zu einem orangefarbenen Glühen. Da das Feuer nun regelmäßig brannte, schob Llian Sägemehl darauf, das sofort zu schwelen begann und dichten Qualm absonderte, was hoffentlich für mehrere Stunden andauern würde. Wenn sein Plan funktionierte, würde der Qualm sie im Schlaf überraschen. Damit wären dann nur noch die zwei Wachposten übrig.

Wenn er doch nur eine Verbindung zu Karan herstellen und sie warnen könnte. Llian drückte die Hände an die Schläfen und versuchte, Karan kraft seines Willens zu wecken und ihr zu sagen, dass er da war; doch in seinem Geist war nur

Nebel, und es dauerte nicht lange, da brach der Qualm seine Konzentration.

Llian kroch unter dem Haus hervor, holte ein Stück Kordel aus seiner Tasche und spannte es in Knöchelhöhe zwischen dem Zaun und einem Pier des Hauses. Dann positionierte er sich hinter einem Wassertank aus mit Eisen verstärkten Holzbohlen und wartete. Es dauerte nur ein paar Minuten, bis die Wache kam, auch wenn es Llian viel länger vorkam. Der Mann stolperte und fiel fluchend auf die Knie. Llian versetzte ihm mit einem Stück Holz einen Schlag hinters Ohr, und der Kerl rührte sich nicht mehr. Er fesselte den Mann, so gut es im Dunkeln ging, und rollte ihn mühsam an den Zaun, denn er war schwer. Inzwischen quollen erste Rauchschwaden unter dem Haus hervor.

Llian schlich am Haus entlang, und das mit Reif überzogene Gras knirschte unter seinen Füßen. Auf der Vorderseite saß die zweite Wache mit den Füßen auf dem Geländer und blickte auf die Straße hinaus. Er schaute sich nicht um, als Llian den Knüppel hob.

Ich kann das nicht tun, dachte Llian plötzlich, *nicht so.* Dann drehte sich der Wachposten um, sah das erhobene Stück Holz und sprang aus seinem Stuhl. Der Knüppel flog auf seinen Kopf herab und erstickte den Schrei, den der Mann schon auf den Lippen gehabt hatte. Mit einem leisen Stöhnen brach er auf der Veranda zusammen.

Llian starrte sein Werk einen Augenblick lang an; dann ging er durch die Vordertür, den Ärmel auf die Nase gepresst. Der Raum war voller erstickendem Qualm und wurde nur von einer heruntergebrannten Öllampe erhellt. Llian verriegelte die Vordertür und nahm die Lampe in die linke Hand. Der Rauch quoll durch die Lücken im Boden. Auf Zehenspitzen ging Llian den Gang hinunter. Den Grundriss des Hauses hatte er sich in allen Einzelheiten eingeprägt; selbst mit verbundenen Augen hätte er sich hier zurechtgefunden.

Llian war bereits auf halbem Weg den Gang hinunter, als plötzlich ein wildes Hämmern und Klappern an der Vordertür ertönte, gefolgt von einem Schlag, als hätte sich jemand mit der Schulter dagegengeworfen. Llian schaute durch die offene Tür des Raums, an dem er gerade vorüberkam. Undeutlich sah er eine Gestalt durch den Rauch auf dem Boden liegen. Hinter ihm wurde weiter auf die Tür eingedroschen.

Plötzlich wurde die Tür gegenüber aufgerissen, und die große Frau, die Llian vor zwei Nächten gesehen hatte, erschien – ohne Zweifel Vartila. Sie war vollständig bekleidet; nur ihre Füße waren nackt, und sie wand sich in einem Hustenanfall.

Als sie den Blick hob, sah sie Llian durch den Rauch und krächzte heiser: »Gend, bist du das? Was ist hier los? Brennt es?« Dann erkannte sie, dass sie es mit einem Eindringling zu tun hatte, und ihr Gesicht wurde zu einer Maske.

Sie schlug mit dem Arm nach ihm, und ihr Mund formte stumme Worte. Llian sprang mit der Schulter in sie hinein und warf sie in den Raum zurück. Sie verschwand im Raum, und ein Krachen war zu hören, als hätte sie einen Schrank umgestoßen. Einzelne Silben zischten aus dem Dunkel: fremdartig, unverständlich. Llian spürte ein Kribbeln in seinen Beinen.

Er sprang durch die Tür zurück und schlug sie zu, um seine Ohren so vor den Geräuschen zu schützen; doch sie hallten in seinem Kopf weiter, wurden tiefer, langsamer, bis sie dem Quaken eines alten Frosches ähnelten. Eine Gestalt erschien im Gang vor ihm. Llian schlug dem Mann mit der Faust in den Hals und rannte an ihm vorbei.

Das Krächzen in seinem Geist war inzwischen zu einem dumpfen Grollen geworden und das Kribbeln in seinen Beinen zu einem stechenden, sich ausbreitenden Schmerz. Jeder Schritt war mit neuen Schmerzen verbunden. Vage war sich

Llian eines schwachen Glühens unter den heißen Bodenbrettern bewusst. Der Gang endete vor einer verschlossenen Tür. Jenseits davon lag das fensterlose Hinterzimmer, in dem Karan gefangen gehalten wurde.

Irgendjemand schrie hinter ihm. Llian drehte sich um. Ein stechender Schmerz schoss sein Rückgrat hinauf, und seine Arme und Beine waren eine Sekunde lang taub. Vartila trat aus dem Rauch, den Arm noch immer ausgestreckt.

Llian schleuderte die Öllampe auf den Boden unmittelbar vor ihr. *Wuuumpf!* Ein Feuervorhang zog sich durch den Gang. Llian entriegelte Karans Tür, sprang in den düsteren Raum, warf die Tür wieder zu und stapelte verzweifelt alles an schäbigen Einrichtungsgegenständen dahinter – Holztisch, Truhen, Waschbecken. Im Inneren des Raums war die Luft viel klarer.

Ein heiseres Lachen kam aus der hinteren Ecke des Raums. Karan saß halb aufgerichtet auf dem Holzbett, gestützt auf einen Ellbogen. Ihre Augen waren eingefallen und leuchteten; auf der Wange war ein unregelmäßiger blauer Fleck zu sehen. Und sie lachte. Sie streckte Llian die Hand entgegen.

»Mein lieber Llian. Ich wusste, dass du es bist. Jetzt solltest du wohl sagen: ›Ich bin gekommen, dich zu retten.‹«

Llian sprang durch den Raum und fiel neben ihr auf die Knie. Sie umarmten sich unbeholfen. Flammen brüllten vor der Tür. Schreien war zu hören, doch es verhallte. Langsam verschwand die Taubheit aus Llians Beinen.

»Ich war sicher, dass du tot bist. Da war so viel Blut.«

»Aber nur wenig davon stammte von mir – glücklicherweise.«

Karan saß einen Augenblick lang einfach nur da, das Kinn auf Llians Schulter. Dann löste sie sich von ihm und sagte noch immer lächelnd: »Ich möchte ja nicht undankbar erscheinen – besonders da du so weit für mich gegangen bist –, aber du *hast* das Haus angezündet und die Tür verbarrikadiert, und wenn du dich umschaust, wirst du feststellen, dass der Raum kein Fenster hat. Hast du einen Plan?«

»Durch den Boden«, antwortete Llian. »Die Bodenbretter sind alt und verrottet. Wir können unter dem Haus entkommen, während sie versuchen, sich selbst zu retten. Sie werden es noch nicht einmal bemerken.« Er zog sein Messer, schob die Klinge zwischen zwei Bretter in der Ecke des Raums und drückte. Die Klinge brach am Heft ab. Llian warf das nutzlose Ding weg und schaute sich hektisch nach einem anderen Werkzeug um.

»Der Ständer für das Waschbecken«, flüsterte Karan drängend. »Er ist aus Eisen.«

Llian betrachtete ihn misstrauisch. Karan humpelte zu den aufgestapelten Möbelstücken und zog den Beckenständer in die Mitte des Raums. »Hier ... Dieses Brett ist bereits gesplittert. Aber du wirst es machen müssen«, krächzte sie. »Ich kann die Hand nicht benutzen.« Ihr Handgelenk war rot und geschwollen. Sie sah, wie Llian es anschaute.

»Sie haben sich nicht die Mühe gemacht, es hinterher wieder zu verbinden«, erklärte sie.

Bei ihren Worten lief Llian ein Schauder über den Rücken, und er sah, dass sie mit ihrem Lachen nur ihre schrecklichen Schmerzen verbergen wollte. Er wandte sich ab und starrte mit leerem Blick auf die verbarrikadierte Tür; alles in ihm verlangte danach, irgendetwas kaputtzuschlagen. Inzwischen quollen erste Rauchfähnchen herein, und ein Brandfleck wuchs in der Mitte der Tür.

»Llian!«, rief Karan erneut.

Der Beckenständer besaß einen schweren Eisenfuß. Llian hob ihn hoch über den Kopf und ließ ihn mit voller Wucht auf das nächstbeste Bodenbrett krachen. Das Brett zersplitterte. Llian zerschlug das nächste auf die gleiche Art, warf den Ständer beiseite und trat die Bruchstücke durchs Loch. Rauch schoss in den Raum. Das Loch war fast einen Schritt lang und zweimal so breit wie Llians Kopf. Er kletterte hinunter.

»Halt dich an meinem Mantel fest, und folge mir.«

Karan schaute misstrauisch auf das qualmende Loch und dann wieder zur Tür, die inzwischen zu schwelen begonnen hatte. Sie atmete tief durch und nickte.

Unter dem Haus war die Luft erstickend heiß und verraucht, und zur Vorderseite hin glühte der Rauch rot. Während die beiden Gefährten von dem Loch wegkrochen, war von hinten ein Krachen zu hören. Die Tür, oder vielleicht sogar die Wand, war eingestürzt. In nur einem einzigen Augenblick stand der gesamte Raum lichterloh in Flammen. Eine Hitzewelle schoss durch das Loch hinter ihnen und versengte Karans nackte Zehen. Benommen klammerte sie sich an Llians Mantel und zuckte jedes Mal zusammen, wenn er sich bewegte. Ihr tränten die Augen, die Lunge brannte, und der Kopf pochte, nachdem sie ihn sich an einem vorstehenden Ziegel gestoßen hatte. Der Boden über ihnen war mittlerweile zu heiß, als dass sie ihn noch hätten berühren können.

Schließlich kamen sie auf der Rückseite des Hauses wieder heraus. Llian hatte eine Stelle gewählt, an der ein Dornenbusch durch Vernachlässigung groß geworden war, und in dessen Schutz krochen sie nun dankbar. Karan war so müde und schwach, dass Llian sie stützen musste.

Er spähte hinaus. Die gesamte rechte Seite des Hauses brannte, und Flammen schlugen aus dem Dach, doch der hintere Teil des Hofs lag noch immer im Dunkeln. Niemand war zu sehen, auch wenn von vorne Schreie zu hören waren. Llian nahm Karan unter den Arm, und halb trug, halb schleppte er sie in den hinteren Teil des Hofs, durch einen eingestürzten Zaun hindurch und hinter das Nachbarhaus. Dort fanden sie Zuflucht in einer Hecke. Llian schlang seinen Mantel um Karan, und Karan ließ sich ins Laub sinken, während Llian auf die Straße hinausging und sich unter die Gaffer mischte, die sich inzwischen versammelt hatten.

Drei Personen waren im Hof vor dem Haus zu sehen, und während Llian zuschaute, sprangen zwei weitere durch die Eingangstür und zogen eine dritte zwischen sich her. Eine davon war Vartila. Ein Raunen ging durch die Menge; doch niemand machte Anstalten zu helfen.

Damit wäre also klar, wo alle sind, dachte Llian und drehte sich um, *mit Ausnahme von dem, den sie auf das Boot getragen haben.* Als er Karan schließlich wieder erreichte, stand sie auf. Llian holte den Kleidersack unter der Hecke hervor, bot Karan seinen Arm an, und langsam gingen sie durch die schmalen Straßen von Narne in Richtung Ufer. Sie konnten das Haus bereits nicht mehr sehen, als sie ein lautes Krachen hörten und eine Flamme kurz über die Dächer schoss. Das Dach war eingestürzt.

»Mit etwas Glück werden sie unser Fehlen nicht vor dem Morgen bemerken«, sagte Llian. »Bis dahin müssen wir aus Narne verschwunden sein.«

Karan schaute ihn fragend an.

»Ich habe den Kerl gefunden, der ihnen das Boot geliehen hat. Er wird uns mitnehmen.«

Es war noch ein ganzes Stück bis Sonnenaufgang, als sie Penders Hütte erreichten. Llian klopfte an die Tür. Nach einer Minute sahen sie ein Licht im Inneren, und eine Frauenstimme rief: »Wer ist da? Was wollt ihr?«

»Weck Pender! Und mach auf! Wir brauchen sein Boot!«

Das Licht verschwand. Eine weitere Minute verging. Das Licht kehrte wieder zurück. Dann drang Penders Stimme, eine Mischung aus Angst und Trotz, durch die Tür. »Geht weg! Kommt am Morgen wieder!«

»Pender! Ich bin es, Garntor«, sagte Llian. »Erinnere dich an unseren Handel. Mach sofort die Tür auf. Beeil dich! Du schwebst auch in Gefahr.«

Stille.

»Beeil dich!«, rief Llian erneut. »Die Whelm kommen. Wir müssen sofort fliehen.«

Der Riegel scharrte über die Tür, und sie wurde knarrend geöffnet. Pender stand dort mit nackten Beinen und unrasiert, und das Nachtgewand spannte sich über den Bauch.

Llian drängte sich durch die Tür. Pender sprang besorgt zurück und hob abwehrend die Hände.

»Hab keine Angst«, sagte Llian und holte die Silbertar aus der Tasche, die Wistan ihm vor so langer Zeit gegeben hatte. »Schon vergessen? *Ich* halte, was ich versprochen habe.«

Pender nahm die Münzen. Der Ausdruck der Erleichterung auf seinem Gesicht wirkte beinahe komisch.

»Ich brauche noch einmal deine Hilfe. Du musst uns flussabwärts nach Sith bringen.«

Bei der Erwähnung von Sith trat Karan, die bis jetzt hinter Llian gestanden hatte, ins Licht und schickte sich an zu sprechen. Llian legte ihr die Hand auf den Arm und drückte zu; sofort hielt sie inne. Pender starrte das blasse verdreckte Paar an. Karan, zerschunden und barfuß, hielt sich das geschwollene Handgelenk. Llian war ruß- und staubbedeckt, und auf einer Seite waren seine Haare fast völlig verbrannt.

Pender deutete auf Karan. »Sie war tot. Ich ... Ich habe sie gesehen«, stammelte er. »Was seid ihr? Nekroturgen? Wirker? Ihr braucht meine Hilfe nicht. Geht weg!«

»Du musst uns helfen; du steckst nämlich selbst in Schwierigkeiten. Du musst sofort fliehen.«

Pender drehte sich um und ging schweren Schrittes in den angrenzenden Raum. Eine Frau erschien in der Tür. Sie war klein und dünn mit glänzendem schwarzem Haar, das ihr bis zur Schulter reichte. Ihre Nase war schmal und die Augen grau. Sie trug ein ausgebleichtes Nachtgewand mit blauen gestickten Blumen an den Schultern. Ihre Füße waren nackt auf dem irdenen Boden der Hütte. Llian ging zu ihr. Ängstlich schaute sie zu ihm hinauf, wich aber nicht zurück.

»Was wollt ihr von uns?«, fragte sie mit zischendem Akzent.

»Diese Whelm stellen für uns alle eine Gefahr dar – die, die sich euer Boot vor drei Nächten geliehen haben. Sie jagen uns, und *ihr* seid nun auch nicht mehr sicher.«

Die Frau schaute sich in der Hütte um. »Wir haben ohnehin nichts hier!« Kurz dachte sie nach. »Narne ist ein kalter, unfreundlicher Ort, und ich werde ihn nicht vermissen. Wir werden euch mitnehmen. Die Passage kostet euch fünf Silbertar – zwei für die Fahrt und drei für den Ärger, den ihr uns eingebrockt habt.«

Llian gab ihr das Geld – abzüglich der Summe, die er Pender schon gegeben hatte. Sie ging in den anderen Raum.

»Hol das Boot«, hörten Karan und Llian sie zu Pender sagen. »Wir brechen in einer halben Stunde auf.«

Sie kam wieder zurück, lächelte und streckte die Hand aus. »Ich heiße Hassien.«

Dann verschwand sie wieder im anderen Zimmer. Kurz darauf stapfte Pender mürrisch an Karan und Llian vorbei und hinaus.

»Wir müssen reden«, flüsterte Karan Llian ins Ohr. »Nach Sith zu gehen ist jetzt vermutlich nicht mehr die beste Idee. Außerdem ist da noch die Sache mit dem Spiegel.«

Llian schaute sie selbstzufrieden an. »Dann lass uns reden, aber später. Wir müssen vor Sonnenaufgang hier verschwunden sein. Lass mich jetzt erst einmal dein Handgelenk wieder verbinden.«

Als das erledigt war und Karan sich angekleidet hatte, zog Pender das Boot im Dunkeln zum Wasser hinunter. Karan wartete in den Schatten am Ufer – Schatten, die nur vom Licht einer fernen Straßenlampe durchbrochen wurden. Es war eine dunkle, bewölkte Nacht. Llian ging wieder zum Haus zurück und sah Hassien mit zwei kleinen Kindern den Weg herunterkommen.

»Gibt es sonst noch etwas zu holen?«, erkundigte er sich.

Hassien schüttelte den Kopf. Das Licht aus dem Fenster hinter ihr ließ ihr Haar funkeln. »Wir haben nur wenig, und das ist alles im Boot.« Llian machte kehrt und begleitete sie zum Ufer.

»Steigt ein«, sagte Pender in mürrischem Tonfall. Hassien legte die Kinder auf eine Decke im Bug und setzte sich neben sie. Selbst in dem schwachen Licht sah Karan noch bleich aus. Sie stolperte und fiel gegen Llian, als sie einzusteigen versuchte. Sie klammerte sich kurz an seinen Arm, um das Gleichgewicht zurückzuerlangen.

Pender löste die Taue; Hassien stieß das Boot mit einem Ruder vom Ufer ab, und langsam glitten sie in die Strömung hinaus. Pender setzte das Steuerruder ein, spie über die Seite in Richtung Narne und lenkte das Gefährt von den Landungsbrücken weg in die Mitte des Flusses. Die Straßenlampen am Ufer fielen immer weiter zurück, bis sie schließlich verschwanden, und das kleine Boot tauchte in den Nebel, der über dem Fluss lag.

Der Morgen brach an, und ein kaltes graues Licht kroch über den Himmel. Der Nebel hielt sich nur noch an wenigen Stellen, und dann war er plötzlich ganz verschwunden. Karan zog den Mantel enger. In Gedanken versunken, starrte Llian geradeaus den Fluss hinunter. Sein braunes Haar war vom Feuer auf einer Seite ausgefranst und grau von Asche und Staub. Die braunen Augen waren blutunterlaufen, und das Gesicht, die

Hände und Kleider waren voller Ruß. Karan stieß ihn mit dem Ellbogen an. Lächelnd drehte er sich zu ihr um.

»Ah, ja ... Du wolltest über irgendwas reden.«

Sie legte die Lippen an sein Ohr. »Der Spiegel!«, zischte sie.

Llian tat so, als würde er sie nicht verstehen.

»Der Spiegel!«, wiederholte sie.

Llian grinste schelmisch. Er schaute sie an; dann griff er in die Innentasche seines Mantels. Der glatte Stoff fühlte sich kalt an. Der Spiegel war nicht da.

Llian runzelte die Stirn. Sorgfältig durchsuchte er seine Taschen, dann hektischer, immer und immer wieder. Unsicherheit, Verblüffung und schließlich blanke Verzweiflung spülten über ihn hinweg, während er seinen Rucksack durchkramte, den Sack, den er bei sich getragen hatte, und dann wieder seine Taschen. Er wusste, dass er den Spiegel nie aus der sicheren, tiefen Innentasche genommen hatte; nun musste er jedoch feststellen, dass der Spiegel weg war, und er hatte keine Ahnung, wo er ihn verloren haben könnte.

»Er ist weg«, sagte er am Boden zerstört.

Karan legte die Stirn in Falten. »Wer ist weg?«

Llian schaute sie an. »Der Spiegel!«, stöhnte er. »Ich bin zum Lager zurückgegangen und habe ihn gefunden. Und jetzt ist er weg!«

Karan starrte ihn an. »Du hast ihn gefunden und schon verloren?« Sie hob die Stimme.

Llian ließ den Kopf in die Hände sinken. »Ich hatte ihn in meinem Mantel, und jetzt ist er weg. Er muss unter dem Haus aus der Tasche gefallen sein.« Am liebsten wäre er über Bord gesprungen.

Kapitel sechzehn

Die Belagerung von Sith

»Oh, Llian, du bist solch ein Narr«, sagte Karan, als ihr zu Bewusstsein kam, was geschehen war.

Llian blickte scharf auf. Karan konnte sich nicht beherrschen; sie brach in lautes Gelächter aus. »So ein gedankenverlorener Narr«, wiederholte sie, küsste ihn im ganzen Gesicht und lachte, bis ihr die Tränen über die schmutzigen Wangen rannen. Neugierig schaute Hassien in ihre Richtung.

»Was hast du getan?«, knurrte Llian und hätte sie am liebsten durchgeschüttelt.

Sein wütendes, verständnisloses Gesicht bescherte Karan einen weiteren Lachanfall. »Ich habe gar nichts getan. Du hast mir kurz nach dem Feuer deinen Mantel gegeben, erinnerst du dich? Du hast im *falschen* Mantel gesucht.« Sie klopfte den Mantel ab, fand eine Ausbeulung, steckte die Hand hinein und holte die Rolle gerade weit genug heraus, um sich zu vergewissern, dass es sich um den Spiegel handelte.

Llian war vor Erleichterung wie benommen. Er legte den Kopf in Karans Schoß, schloss die Augen und verspürte nicht mehr das geringste Bedürfnis, etwas zu sagen. Karan streichelte ihm über die Wange und die versengten Stoppeln an der Schläfe.

»Ich kann dir nicht genug danken«, sagte sie. »Es tut mir leid, dass ich dich so geneckt habe.« Sie konnte ihre Gefühle für ihn nicht länger verbergen. Tatsächlich wollte sie das auch gar nicht mehr. Als Hassien ein paar Minuten später wieder in ihre Richtung blickte, hatten sie die Arme umeinander geschlungen und schliefen tief und fest. Sie lächelte und wandte sich wieder ab.

»Ich habe versucht, ihn zu benutzen«, sagte Llian später, als die Sonne sie weckte. »Dafür schäme ich mich noch immer ein wenig.«

»Das solltest du auch«, erwiderte Karan lächelnd. »Hast du irgendetwas gesehen?«

»Gar nichts.«

»Ich auch nicht.«

»Zu ... Zu einer anderen Zeit«, sagte Llian zögernd, »habe ich sogar darüber nachgedacht, einen Handel mit Tensor zu machen.«

»Das wolltest du wagen? Warum?«

»Der Spiegel im Tausch gegen dich – und gegen einen Blick in die Geheimnisse der Düsternis.«

Karan runzelte die Stirn.

»Habe ich dich wütend gemacht?«

Karan ergriff seine Hand. »Natürlich nicht. Ich erwarte nicht von dir, dass du meine Lasten auf die Schultern nimmst. Vielleicht mache ich ja einen schrecklichen Fehler, was diesen Spiegel betrifft.«

»Du wusstest, dass ich ihn habe«, sagte Llian. »Ich habe gehört, wie du das zu Vartila gesagt hast. Woher wusstest du das?«

»Ich wusste das überhaupt nicht«, antwortete Karan. »Ich habe lediglich Ideen in alle Richtungen geschossen, wie Funken von einem Feuerwerk, und gehofft, dass sich eine davon in ihrem Geist festsetzen und ihre Aufmerksamkeit in eine andere Richtung lenken würde. Aber ich wusste tatsächlich, dass du in Narne warst. Ich wusste, dass du irgendeinen lächerlichen Plan versuchen würdest, wie er nur dir einfallen kann ... wie zum

Beispiel, ein Haus niederzubrennen, wenn wir noch drin sind.«

»Du machst dich über mich lustig.«

»Nein, das tue ich nicht. Du hast mich gerettet, und das nun schon zum zweiten Mal. Ich war verzweifelt. Meine Queste war zu Ende, und du warst wer weiß wohin gegangen. Zwischen den Foltern hatte ich jede Menge Zeit, über meine Fehler nachzudenken.« Ihre Stimme bekam einen melancholischen Unterton. »Und sie quälten mich mit dem, was sie ihr angetan haben.«

»Das habe ich gehört«, murmelte Llian. »Aus irgendeinem Grund betrachten sie dein Talent als äußerst wertvoll. Du musst dich schützen.«

»Aber sie ahnten nicht, dass ich wusste, dass Maigraith frei war, denn in dem Augenblick, da sie mich gefangen nahmen, hat mein Wille nach einem Freund gerufen und auch einen gefunden. Ich habe gefühlt, dass sie in der Nähe nach mir gesucht hat.«

Die Geschichte rührte Llian, machte ihn aber auch traurig. Er war nicht dort gewesen.

»Doch zu guter Letzt war ich bereit, ihnen alles zu sagen, obwohl ich wusste, dass sie mich hinterher töten würden. Dann habe ich dich gefühlt, wie du auf deine törichte Art herumgeschlichen bist, und ich konnte meine Freude kaum unterdrücken. Du hast mir die Kraft verliehen, weiter Widerstand zu leisten.«

»Warum hast du mich im Lager dann weggeschickt? Ich hätte dir doch auch da schon helfen können.«

»Einmal geweckt, magst du ja brillant sein, aber bis es erst einmal so ist ... das dauert«, neckte sie ihn.

»Ja, wie sehr mich meine Feigheit gequält hat.«

»Unsinn! Hast du vergessen, dass du geschworen hast zu tun, was auch immer ich von dir verlange? Und selbst dann hast du noch lange genug dafür gebraucht. Es gab nichts, was du hättest tun können. Wärst du geblieben, wärst du in der ersten Minute tot gewesen, und ich hätte mich in solcher Wut auf sie gestürzt, dass sie mich auch getötet hätten.«

»Aber warum hast du dann einfach auf sie gewartet?«

Karan schloss die Augen, kehrte wieder in den Albtraum zurück und versuchte, dem Ganzen einen Sinn zu entnehmen. »Sie haben irgendetwas mit mir gemacht. Ich ... Ich weiß nicht, wie, aber sie hatten Macht über mich«, antwortete sie stockend. »Es ist etwas geschehen. Du hast den Anfang davon gesehen, und dann haben sie mich erreicht – meinen Traum. Mein Wille reichte gerade noch aus, um dich fortzuschicken. Auf gewisse Art war ich wie gelähmt. Es ist nicht leicht, sich daran zu erinnern.«

Und wie hätte sie ihm von ihrem nachfolgenden Missbrauch erzählen können? Wie sie die Verbindung zwischen den Whelm und ihrem lange verlorenen Herrn gewesen war. Jetzt hatte sie sich erst einmal von ihrem Talent getrennt aus Angst vor dem, was kommen würde, wenn sie es das nächste Mal benutzte. Sie grub ein Loch in ihrem Geist und verscharrte die Erinnerungen darin.

Der Fluss lief mehrere Meilen schnurgerade, doch die Ufer zu beiden Seiten waren hoch, sodass man nur wenig sehen konnte außer dem weißen Fleck der Berge zur Linken und dem braunen Wasser voraus. Kurz darauf ertönten Kinderstimmen im Bug, und die beiden, bis auf die Größe fast identisch und ihrer Mutter wie aus dem Gesicht geschnitten, tauchten auf.

Das Mädchen war ungefähr sechs Jahre alt. In feierlichem Ernst schüttelte sie Karan und Llian die Hände. Der Junge war jünger. Er drehte den Kopf weg und wollte sie nicht anschauen.

»Ich will meine Buße tun«, sagte Hassien, »dann frühstücken wir.« Sie führte eine Übung mit Verbeugen, Murmeln und eleganten Handbewegungen aus. Llian hatte so etwas noch nie gesehen.

Karan legte die Lippen an sein Ohr. »Die Menschen im Lande Ogur, weit im Süden unweit der Schwarzen See, haben ähnliche Rituale, hat man mir erzählt. Falls Hassien also tatsächlich von dort stammt, ist sie in der Tat weit weg von daheim.«

Hassien hob den Blick und sah Karan flüstern. Sie beendete den Ritus, stand dann auf und kam zu den beiden; offenbar verspürte sie das Bedürfnis, etwas erklären zu müssen.

»Unsere Leben sind nur Bruchstücke des Großen Plans. Wir können weder hoffen, ihn zu verstehen, noch, ihn zu beeinflussen; wir können nur die Schatten von unserer Tür fernhalten. Die Verbrechen der Vergangenheit ziehen sie zu uns. Daher tue ich Buße.«

Hassien holte eine große Holzschüssel. Das Boot schaukelte leicht, als sie sich bewegte. »Wollt ihr das Essen mit uns teilen?«, fragte sie und schaute zuerst Karan, dann Llian an. Pender, der noch immer murrend am Ruder saß, würdigte sie indessen keines Blickes.

Karan lächelte. »Eure Essensgabe wird uns die Reise erleichtern, *halima nassa ak-tullipu mas*«, sagte sie. »Mit Freude und Dank nehmen wir an.« Kurz hellte sich Hassiens Gesicht auf.

Die Schüssel enthielt unterschiedliche Trockenfrüchte, selbst die wunderbaren Gellon, die Shand so gern hatte. Getrocknete Gellon hatte Llian bisher noch nie probiert. Dazu gab es dunkles Brot, einen kräftigen gelben Käse und einen Haufen dreieckiger Nüsse. Karan nahm ein Stück Brot und bot es Hassien an, wie es Brauch bei deren Volk war; doch Hassien lächelte nur und schüttelte den Kopf.

Sie aßen. Nachdem sich jeder genommen hatte, was er wollte, und auch die Kinder gegessen hatten, nahm Hassien wieder die Schüssel und bot sie Pender mit einer ironischen

Verbeugung an. Der behielt das Ruder in der Hand und schaute die ganze Zeit vorwärts, während er sich mit der Linken den Rest des Essens in den Mund schaufelte. Als er fertig war, verneigte Hassien sich erneut, diesmal sogar noch tiefer, und kehrte wieder zum Bug zurück. Fragend schaute sie ihre beiden Passagiere an. Karan und Llian saßen dicht beisammen. Sie berührten sich an Schulter, Hüfte und Knie, und den ganzen Tag über lösten sie sich nicht voneinander.

»Wie lange dauert die Fahrt nach Sith?«, fragte Karan Hassien viel später.

»Sobald wir die Hügel hinter uns haben, fließt der Fluss nur noch träge und windet sich. Wenn wir nur bei Tag fahren, schätze ich fünf, sechs Tage.«

»Und wenn wir Tag und Nacht fahren?«

»Dann ein wenig mehr als zwei Tage. Wünscht ihr das?«

»Wir müssen.«

»Pender hat auf dem Fluss nicht seinesgleichen«, sagte Hassien, doch ohne Stolz oder Zuneigung. »Sie werden uns nicht einholen.«

Karan, die sich ein wenig auf Boote verstand, sah, dass das keine Prahlerei war. Pender mochte ja ein mürrischer, fetter Kerl sein, aber er lenkte das Boot mit solcher Eleganz und Sicherheit, dass er mit ihm eins zu sein schien und das Boot mit dem Fluss.

»Wie kommt es, dass der beste Schiffer auf dem Fluss keine Arbeit hat?«, erkundigte sich Llian.

»Wir sind Fremde. Das Volk von Narne ist kalt, gehässig und misstrauisch. Uns hat man nur die Arbeit gegeben, die sonst niemand haben will.«

Sie fuhren den ganzen Tag hindurch wie auch die ganze Nacht und den nächsten Tag und die nächste Nacht. Die Sonne ging spät auf und früh unter, und ihr schräg fallendes Licht spendete nur wenig Wärme. Jede Nacht stieg Nebel vom Fluss auf und blieb, bis er vom Morgenwind vertrieben wurde; doch er beeinflusste weder ihren Kurs noch ihre Geschwindigkeit im Mindesten. Bisweilen hatte es den Anschein, als würde Pender das Boot nur nach Gefühl steuern, oder vielleicht waren es kaum wahrnehmbare Veränderungen in den Geräuschen des Flusses, die ihn von einem Ort zum nächsten führten. Am Ende des ersten Tages wichen die Berge und die hohen, bewaldeten Hügel einem sanften, welligen Land. Als dann ein anderer, genauso breiter Fluss, der seinen Ursprung hoch in den Bergen hatte, in den Garr floss, erreichten sie den westlichen Rand der Ebene von Iagador. Rasch wurden die Ufer immer niedriger. Nun konnten sie zu ihrer Rechten eine baumlose Ebene sehen, die sich bis zum Horizont erstreckte. Zu ihrer Linken waren die Berge nun weit weg, und die Sonne spiegelte sich auf ihren schneebedeckten Flanken. Hier und da kamen sie durch kleine Wälder, obwohl die Ufer größtenteils mit Gras oder herbstlichen Stoppelfeldern bewachsen waren.

Gegen Nachmittag des zweiten Tages folgten niedrige Felskämme dem Grasland, steil und felsig auf der nördlichen und sanft gewellt und mit Heidekraut bewachsen auf der anderen Seite.

»Das ist das Land Crayde«, erklärte Hassien und deutete auf die kahlen Hügel zu ihrer Linken.

Llian schaute sich das Land ohne großes Interesse an. Das unglückliche, verarmte Volk dieses Landes spielte kaum eine Rolle in den Historien. Nirgends fand sich eine Spur von Besiedlung, weder Festungen noch Dörfer oder Straßen, nur das langweilige Vorgebirge und dahinter die Berge von Fildorion. Sie fuhren weiter.

Karan sprach nicht mehr über ihre Tortur bei den Whelm, und Llian, der es sich auch so schon gut genug vorstellen konnte, fragte sie auch nicht danach. Zuerst war sie noch schwach, doch sie erholte sich rasch, und je näher sie Sith und damit dem Ende ihrer Mission kamen, desto fröhlicher wurde sie. Aber sie wollte noch immer nicht sagen, wem sie den Spiegel geben wollte, obwohl offensichtlich war, dass sie hoffte, Maigraith sei bereits dort. Karan sprach oft von ihr und stets mit Sehnsucht.

Es war gegen Mittag des dritten Tages, als der Fluss sich scharf nach Osten wand. Dort führte ein steilwandiger Kanal von gut hundert Spannen Breite in sanftem Schwung vom Fluss fort.

Was muss das für eine gewaltige Arbeit gewesen sein, sinnierte Llian, als die Strömung sie an dem Kanal vorbeitrug. Dann trieben sie ein langes, gerades Stück zwischen hohen Felsklippen hinunter, und hinter einer weiteren scharfen Biegung ging es gen Süden. Die Klippen verschwanden, und vor ihnen lag die uralte Steinbrücke mit ihrem mächtigen, eisernen Mittelbogen, über die der Hochweg verlief, während sich links Boote von unterschiedlichster Art am Ufer von Sith drängten. Jenseits der Landestellen bedeckte die Stadt sämtliche Hänge der Insel.

Karan stieß einen lauten Seufzer aus. »Sith. Endlich. Wenn ich schon in einer Stadt sein muss, dann hier. Das ist so ein schöner Ort. Und die Menschen sind warmherzig und großzügig.«

»Thurkad magst du nicht?«

»*Thurkad!* Diese verdreckte, schreckliche Stadt. Thurkad ist wie Narne, nur tausend Mal größer, schäbiger und böswilliger. Erwähne das ja nie wieder.«

Und Sith *war* eine schöne Stadt – jedenfalls demnach zu

urteilen, was Llian vom Boot aus sehen konnte. Sie war vollständig aus gelbem Sandstein gebaut. Die Türme schimmerten in der Nachmittagssonne, und das Licht ließ die Schieferdächer silbern glänzen. Selbst die Landungsstege waren sauber und ordentlich, obwohl es dort sehr geschäftig zuging.

»Nach Sith ... Willst du dann noch immer tun, was du gesagt hast?«

Die niedrigstehende Sonne schien durch ihr Haar, sodass es wie flüssige Bronze aus einem Schmelztiegel schimmerte. Karan zögerte noch nicht einmal.

»Natürlich. Ich werde heim nach Gothryme gehen. Oh, wie sehr ich mich nach meiner Heimat sehne. Und das Gut wird mich brauchen, besonders wenn der Krieg dorthin kommen sollte.«

»Vielleicht werden dich ja auch hier noch Pflichten erwarten.«

»Ich bin niemandem verpflichtet außer mir selbst. Bannador ist ein freies Land, und wir sind ein freies Volk. Selbst wenn Maigraith mich auf den Knien anflehen sollte, will ich nichts mehr mit dieser Sache zu tun haben. Was ist mir dir?«

Llian schwieg. Gothryme war nicht der Ort, wo dieses Problem gelöst oder seine Geschichte vervollständigt werden würde. Der Spiegel würde weiterziehen, und er wäre nicht in der Lage, ihm zu folgen. Und da war noch seine Schuld Mendark gegenüber. Früher oder später würde man ihn dazu auffordern, sie zu begleichen – später, hoffte er, nach seinem Versagen in Bezug auf den Spiegel. Tatsächlich hatte Llian Angst vor diesem Tag. Auch er wollte Ruhe und Frieden und nicht jeden Tag die Last der Welt auf den Schultern tragen. Und außerdem, wie könnte er sich jetzt noch von Karan trennen?

»Man hat mir erzählt, Gothryme sei der perfekteste Ort der Welt«, sagte er. »Dort plane ich, den Winter zu verbringen.«

»Und nach dem Winter?«

»Ich weiß es nicht. Ich werde wohl auf ein Zeichen warten.«

Die freie Stadt Sith lag auf einem hügeligen Stück Land, das auf allen Seiten bis auf den Süden vom Fluss umschlossen war. Im Süden hatten die Gründerväter der Stadt vor langer Zeit einen breiten und tiefen Kanal ausgehoben, der die beiden Arme der Flussschlinge miteinander verband. Auf diese Weise hatten sie eine Insel von gut sechs Meilen Länge und anderthalb Meilen Breite geschaffen. Und auf diesem felsigen Hügel, geschützt von den Wassern des Garr und seinen steilen Ufern, war diese große Handelsstadt gewachsen.

Pender lenkte das Boot ins ruhige Hafenwasser. Er bog in einen toten Arm ein und legte sich in die Ruder, während Hassien nach einem Anlegeplatz Ausschau hielt. Es dauerte nicht lange, und sie deutete auf solch eine Stelle. Pender schwenkte zu einer alten Landungsbrücke aus unbehauenen Stämmen ein. Selbst dort lagen Boote in drei Reihen, und die Gefährten mussten über sie hinwegsteigen, um mit ihren wenigen Habseligkeiten aufs Pier zu kommen.

Sie kletterten eine kurze Leiter hinauf, und Llian schaute sich um. Ein wahres Labyrinth von Landungsbrücken und Stegen erstreckte sich in alle Richtungen, und überall herrschte große Betriebsamkeit. In der Nähe luden Hafenarbeiter Kornsäcke von einem kleinen Schiff mit dreieckigen Segeln. Sie wankten unter den schweren Säcken, während ein Aufseher mit hochrotem Kopf sie vom Pier aus anbrüllte. Ein kleines Stück weiter versuchte ein Mädchen eine Gänseschar über eine schmale Planke zu locken. Das Führungstier hatte schon einen Fuß auf der Planke, weigerte sich aber weiterzugehen, und der Rest der Schar lief quakend auf dem Deck durcheinander.

Sie folgten Pender über die Landungsbrücken zum Zollhaus. Als sie es erreichten, stürmte ein Mann durch die Tür und prallte gegen Pender. Die beiden traten je einen Schritt zurück, und ein freudiges Grinsen erschien auf dem Gesicht des Mannes.

»Pender, alter Freund!«, rief der Mann und streckte die Arme aus. »Schön, dich zu sehen. Das ist jetzt bestimmt schon zwei Jahre her.« Er trat noch einen Schritt zurück und schaute sich seinen alten Freund an. »Aber was für eine Zeit, um auf dem Fluss zu sein.« Dann sah er Hassien und die Kinder, die schweigend an der Seite standen, und ein bestürzter Ausdruck legte sich auf sein Gesicht.

»Hassien!«, rief er. »Was führt dich denn in solch bösen Zeiten hierher?«

Hassien hatte gelächelt und war vorgetreten, als der Mann zu sprechen begonnen hatte; doch nun hielt sie verunsichert inne und schaute ihn verwundert an.

»Dirhan«, sagte sie, »was stimmt denn nicht? Wir sind aus Narne weggegangen, um in Sith zu leben. Ist hier irgendetwas im Argen?«

»Wie kann es sein, dass ihr noch nichts davon gehört habt? Aus Orist im Süden ist eine große Armee gekommen. Sämtliche Gebiete südlich des Garr sind bereits gefallen. Viliksha-thur wird belagert, und Yggur marschiert schon auf Sith. Die Vorhut wird die Kanalbrücke in ein paar Tagen erreichen. Ihr habt euch wahrlich eine unglückliche Stunde ausgesucht, um hierherzukommen. Habt ihr wirklich nichts davon gewusst?«

»Wir sind in Schwierigkeiten. Vor zweieinhalb Tagen sind wir aus Narne geflohen. Wir haben weder angehalten noch mit irgendjemandem gesprochen. Die beiden hier haben wir mitgebracht. Sie werden von Yggurs Schreckensgarde gejagt, die auch uns verfolgt. Wir brauchen ein Versteck.«

Hassien stellte Karan und Llian Dirhan vor, einem kleinen, dunkelhäutigen Mann mit schmalem Gesicht und Adlernase. »Ihr könnt von Glück sagen, dass ihr ausgerechnet jetzt gekommen seid«, bemerkte Dirhan. »Bei Einbruch der Nacht wird der Hafen geschlossen, und dann könnte noch nicht einmal ich euch hereinbringen. Auch am Morgen darf dann niemand mehr hinein aus Angst vor Yggurs Spionen. Sollten sie es jedoch darauf anlegen, könnten sie es noch immer bei Nacht über den Fluss versuchen und über die Klippen klettern. Kommt mit. Ich werde dafür sorgen, dass sich jemand um euer Boot kümmert.«

»Ihre Not *ist* groß«, sagte Karan, als sie die Rucksäcke wieder aufnahmen.

Dirhan schaute sie kurz neugierig an; dann rief er etwas und winkte mit dem Arm. Zwei Hafenarbeiter rannten herbei. Dirhan erteilte ihnen Anweisungen, und sie ruderten Penders Boot außer Sichtweite. Pender schaute ihm einen Augenblick lang hinterher, als fechte er einen inneren Kampf aus; dann nahm sein Gesicht einen leeren Ausdruck an. Er schnappte sich die kleine Truhe, die noch übrig war, und folgte Dirhan.

»Ihr werdet herausfinden, dass Sith in Kriegszeiten ein vollkommen anderer Ort ist«, sagte Dirhan zu Hassien, als er sie ins Zollhaus führte, ein langes, niedriges Gebäude aus gelbem Stein unmittelbar am Pier. »Ihr braucht jetzt einen Passierschein, um die Stadt betreten und dort bleiben zu dürfen. Ich werde alles Notwendige für euch arrangieren.«

Auf dem Weg hinaus kamen sie hinter dem Zollhaus an einem vierseitigen Basaltobelisken vorbei, der von oben bis unten mit kleinen Schriftzeichen vollgeschrieben war. Dirhan bemerkte Llians Interesse.

»Das sind die Gesetze von Sith«, erklärte er. »Du wirst ausreichend Gelegenheit haben, sie zu studieren, solange du hier bist. Tatsächlich musst du für den Passierschein ein Papier unterschreiben, indem du dich dazu verpflichtest, sie in allen Einzelheiten zu befolgen. Hier in Sith legen wir sehr großen Wert auf die Einhaltung der Gesetze.«

»Es würde Stunden dauern, sie alle zu lesen«, murrte Llian.

»Sie stehen an jeder Straßenecke«, sagte Karan. »Unterschreib einfach, dann können wir gehen.«

»Das ist korrekt«, bestätigte Dirhan, »aber um euren Passierschein gültig zu machen, müsst ihr zur Mauer der Aufzeichnungen gehen und dort eigenhändig einen Textabrieb machen, den ihr die ganze Zeit über bei euch tragen müsst. Kommt.«

Eine halbe Stunde später hielten sie ihre Passierscheine und Gesetzeskopien in der Hand. Sie wünschten Dirhan Lebewohl und machten sich auf den Weg in die Stadt.

»Es gibt eine Hütte in der Nähe von Dirhans Quartier, in der wir eine Weile wohnen werden«, sagte Hassien als Antwort auf Karans Frage.

Dort verabschiedeten sich Karan und Llian von Pender und Hassien. Karan führte Llian mit schnellen Schritten durch die übelsten Gassen und Nebenstraßen, sodass Llian nicht mehr die geringste Ahnung hatte, wo sie waren, als sie schließlich ihr Ziel erreichten: eine unscheinbare Tür in einer Sackgasse.

Energisch klopfte Karan an die Tür. Schließlich öffnete die Tür sich einen Spalt, und ein faltiges Gesicht spähte hinaus.

»Ich bin Karan. Ich muss Maigraith sehen. Sofort. Ist sie hier?«

»Die habe ich seit Monaten nicht mehr gesehen«, antwortete die Bewohnerin.

Karan ließ die Schultern hängen, und ihr Stimme bekam einen gereizten Unterton, als sie fortfuhr: »Dann möchte ich mit Faichand sprechen.«

»Ich kenne niemanden dieses Namens.«

»Ist denn irgendein Freund von Maigraith hier?«

»Gistel ist auch weg. Du sagst, dein Name sei Karan? Ich habe noch nie von dir gehört.«

»Ich bin eine Freundin von Maigraith. Bitte, lass uns hinein.«

Der Spalt weitete sich ein wenig. Das Gesicht gehörte einer alten Frau mit hängenden Wangen, spitzem Kinn und struppigem grauem Haar. Leuchtend blaue Augen musterten Karan und Llian. »Und wer ist *der?*«

»Ein Freund. Sein Name ist Llian. Er hat mir einen großen Dienst erwiesen. Lass uns rein. Es würde Maigraith gar nicht gefallen, wenn wir ihre Angelegenheiten zwischen Tür und Angel diskutieren.«

Karan schaute besorgt die Gasse rauf und runter. Im Augenblick war sie leer, doch auf der Straße dahinter zogen die Menschen dahin. Eine Kette rasselte, und die Tür schwang auf. Sie traten ein. Hinter ihnen legte die alte Frau die Kette wieder vor und führte sie dann durch einen schwach beleuchteten Gang und eine Treppe hinauf in eine kalte, verrauchte Kammer mit nur einem winzigen Fenster. In der hinteren Ecke des Raums brannte ein Feuer in einem kleinen Kamin, doch es gab nur wenig Wärme ab.

»Wartet hier«, sagte die alte Frau. »Ich werde etwas zu essen holen.« Rasch ging sie wieder hinaus.

Llian ließ seinen Rucksack auf den Boden fallen und setzte sich mit dem Rücken an die Wand. Ein abgenutzter Teppich mit rot-blauem Muster, das man im Zwielicht kaum erkennen konnte, lag auf dem Boden. Um die Feuerstelle herum waren schwarze Flecken auf dem Teppich zu sehen. Die Wände waren mit dunklem Holz verkleidet, und über dem Feuer hing ein kleiner, rußverschmierter Wandteppich. Eine Öllampe brannte in einer Halterung neben der Tür.

Karan stand neben dem Feuer und schaute in die Glut. Gedankenverloren stocherte sie mit der Stiefelspitze darin herum, und Funken stoben in die Luft.

»Jetzt mache ich mir wirklich Sorgen«, sagte sie. »Wo ist Maigraith? Und die alte Frau sagt, sie habe noch nie etwas von einer Faichand gehört. Sie muss lügen. Warum ist niemand hier?« Wütend trat sie wieder ins Feuer.

»Wir sind sehr schnell von Narne hierhergekommen. Normalerweise dauert eine solche Bootsfahrt vier, fünf Tage«, erwiderte Llian vernünftig. »Außerdem wusste niemand, dass du heute kommst – oder wann und ob überhaupt.«

»Ich bin erschöpft, Llian. Ich kann mich nicht mehr weitertreiben. Das Einzige, was mich bis jetzt aufrecht gehalten hat, war der Gedanke, dass ich den Spiegel hier würde abgeben können. Ihn weiter mitzunehmen kann ich nicht ertragen, und außerdem ... wo sollte ich hin?« *Und noch dazu ohne Hilfe meines Talents,* fügte sie in Gedanken hinzu. Seit Narne hatte sie sich selbst von ihrer Gabe abgeschnitten.

Die alte Frau kehrte mit Essen wieder zurück. Es waren einfache Speisen. Die Frau entschuldigte sich dafür und gab dem Krieg die Schuld daran. Sie war zwar höflich, beäugte die beiden aber misstrauisch, und als sie hinausging, schloss sie die Tür hinter sich.

»Sie weiß nicht, was sie mit uns tun soll«, sagte Llian. »Irgendetwas ist schiefgelaufen. Sie hat keine Instruktionen und ist dementsprechend verängstigt. Oh ... und wer ist Faichand?«

»Sie ist diejenige, der ich den Spiegel geben soll. Sie ist Maigraith' Herrin. Ich darf nicht über sie sprechen.«

»Ich habe Angst«, sagte Karan, nachdem sie gegessen hatten. »Sith ist stark, aber wie soll die Stadt solch einem Heer widerstehen? Der Fluss wird sie nur ein paar Tage lang aufhalten. Und selbst wenn Sith Widerstand leisten sollte, wird das Umland fallen, und wir sitzen hier fest.«

»Wie lange willst du auf sie warten?«

»Nicht lange. Oh, warum bin ich überhaupt hierhergekommen? Dieser Ort ist genauso schlimm wie Shazmak – schlimmer noch, denn dort hat man mich wenigstens geliebt. Mein Herz sagt mir, dass irgendetwas schrecklich schiefgelaufen ist, aber wo soll ich hin? Die Last dieses Dings ist zu schwer für mich geworden.«

Dann gibt es da also wenigstens keinen Konflikt mehr, dachte Llian. *Es bleibt nur ein sicherer Ort. Mendark wird uns helfen, und ich kann dann auch gleichzeitig meine Schuld ihm gegenüber begleichen.* »Komm mit nach Norden, nach Thurkad. Mendark wird dich aufnehmen.«

»Ah, ja, Mendark! Ich wusste, dass du wieder auf deinen Plan zurückkommen würdest, wenn ich mich an niemanden mehr wenden kann. Ich frage mich nur, was er wohl für seinen Schutz verlangen wird. Nein, ich werde erst mal darauf hoffen, dass Faichand wieder zurückkehrt. Thurkad ist nur die letzte Möglichkeit.«

Die Tage vergingen, und es waren elende Tage in diesem beengten Raum. Karan war launisch und ängstlich. Am fünften Tag nach ihrer Ankunft rückten Yggurs Truppen zum Südufer vor, und Sith wurde belagert. Die alte Frau kam zweimal am Tag mit Essen und Trinken, doch die Rationen wurden immer kleiner. Llian verbrachte die meiste Zeit mit dem Schreiben seiner Historien. Gut verpackt in einer Gürteltasche, nahm er sein Tagebuch überall hin mit aus Angst, seine Aufzeichnungen für die *Geschichte des Spiegels* zu verlieren.

Es war spät in der Nacht. Llian saß in eine Decke gewickelt auf dem Boden und versuchte, im schwachen Feuerschein ein Buch zu lesen, das er im Schrank gefunden hatte. Karan schlief auf der anderen Seite des Raums. Schwere Schritte hallten durch den Flur, Bodenbretter knarrten, und vor der Tür waren gedämpfte Stimmen zu hören.

Dann öffnete sich die Tür, und ein Mann trat herein. Er trug einen langen, mit Wolle gefütterten Ledermantel. Schnee lag dick auf seinen Schultern, seinem braunen Haar und Bart. Er war ungefähr von Llians Größe, nur viel schwerer, und zwar jung, aber bereits mit leichtem Bauchansatz. Der Mann schaute Llian an und wollte etwas sagen. Dann sah er das in Decken gehüllte Bündel auf der anderen Seite des Raums und ging zu ihr.

Er bückte sich und schüttelte Karan grob an der Schulter. Sie wachte erschrocken auf, setzte sich auf und schlug seine Hand weg. Dann schob sie sich das Haar aus dem Gesicht und stand auf.

»Wer bist du?«

»Ich bin Gistel. Was hast du hier verloren?«

»Was ich hier verloren habe?«, schrie Karan. »Wo ist Faichand? Ich muss sie dringend sehen. Ich bin in Maigraith' Angelegenheiten unterwegs.«

»Sie war schon seit vielen Wochen nicht mehr hier«, sagte Gistel wütend. »Erkläre dich! Wer bist du? Du sagst, du hättest eine Nachricht von Maigraith; aber wir wissen, dass Maigraith in Fiz Gorgo gefangen gehalten wird und dass sie alleine gegangen ist.«

»Ich habe sie dorthin begleitet. Ich bin entkommen, und sie hat sich seitdem selbst befreit. Ich habe versprochen, hierher zu Faichand zu kommen, und das habe ich hiermit auch getan, obwohl es mich viel gekostet hat.«

»Faichand ist schon lange von hier weg«, sagte Gistel widerwillig. »Sie machte sich Sorgen wegen der Mission. Vielleicht ist sie ja gegangen, um Maigraith zu befreien. Ich weiß es nicht, denn sie hat sich mir nicht anvertraut, und seitdem haben wir keine Nachrichten mehr bekommen. Und wer ist dieser widerwärtige Zain? Wie kannst du es wagen, ihn hierher zu bringen?«

Karan riss das Knie hoch, um es ihm in den Unterleib zu

rammen. Gistel sprang zurück, stolperte und fiel gegen den Kaminsims, woraufhin sich eine Rußwolke über seinen Kopf ergoss. Llian brüllte vor Lachen.

»Sag das nie wieder.« Karans Stimme klang tödlich ruhig. »Er war mir eine große Hilfe; also hat er auch *ihr* einen Dienst erwiesen.«

Gistel wischte sich den Ruß aus dem Gesicht und stand auf. Seine Augen funkelten vor Zorn, doch er sah, dass Karan die Hand aufs Messer gelegt hatte.

»Und wo ist sie?«, wiederholte sie. »Wenn der verdammte Spiegel so wichtig ist, warum ist sie dann nicht hier, um ihn zu nehmen? Ich habe ihn nie gewollt!« Unvermittelt riss sie den Spiegel aus der Tasche und warf ihn Gistel vor die Füße. »Da! Nimm ihn! Bewache ihn, bis sie kommt, um ihn zu holen. Ich habe meine Pflicht getan.«

Der Spiegel klimperte, während er über den Boden rollte, dann entrollte er sich langsam zu einem schimmernden Blatt. Gistels Gesicht war ein Bild des Verlangens nach diesem wertvollen Ding. Lange Zeit passierte gar nichts. Schließlich bückte er sich langsam, um ihn aufzuheben. Karans Hand glitt wieder zum Messer. Seine Finger berührten den Spiegel, dann zog er sie wieder zurück. Er blickte auf und sah den Ausdruck auf Karans Gesicht. Langsam erhob er sich, trat vorsichtig um den Spiegel herum und ging hinaus. Leise schloss er die Tür hinter sich.

Karan ging zu Llian hinüber. Tränen schimmerten in ihren Augen, als sie den Kopf auf seine Schulter sinken ließ. Llian schlang die Arme um sie.

»Ich bin auch nicht für diese Art von Arbeit geschaffen«, sagte er. »Was würde ich nicht dafür geben, wieder in Chanthed zu sein, in einer Taverne zu sitzen, ein Bier neben mir oder in einer regnerischen Nacht eine Geschichte am Feuer zu erzählen, während draußen der Wind heult. Auch Mendark hat viele Fragen zu beantworten.«

Kapitel siebzehn

Flüchtlinge

Als sie am nächsten Morgen erwachte, hatte Karan das Gefühl, in einer niederträchtigen und zugleich gleichgültigen Welt ausgesetzt worden zu sein. Es regnete, war windig und kalt. Sturmböen hatten in der Nacht ein paar Ziegel vom Dach geweht, und seit Stunden drang Wasser herein. Es war die Wände heruntergelaufen und hatte sich auf dem Boden gesammelt, sodass der Teppich inzwischen vollkommen durchtränkt war, und das Zimmer roch wie ein nasser Hund. Bei Sonnenaufgang wachte Karan erschrocken auf, geweckt von einem hartnäckigen Aspekt ihres gegenwärtigen Albtraums.

»Irgendetwas Schreckliches ist in Shazmak geschehen«, sagte sie mit düsterer Stimme. »Ich habe es geträumt.«

Llian, der am Feuer lag, stöhnte und zog sich eine Decke über den Kopf. Er wollte noch mindestens zwei Stunden schlafen. Dann musste er jedoch erkennen, dass er keinen Schlaf mehr bekommen würde, und so rappelte er sich auf und versuchte, sich auf Karans Worte zu konzentrieren.

»Vergangene Nacht habe ich von den Whelm geträumt. Sie kamen in einem großen, vernichtenden Schwarm, aber sie waren anders als die Whelm, die ich kenne, und die Aachim waren machtlos gegen sie … so machtlos, wie ich in jener Nacht gewesen bin.« *Und ich bin auch jetzt hilflos*, dachte sie. *Ich habe keinen Willen mehr, und ich kann nirgends mehr hin, und ich fürchte mich davor, mein Talent zu benutzen. Ohne es habe ich das Gefühl, nicht nur verrückt, sondern auch noch blind zu werden.*

Während sie sprach, hatte die Decke begonnen, unter dem Gewicht des Wassers in der Mitte durchzusacken. Nun brach sie, und eine dreckige Brühe ergoss sich auf Karans Bett. Das war zu viel! Die ganze Welt schien sich in der Nacht auf den Kopf gestellt zu haben. Karan begann zu weinen, sprang dann aus dem Bett, platschte im Unterhemd über den Teppich und kroch unter Llians Decken. Llian drückte sie an sich und bemerkte dabei, wie dünn sie geworden war. Aber mit der Berührung sprang auch ein Bruchstück ihres Traums auf ihn über, und er schrie auf, als er erkannte, wer die Whelm tatsächlich waren.

»Ghâshâd! Sie sind Ghâshâd!«

Karan wimmerte und klammerte sich noch enger an ihn. Dass er ihnen nun einen Namen geben konnte, löste eine wahre Explosion in Llians Geist aus. Die Historien sprachen von den Ghâshâd. In uralter Zeit hatte Rulke sie erweckt, nachdem die Zain versagt hatten. Sie waren gnadenlose Feinde der Aachim gewesen.

»Wo hat Yggur die Whelm überhaupt gefunden?«, überlegte Llian laut. »Seit tausend Jahren sind die Ghâshâd nicht mehr in den Historien erwähnt worden … nicht seit Rulke im Nachtland eingesperrt worden ist.«

»Wir können uns an unseren wahren Herrn noch nicht einmal erinnern; so lange ist er schon verschwunden«, sagte Karan unter der Decke.

»Was?«

»Idlis hat das vor langer Zeit zu mir gesagt. Und er hat auch gesagt, sie kämen aus dem eisigen Süden.«

Als Karan wieder eingeschlafen war, stand Llian auf und schaute durch das winzige Fenster auf die Gasse hinunter und in den Regen und Nebel. In diesem Wetter konnte Yggur überall am Ostufer der Insel Boote anlanden, und niemand würde etwas davon bemerken, bis die Truppen an Land gingen.

Wenn das Wetter anhielt, würde Yggur bei Einbruch der Nacht in der Stadt sein.

Unten saß die alte Frau auf einem alten Rohrstuhl am Küchenfeuer und las mit zusammengekniffenen Augen ein in Grün gebundenes Buch.

»Was gibt es Neues?«, begrüßte Llian sie. Sie deutete auf einen zerbeulten Topf auf dem Herd, und erst nachdem Llian sich mit einem dampfenden Becher in der Hand zu ihr gesetzt hatte, begann sie zu sprechen. Da nun Gistel die Verantwortung für die beiden Fremden übernommen hatte, war sie weit herzlicher.

»Es steht sehr schlimm. Die Stadt versinkt im Chaos. Große Angst ist über uns gekommen; sie war überall zu spüren, wo ich heute Morgen hingegangen bin. Aber was soll ich im Leben noch fürchten außer der Art, wie es endet? Ich habe keine Angst vor dem Tod, und doch empfinde ich heute Furcht. Selbst die Wasserträger verstecken sich.«

Sie blätterte weiter. Llian nippte an dem bitteren, verkochten Kaffee. Draußen hatte es offenbar aufgehört zu regnen.

»Es gibt da allerdings eine Sache ...«, sinnierte sie. »Yggurs Schreckensgarde, die Whelm ... Gestern waren sie überall auf der anderen Seite des Flusses und haben die Operationen geleitet; doch heute sind sie verschwunden. Nicht einer von ihnen war zu sehen, bevor der Nebel alles verhüllt hat. Vielleicht werden sie ja hier nicht mehr gebraucht und sind weitergezogen, um andere zu quälen.«

»Vielleicht«, sagte Llian und trank den letzten Schluck Kaffee. Der Becher bestand aus massivem Silber und war sehr schwer. Er wirkte irgendwie fehl am Platze in diesem schäbigen Haus. Ein Schauder lief Llian über den Rücken. Whelm. Ghâshâd. *Ghâshâd!* Vielleicht war Karans Traum doch wahr gewesen. Vielleicht waren sie *wirklich* nach Shazmak gegangen. Aber wie auch immer ... die Probleme der Gegenwart waren drängender. »Wir müssen fort von hier. Weder Faichand noch Maigraith werden jetzt noch kommen. Aber wo können wir hin? Würde Gistel uns helfen?«

Die alte Frau schaute sich in der leeren Küche um. »Gistel!«, sagte sie mehr zu sich selbst. »Vielleicht, obwohl ich ihn nie sonderlich gemocht habe. Und jetzt mache ich mir auch über ihn Gedanken. Er war ebenfalls lange weg. Nur wo?« Sie schaute von ihrem Buch auf und sah Llian an, als würde sie auch ihn abschätzen. »Ich glaube, es ist zu spät. Was macht es überhaupt für einen Unterschied, ob ihr geht oder bleibt? Wenn ihr gehen wollt, dann geht. Aber ihr könnt nirgendwo hin außer nach Thurkad, und ihr werdet zu Fuß gehen müssen.«

Während sie sprach, kam Karan in die Küche. »Ich habe Angst, nach Thurkad zu gehen«, murmelte Karan.

»Und ich habe Angst, hier zu bleiben«, sagte die alte Frau, »aber ich bin zu alt zum Fliehen. Ihr hättet ein Boot zum Meer nehmen sollen, doch ihr habt zu lange gewartet. Der Feind hält jetzt ganz Iagador südlich des Flusses. Kein Schiffer könnte euch jetzt noch dorthin bringen.«

»Ich kenne einen, der es vielleicht doch könnte«, sagte Llian nachdenklich.

Um elf Uhr in jener Nacht war der Nebel so dicht, dass sie nicht vom einen Ende des Boots zum anderen sehen konnten. Zusammen kauerten sie in der Mitte und warteten. Karan war apathisch, Llian nervös. Hinter ihnen fluchte Pender immer und immer wieder mit ein und demselben Wort: »Farsh! Farsh! Farsh!« Eine kalte Brise frischte kurz auf.

»Wo bleibt Gistel?«, fragte Pender wütend. »Er hätte schon vor einer Stunde hier sein sollen. Wind kommt auf; der Nebel wird sich bald auflösen. Euer Führer ist wohl ein Verräter, äh!« Er schickte sich an, aus dem Boot zu steigen.

Llian hatte die gleiche Angst, doch er durfte Pender nicht gehen lassen. »Warte noch!«, rief er.

»Nein. Sie kommen!«

Und dem war auch so. Hinter ihnen, weiter die Insel hinauf, waren Waffengeklirr und menschliche Schreie zu hören. Erneut wehte eine Brise herbei. Der Nebel begann, sich mit Furcht erregender Geschwindigkeit aufzulösen. Erst waren die glänzenden Dächer der Türme zu sehen, dann die Türme selbst, obwohl sich der Dunst über dem Fluss selbst noch hielt. Kaltes Mondlicht schien auf Sith herab. Llian packte Pender am Arm und zwang ihn grob, sich wieder zu setzen.

»Bleib!«, sagte er. »Wir gehen – mit Gistel oder ohne.«

»Dann noch fünf Minuten. Aber nicht mehr.«

Sie warteten angespannt. Das Schreien wurde lauter. Hinter dem Pier brach ein Feuer zwischen den Gebäuden aus und verbreitete sich rasch über den Hügel. Dann züngelten an anderer Stelle Flammen empor, diesmal näher am Ufer. Menschen strömten aus den engen Straßen aufs offenere Ufer. Ein Mann eilte mit gesenktem Kopf die Anlegestellen entlang.

»Da ist er ja«, sagte Llian, stand auf und hielt sich am Rand des Stegs fest. »Hoi! Hier drüben!«, rief er und winkte.

Pender richtete sich ebenfalls auf. Gistel rannte nun auf sie zu. »*Farsh!*«, fluchte Pender und ließ sich wieder auf die Bank fallen, sodass das ganze Boot zu schaukeln begann. Er riss an der Leine. Llian schaute sich verständnislos um. Dann sah er zwei vermummte Gestalten hinter ihnen; sie rannten ebenfalls. Pender stieß das Boot vom Steg ab. Llian geriet ins Wanken und fiel rückwärts gegen den Bug.

Nun teilte der Wind den Nebel über dem Fluss in mehrere kleine und große Wolken. Pender legte sich in die Riemen und lenkte das Boot geschickt auf die nächstgelegene Nebelbank zu. Drei weitere Gestalten hielten auf die Stelle zu, von der sie geflohen waren. Vor dem Hintergrund der brennenden Lagerhäuser waren sie deutlich zu erkennen. Eine von ihnen deutete mit einem langen Arm, eine andere kniete nieder. Ein Armbrustbolzen schlug in die Seite des Boots, nicht weit entfernt von Penders Hand. Pender fluchte erneut und legte sich in die Ruder; das Boot wirbelte herum und verschwand im Nebel.

Fast zur gleichen Zeit glitt ein mit Schlamm und Zweigen verkleidetes Dingi nahezu lautlos auf den felsigen Strand der Südseite der Insel. Ein massiger Schatten stieg hinaus und klammerte sich an den nassen Felsen fest, während das Dingi sich wieder in die Dunkelheit hinausdrehte. Der Schatten stieg die Klippen in Schwärze und Nebel empor und kroch in die Stadt. Dort huschte er suchend herum, und selbst inmitten all der Gewalt dieser schrecklichen Nacht blieben die Menschen stehen, um diese gequälte, furchtbare Kreatur anzustarren. Das Gesicht mit dem schwarzen Bart zeigte keinerlei Regung; doch das Licht der Flammen betonte die beiden geschwungenen Narben auf Emmants Wange.

»Was soll ich tun, äh?«, fragte Pender, als sie im Schilf auf der Nordseite des Flusses kauerten, gut drei Meilen oder mehr flussabwärts.

Die vergangenen drei Stunden über waren sie immer wieder Patrouillen des Feindes ausgewichen. Sie waren von einer Nebelbank zur nächsten gehuscht, und als der Nebel sich endgültig aufgelöst hatte, hatten sie sich in die unzähligen Nebenarme des Unteren Garr geflüchtet und sich unter überhängenden Bäumen verborgen. Manchmal waren sie auch durch die Ufermarschen gewatet und hatten das Boot hinter sich hergezogen. Im hellen Mondlicht war es unmöglich, sich auf dem Fluss selbst zu verstecken.

Llian war von seiner eigenen Unentschlossenheit am Boden zerstört. Er kannte das Land nicht und glaubte dementsprechend auch nicht, dass er sie nach Thurkad bringen könnte – besonders nicht, da die Soldaten von Yggurs Armee weiter nach ihnen Ausschau halten würden. Ursprünglich hatte er gedacht, dass Gistel sie dorthin bringen würde. Karan wiederum kannte das Land zwar gut, aber die stolze, selbstbewusste Karan, die Llian in Tullin kennen gelernt hatte, war verschwunden. An ihrer Stelle sah er nun eine Fremde vor sich, in sich gekehrt und elend. Wenn Llian sie ansprach, wiederholte sie immer nur: »Ich habe Angst, nach Thurkad zu gehen.«

»Wir konnten aber nicht in Sith bleiben.«

»Das weiß ich. Ich habe mich sogar noch mehr davor gefürchtet zu bleiben.«

»Was ist mit Bannador?«

»Ich hätte von Shazmak aus direkt dorthin gehen, ja dich sogar zurücklassen sollen. Einmal habe ich wirklich darüber nachgedacht. Jetzt ist es aber zu spät dafür. *Sie* sind mit Sicherheit schon dort und warten auf mich.«

»Und jenseits des Meeres?«, fragte Llian zweifelnd.

»Sie sind mir den ganzen Weg gefolgt. Auf den Ebenen von Almadin kann ich mich nicht verstecken.«

»Was sollen wir nur tun?«, jammerte Llian und schaute zu Pender.

Es war neu für Pender, gefragt zu werden, doch im Augenblick schwieg er erst einmal. Er war wie verwandelt: Auf dem Boot war er so fähig und gebieterisch, wie er unbeholfen und mürrisch an Land war.

»Inzwischen stelle ich die ganze Mission in Frage«, sagte Karan. »Was hat *sie* überhaupt für ein Recht am Spiegel? Ihr Name hallt in meinem Kopf wider, und es ist ein misstönendes

Geräusch. Inzwischen glaube ich, dass es genauso schlimm wäre, ihn ihr zu geben wie Tensor. Ich weiß nicht mehr, was richtig ist und was nicht. Mein Urteilsvermögen lässt mich genauso im Stich wie mein Selbstvertrauen. Irgendwie kommt mir alles einfach nur sinnlos vor.«

»Vom Weglaufen und Verstecken verstehe ich etwas«, sagte Pender mit seiner nasalen Stimme. »Ich würde mich in Thurkad verstecken. Ein übler Ort, äh! Es gibt da Orte, da würden noch nicht einmal *eure* Feinde hingehen. Und die Stadt ist auch viel stärker verteidigt als Sith.«

»Wir können nirgendwo sonst hin, Karan. Wir müssen nach Thurkad gehen.«

Karan wandte sich ab und starrte aufs Wasser hinaus. Sie zitterte, und obwohl sie die Augen fest zukniff, entkamen zwei Tränen.

Pender sah die Tränen und das darin verborgene Flehen. *Du bist ein gutes Mädchen*, dachte er. *Für dich würde ich es tun, wenn du mich darum bittest.*

»Ich kenne das Land zwischen hier und Thurkad nicht«, erklärte er mit dem Widerwillen eines Seemanns für jede Reiseform, für die man die Füße benutzen musste. »Und noch nicht einmal ich kann euch jetzt noch bei Tageslicht den Fluss hinunterbringen. Aber es gibt viele Kanäle in den Marschen, und jenseits davon beginnt das Delta mit seinen vielen Armen, äh! In einer wirklich dunklen Nacht kann ich euch bis zum Meer bringen. Von da an müsst ihr euch selbst den Weg nach Thurkad suchen.«

Doch diese Nacht war klar und hell, von Nebel keine Spur, und der Mond stand voll am Himmel. Die nächste Nacht war nicht anders, und so verbrachten sie zwei kalte, trostlose Tage im Schilf. In der dritten Nacht war es jedoch bewölkt, nebelig und dunkel, und kaum war die Sonne untergegangen, da machten sie sich auf den Weg.

Karan sprach kaum ein Wort auf dieser Reise – sie war übermannt von Hilflosigkeit und Resignation. Sie hatte nichts mehr zu geben. Wenn doch nur Maigraith gekommen wäre; aber nun würde sie sie niemals finden. Karan konnte Yggurs Kraft überall um sich herum fühlen, und auch die Whelm. Jenseits von Yggur wuchsen die Träume von jenen Augen: Sie wurden immer größer, böswilliger, und sie kamen näher. *Er* wollte sie; sie war Teil *seiner* Ziele. Tag und Nacht verschmolzen zu einem grauenhaften Traum. Und jenseits davon verfolgte sie ein namenloser, persönlicher Schrecken. Allmählich fürchtete Karan, den Verstand zu verlieren, obwohl sie ein wenig Trost aus Llians Gegenwart zog. Selbst Pender mit seiner söldnerischen Standhaftigkeit stellte ein Bollwerk gegen ihre Ängste dar.

Pender führte sie durch die Kanäle der Marschen, und gegen Morgen, als der Wind von Osten kam, konnte sie Meersalz riechen. Pender bestand darauf, dass sie sich tagsüber in den Sümpfen versteckten, und das war auch gut, denn am Morgen war der Feind überall in kleinen Booten unterwegs. Sie durchkämmten die Kanäle, und später am Tag hörten die Gefährten das Knarren von Rudern, als eine kleine Flotte an ihnen vorbei flussaufwärts fuhr.

Als sie zum ersten Mal das Salz des Meeres rochen, erschien ein wehmütiger Ausdruck auf Penders Gesicht. »Oh, wie sehr ich mich nach dem Meer sehne«, seufzte er unglücklich.

Das erweckte zum ersten Mal seit Tagen Karans Interesse. »Was ist passiert?«, fragte sie.

»Ich hatte mein eigenes kleines Schiff«, antwortete Pender, »mit dem ich Fracht an der Küste entlang transportiert habe und manchmal auch übers Meer. Aber ich hatte zu viele Feinde, viel zu viele Feinde.« Sein Groll war ihm deutlich anzumerken. »Sie wollten mich nicht. Ich habe ihnen ihren Profit streitig gemacht, äh! Sie haben sich gegen mich zusammengetan, gejagt und mein Boot angezündet. Alles hat gebrannt. Ich konnte nichts mehr bezahlen und musste fliehen. Ich war der beste Seemann auf dem Meer von Thurkad, und jetzt paddele ich über diesen stinkenden Fluss und verdiene noch nicht einmal genug zum Essen und Trinken.«

Am Abend wichen sie den Patrouillen ohne Schwierigkeiten aus, und gegen Mitternacht erreichten sie das Meer über den nördlichsten Arm des Deltas. Der Wind wehte stark aus Richtung Norden, und eine starke Brandung brach sich an einer Sandbank kurz vor der Küste. Wellen schlugen gegen die Seite des Bootes; Wasser schwappte hinein, und der Wind blies den Gefährten die Gischt ins Gesicht. Innerhalb weniger Minuten waren sie vollkommen durchnässt. Pender wendete gen Norden, und die Gischt ließ nach, auch wenn das Boot weiterhin steil über die Wellen stieg und auf der anderen Seite wieder herunterstürzte.

»Ihr seid jetzt in Sicherheit – oder zumindest so sicher, wie ihr sein könnt«, rief er über den Wind hinweg. »Ich werde jetzt an den Strand fahren. Von dort aus ist es nicht mehr weit zum nächsten Dorf, äh! Da könnt ihr euch dann ein Boot kaufen oder stehlen. Thurkad liegt zwei, drei Tage im Norden. Ich muss wieder zu meinen Kindern zurück.«

Er lenkte das Boot durch die Brandung und auf den Strand. Vorsichtig kletterte Karan vom Bug in den Sand. Geduldig stand sie dort, hielt die Leine und starrte aufs Wasser hinaus. Das Heck hob und senkte sich mit jeder Welle, und der Bug knirschte über den Strand.

Llian saß hoffnungslos verängstigt einfach nur da. Er wusste, dass er ein Boot niemals über diese Gewässer nach Thurkad würde segeln können, selbst falls es ihm gelingen sollte, eins zu stehlen. Lieber wäre er den gefährlichen Weg nach Shazmak zurückgegangen.

»Ich ... Ich kann das nicht«, sagte er mit schwacher Stimme. »Ich habe noch nie ein Boot geführt.«

Pender schaute ihn angewidert an. »Was bist du doch für ein armseliger Kerl«, sagte er nach einer Weile. »Wenn ich bedenke, dass ich einmal Angst vor dir gehabt habe. Warum sollte ich dir helfen? Noch nicht einmal für Geld würde ich das tun.« Dann fiel sein Blick auf Karan, und sie schauten einander an.

»Und würdest du es *für mich* tun?«, fragte sie, und dieses eine Mal war Penders Söldnerherz gerührt. Er dachte über die Frage nach; dann strich seine Hand, vielleicht per Zufall, über seine Börse, und sie klimperte leise. Llian drückte ihm drei Silberstücke in die ledrige Hand. Pender wog sie ab und ließ die Hand noch ein wenig länger ausgestreckt, bis Llian ihm widerwillig eine weitere Münze gab. Das Geld verschwand.

»Steigt ein«, sagte Pender.

»Was ist mit deinen Kindern?«, fragte Llian.

Pender stieß einen lauten Seufzer aus. »Ich fürchte, sie sind in Sith genauso sicher wie anderswo«, antwortete er.

Mechanisch, als hätte sie das schon hundert Mal gemacht, schob Karan das Boot vom Ufer weg und sprang geschickt hinein, ohne auch nur ihre Stiefel zu benetzen. Dann setzte sie sich und starrte wieder aufs Meer hinaus.

Ich glaube nicht, dass ihr überhaupt bewusst ist, wo wir gerade waren, dachte Llian. Pender richtete den Mast auf, befestigte ihn und setzte sein kleines Segel. Der Wind wehte noch immer von Norden. Nach einer Kurswende fuhren sie aufs offene Meer hinaus.

In jener Nacht schrie Karan wieder im Schlaf. Llian ergriff ihre Hand, und für eine Weile beruhigte sie sich wieder, doch später begann sie wieder zu schreien und um sich zu schlagen.

Laut kreischte sie im Dialekt von Bannador, den Llian kaum kannte. Er drückte sie an sich, streichelte ihr über das zerzauste Haar und die salzigen Wangen, und sie schliefen beide ein.

Plötzlich erwachte die Verbindung, die Karan in Shazmak zwischen ihnen errichtet hatte, wieder zum Leben, und eine wahre Flut ergoss sich über sie. Ein Albtraum voller Gesichter: Vartila, Idlis, Yggur und noch ein anderes Gesicht. Llian wachte halb auf und erinnerte sich an den Traum, den er vor so langer Zeit in Tullin gehabt hatte. Es war dasselbe Gesicht, von dem er auch im Lager auf dem Weg nach Narne geträumt hatte. Diese Gestalt, die auf ihrem steinernen Stuhl so klein aussah, warf ihre Ketten ab und streckte die Hand aus.

Rulke! Wie hatte er das bis jetzt nur nicht bemerken können? Rulke! Aber warum träumte sie von *ihm?* Unvermittelt sprang Llian vom Halbschlaf wieder in ihren Traum.

Dann sah er Yggur und Tensor. Llian sah sogar sich selbst – sein Gesicht drehte, verdrehte sich, verschmolz mit sich selbst und war dann wieder klar und deutlich zu erkennen. Erneut sah er das Nachtland, jenes nicht greifbare Gefängnis, das einzig dafür erschaffen worden war, Rulke festzuhalten. Und er sah auch Rulke darin, nur diesmal war er nicht an seinen steinernen Sitz gekettet. Er arbeitete in einer riesigen Kammer und legte letzte Hand an etwas, das ein Konstrukt zu sein schien, eine Maschine von unmenschlichen Ausmaßen, aber eindeutig großer Macht. Und dieses Mal schaute Rulke auch nicht auf, obwohl er wusste, dass sie ihn gesehen hatten, denn er hatte ihren Blick bewusst auf sich gezogen. Irgendwie war das sogar noch Furcht erregender als das Bild zuvor.

Karan wimmerte. Der Traum veränderte sich, und Llian schaute in Emmants Gesicht hinauf. Einmal mehr empfand er den Schrecken, den er zuvor in Shazmak gefühlt hatte, bis sich seine Erinnerung langsam von Karans Traum löste. Da erkannte er, dass *sie* es war, auf die Emmant hämisch hinabblickte, und dass *er* es war, vor dem sie sich am meisten fürchtete. Emmant streckte die Hand aus, und Llian sah erneut die brutale, mörderische Lust des Ausgestoßenen, den Karan zurückgewiesen und gedemütigt hatte.

Karan schrie, kreischte – das albtraumhafte Geräusch eines Menschen, der an den Rand des Wahnsinns getrieben wurde. Dann riss sie sich mit einem schrecklichen Lachen von Llian los und stürzte sich ins Meer.

Einen Augenblick lang war sie noch über den Wellen hinter ihnen zu sehen; das Mondlicht schien auf ihr bleiches Gesicht. Llian sprang sofort auf und brachte damit das Boot ins Wanken, sodass sie bei der nächsten Welle fast gekentert wären. Hektisch tastete er nach einer Leine, fand aber keine. So schaute er Karan nur verzweifelt hinterher, während der Abstand zu ihr rasch größer wurde.

Pender hatte sofort reagiert, das Ruder herumgerissen und das Segel eingeholt; dennoch trieben sie immer weiter weg. Llian sprang auf und ab, schrie Karans Namen, und das Boot schaukelte bedrohlich. Pender wurde plötzlich wütend, schlug Llian mit dem Arm in die Hüfte und stieß ihn so mit überraschender Leichtigkeit über Bord.

»Ein wertloserer Narr ist mir ja noch nie untergekommen«, knurrte er. Dann schrie er: »Da lang!«, als Llians Kopf aus dem Wasser auftauchte, die Augen so groß wie Untertassen.

Llian schwamm mit kräftigen Zügen in die Richtung, in die Pender deutete. Die Wellen hoben ihn hoch und ließen ihn wieder fallen; dennoch erhaschte er nur dann und wann einen Blick auf Karan, die reglos im Wasser trieb. Als er die Stelle erreichte, an der er sie zum letzten Mal gesehen hatte, war sie nicht mehr da, und er musste Wasser treten und sich so hoch es ging im Meer aufrichten, um sie in der Nähe zu finden. Karan war bleich und kalt wie der Tod, doch als Llian die Hand an ihren Hals legte, spürte er einen schwachen Puls.

Llian drehte sie um und hielt sie an den Schultern, bis sie aufrecht im Wasser trieb. Sie versank bis zum Kinn und drohte, noch tiefer zu sinken, sodass er die Arme um ihren Rücken schlang und sie an seine Brust drückte. Warmes Wasser lief ihr aus Mund und Nase und über seinen Rücken. Llian klemmte sich ihr Kinn über die Schulter und drückte wieder und wieder. Immer mehr Wasser strömte heraus, bis Llian schließlich spürte, wie sie zitternd und würgend wieder zu atmen begann, und sie erbrach sich über seine Schulter hinweg ins Meer.

Llian schöpfte Wasser und wusch ihr damit das Gesicht. Karans Kopf hing schlaff in seinen Händen, und ihre Augen öffneten und schlossen sich immer wieder. Llian schob ihren Kopf erneut über seine Schulter, drückte sie fest an sich und schaute sich nach dem Boot um. Es war nirgends zu sehen.

Es gelang ihm, sich durch Wassertreten ein Stück aufzurichten, aber in der Dunkelheit fand sich keine Spur von dem Boot. Sie beide so hochzuhalten war jedoch ermüdend, und so ließ er sich wieder sinken. Ein Welle brach in seinem Gesicht; unbeholfen wischte er sich das Wasser aus den Augen. *Was bin ich doch für ein Narr,* dachte er unglücklich. *Selbst Pender hat mehr Verstand. Wenn er nicht gewesen wäre . . .*

Aber wo ist er? In der Dunkelheit würde Pender sie vielleicht nie finden. Möglicherweise würde er sie auch einfach aufgeben. Llian hielt nach der Küste Ausschau, doch er war nicht länger sicher, in welche Richtung er suchen sollte. Und selbst wenn er die Richtung gekannt hätte, er war viel zu tief im Wasser, als dass er das Ufer in der Dunkelheit hätte sehen können. Das Wasser war so kalt, dass er allmählich das Gefühl in den Füßen verlor. Es würde nicht lange dauern, und sie wären tot.

Kapitel achtzehn

Die Alte Stadt

Llian hielt sich und Karan scheinbar stundenlang über Wasser, obwohl es tatsächlich überhaupt nicht lang war. Es gab nur einen Funken Wärme zwischen ihnen, wo sie sich berührten, sonst nur überall kaltes Wasser. Dann war das Knarren von Rudern zu hören, und das Boot glitt unter Penders geschickter Führung so dicht an ihnen vorbei, dass Llian nur die Hand ausstrecken musste, um die Seite zu packen. Pender zog die Riemen ein und wuchtete erst Karan, dann Llian ins Boot. Anschließend wickelte er beide in ein Stück Segeltuch; trotzdem drang der kalte Wind ihnen noch bis in die Knochen.

»Sie braucht ein Feuer und etwas Heißes zu trinken«, sagte Pender. »Wir werden ans Ufer fahren.«

Llian kauerte in seiner Decke und betrachtete Penders fettes, hässliches Gesicht mit einer gehörigen Portion Respekt.

Ein Stück weit die Küste hinunter fanden sie einen kleinen Strand zwischen zwei felsigen Landzungen. Dichter Wald bedeckte das Land jenseits des Strandes, und auf den Landzungen wuchs Heidekraut. Das nördliche Ende des Strandes war vor der Brandung geschützt, und dort, just am Ende der Felsen, setzte Pender das Boot auf den Sand. Sie entzündeten zwei große Feuer, legten Karan zwischen sich und fütterten sie mit dünner Suppe und süßem Tee. Danach schlief sie, doch die Albträume kamen erneut. Zweimal rannte sie in die Nacht davon. Als sie sie beim zweiten Mal fanden, balancierte sie auf dem Rand einer niedrigen Klippe, und diesmal brachten sie sie wieder zurück und fesselten sie.

Am Morgen schien es ihr schon besser zu gehen, obwohl sie noch immer schwach war. Der Wind hatte nach Süden gedreht und ließ auf eine schnellere Fahrt hoffen. Sie setzten Segel und schossen wie ein Pfeil gen Thurkad.

Die Sonne ging auf, zum achten Mal seit ihrer Flucht aus Sith, und der gesamte westliche Himmel war mit Rauch verhangen, als das Boot um eine Landspitze und in die tiefen, geschützten Gewässer von Port Cardasson fuhr. Port Cardasson war der beste Hafen in ganz Meldorin, der Hafen der uralten Stadt Thurkad. In der Bucht wimmelte es nur so von Schiffen in allen Größen: von den riesigen, mit gelben Segeln geschmückten Schiffen, die beladen mit Gewürzen, Seide, Schmuck und wertvollen Hölzern den ganzen Weg von Crandor hier raufgefahren kamen, bis hin zu den winzigen *Kules* mit ihren dreieckigen Segeln, die in den Mündungsgewässern Quallen fischten. Baumbewachsene Gebirgskämme schlossen die Myriaden von schmalen und tiefen Mündungsarmen ein. Die Hafenbucht selbst war von winzigen Inseln durchsetzt; auf einigen davon erhoben sich schlanke Leuchttürme, welche die Fahrrinne markierten.

Die Fahrrinne knickte nach links ab. Gut anderthalb Meilen entfernt, teilweise verborgen hinter drei Felseninseln, lag die Stadt, ein vielfarbiger Fleck vor den zerklüfteten Hügeln, die sich bis ans Wasser drängten. Die drei Gefährten fuhren zwischen den Inseln hindurch, wendeten wieder nach Westen und segelten über das tiefblaue Wasser von Port Cardasson in die schlammige Bucht von Thurkad.

Llian schaute sich offenen Mundes um. »Auf all meinen Reisen habe ich noch nie solch eine Stadt gesehen. Sie müssen einen ganzen Wald abgeholzt haben, um sie errichten zu können.«

»Und gerochen hast du so etwas wohl auch noch nicht, äh!«, sagte Pender und hielt sich die Nase zu. Der von Norden kommende Wind wehte den starken Geruch von verrottendem Fisch und noch ganz anderen Dingen herbei.

Karan, die an diesem Tag fast wieder normal zu sein schien, sagte: »Für mich war das schon immer ein unglücklicher Ort.«

Thurkad war zwar nicht die größte Stadt in Meldorin, aber sie war bei weitem die älteste; tatsächlich hatte man sie schon in Shuthdars Zeit ›alt‹ nennen können. Das Ufer war von einer riesigen Ansammlung von Stegen, Kais und Lagerhäusern bedeckt, die auf mächtigen, teerverschmierten Pfählen bis weit ins Wasser standen. Manche der Gebäude waren drei, vier oder sogar fünf Stockwerke hoch. Stellenweise ragten die Konstruktionen bis zu tausend Schritt in die Bucht hinein und erstreckten sich mehrere Meilen um sie herum. Einige Teile waren aufrecht; andere neigten sich bereits zur Seite, und wieder andere waren schon so weit abgesackt, dass Wasser eindrang. Mit schwarzen Eisenbändern verstärkte Stege verbanden die einzelnen Gebilde miteinander. Die gesamte Konstruktion schien allmählich im Schlamm zu versinken; dennoch bestand jedes einzelne Gebäude aus mehreren Stockwerken. Das war die Kaistadt der Hlune, des langgewandeten Volks, das allen Warenverkehr von und nach Thurkad kontrollierte.

»Das Meer steigt an«, sagte Karan, »und das Land versinkt. Sie bauen ständig etwas Neues auf dem Alten. Der älteste Teil der Stadt ist wie ein Eisberg; heutzutage liegt der größte Teil davon unter Wasser.«

In der Bucht herrschte reger Verkehr. Flöße kamen den ganzen Weg von den Bergen über den Saboth hierher. Barken brachten Getreide, Pökelfisch, eingelegtes Gemüse, Wein oder Öl, und Fähren verbanden die Stadt mit den Dörfern im

Süden des Hafens und den Straßen dahinter. Karan, Llian und Pender schlängelten sich durch den Verkehr zu einer riesigen Landungsbrücke. Das Wasser schimmerte ölig, und gelber Schaum trieb darauf.

Sie kletterten eine Reihe von Leitern hinauf, die offenbar für Riesen gebaut waren, und standen schließlich auf den schwarzen Planken. Die Kaistadt war riesig und in furchtbarem Zustand. Alles war verrottet, und überall klafften Löcher, wo der Unterbau bereits weggebrochen war. Einige dieser Löcher waren mit losen Brettern überdeckt, doch der Großteil stellte schlicht eine Falle für jeden dar, der auch nur einen Augenblick unaufmerksam war.

Pender fand einen Büttel, bezahlte die Liegegebühr und überprüfte sorgfältig die Bescheinigung. Ohne die wäre sein Boot im Nu verschwunden.

Karan zögerte am Rand des Kais, bis Llian, der ein Stück vorausgegangen war, wieder zurückkehrte und sie an die Hand nahm. Auf halbem Weg über den Kai kamen sie an einem der Löcher vorbei, einem langen, schmalen Riss wie eine Schlucht. Offenbar war hier einer der Stützpfeiler weggebrochen und hatte alles mitgerissen, was mit ihm verbunden gewesen war. In dem Krater bildete ein Gewirr von Holztrümmern schwarze schleimige Waben. Weit unten konnte man das schmutzige Wasser sehen, und der Gestank von Seetang und Fäulnis stieg zu ihnen herauf.

Eine Bewegung erregte Llians Aufmerksamkeit, dann noch eine. Ein schmales, verdrecktes Gesicht starrte zu ihm hinauf. Viele Gesichter. Dort unten lebten Menschen. Sie krochen über die Stämme und zogen an grünen Tauen, die ins Wasser reichten. Llian machte Karan auf die Leute aufmerksam.

»Es gibt hier zu viele Menschen und zu wenig Land«, erklärte sie schaudernd. »Es wird kein Platz verschwendet. Lass uns diesen verdammten Ort verlassen; er beschert mir Albträume.«

Karan schulterte ihren Rucksack und eilte in Richtung Westen zu den Hügeln und zur Altstadt. Schließlich erreichten sie das Ufer, verließen die uralten Planken der Kaistadt und betraten die steilen Straßen. Die Straßen waren eng und mit dunkelblauen, fleckigen Steinen gepflastert. Die Gebäude bestanden aus schmutzigem Stein. Die drei Gefährten quartierten sich in einem der vielen Gasthöfe ein, die sich an die Kaistadt drängten. Pender brachte sie noch zu ihrem Zimmer und verschwand dann.

Karan bestellte Tee, und nachdem der gekommen war, setzte sie sich auf den Boden vor Llian.

»Wir hätten nicht hierherkommen sollen«, sagte sie und schenkte den Tee aus einer Messingurne aus, die unten ein Fach mit erhitzten Steinen besaß.

»Wir konnten nirgendwo sonst hin.«

»Wir haben meine Feinde nicht hinter uns gelassen; tatsächlich haben wir sie sogar eher eingeholt.«

»Wer? Vor wem hast du solche Angst? Mendark?«

»Ich weiß es nicht«, jammerte sie. »Ich habe Angst, mein Talent zu benutzen.« Sie schaute sich um, als drohten die Wände, sie zu erdrücken.

Llian inspizierte seinen Tee. Er war von tiefroter Farbe in einer weißen Schüssel, aber mit Kügelchen von flüssiger Butter auf der Oberfläche, die er sorgfältig mit dem Löffel entfernte. Nicht dass ihm Butter im Tee etwas ausgemacht hätte; an vielen Orten im Norden war das Tradition. Diese Butter war jedoch eher grau als gelb, und sie roch ranzig.

Karan schlang die Hände um ihre Schüssel und senkte den Kopf, so dass ihr der Dampf ins Gesicht stieg. Der Duft schien ihr neuen Mut zu verleihen.

»Wie es aussieht, werde ich mich auf deinen *Freund* Mendark verlassen müssen. Du solltest besser gehen und ihn holen.«

Die Melancholie und die Unterwürfigkeit in ihrer Stimme machten Llian traurig. »Einen Freund würde ich ihn nicht gerade nennen«, sagte er. Er war fast genauso besorgt ob des bevorstehenden Treffens wie sie. »Also gut. Ich gehe. Wirst du hier sicher sein?«

»Ich werde die Tür verriegeln und schlafen«, sagte sie. »Geh. Beeil dich.«

Es war schon nach Mittag, als Llian auf die Straße hinaustrat. Der Wind wehte den Gestank des Kais zu ihm. Er schaute sich um. Am Ufer erstreckte sich eine schmale Promenade, vollgestellt mit Tischen der Tavernen. Weiter den Hügel hinauf bildeten die Straßen der Stadt ein Labyrinth in alle Richtungen. Doch Mendark war der Magister; jeder würde wissen, wo der Magister lebte.

Die ersten beiden Leute, die Llian fragte, gingen einfach weiter, ohne zu antworten; doch der dritte, ein typisches, dürres Straßenkind von ungefähr neun, zehn Jahren mit verdrecktem Gesicht und aufgeschlagenen Knien wies ihm den Weg zur Zitadelle. Die paar Kupferstücke, die Llian dem Kind in die winzige Hand legte, waren offenbar viel zu viel, denn das Mädchen strahlte ihn übers ganze Gesicht an. Dann schaute es sich um, um sicherzugehen, dass niemand sie beobachtete – was, soweit Llian das beurteilen konnte, auch der Fall war –, ließ das Geld verschwinden und huschte davon. Die Zitadelle war ein Komplex von Türmen hoch oben auf dem Hügel. Llian hatte sie schon vom Boot aus bemerkt.

Er nahm eine Straße, die in die richtige Richtung zu führen schien, doch in den labyrinthischen Gassen und überdachten Passagen der Altstadt verlor er immer wieder die Orientierung. Ein-, zweimal bemerkte er das Kind hinter sich; doch als er sich gerade entschlossen hatte, sie als Führer anzuheuern, war sie verschwunden.

Wie sich herausstellte, waren die Tore der Zitadelle gut eine

Stunde entfernt. Sie standen offen, doch davor hielten vier Männer in Scharlachrot und Blau Wache; ihre Gürtel und Stiefel funkelten im Sonnenlicht.

»Was hast du in der Zitadelle verloren, Strolch?«, fragte der vorderste der Männer, und Llian wünschte sich, er hätte sich die Zeit genommen einzukaufen, sich zu waschen und zu rasieren.

Er schaute dem Mann in die Augen und sagte entschlossen: »Ich bin Llian von Chanthed. Ich bringe eine Nachricht von Wistan, dem Direktor von Chanthed, für Mendark, den Magister des Hohen Rates von Thurkad. Ich bitte um sofortigen Einlass.«

Einer der Wachmänner grinste schelmisch und sagte etwas zu seinem Kameraden, woraufhin sie beide kurz lachten. Ihr Anführer runzelte die Stirn und ermahnte sie mit leiser Stimme. Sie verstummten, doch das Grinsen blieb auf ihren Gesichtern. Der Anführer wandte sich wieder Llian zu.

»Du hast natürlich ein Zeichen von Herrn Wistan dabei, um die Ernsthaftigkeit deiner Mission zu beweisen, nicht wahr?«

Llian hob die Hände. »Leider bin ich Räubern zum Opfer gefallen, welche mir das Zeichen abgenommen haben«, log er.

Der Gesichtsausdruck des Mannes veränderte sich. »Ich kenne keinen Magister mit Namen Mendark«, sagte er mit einem verschlagenen Grinsen und rieb sich das Kinn. Von hinten kam ein weiteres, diesmal gedämpfteres Lachen. »Bist du sicher, dass du den richtigen Namen hast oder dass du überhaupt in der richtigen Stadt bist? Ich habe gehört, die Sumpfbewohner von Chanthed seien ein wenig langsam im Kopf.«

Llian errötete. »Ihr seid die Narren hier«, entgegnete er wütend. »Meine Mission ist dringend. Von ein paar Idioten werde ich mich nicht aufhalten lassen. Lasst mich sofort rein.«

Das Grinsen verschwand von den Gesichtern der Männer,

und die Piken wurden gehoben. »Wenn du der bist, der du behauptest zu sein, was ich bezweifele«, schnaubte der Hauptmann und stieß Llian mit dem Pikenschaft vor die Brust, »dann warne ich dich, vorsichtig zu sein. Der Name Mendark ist nicht länger ein Passierschein für die Zitadelle. Der Verräter ist hinausgeworfen und aus Thurkad verbannt worden.«

Llian wich einen Schritt zurück. »Aber … Wann? Wie? Ich … Ich habe nichts davon gehört«, stammelte er.

»Die Nachricht ist alt. Die gesamte zivilisierte Welt weiß schon davon. Schon bald wird sie sogar Chanthed erreichen.« Es folgte ein weiteres wildes Lachen.

»Wo kann man ihn finden? Lebt Mendark noch?«

»Es heißt, er lebe in Masande, am Wasser. Der Ort hatte schon immer etwas Unheimliches an sich. Es ist Zeit, dass wir ihn und das Ungeziefer, das dort lebt, ausräuchern. Sorg dafür, dass du nicht da bist, wenn wir ihn holen kommen.«

Masande! Llian hatte keine Ahnung, wo das war oder ob es sich dabei überhaupt um einen Stadtteil von Thurkad handelte. Er ging den Hügel ein kleines Stück hinunter, bis er außer Sichtweite der Wachen war, und setzte sich auf eine Steinmauer neben der Straße. Jedes Mal, wenn jemand vorbeikam, stand er auf und fragte höflich nach dem Weg nach Masande, wo Mendark lebte. Niemand antwortete ihm. Allein die Erwähnung von Mendarks Namen reichte aus, um die Leute zu vertreiben. Langsam ging Llian wieder den Hügel hinunter und fragte sich, was er tun sollte. Plötzlich war das Kind wieder neben ihm, obwohl er es nicht hatte kommen sehen. Er nahm an, dass solche Fähigkeiten auf den Straßen von Thurkad zum Überleben notwendig waren.

»Wo willst du hin?«, fragte das Mädchen mit einer Stimme so dünn wie ihre Beine. »Ich kann dich führen.«

»Nach Masande.«

»Du willst nach Masande?« Sie sagte etwas Unverständliches, dann: »Warum willst du dorthin?«

»Das ist meine Angelegenheit. Weißt du, wo es liegt? Ich werde dich gut bezahlen.« Kaum hatte er das gesagt, da erkannte er seinen Fehler. Nun würde er den zehnfachen Preis bezahlen müssen. Na ja, er hatte noch genug Geld in der Tasche, und das Thema war nicht wichtig genug, als dass sich ein Streit darüber gelohnt hätte.

»Ja, ich kenne es. Ich bring dich hin.« Das Mädchen schaute über die Schulter. »Aber nicht von hier aus. Geh den Hügel runter. Ich werde dich schon finden.« Sie verschwand wieder.

Llian nahm an, dass sie mit ›den Hügel runter‹ die Promenade an der Kaistadt meinte, wo sie sich zum ersten Mal begegnet waren. Da er nicht wusste, was er sonst hätte tun sollen, tat er, wie ihm geheißen, und kaum hatte er die Promenade erreicht, da tauchte das Kind aus einer Gasse voller Verkaufsstände auf, wo man das verrottetste Gemüse verkaufte, das man sich vorstellen konnte. Llian schaute sie sich diesmal genauer an; solche Kinder standen oft im Dienst von Banditen.

Das Mädchen war eines der schäbigsten kleinen Straßenkinder, das er je gesehen hatte. Sie trug einen graubraunen Mantel, ein vergammeltes, ausgefranstes Ding mit abgerissenen Taschen, mottenzerfressen und verschimmelt, als hätte es den ganzen Sommer über im Hafenbecken gelegen. Durch die Löcher im Mantel hindurch konnte er das zerschlissene Hemd sehen; es war so groß, dass es einst einem Erwachsenen gehört haben musste. Darunter trug sie eine Hose von der gleichen Farbe wie der Mantel, welche sie in Kniehöhe abgerissen hatte. Keines der Kleidungsstücke schien jemals gewaschen worden zu sein. Das bleiche Haar des Mädchens war verhältnismäßig sauber und in Schulterhöhe mit einem Messer abgeschnitten. Für ein Kind besaß sie ein ungewöhnlich langes, schmales Gesicht, eine lange, scharfe Nase und ein spitzes Kinn. Die haselnussbraunen Augen waren groß und ein wenig zu unschuldig für jemanden, der auf der Straße lebte. Ihre Beine und nackten Füße waren schlammbedeckt, doch ihre Hände waren sauber genug. Alles in allem betrachtet, bot sich Llian ein recht widersprüchliches Bild.

Er musste nachdenken. In ein paar Stunden würde es dunkel werden. Er setzte sich an den Tisch einer Taverne und rief nach Tee. Das Mädchen stand neben ihm und beobachtete ihn. »Wie heißt du, Kind?«

»Lilis.«

»Lilis. Was möchtest du gerne trinken, Lilis? Hast du Hunger?«

Sie sah sehr misstrauisch aus. Warum sollte jemand ausgerechnet *ihr* etwas zu essen kaufen? Sie musterte Llian fast auf genau die gleiche Art, wie er sie gemustert hatte. Er wirkte besorgt und müde, und er hatte tiefe Schatten unter den Augen. Seine Kleider waren abgetragen, schmutzig von der Reise und salzverkrustet. Aber er sah nicht aus wie jemand, vor dem Lilis hätte Angst haben müssen, und seine Stimme war so warm und freundlich, dass sie nicht anders konnte, als ihn zu mögen. Außerdem hatte sie sogar großen Hunger. Sie hatte heute noch nichts gegessen, obwohl sie mit den drei Kupferstücken von Llian Essensreste für eine Woche würde kaufen können – falls sie sie denn würde verstecken können.

»Ja«, sagte sie heiser. »Ich habe Hunger.«

Sie setzte sich so weit wie möglich von ihm weg.

Was mochten Kinder? Llian hatte keine Ahnung, aber es war kalt und windig, und so bestellte er zwei Schüsseln Eintopf, und als der weg war und Lilis die Schüssel mit Brot sauberwischte und er an seinem gebutterten Tee nippte, bestellte er ihr noch einen Becher süßer, heißer Schokolade. Das war ein Genuss, der Lilis bisher unbekannt gewesen war. Sie nippte an der Schokolade, ließ sich jeden noch so winzigen Schluck im Mund zergehen und schaute abwechselnd auf den Becher und auf Llian.

»Und jetzt gehen wir nach Masande.«

Sie sprang unvermittelt auf, verneigte sich dankbar und führte Llian rasch, wenn auch über Umwege und mit viel Über-die-Schulter-Blicken, zu einer südlichen Vorstadt auf einer felsigen Landspitze, die weit ins Meer ragte.

Sie fragte ihn, »Was tust du?«, und auf dem Weg erzählte er ihr vom Leben eines Erzählers und der Bibliothek in Chanthed. Er gab sogar eine kleine Geschichte zum Besten, die für ein Kind geeignet war, und so ging die Reise schnell und angenehm vorbei. Lilis hörte ihm den ganzen Weg über schweigend zu, blickte immer wieder zu ihm hinauf und schaute sich dann wieder aufmerksam um, da sie das als ihre Pflicht als Führerin erachtete. Einmal, als sie in einer dunklen Gasse und die Geschichte gerade besonders spannend war, ergriff sie unwillkürlich seine Hand und hielt sie fest, bis sie wieder ins helle Licht einer Straßenlampe hinaustraten.

Inzwischen war es vollkommen dunkel geworden, und es nieselte. Masande stellte sich als eines der älteren Stadtviertel heraus, obwohl es vollständig außerhalb der ursprünglichen Stadtmauer lag. Es bestand aus zwei Teilen: der steinernen Altstadt hoch oben auf der Landspitze und der Neustadt, die unten an den großen Kai grenzte.

Mendarks Refugium war eine Villa auf einem Fels, hinter dem es steil in den Hafen hinunterging. Die Villa war von einer hohen Mauer aus grauem Basalt umschlossen, die an einigen Stellen eingebrochen war. Steine lagen auf Haufen zusammen, und auch andere Dinge deuteten auf eilige Reparaturen hin. Ein großes Eisentor stand einen Spalt offen. Llian drückte dagegen, und es öffnete sich mit einem rostigen Knarren. Das Wachhaus war leer; allerdings brannte ein Feuer dort. Ein großes, eckiges Haus stand inmitten eines ungepflegten Rasens voller weißer und blauer Blumen. In einer Ecke der Mauer ragten sieben schmale Steintürme über den Hafen empor. Einige davon waren nur wenig größer als das Haus, während andere mehr als zwanzig Spannen in den Himmel hinaufragten, und jeder besaß ein Dach aus silbernen Blättern, auf denen sich die Lichter der Viertel weiter oben spiegelten.

Zum Schutz vor dem Regen zog Llian sich die Kapuze über den Kopf, ging rasch zur Haustür und klopfte. Von innen rief jemand, und kurz darauf wurde die Tür von einer großgewachsenen Frau geöffnet, die Llian kalt beäugte.

»Ich bin Llian von Chanthed. Ich suche Hilfe. Ist Mendark da?« Die Worte sprudelten nur so aus ihm hervor, und seine angespannte Haltung strafte seinen teilnahmslosen Blick Lügen.

Die Frau musterte ihn aufmerksam, schaute zu Lilis, die im Hintergrund wartete, und streckte dann die Hand aus.

»Ich heiße dich willkommen. Lange haben wir dich gesucht. Komm herein«, sagte sie. »Mein Name ist Tallia.«

Llian winkte Lilis herbei. Plötzlich fiel ihm ein, dass er ihre Entlohnung vorher hätte aushandeln sollen. So holte er einen Silbertar aus seiner Börse und hielt ihn ihr lächelnd hin. »Danke, Lilis.«

Das Licht aus der Tür strahlte ihr voll ins Gesicht. Sie lächelte nicht. Oh, wie sehr sie diese Münze haben wollte; noch nie hatte sie sich etwas so sehr gewünscht. Stattdessen schüttelte sie jedoch den Kopf, und ihre Augen schimmerten.

»Du hast schon bezahlt«, sagte sie, und obwohl Llian ihr noch immer das Geldstück entgegenhielt und sie es nach wie vor begehrte, ging sie davon.

Llian schaute ihr hinterher, bis sie verschwunden war, dann drehte er sich wieder zu Tallia um.

Tallia hatte das Geschehen staunend verfolgt. Sie dachte an das Gespräch zurück, das sie vor Monaten in Tullin mit Shand über Llian geführt hatte. Llian musste tatsächlich etwas Besonderes an sich haben, wenn er ein Straßenkind derart bezaubern konnte, dass es einen Tar ablehnte. Für so viel Geld konnte man sich in Thurkad ein Leben kaufen. Und der Gedanke erinnerte sie an noch etwas: Shand war ebenfalls nach Thurkad gekommen, nur bisher nicht aufgetaucht.

»Der Preis für einen Führer wie sie ist ein Viertel Grint pro Tag. Du solltest besser auf dich aufpassen. Zum Glück scheinst du das einzige ehrliche Straßenkind in ganz Thurkad gefunden zu haben. Du wirst sie nie loswerden.«

»Ich könnte einen ehrlichen Freund gebrauchen«, erwiderte Llian und schüttelte Tallia die starke, warme Hand. Mit einer Laterne in der Hand führte sie ihn durch einen kahlen Flur und eine Treppe hinauf. »Mendark wird sich über deine Neuigkeiten freuen – wenn es denn gute sind. Wir haben hier ein paar Rückschläge erlitten.«

Sie erreichten eine offene Tür am Ende eines weiteren langen Gangs und gingen hindurch in einen rechteckigen Raum, der von drei Öllampen unter der hohen Decke erhellt wurde. Ein einladendes Feuer flackerte munter am anderen Ende des Raums. Die mit dunklem Holz verkleideten Wände waren leer mit Ausnahme eines abgenutzten Wandteppichs, der eine Jagdszene im Wald zeigte – einen Jäger, der kurz davor stand, von einem Eber zerrissen zu werden. Zwei Ledersessel standen am Feuer.

»Es ist Llian«, verkündete Tallia von der Tür aus. Aus dem Sessel, der dem Feuer am nächsten stand, war das Rascheln von Papier zu hören. Mendark stand auf und kam mit ausgestreckten Armen und einem Lächeln auf Llian zu. Sie umarmten einander; dann trat Mendark einen Schritt zurück, die Hand noch immer auf Llians Schulter.

»Llian! Was für eine Freude, dich zu sehen. Es ist bestimmt schon fünf Jahre her, seit wir gemeinsam durch Zile gereist sind. Mir kommt es so vor, als wäre es gestern gewesen. Du hast dich überhaupt nicht verändert.«

Die Begrüßung war ein wenig übertriebener, als Llian erwartet hatte. Vor fünf Jahren hatte Mendark ihn ausspioniert, wenn er sich recht erinnerte. *Vertraue nicht auf das, was er sagt, sondern beobachte aufmerksam, was er tut.*

Llian musterte seinen Förderer. Er sah einen Mann von offenbar mittleren Jahren mit glattem braunem Haar, das exakt auf Schulterlänge geschnitten war, einer dicken Nase, dunkelblauen Augen und einem vollen Mund mit Lachfältchen in den Winkeln. Mendarks Augenbrauen und Bart waren nahezu schwarz und mit Grau durchsetzt. Das Gesicht und die Hände waren wettergegerbt, und er trug eine schwere cremefarbene Wollhose über hohen Stiefeln sowie ein braunes Wollhemd.

»Die Jahre haben auch bei Euch kaum Spuren hinterlassen«, sagte Llian, obwohl er deutlich sah, dass das Haar seinen Glanz verloren hatte und allmählich dünner wurde. Auch die Wirkung der Lachfalten wurde von den herabhängenden Mundwinkeln arg getrübt, und Mendark hatte einen derart müden Ausdruck in den Augen, als hätte er sich vollkommen verausgabt und all seine Kraft verloren.

»Komm und wärme dich«, sagte Tallia, die zum Feuer gegangen war und am Kaminsims lehnte. »Er wird dich stundenlang ausfragen, ohne auch nur einen Gedanken an deine Bequemlichkeit zu verschwenden.

Oh«, fügte sie dann unvermittelt hinzu. »Da ist übrigens niemand im Wachhaus. Sie werden wohl im Gasthaus an der Ecke sein. Soll ich sie zurechtstauchen?«

Mendark verzog das Gesicht und nickte, und Tallia ging hinaus. Mendark nahm Llian am Arm und führte ihn zu einem der Sessel. »Hast du schon etwas gegessen?«, erkundigte er sich und deutete auf einen Beistelltisch voll Brot, Obst und einem Teller mit Bratfleisch und Gemüse, die jedoch kalt waren.

»Nicht viel«, antwortete Llian und beäugte das Mahl.

»Wir haben schon gegessen«, sagte Mendark. »Nimm dir, was du willst.«

Llian füllte sich einen Teller mit Essen und setzte sich. Ihm war unbehaglich zumute. Er wusste um seine Schuld, und er fragte sich, wie Mendark das Thema wohl ansprechen würde. Sie sprachen jedoch nicht weiter miteinander, bis Llian fertig gegessen hatte und Tallia wieder zurückkam. Mendark schenkte ihnen allen dreien je eine Schüssel dunklen Weins ein.

»Was du uns nicht für Ärger bereitet hast«, bemerkte Mendark, lächelte aber weiter.

»Was meint Ihr damit?«

»Tallia hat wochenlang in den Bergen nach dir gesucht. Wir haben dich für tot gehalten. Nun denn, was bringst du uns für Neuigkeiten? Was ist mit dem Spiegel?«

Llian begann seine lange Geschichte.

»Und nachdem die Whelm sie gefangen genommen haben?«, fragte Mendark, als Llian kurz Luft holte.

Llian fuhr mit der Geschichte von Shazmak fort bis hin zum Prozess und seinem Verhör durch Tensor. Mendark lachte leise.

»Du hast Mut, Llian, oder du bist schier unglaublich dumm. Was ist nur in dich gefahren, dass du ihn so arrogant ausgefragt hast?«

»Er hat Karan sehr schlecht behandelt.«

»Nicht von seinem Standpunkt aus. Egal. Es gibt da noch etwas, das ich dich fragen wollte. Was war das noch …? Ach ja … Diese neue *Geschichte der Düsternis*, die du in Chanthed erzählt hast. Ich kann einfach nichts darüber finden.«

»Das liegt daran, dass Wistan sie verboten hat; und mich hat er aus dem Kollegium geworfen, als ich nicht mit ihm kooperieren wollte.«

»Ist das so? Nun ja, es war ohnehin an der Zeit für dich zu gehen.«

»Danach wollte ich Euch noch fragen«, sagte Llian vorsichtig. »Was verlangt Ihr von mir?«

»Viel, aber dazu werden wir später kommen. Im Augenblick will ich nur Antworten. Was war so anders an deiner Geschichte?«

Llian erzählte ihm von dem Mord an dem verkrüppelten Mädchen. »Also muss sich irgendjemand insgeheim in den Turm geschlichen haben«, schloss er.

»Interessant!« Er sah, wie Llian nervös hin und her rutschte. »Musst du zum Abort?«, fragte er. »Den Gang hinunter und dann links.«

Llian ging hinaus.

»Was denkst du, Tallia?«

»Es sieht so aus, als hätte er etwas entdeckt.«

»Vielleicht – aber vielleicht kommt auch nichts dabei heraus, gar nichts, wie es schon bei so vielen Spuren aus der Vergangenheit der Fall gewesen ist. Ich frage mich, ob Tensor die Wahrheit gesagt hat, als er behauptet hat, dass der Erste im Turm ein Charon gewesen sein muss, einer der drei. Wir sollten die Angelegenheit verfolgen.«

»Sagt mir, Mendark: Warum habt Ihr Llian gefördert?«

»Dass er brillant ist, war offensichtlich, aber er bedurfte der besten Ausbildung. Wie du vor ihm! Doch ich brauche auch jemanden mit seinen Talenten. Unsere Vergangenheit und Zukunft sind miteinander verbunden, und wer vermag sie schon besser auseinanderzusortieren als ein Chronist?«

»Ich dachte, Ihr wolltet, dass er Euren Ruhm nach Eurem Tod in einer Großen Geschichte besingt.«

Mendark lachte. Er war nicht im Mindesten verlegen. »Das auch.«

Llian kam wieder zurück und beendete die Geschichte von seinen Reisen. »So sind wir heute also hier angekommen, und nach langem Suchen habe ich Euch gefunden«, schloss er. Obwohl er nie aufgehört hatte, über den Traum nachzudenken, den er in Shazmak gehabt hatte, nachdem er die *Geschichten der Aachim* und die ausgeblichene Aufzeichnertafel gelesen hatte, schwieg er Mendark gegenüber davon. Das war sein Geheimnis. Doch eines Tages, wenn die Schuld beglichen und Mendark guter Laune war, würde er auch ihn ob der Düsternis befragen. Sein Verlangen zu erfahren, was mit dem verkrüppelten Mädchen geschehen war, hatte trotz allem, was passiert war, nicht im Mindesten nachgelassen.

»Karan ist hier in Thurkad? Mit dem Spiegel?«, rief Mendark und sprang auf. »Du Esel! Warum hast du ihn nicht hierher gebracht? Muss ich dich wirklich daran erinnern, was du mir schuldest?«

»Sie würde nicht kommen. Sie hat Angst. Und sie wird den Spiegel nur jemandem mit Namen Faichand geben.«

»Faichand! Ich habe von ihr gehört; mit Sicherheit irgend so eine einfache Wirkerin. Warum ausgerechnet ihr?«

»Ich weiß es nicht«, antwortete Llian. »Und da ist noch etwas. Karan träumt oft von Rulke, wie er aufsteht und seine Ketten abwirft.«

»Rulke«, sagte Mendark. »Der ist sicher verwahrt.«

»Wird das Nachtland bewacht?«

»Aber ja doch. Ich persönlich halte noch immer Wacht. Alles ist sicher. Vielleicht hat das, was sie durchmachen musste, sie in den Wahnsinn getrieben.«

Llian schaute entsetzt drein, doch was ihn entsetzte, war, das laut ausgesprochen zu hören, dem er sich nicht stellen wollte. Er schloss die Augen und lehnte sich im Sessel zurück.

»Wo ist Karan jetzt?«, fragte Tallia in scharfem Ton und riss beide so wieder in die Gegenwart zurück. »Ist sie allein?«

»Ja.«

»Dann sollten wir besser gehen«, sagte Mendark und zog den Mantel enger um die Schultern. »Sie schwebt in schrecklicher Gefahr. Die ganze Welt hat Zuflucht in Thurkad gesucht, die Guten wie auch die Bösen, und Yggur ist nur noch wenige Tage entfernt. Kann sie den Spiegel benutzen?«

»Sie hat gesagt nein. Ich kann es jedenfalls nicht«, antwortete Llian und erinnerte sich an den Tag, als er in den Wäldern bei Narne in dem ausgehöhlten Baum gekauert hatte. »Ich hatte ihn mehrere Tage lang, und ich habe alles versucht, was mir eingefallen ist; aber ich habe nur mein Gesicht gesehen.«

»Was hast du denn erwartet?«, erwiderte Mendark in sanftem Ton. »Du solltest besser als jeder andere wissen, dass man ein bestimmtes Handwerk beherrschen muss, um solche Dinge zu benutzen, und das zu lernen, dauert lange.«

Sie gingen am Wachhaus vorbei, in dem nun der mürrischste Posten hockte, dem Llian je begegnet war, und auf die Straße.

»Was gibt es Neues vom Krieg? Hält Sith noch stand?«, fragte Llian.

Tallia schüttelte den Kopf. »Es ist schon vor Tagen gefallen, und die Länder im Süden sind überrannt. Du hast den Rauch gesehen. Wo er auch hinkommt, lässt Yggur alles verbrennen. Seine Armeen werden in ein paar Tagen hier sein.«

»Was ist mit Euch passiert, Mendark?«

»Man hat mich gestürzt. Vielleicht habe ich das auch nicht anders verdient. Offenbar richte ich meinen Blick zu oft auf die Vergangenheit. Deshalb habe ich es auch nötiger denn je, meine Schulden einzutreiben. Aber darüber werden wir später sprechen.«

Sie eilten durch die Dunkelheit. Das Nieseln war zu einem

steten Regen geworden, der nahezu jeden aus den Straßen vertrieben hatte. Einmal glaubte Llian, Lilis sei hinter ihnen, doch als er noch einmal hinschaute, war niemand zu sehen. Nach gut einer Stunde erreichten sie den Gasthof. Llian klopfte an die Tür. Es war fast Mitternacht, doch Karans Stimme rief sofort: »Wer ist da?«

Llian antwortete; vorsichtig wurde der Riegel zurückgezogen. Karan hielt das Messer in der Hand, und sie steckte es auch nicht weg, als sie ihn sah.

»Llian, wo warst du?«, begann sie. Dann sah sie die schattenhaften Gestalten hinter ihm, und sie wurde kreidebleich und wandte sich zur Flucht.

»Karan, ich habe Mendark mitgebracht, so wie wir verabredet haben«, sagte Llian drängend.

Es kostete Karan einige Mühe, sich wieder umzudrehen. »Und wer ist die andere?«, verlangte sie mit hoher, zitternder Stimme zu wissen. »Ich kenne sie von irgendwoher.«

Karan hatte saubere Kleider angezogen – die dunkelgrüne weite Hose und die Bluse, die sie so gerne mochte –, und offenbar hatte sie vor kurzem gebadet, denn ihre Füße waren nackt, und ihr rotes Haar hing in nassen Locken um ihre Ohren. Das Licht der Laterne, die sie in der Hand hielt, betonte die Schatten unter ihren Augen. Sie leuchtete Tallia ins Gesicht. »Du!«, sagte sie und entspannte sich ein wenig.

Llian stellte Mendark und Tallia vor. Misstrauisch schüttelte Karan ihnen die Hände.

Karan trat langsam von der Tür zurück und beäugte den Mann, der so selbstbewusst am Feuer stand und sie musterte. Das war also Mendark, dessen Legende so weit in die Vergangenheit zurückreichte wie Yggurs. *Er sieht nicht anders aus als jene Art von Männern, die man in jeder Taverne sehen kann, wo sie saufen und sich gegenseitig Lügen erzählen,* dachte sie verächtlich.

Mendark sagte etwas zu Tallia, und alle drei lachten. Dann sah er, wie Karan in der Mitte des Raums zögerte, und als hätte er irgendeinen Trick mit dem Licht gemacht, wurde er plötzlich kleiner, weniger bedrohlich, und seine nachdenkliche Art nahm Karan die Angst.

Das war klug; er ist mindestens empfindsam, dachte Karan und bot ihnen Tee an.

Tallia lehnte sich gelassen an den Kamin, nippte an ihrem Tee und sprach leise mit Llian. Sie strahlte die gleiche ruhige Autorität aus wie schon in Preddle nach der Tortur, die Karan in dem Mietstall hatte erdulden müssen.

Karan funkelte Tallia an und missgönnte ihr das schwarze glänzende Haar, das ihr bis auf die Schulter reichte, ihre wunderbare schokoladenfarbene Haut, ihre dunkelbraunen, mit Gold gesprenkelten Augen und ihr langes, ovales Gesicht. Tallias Kleidung bestand aus edler Lammwolle, und sie hatte einen scharlachroten Seidenschal um den Hals gewickelt. Llian murmelte ihr irgendwas zu, und sie lachte – es war ein tiefes, volles Geräusch, bei dem sie ihre wunderschönen Zähne entblößte. Llian und Tallia lachten und sprachen so freimütig miteinander, als wären sie schon seit Jahren befreundet, und Karan hatte das Gefühl, als hätte Llian sie sitzengelassen. *Du treuloser Kerl, wie kannst du nur mit* ihr *scherzen und lachen?* Sie *wird nie verstehen, was ich erduldet habe.* Karan wandte sich wieder Mendark zu, der sich auf seinem Stuhl zurücklehnte und an die Decke schaute.

»Was wollt Ihr von mir?«

Es war Tallia, die ihr darauf antwortete. »Erinnere dich an unser Zusammentreffen in Preddle. Ich habe dort für Mendark spioniert, und ich habe ihm berichtet, was ich über den Spiegel und dich in Erfahrung gebracht hatte. Du bist nach

Norden geflohen, während ich auf Instruktionen gewartet habe. Wenn ich dir gefolgt wäre, hättest du vielleicht weniger Ärger gehabt.«

»Vielleicht«, knurrte Karan, »obwohl ich niemandem einfach so mein Vertrauen schenke, und dein Aussehen spricht gegen dich.«

»Als Mendarks Antwort kam, in der er mir befahl, dich zu finden, warst du schon weit weg. Ich konnte nur noch eine Nachricht zurückschicken, dass du in Richtung Hetchet geflohen seiest.«

»Viele Botschaften sind hin und her gegangen, um dich zu finden und hierher zu bringen«, sagte Mendark. »Also hat Llian das über einen Umweg geregelt, obwohl er nicht meine erste Wahl gewesen wäre.«

»Meine auch nicht«, erwiderte Karan. »Andererseits wäre ich ohne ihn nicht hier.«

Tallia fuhr fort: »Ich habe mit dem alten Shand in Tullin gesprochen, und der hat mir gesagt, wo ihr hingegangen seid. Fast hätte ich euch südlich der Berge erwischt, doch die Whelm waren zwischen uns. Ich habe sie nach Westen gelockt; aber als ich endlich wieder sicher zurückkehren konnte, wart ihr verschwunden. Ich dachte, ihr wäret in einem der Schneestürme umgekommen.«

Karan musterte Tallia von Kopf bis Fuß. Sie schien alles abzuwägen, was Tallia sagte, sodass selbst sie sich gehemmt fühlte. »Die Waagschale hat sich zu euren Gunsten geneigt«, sagte Karan schließlich. »Aber kann ich *ihm* vertrauen?«, fügte sie grob hinzu und funkelte Mendark an.

Llian schaute verlegen drein. Tallia wandte sich ab und verbarg ein Lächeln. Mendark blickte Karan unverwandt in die Augen.

»Darf ich ihn sehen?«, fragte er nach einem Augenblick.

Instinktiv wollte Karan ihm das verweigern; doch dann ließ

irgendetwas in seinem Gesicht sie das noch einmal überdenken, und sie schob die Hand in die verborgene Tasche und reichte ihm wortlos den Spiegel.

Mendark hielt ihn sanft zwischen den Fingerspitzen. *Warum habe ich ihn ihm gegeben?*, quälte sich Karan. *Hat er mich so leicht verzaubern können?*

Llian staunte. Mit einem Blick gebot ihm Karan zu schweigen.

Mendark sagte kaum hörbar ein Wort, und das straff zusammengerollte Metall entfaltete sich in seiner Handfläche. Er berührte das rot-silberne Symbol mit der Fingerspitze. Ein Bild wuchs auf dem Spiegel: eine schwarze öde Landschaft, eine Ebene mit stahlgrauen Strukturen allüberall wie Haufen von Blasen. Die Ebene wurde von einem vereisten Spalt durchzogen, dunkel und tief, und ein eiserner Turm stand schief auf einem Hügel. Im Hintergrund waren zerklüftete Berge zu sehen. Eine kleine rote Sonne lugte in unregelmäßigen Abständen zwischen vorbeirauschenden Sturmwolken hervor. Nicht ein Lebewesen war zu sehen.

»Das ist Aachan – die Welt der Aachim und der Charon. Ich habe in Shazmak oft genug Abbildungen davon gesehen«, sagte Karan.

Llian schob sich näher heran und starrte den Spiegel mit leuchtenden Augen an. »Es ist, als würde man durch ein Fenster schauen.«

Mendark nickte gedankenverloren. »Aber wo ist dieses Fenster, und wohin führt es? Ist das nur eine Erinnerung, die durch die Berührung des Spiegels geweckt worden ist? Ist das Aachan, wie es einst war, wie es ist oder wie es sein wird? Warum ausgerechnet dieser Ort und kein anderer? Verbirgt sich hier eine Botschaft oder eine Bedeutung?«

Karan zuckte mit den Schultern. »Ich habe noch nie etwas in ihm gesehen«, log sie. »In Shazmak haben sie nie davon gesprochen.«

Mendark berührte erneut das Symbol. Das Bild verschwand. Er sprach ein weiteres Wort, doch es erschien nichts mehr. Eingehend untersuchte er den Spiegel, doch da er nichts mehr fand, gab er ihn Karan wieder zurück. Sie schaute ihn überrascht an und ließ den Spiegel wieder in der Tasche verschwinden.

»Du wirst jetzt mit mir kommen«, sagte Mendark zu Karan. »Thurkad ist ein gesetzloser Ort, nun da Thyllan Magister ist. Ich bin noch nicht endgültig besiegt, und ich kann dich besser auf meinem Land verteidigen.«

Karan wäre fast bereit gewesen, mit ihm zu gehen, doch irgendetwas in seinem Tonfall beleidigte sie, und ohne auch nur nachzudenken, lehnte sie ab.

»Ich kann mich selbst verteidigen, und ich habe ausreichend Erfahrung mit meinen Feinden. Ich bleibe hier. Du kannst gehen oder bleiben, wie du willst«, sagte sie höflich zu Llian. »Ich danke dir für die Hilfe, die du mir gewährt hast, wenn auch nicht dafür, dass du mich hierher gebracht hast.«

»Ich bleibe«, sagte Llian, wenn auch nicht ohne ein Seufzen in Erinnerung an die Bequemlichkeit von Mendarks Villa.

Mendark blieb mitten im Schritt stehen. Karan saß auf ihrem Kissen und hatte die Arme um die Knie geschlungen. Mit einer schnellen Bewegung setzte er sich vor sie. Sie drehte den Kopf weg.

»Karan«, begann er. Sie rührte sich nicht.

»Karan, wir leben in verzweifelten Zeiten. Thurkad wird von innen und außen belagert. Yggur ist so schnell vorgerückt, dass er unsere Spione überholt hat. Es war kein Zufall, der mich aus dem Rat gejagt hat. In Thurkad werden Bündnisse geschmiedet, die man genauso sehr fürchten muss wie den Feind vor den Toren. Wir müssen zusammenhalten, oder wir werden zusammen fallen. Du hast hier keine Freunde und kannst alleine nicht überleben. Du musst irgendwem vertrauen. Komm mit mir.«

»Nein!«, sagte sie wütend. »Meine Feinde jagen mich schon seit Monaten. Ihr seht für mich nicht anders aus.«

Mendark stand langsam auf. »Elendes Gör«, sagte er und schaute auf die trotzige Gestalt hinunter. »Die alte Welt bricht zusammen, die Welt des Rates, die seit der Düsternis Bestand gehabt hat. Solch eine Gelegenheit wird nie wieder kommen.«

Karan fühlte seine Stimmung so stark, dass sie fast glaubte, seine Gedanken lesen zu können. *Wie kann sie nur widerstehen? Ja, warum nicht? Ich werde ihn mir einfach nehmen.*

Ohne Vorwarnung sprang Karan auf, schleuderte die Kissen zwischen sich und Mendark und wich zurück. Das Messer funkelte in ihrer erhobenen Hand. Mendark schickte sich an, den Arm zu heben. Karan verspannte sich.

»Tu das, Wirker, und mein Messer steckt dir im Auge, bevor du auch nur eine Silbe hervorbringst«, drohte sie.

Llian schaute zu. Er konnte nichts tun. Ihm standen die Nackenhaare zu Berge. Jeder Zufall, ein Geräusch, eine Bewegung, konnte Karan zur Explosion bringen.

Dann legte Tallia sanft die Hand auf Mendarks Arm und sagte mit leiser Stimme: »Lasst es, Mendark.«

Einen Augenblick lang standen alle drei wie erstarrt da; dann war die Spannung plötzlich verschwunden. Mendark schüttelte den Kopf, drehte sich dann um und ging ohne einen Blick zurück hinaus.

Tallia schien etwas zu Karan sagen zu wollen; doch dann änderte sie ihre Meinung und folgte Mendark.

Karan kauerte noch immer mit weit aufgerissenen Augen da. Sanft nahm Llian ihr das Messer aus den kalten Fingern, führte sie zum Feuer und setzte sie wieder auf die Kissen. Karan schloss die Augen. Ein Zittern durchlief ihren Körper.

Sie blickte auf, schenkte Llian ein schwaches Lächeln und ergriff seine Hand.

»Einen Augenblick lang habe ich die Musik der Schatten gehört; sie rief nach mir«, sagte sie in melancholischem Tonfall.

»Ja, sie war sehr laut«, erwiderte Llian und schauderte. »Tu das nie wieder, ich bitte dich. Mit Mendark ist nicht zu spaßen.«

»Ich werde verteidigen, was man mir anvertraut hat.«

Auf der Straße hatte es aufgehört zu regnen. Mendarks Haar flatterte hinter ihm in der Brise, als Tallia zu ihm aufschloss. Gemeinsam gingen sie schweigend zur Villa zurück.

»Das war dumm«, sagte sie schließlich, als sie die Eingangsstufen hinaufgingen. »Sie stand kurz davor, mit uns zu kommen. Jetzt wird sie das niemals tun. Ihr habt ein schlechtes Opfer für Eure Tricks gewählt, mein Freund. Sie wusste, was Ihr tun wolltet, *bevor* Ihr es getan habt.«

»Ich war sicher, dass sie ihn aufgeben würde, wenn ich sie nur genug unter Druck setzen würde.«

Tallia funkelte ihn an, teils tadelnd, teils mitfühlend. »Wie *konntet* Ihr das nur glauben, nachdem Ihr gehört habt, was sie alles getan hat?«

»Ich weiß es nicht«, antwortete er, und im Licht des Eingangsflurs sah er alt und ausgemergelt aus. »Ich habe gerade einen sehr schweren Fehler begangen. Wir müssen wieder zurück und ihn korrigieren.«

»Nicht jetzt. Habt Ihr ihre Verzweiflung nicht gesehen? Ich werde in ein, zwei Tagen mit ihr reden. Vielleicht erreiche ich ja etwas.«

»Das ist zu spät.«

»Dann morgen.«

»Selbst das ist schon zu spät. Wie lange wird es wohl dauern, bis Thyllan sie findet? Er hat tausend Spione in der Stadt, und er hat nicht so viele Skrupel wie ich. Allein der Gedanke, dass er den Spiegel in die Finger bekommen könnte, versetzt mich schon in Angst und Schrecken.« Mendark schüttelte den Kopf. »Ich habe noch nie gesehen, dass jemand sich so schnell bewegt hat. Sie wusste schon, was ich tun wollte, bevor es mir selbst klar war. Karan ist eine mächtige Empfindsame – vielleicht sogar stärker als ich. Mit der richtigen Ausbildung könnte sie äußerst nützlich für mich sein. Was bin ich doch für ein Narr.«

Kapitel neunzehn

Ein Besuch vom Magister

Obwohl es schon spät am Morgen war, lag Karan noch immer im Bett. Sie hatte sich mit Llian gestritten und ihn weggeschickt, doch beinahe sofort war sie wütend darüber gewesen, dass er auch tatsächlich gegangen war. Es klopfte an der Tür. Karan rührte sich nicht. Ein weiteres, lauteres Klopfen. Müde hob sie den Kopf. Würden sie sie denn nie in Ruhe lassen?

»Wer ist da?«, rief sie durch die Tür.

»Karan, bist du da?«, ertönte eine vertraute Stimme auf der anderen Seite.

Karan wurde von Freude übermannt. »Maigraith! Bist du das wirklich?« Sie stieß den Riegel zurück und riss die Tür auf. Maigraith stand dort. Sie hatte Tränen in den Augen.

»Oh, Maigraith, du bist endlich gekommen. Ich habe schon nicht mehr zu hoffen gewagt. Wie bist du entkommen? Dieses Ding war zu viel für mich. Lass es mich dir geben.« Sie fummelte in ihren Kleidern herum.

»Lass das erst einmal, Karan. Ich bin gekommen, um *dich* zu sehen. Oh, was haben sie nur mit dir gemacht? Du siehst aus, als würde der Tod schon an deine Tür klopfen.«

»Das hat er auch schon mehr als einmal getan, seit du mir die Last des Spiegels aufgebürdet hast. Jetzt holt mich der Fluch meiner Familie ein. Allmählich verliere ich den Verstand.« Sie sprach mit ton- und leidenschaftsloser Stimme, so gar nicht wie die Karan, die Maigraith gekannt hatte. »Einst habe ich geglaubt, nie Feinde zu haben. Jetzt verwundert es mich schon, auch nur einen Freund zu sehen. Sie jagen mich und treiben mich in die Enge, und sie geben niemals auf.«

»Das ist jetzt vorbei. Hier werden sie dich nicht berühren. Du hast deinen Teil erfüllt, und niemand hätte mehr von dir verlangen können. Ich werde den Spiegel zurücknehmen, wenn du willst, und ihn sicher verwahren, bis ... Faichand kommt. Oh, Karan, wir haben so viel zu bereden! Aber zunächst muss ich noch schnell einen Auftrag erfüllen, dann komme ich wieder zurück. Ich bin auf dem Weg aus der Stadt hinaus, zu einem geheimen Treffen.«

Karan erbleichte. »Oh, sei vorsichtig!«, rief sie. »Yggur rückt vor.«

»Ich weiß«, erwiderte Maigraith verträumt, und ihr Gesicht leuchtete in mädchenhaftem Eifer.

»Du gehst wieder weg«, sagte Karan mit plötzlich trostloser Stimme. »Und dieses Mal wirst du nicht wieder zurückkehren. Bitte, geh nicht. Meine Feinde sind überall um mich herum.«

»Sprich nicht so, Karan. Du bist jetzt sicher. Ich werde heute Nacht wieder zurückkommen.«

»Bitte, nimm ihn mit. Erinnerst du dich noch daran, wie fasziniert du von ihm in Fiz Gorgo warst?«

»Nicht mehr. Ich habe gelernt, dass er ein verdrehtes, hinterlistiges und verführerisches Ding ist. Ich will nie wieder in ihn hineinschauen. Verwahre ihn noch ein paar Stunden für mich. Dort, wo ich hingehe, kann ich ihn nicht mitnehmen. Sobald ich zurück bin, werde ich wissen, was mit ihm zu tun ist.«

»Bitte«, bettelte Karan. Ihr drohte die Stimme zu brechen. Es war jedoch schon zu spät; Maigraith stand bereits an der Tür. Dann drehte sie sich noch einmal um, als sie sich erinnerte.

»Da war ein Aachim, der dich gesucht hat, aus Shazmak.«

Karan sprang erschrocken auf. »Nein!«, schrie sie. »Nein!«

Maigraith kam noch einmal zurück und ergriff Karans Hände. »Es gibt nichts zu fürchten. Er kommt im Auftrag von Tensor und bringt ein Versöhnungsangebot.«

»Das muss ein Trick sein. Er will mich in die Falle locken, um mich wieder nach Shazmak zurückzubringen. Ich will ihn nicht sehen. Sag ihm nicht, dass ich hier bin.«

»Das habe ich nicht. Aber Tensor würde dich nicht täuschen. Wenn er dich haben wollte, würde er dich selbst holen.«

»Das ist wahr«, sagte Karan. »Doch ich fürchte diesen Mann noch immer. Wer ist er?«

»Sein Name war Flacq.«

»Den kenne ich nicht«, sagte Karan ein wenig erleichtert. »Er muss neu in Shazmak sein. Wenn du musst, dann bring ihn heute Abend hierher. Ich werde mich mit ihm treffen, wenn du hier bei mir bist. Versprich mir, dass du hier sein wirst, wenn er kommt.«

»Wenn du willst. Dann bis heute Abend.«

Der Abend kam und dann die Nacht, doch Maigraith kehrte nicht zurück. Auch Llian war nicht wieder zurückgekommen. Es war fast Mitternacht, und Karan lag dösend auf dem Bett. Leise klopfte es an der Tür. Karan sandte suchend ihren Geist hinaus, doch sie hatte so lange Angst vor ihrem Talent gehabt, dass es ihr nun nichts verriet. Andererseits war es ohnehin nie wirklich zuverlässig gewesen. Karan öffnete die Tür einen Spalt. Ein Mann stand dort; im Dunkeln konnte sie sein Gesicht nicht erkennen.

»Guten Abend«, sagte er. »Mein Name ist Flacq. Ich komme aus Shazmak und bringe ein Versöhnungsangebot von Tensor.«

Die verstellte Stimme sagte Karan gar nichts, obwohl da auch eine gewisse Vertrautheit war, die sie beunruhigte. Sie zögerte. Der Aachim streckte die Hand aus; etwas glitzerte darin. »Und ich bringe dir auch das. Ich glaube, das gehört dir. Es ist in deinem Zimmer gefunden worden, nachdem du gegangen bist.«

Karan nahm es ihm aus der Hand; jetzt war sie verwirrt. Bei dem Ding handelte es sich um eine feine Silberkette mit einem Jadeanhänger. Dann erkannte sie sie. Das war Llians Kette. Sie hatte sie ihm in der Nacht vor dem Prozess abgenommen, um ihm den Traum zu schicken. Er würde sich freuen, sie wiederzusehen. Karan legte sie sich um den Hals und ließ den Anhänger in ihrem Hemd verschwinden. Er fühlte sich kühl auf ihrer Brust an.

Der Aachim bewegte sich auf sie zu, schob sich in den Spalt.

Ich kenne dich!, erkannte Karan. Sie versuchte, die Tür wieder zuzuschlagen, doch ihr Arm wollte ihr nicht gehorchen; plötzlich hatte sie schreckliche Angst. *Das ist ein Albtraum*, dachte sie verzweifelt. *Ich hatte diesen Albtraum schon einmal, und ich will ihn nicht wieder.* Irgendetwas raubte ihr all ihren Willen. Dann glitt der Mann zur Tür hinein. Das Licht fiel auf sein Gesicht, und die Zwillingsnarben schimmerten durch den Bart. *Emmant!* Karan wollte schreien, brachte aber keinen Ton über die Lippen.

»Jetzt gehörst du mir«, sagte er, »im Leben wie im Tod.«

Langsam bewegte er sich auf sie zu. Sein Gesicht hatte sich so sehr verändert, dass es kaum noch zu erkennen war, als wäre es von innen heraus verrottet. Sein Atem stank wie ein Kadaver am Straßenrand, und seine einst braune Haut war gelb, gummiartig und hing schlaff an den Knochen. Das Fleisch schien förmlich weggeschmolzen zu sein, sodass die Narben wie Felskämme auf seinen Wangen hervorragten. Seine schwarzen Augen hatten sich tief in den Schädel zurückgezogen. Und auch diese gefährliche Eleganz war verschwunden; nun bewegte er sich mit schlurfenden Schritten.

Karan war krank vor Furcht und Verachtung. Das hier war weit schlimmer als die Whelm, schlimmer noch als ihr chronischer Albtraum. Ein Übelkeit erregender Schrecken lähmte sie. Sie war allein. Ihre Freunde hatten sie verlassen. Selbst Maigraith hatte sie verraten und die Bestie geschickt, um sie zu vernichten. Sie hatte es versprochen, war aber nicht gekommen.

Wo war Llian? *Ich dachte, du würdest mich lieben, aber wo bist du jetzt? Schmiedest du irgendwo mit deinem Freund Mendark Pläne, meinem Feind? Feind?*, dachte sie. Nun war sie verwirrt. *Du hast mir deine Hilfe angeboten, aber du wolltest nur* ihn. *Selbst du, Llian, hast nur den Spiegel gewollt.*

Liebe? Was für Liebe? Der Einzige, der mich je geliebt hat, ist dieses Monster, das nun auf mich zukommt. Doch jetzt ist keine Liebe mehr in ihm. Er ist genauso verrückt wie ich. Qualen und Tod sind alles, was er mir anbietet. Oh, Llian ... Llian, Maigraith, Hassien, Pender ... all die Gesichter wirbelten vor ihr umher. *Oh, Pender, Pender, du hast mir schon einmal das Leben gerettet. Wo bist du jetzt?* »Nein!«, schrie sie.

Sie rappelte sich wieder auf, spürte, wie ihre Wange unter den Schlägen schwoll, und leckte sich Blut von den Lippen. Sie fühlte, wie sie mit jedem Schlag schwächer wurde. *Wie kannst du mich nur so sehr hassen? Sprich wenigstens mit mir.* Aber die breite, bärtige, schier unglaublich starke Gestalt sagte kein Wort.

Das Handgelenk bereitete Karan Schmerzen. *Ach, was für Ärger ich schon mit diesem Handgelenk hatte,* dachte sie ironisch. *Aber jetzt nicht mehr. Jetzt ist alles egal.* Sie wich zurück. Emmant folgte ihr geduckt.

Seltsamerweise konnte sie seinen Willen in sich fühlen, als wären sie miteinander *verbunden. Wie kann er sich mit mir verbinden, ohne dass ich es will?*

Komm zu mir, rief er über die Verbindung. *Du kannst mir jetzt nicht mehr widerstehen. Komm zu mir. Liebst du mich schon? Du wirst. Ich kann dich dazu zwingen, mich zu lieben, weißt du?*

Das ließ Karan laut lachen, und das Lachen schnitt wie ein Messer durch ihren Wahnsinn und zerriss die schwache Verbindung.

»Dich lieben?«, kreischte sie. »Eher würde ich eine Made im Dung auf der Straße lieben als dich. Ich habe recht mit dem getan, was ich dir angetan habe, und ich werde es wieder tun.« Sie riss ihr kleines Messer heraus und hielt es vor sich.

Emmant war verwirrt. »Ich befehle dir, mich zu lieben. Faelamor hat mir versprochen, dass du mich lieben wirst. Für dich habe ich Shazmak an die Whelm verraten. Seitdem habe ich dich gesucht: in Narne, Sith, überall. Ich habe stets an dich gedacht, war besessen von dir. Ich habe an nichts anderes gedacht als nur an dich. Du musst mich lieben, und du wirst!«

Shazmak verraten? Faelamor? War das wieder einer ihrer Albträume? Mit funkelnden Augen rückte Karan gegen Emmant vor.

»Was für ein Wahnsinn ist das?«

Der Blick in ihren Augen jagte Emmant einen kalten Schauder über den Rücken. Er zögerte und wich dann langsam zurück.

»Fae... Faelamor ist nach Shazmak gekommen«, stammelte er, und seine Stimme, die stets so tief gewesen war, wurde schrill und rasselnd. »Tensor hat sie als Gefangene dorthin geschickt. Sie wollte verzweifelt fliehen. Sie hat dich mir versprochen, wenn ich ihr helfen würde. Ich habe den Whelm den geheimen Weg nach Shazmak gezeigt und ihnen erklärt, wie sie die Wachen ausschalten können. Sie sagten, dass sie sie befreien würden. Sie hat die Halskette für mich verzaubert. Sie hat mir versprochen, dass du dich meinem Willen unterwerfen würdest, sobald ich sie dir gegeben habe. Sie hat mich betrogen!«

Karan lachte. Es war ein leeres, hässliches Geräusch. »In der Tat, ich glaube, sie hat jeden betrogen, nur *dich* nicht. Die Kette ist verzaubert, aber sie hat den Zauber für den Besitzer gewirkt, und der bin ich nicht. Sie gehört Llian.«

Sie holte die Kette heraus und hielt sie ihm vor die Nase, verspottete ihn. »Hier, gib sie ihm. Ich bin sicher, dass *er* dich lieben wird. Sein Geist ist sehr schwach.«

Emmant riss ihr die Kette aus der Hand und stürzte sich auf sie. Karan wich zur Tür zurück, fiel hart auf die Seite und versuchte wegzukrabbeln. Emmant warf sich auf sie und begrub sie unter sich. Die Narben in seinem Gesicht schimmerten strahlend weiß, und seine Fratze hatte sie zu Sicheln verzerrt. Seine Hände griffen nach Karans Kehle, packten zu, drückten … dann hielt sie das kleine Messer in ihrer gesunden Hand, und sie stieß zu, immer wieder und wieder …

Schließlich kamen sie, lange nach Mitternacht: Llian, Tallia und Mendark. Sie standen in der Tür und ließen den Blick über die Trümmer des dunklen Zimmers schweifen. Zwei Leichen lagen auf dem Boden, beide voller Blut.

Llian weinte, bis sein Herz zu platzen drohte. Mendark führte ihn hinaus, während Tallia den Mann umdrehte. Sein verzerrtes, vernarbtes Gesicht war ihr unbekannt. Sie hob seine Beine von Karan und schleifte ihn in die Ecke. *Wer bist du?*, fragte sie sich. *Und wie bist du hierhingekommen? Was auch immer du dir von dem Spiegel erhofft hast, das sicher nicht.*

»Ich habe geträumt, wir wären auf alle Ewigkeit miteinander verbunden, Geliebter. Doch kaum ist eine Sekunde der Ewigkeit verstrichen, da erkaltet deine Umarmung.«

Die kalte, klare Stimme ertönte hinter ihr, und Tallia wirbelte herum.

Karan lag noch immer auf dem Rücken. Ihre Kleider waren

von braunem Blut verklebt. Sie hob die Arme, und ein Lächeln lag auf ihrem Gesicht, doch ihre Augen waren geschlossen.

»Wo bist du hin, Geliebter? Du bist in der Tat ein schwacher Liebhaber, dass du so rasch ermüdest. Verlass mich nicht. Komm zurück; komm zurück. Leg deine Hände um meinen weichen weißen Hals« – ihre Stimme nahm einen giftigen Tonfall an – »und lass mich dieses Silber in dein schwarzes Herz stoßen.« Karan stieß wild in die Luft über sich und rührte sich dann nicht mehr.

Tallia trat näher heran und schaute auf sie hinunter.

Das Lächeln erschien wieder auf Karans Gesicht. »Wohin gehst du, Geliebter? Ich höre dich schleichen. Du hast Angst, mich zu wecken. Bist du meiner Umarmung schon müde?«

Tallia wartete nicht darauf, es noch einmal zu hören. Sie eilte aus dem Raum und fand Mendark und Llian im Zimmer nebenan.

»Sie lebt.« Llian sprang sofort auf. »Aber ich warne dich: Geh nicht an sie heran. Sie ist verrückt und gefährlich.«

Llian drängte sich an ihr vorbei, lief ins andere Zimmer zurück und rief Karans Namen. Dann schrie er, und als Mendark und Tallia das Zimmer betraten, sahen sie ihn zurückweichen, eine Hand auf die andere gedrückt. Blut quoll zwischen seinen Fingern hervor. Er sah vollkommen verwirrt aus. Karan war auf den Beinen. Sie hielt das Messer in der Hand, und ihr Gesicht war eine hässliche Maske. »Ich habe dich gerufen, aber du bist nicht gekommen«, sagte sie. »Du hast es versprochen.«

Mendark schob die anderen beiseite und ging langsam auf Karan zu. Sie bewegte das Messer vor sich und lächelte. »Dieses Spiel gefällt mir schon besser«, sagte sie. »Wir beide haben ja schon gespielt.«

Mendark erstarrte. In diesem Moment erschien Maigraith

in der Tür. Sie trat über die Schwelle und erstarrte ebenfalls, verwirrt von dem Anblick, der sich ihr bot: Karan, von allen guten Geistern verlassen und blutverschmiert, wedelte mit ihrem Messer herum; in der Ecke lag eine Leiche, und drei Fremde – nein, da war der junge Mann, den sie in Narne gesehen hatte – drängten sich aneinander. Sie war so entsetzt, dass sie nicht wusste, was sie tun sollte. Mit gequälter Stimme rief sie: »Karan!«

Karan wirbelte mit schier unmenschlicher Schnelligkeit herum und schlug durch die Luft vor Maigraith' Gesicht. Maigraith trug einen langen, weiten Mantel, und eine dunkle, formlose Kapuze hüllte ihr Gesicht in Schatten, sodass die anderen nicht sagen konnten, ob sie eine Frau oder einen Mann vor sich hatten. Doch Karan wusste es.

»Du hast versprochen zurückzukommen, doch das hast du nicht getan. Du hast versprochen, dass du ihn nicht zu mir schicken würdest, und doch ist er gekommen. Emmant ist gekommen! Ich habe nach dir gerufen, geschrien. Ich habe dich angefleht zu kommen, doch du warst nirgends zu sehen. Was muss man tun, um dich aus dem Bett deines Geliebten zu zerren?«

Erneut schlug sie wild nach Maigraith. Verwirrt und verzweifelt wich Maigraith zurück, und Tränen rannen im Schatten der Kapuze.

»So war das nicht«, flüsterte sie. Sie hob die Hände und schickte sich an, sich zu verteidigen. Karan senkte das Messer, und langsam kroch ein Schrecken über ihr Gesicht, eine Selbstverachtung, die sie so entstellte, dass Llian eine Gänsehaut bekam.

»Ich habe ihn getötet«, sagte sie. »Zu guter Letzt war das ganz einfach. Hilf mir, Vater.«

»Wirst du jetzt mit mir kommen?«, fragte Mendark Karan in sanftem Ton.

»Es ist mir egal. Alles ist egal.«

Doch bevor sie sie fortschaffen konnten, ertönte Lärm im Gang, und ein Trupp Wachleute stürmte herein, gefolgt von einem großen Mann in schwarzem Gewand, mit zurückweichendem Haar, bleichen Augen und einer Nase wie eine Keule. Es war Thyllan, der Mann, der Mendark als Magister des Hohen Rats gestürzt hatte. Karan starrte den Eindringling an und versuchte, den Zweck seines Erscheinens durch den Nebel in ihrem Geist hindurch zu erkennen. Die Wachen erfassten die Situation sofort, und obwohl Karan nach ihnen schlug, konnte sie es mit ihren Piken nicht aufnehmen. Schon bald traf eine davon sie an der Schläfe, und sie fiel zu Boden.

Thyllan durchsuchte Karan und holte mit einem Triumphschrei den Spiegel aus der geheimen Tasche. Mendark trat vor, doch die Piken wurden sofort auf seine Brust gerichtet, und der Hauptmann der Wache schaute fragend zum Magister.

Thyllan schüttelte den Kopf. »Jetzt kann ich es mir leisten, gnädig zu sein«, sagte er, »aber ich warne dich: Kümmere dich um deine eigene Sicherheit. Wachen, packt sie, und sammelt alles ein, was ihr gehört.«

Die Wachen banden Karan die Hände, hoben sie hoch und brachten sie in Richtung Zitadelle.

Die vier Zurückgebliebenen starrten einander eine ganze Minute lang an; dann wirbelte Maigraith herum und rannte aus dem Raum. Llian schnappte sich das Amulett und die Kette und stolperte zur Tür hinaus.

Inzwischen war Morgen. Mendark und Llian saßen am Feuer in Mendarks Villa und warteten auf Tallia und die Neuigkeiten, die sie bringen würde. Sie waren die ganze Nacht auf gewesen. Seit Stunden hatte keiner von beiden auch nur ein Wort gesagt. Llians Qual hatte ihn stumm gemacht.

Die Tür öffnete sich, und Tallia kam herein. Sie sah erschöpft aus.

»Was hast du herausgefunden?«, rief Llian und sprang auf.

»Sie wird in der Zitadelle festgehalten«, antwortete Tallia. »Doch das ist alles, was ich habe in Erfahrung bringen können.«

»Was ist mit der anderen Frau? Hast du herausgefunden, wer sie ist?«

»Nein! Das kann uns nur Karan sagen.«

Mendark starrte ins Feuer. Er hatte den Kopf auf die Hände gestützt. Die Ereignisse der letzten Tage hatten ihm noch mehr Kraft geraubt, und allmählich hatte er das Gefühl, als würde er die Kontrolle über sein Schicksal verlieren.

Just in diesem Augenblick war draußen eine Bewegung zu hören, und die Tür wurde aufgestoßen. Eine Frau trat geräuschvoll ein. Schlamm klebte an ihren hohen Stiefeln, und Wasser tropfte aus ihrem blauen Mantel. Sie nahm den Hut ab und schüttelte ihr helles Haar. Ihr Blick wanderte direkt zu Mendark. Plötzlich wurde ihm übel.

»Mendark!«, sagte die Frau. »Ich bin Faelamor. Ich bin wegen des Spiegels hier.«

Mendark atmete langsam aus. Er hatte noch nicht einmal bemerkt, dass er die Luft angehalten hatte. »Ich habe dich nicht vergessen. Wie lange ist das jetzt her? Sechshundert Jahre?«

Faelamor zuckte gleichgültig mit den Schultern.

»So«, fuhr er fort, »*du* bist also Faichand.«

»Die war ich, doch nun ist das kein Geheimnis mehr.«

»Dann brauche ich dich wohl nicht zu fragen, wie du an meinen Wachen vorbeigekommen bist. Du kommst zu spät. Thyllan hat ihn, und er ist jetzt der Magister. In Kriegszeiten ist er allmächtig. Es gibt nichts, was ich tun könnte, um ihn wieder zurückzuholen.«

Faelamors Gesicht nahm einen kalten Ausdruck an. »Was ist mit dem Mädchen?«

»Das hat er auch, aber im Augenblick nützt sie ohnehin niemandem. Sie hat den Verstand verloren.«

Faelamors Maske bekam erste Risse. Es hätte schlimmer kommen können. »Erzähl es mir.«

Mendark erzählte ihr kurz von den Ereignissen, die zu der Szene in Karans Zimmer geführt hatten und zu dem toten Mann, Emmant. Faelamors Maske fiel noch ein wenig mehr in sich zusammen. Alles war gut gelaufen mit Ausnahme der Sache mit Thyllan, und das konnte man korrigieren. Schon bald würden sie alle hier sein.

Llian starrte auf das alterslose Gesicht. Er hasste und misstraute Faelamor, aber er war auch fasziniert. Eine Faellem zu treffen war heutzutage ausgesprochen selten, und sicherlich war kein Chronist seit Jahrhunderten Faelamor begegnet. Llian prägte sich ihre charakteristischen Merkmale für seine Geschichte ein, besonders ihre goldenen katzenhaften Augen und die durchschimmernde Haut.

»Das ist also der elende Zain«, sagte Faelamor und erwiderte Llians Blick. »Das Blut wird offenbar schwächer.«

»Wofür will Thyllan den Spiegel?«, warf Tallia ein.

»Er will ihn, um damit Tore zu erschaffen, Portale«, erklärte Mendark, »wie, ohne Zweifel, auch Yggur. Stellt euch vor, welche Macht er besitzen würde, wenn er in der Lage wäre, seine Armeen und Spione von einem Augenblick auf den anderen zu jedem Ort auf Santhenar zu transportieren. Der Spiegel enthält angeblich das Geheimnis, wie man so etwas herstellen kann.«

Llian, der bis jetzt nur am Tisch gesessen und das Gespräch verfolgt hatte, konnte nicht länger an sich halten und platzte wütend heraus: »Verdammt soll der Spiegel sein! Ihr müsst Karan befreien.«

»Ich wüsste nicht, wie ich das anstellen sollte«, sagte Mendark.

»Ich habe gehört, dass Thyllan sie in Ketten hat legen lassen«, bemerkte Tallia. »Dass sie gefesselt werden muss.«

»Ketten!«, schrie Llian voller Kummer und Wut. »Karan in *Ketten!* Ihr müsst etwas tun.«

»Solange sie dort oben ist, bin ich hilflos.«

»Die Zitadelle ist Mendark *versperrt*«, erklärte Tallia. »Er kann sie weder offen noch im Geheimen betreten. Unsere Position ist gefährlich – und das jetzt im doppelten Sinne, da der Feind vor den Toren steht. Thyllan könnte uns gefangen nehmen oder gar töten, und niemand könnte etwas dagegen tun, da wir uns im Krieg befinden. Solange er sie in der Zitadelle festhält, sind wir machtlos.«

»Es gibt einen Weg«, sagte Faelamor, die still danebengesessen hatte, »und allein Mendark hat die Mittel dazu. Du musst ein Großes Konklave einberufen. Das wird sie aus der Zitadelle zwingen. Dann besteht die Chance, den Spiegel zurückzubekommen – und auch sie, wenn du willst, obwohl sie wild und tückisch ist.«

»Natürlich«, sagte Mendark. »Was für eine Wolke schwebte nur vor meinen Augen, dass ich mich nicht daran erinnert habe?«

Aber warum ist Maigraith nicht hier?, fragte sich Faelamor. *Sie* muss *an dem Konklave teilnehmen.* Und sie drehte sich um und verschwand genauso schnell wieder, wie sie gekommen war.

»Wir haben gerade eine wahrhaft böse Kreatur gesehen«, sagte Llian. »Habt ihr den Hass in ihren Augen bemerkt? Vertraut ihr nicht, Mendark. Beruft kein Konklave ein.«

»Nicht böse«, erwiderte Mendark, »auch wenn sie sicher zu Bösem fähig ist. Verzweifelt und getrieben. Die Faellem zu führen heißt, die Faellem zu sein. Natürlich vertraue ich ihr nicht, aber ich werde das Konklave einberufen. Er *muss* kommen; er *muss* den Spiegel mitbringen, und er *muss* sich den

Gerechten unterwerfen. Endlich habe ich einen Vorteil, und den werde ich auch ausnutzen …«

Llian runzelte verwirrt die Stirn.

»Ein Großes Konklave wird nur einberufen, wenn Thurkad in allerhöchster Not schwebt«, erklärte Mendark. »Manchmal zeigt es einen neuen Weg auf oder beruft ein neues Oberhaupt. Weil ich vor ihm Magister war, kann sich Thyllan mir selbst in solchen Zeiten nicht verweigern. Er muss Karan und den Spiegel mit zum Konklave bringen, das in der Stadt abgehalten wird, nicht in der Zitadelle.«

»Wie soll das helfen, sie zu befreien?«

»Ich weiß es nicht«, antwortete Mendark brüsk, »aber immerhin wäre sie dann in unserer Reichweite.«

»Er könnte sich weigern.«

»Nein! *So* sicher ist er sich noch nicht in seiner Position.«

Die Tage vergingen. Yggur zog seine Armeen auf der Ebene südlich von Thurkad zusammen. Gesandte wurden ausgeschickt und kehrten wieder zurück. Die Mauern von Thurkad waren nicht zur Verteidigung gerüstet, und so bereitete sich das Heer auf eine Schlacht vor dem Südtor vor. Dann kamen Nachrichten über eine weitere Armee, die rasch von Nordosten auf die Stadt vorrückte, ausschwärmte und Thurkad einschloss. Der Hafen wurde gesperrt. Alles, was schwimmen konnte, wurde beladen, bis das Deck kaum noch über dem Wasser war. Angreifer und Verteidiger standen einander gegenüber, und das Warten begann.

Kapitel zwanzig

Die Gefangene

Einige Tage später rief Mendark Llian herein.

»Mach die Tür zu«, sagte er. »Erzähl mir noch mal die Sache mit der Düsternis. Das Ende deiner Geschichte und was du von Tensor erfahren hast. Ich mache mir allmählich Sorgen. Yggur zieht in den Krieg; Faelamor taucht überraschend auf; Karan träumt von Rulke ... Das sind mir ein wenig zu viel Zufälle.«

Llian erzählte die Geschichte erneut. »Ich weiß noch nicht einmal, wo ich anfangen soll«, sagte er zu guter Letzt.

»Ich auch nicht.« Mendark rieb sich die stoppelige Wange. »Nun, Rulkes Archive befinden sich hier im Skriptorium des Magisters.«

»Und Ihr habt sie Euch nie angeschaut?«

»Vergiss nicht, mit wem du redest«, knurrte Mendark. »Seine Aufzeichnungen füllen mehrere Räume, aber die meisten davon sind nicht zu entziffern. Ich habe mir alles angesehen, was zu lesen war. Doch da natürlich weder ich noch sonst irgendjemand deine neuen Beweise hatte, hat auch niemand danach gesucht. Ich sollte sie mir besser noch einmal ansehen.«

»Ihr habt doch gesagt, die Zitadelle sei Euch *versperrt*.«

»Das ist sie auch – mir und allen in meinen Diensten. Das ist eine Barriere, die wir nicht zu überwinden vermögen. Aber er kann nicht jeden in Thurkad aussperren. Willst du den Versuch wagen?«

So!, dachte Llian. *Es* gibt *also einen Weg hinein, und Karan liegt noch immer in Ketten.* »Wie könnt Ihr mich hineinbekommen?«

»Ich habe meine Wege.«

»Warum könnt Ihr Karan dann nicht einfach herausholen?«

Mendark seufzte. »Lass mich einfach machen. Sie wird gut bewacht sein, von Menschen und auch von Wachen ähnlich jenen in Shazmak. Außerdem muss Thyllan sie zum Konklave in drei Tagen bringen. Und komm ja nicht auf dumme Ideen. Du gehst nur aus einem einzigen Grund hinein.«

Es ist ihm egal, dachte Llian. *Nun, wenn ich die Gelegenheit bekomme ...*

»Ich mache es«, sagte er.

»Gut. Komm in ein paar Stunden wieder zurück; dann habe ich Karten und Kataloge für dich zum Studieren.«

»Haltet Ihr das für eine gute Idee?«, fragte Tallia, nachdem Llian gegangen war. »Die Waffenruhe des Konklaves zu brechen? Wenn er entdeckt wird, kann Thyllan sich weigern zu kommen.«

»Es ist ein Risiko, aber es wäre noch viel riskanter, es nicht herauszufinden. Ich *muss* es wissen!«

Es war drei Uhr morgens. Mit Essen und Wasser für zwei Tage und eine Nacht, einer Karte und einem Katalog sowie einer Laterne und zwei Schläuchen Öl unter dem Mantel machte Llian sich mit Tallia auf den Weg durch die Nebenstraßen zu einem unscheinbaren Gebäude. Er trug die unauffällige Kleidung eines Dieners: dunkelblaue Hose, Hemd und Kappe sowie ein kurzes Cape und Sandalen.

Auf der Rückseite des Hauses öffnete Tallia eine Falltür und kletterte in einen Keller hinunter. Dort tat sie etwas, das Llian nicht sehen konnte. Dann bröckelte ein wenig des erdfarbenen Putzes, und ein Teil der Wand schwang mit lautem Knarren auf.

»Der ist schon lange nicht mehr benutzt worden«, erklärte Tallia. Sie hielt die Laterne in die Höhe und trat in den Gang hinein.

Llian folgte ihr durch die Dunkelheit. Ihn überkam leichte Platzangst. Es gab wenig zu sehen außer Erde und Felsen und manchmal auch feuchte Ziegel. Der Tunnel wand sich, doch eher rauf als runter, was Sinn ergab, denn die Zitadelle lag fast auf der Hügelkuppe. Nach ein paar scharfen Biegungen und einem langen, geraden Gang nach oben blieb Tallia unvermittelt stehen.

»Was ist los?«

»Ich glaube, etwas gefühlt zu haben. Nein, es ist nichts.« Sie ging weiter, allerdings langsamer; dann hielt sie wieder an, als wäre sie gegen eine unsichtbare Wand gerannt. »Aaah!«

»Bist du in Ordnung?«

»Ich bin gegen die Barriere gelaufen. Das tat weh. Weiter kann ich nicht gehen, doch für dich ist es vermutlich sicher. Schau aber erst einmal nach, ob du etwas fühlst.«

Llian trat einen Schritt vor, dann noch einen. »Nichts!«

»Viel Glück, Chronist.« Tallia streckte die Hand aus, riss sie jedoch rasch wieder zurück, als hätte etwas sie gestochen, und salutierte stattdessen.

Llian winkte ihr zu, dann machte er sich nervös auf den Weg den Gang hinauf. Als er eine Minute später wieder zurückblickte, war Tallias Laterne nicht mehr zu sehen. Er war vollkommen allein und unter der Erde.

Ein paar Minuten später kam er nach einer weiteren Reihe von Biegungen und Aufgängen zu einer kahlen Wand. Tallia hatte ihm erklärt, was er tun musste: Er sollte drei Vertiefungen in der Wand finden und gleichzeitig mit je einem Finger darauf drücken. Diese Vertiefungen konnte er nur nach dem

Prinzip von Versuch und Irrtum finden, denn die Wand war ausgesprochen uneben. Nach gut dreißig Versuchen machte er es endlich richtig, und ein Steinblock drehte sich geräuschlos. Die so entstandene Öffnung war gerade groß genug, dass Llian sich hindurchzwängen konnte. Kaum hatte er das getan, da schloss sich die Geheimtür wieder genauso leise. Er war in den Kellern der Zitadelle!

Alles war einfacher, als er gehofft hatte. Der Tunnel führte ihn nahe zu seinem Ziel. Llian war in weniger als zehn Minuten an der Tür und hatte dabei keine Menschenseele gesehen.

Man hatte ihm einen Schlüssel gegeben, einen flachen Metallstreifen. Den schob Llian schlicht in den dafür vorgesehenen Schlitz der Tür und wartete. Nach einer vollen Minute klickte es in der Tür. Llian schlüpfte hinein, schloss die Tür wieder und legte den Riegel vor.

Er hatte eine niedrige, verschimmelte Krypta erwartet, eine breitere Version des Tunnels, doch der Raum, in dem er sich wiederfand, erinnerte mehr an eine Bibliothek – groß, hoch und trocken. Offensichtlich war er gebaut worden, um wichtige Dokumente zu schützen. Es gab Reihen um Reihen von Regalen und Schriftrollenständern, und am anderen Ende standen Schränke, die vom Boden bis unter die Decke reichten. Der Raum war riesig – Tausende von Dokumenten und Büchern, die kein Chronist je gesehen hatte.

Llian zog den Katalog zurate, den Mendark für ihn mit Anmerkungen versehen hatte. Er ging die Regale entlang, um nachzuschauen, wie sie organisiert waren. Hier und da nahm er sich ein Buch oder eine Schriftrolle, schaute kurz hinein und legte sie wieder zurück. So versuchte er, sich ein Bild von den Archiven zu verschaffen. Wo sollte er anfangen? Den Inhalt dieses Raumes zu lesen würde Monate in Anspruch nehmen.

Llian begann mit der interessantesten Kategorie, Dokumenten aus der Zeit der Düsternis. Stunden später erkannte er, was für eine hoffnungslose Aufgabe das war. Es waren Tausende von Dokumenten, deren Überschriften Hunderte von Jahren abdeckten, doch keines davon war relevant. Llian aß etwas und versuchte, sich einen besseren Ansatz zu überlegen. Das Ganze kam ihm allmählich recht sinnlos vor. Was für ein Narr hatte diesen Katalog erstellt? Ein Chronistenlehrling hätte das besser machen können.

Llian durchsuchte die Dokumente nach Shuthdar und der Flöte und die ältesten von allen nach dem Kataklysmus, den Faellem und den Aachim. Zu guter Letzt hätte er viele Lücken in den Historien füllen können; aber er hatte nichts gefunden, was ihm bei seiner Queste weitergeholfen hätte.

Erneut blätterte Llian den Katalog durch. Diesmal fiel ihm etwas auf: ein Abschnitt, der mit *Korrespondenz – andere Charon* überschrieben war. In den Untertiteln fanden sich Namen wie Kandor, Yalkara und auch andere, von denen Llian wusste, dass es sich um Mischlinge zwischen Charon und Aachim handelte oder Charon und anderen Rassen. Über was hatten sie wohl geschrieben? Llian verbrachte lange Stunden mit Briefen, Verträgen, Berichten über Landwirtschaft, Bergbau, Wetter, Straßen und andere alltägliche Kleinigkeiten. Jeder der Charon hatte ein Reich besessen, und der Umfang ihrer Korrespondenz war ungeheuer.

Dann begann die Lampe, gelb zu flackern. Sie hatte fast kein Öl mehr. Der erste Schlauch war bereits aufgebraucht. Wie lange war er schon hier? Hatte Tallia gesagt, ein Schlauch halte zwölf oder achtzehn Stunden? Sicher Letzteres, denn er war ausgelaugt. Llian baute sich aus Ledermappen eine Art Matratze auf dem Boden und legte sich hin. Seit Karan gefangen genommen worden war, hatte er nur schlecht geschlafen. Er löschte die Lampe und schlief.

Der zweite Tag verlief fast genauso wie der erste. Die Arbeit war langwierig und frustrierend. Es gab viel zu viel durchzusehen, und im Katalog waren ganze Regale unter einer einzigen Überschrift zusammengefasst. Llians letzter Ölschlauch war fast leer, und etwas davon musste er sich für Karan aufsparen und den Weg wieder hinaus.

Llian ging erneut zur Korrespondenz der Charon. Alles Offensichtliche hatte man vermutlich vernichtet, doch die Briefe und Depeschen könnten etwas enthalten, das nur ihm auffallen würde. Da war ein Stapel von Briefen zwischen Rulke und Kandor. Llian blätterte sie durch. Es waren Hunderte, und das bedeutete mehrere Stunden lesen. Einem Impuls folgend, steckte Llian sie in seine Tasche. Was sonst noch? Briefe von Rulke an Yalkara – das waren nicht so viele. Das erste Verbrechen machte das nächste leichter. Llian steckte auch die ein.

Er entfaltete die Karte und fuhr den Weg hinaus mit dem Finger entlang, um ihn sich einzuprägen. Er hatte Karten noch nie gut lesen können. Nun, wo würde Karan sein? Llian betrachtete die Pläne der Stockwerke über ihm. Insgesamt gab es neun Ebenen, die in winziger Schrift markiert waren. Küchen, Speisekammern, Hallen – scheinbar Dutzende davon –, Bibliotheken, ein Kartenraum, Dienerquartiere, Schlafsäle und weiter unten Lagerräume, Waffenkammern, Wachräume, Keller, *Zellen!*

Bleib ruhig!, ermahnte Llian sich. *Karan muss nicht unbedingt in einer der Zellen sein – sie könnte in jedem Raum der Zitadelle eingesperrt sein. Und selbst falls sie dort unten sein sollte, wird sie sicher bewacht.*

Doch der Gedanke, sie zu befreien, war fest in Llians Geist verankert. Er schob alle Bedenken beiseite – und es gab viele davon: Er könnte gefangen genommen werden; Thyllan könnte herausfinden, wonach er suchte, und er könnte Mendarks Pläne durcheinanderbringen. Ja, Mendark würde außer sich vor Wut sein!

Das Verlies lag genau auf der anderen Seite der Zitadelle. Wie sollte er dorthinunterkommen, ohne entdeckt zu werden? Llian erarbeitete sich einen Weg anhand der Karte und prägte ihn sich ein. Nach ein paar Minuten kam er in beleuchtete Gänge. Er löschte die Lampe, nahm einen Stapel Papier in die Hand und versuchte, wie ein gewöhnlicher Laufbursche auszusehen. Es musste schon sehr spät sein, denn er sah nur zwei Leute auf dem Weg, und keiner von beiden zeigte auch nur das geringste Interesse an ihm.

Da war die Treppe, nach der er gesucht hatte. Sie führte steil nach unten in eine niedere Ebene. Llian schlich hinab und schob den Kopf um die Ecke. Er sah einen düsteren Gang mit nur zwei Lampen; doch das Licht reichte aus, um zu erkennen, dass sich links und rechts davon Zellen befanden. Llian drückte sich an der Wand entlang, um das Licht zu vermeiden. Weiter den Gang hinunter befand sich ein offener Raum wie eine Zelle ohne Gitter; eine lange Bank trennte ihn vom Gang. Das sah wie ein Wachposten aus, und er war leer. Wo war die Wache?

Just in diesem Augenblick hörte Llian ein gurgelndes Schnarchen, und als er über die Bank spähte, sah er den Wachmann flach auf einer weiteren Bank liegen. Der Raum stank nach schalem Bier. Llian marschierte vorbei, ohne angehalten zu werden.

Jenseits davon lagen mehrere kleine und große Zellen, die meisten mit schlafenden Gefangenen belegt, vermutlich Anhängern von Mendark. Llian musste seine Lampe wieder entzünden, um zu sehen, ob Karan unter ihnen war. Das war sie nicht, und ein, zwei Gefangene rührten sich irritiert in seinem Licht. Llian ging an den Zellen vorbei und kam zu einem weiteren Wachposten. Dieser war unbemannt. Hier waren sämtliche Zellen leer mit Ausnahme von einer, vor der ein Licht brannte.

»Karan!«, flüsterte Llian und packte die Gitterstäbe.

Sie lag auf einem Haufen Stroh, eine schmuddelige Decke um die Schultern geschlungen. Oben ragte ihr rotes Haar hervor, unten die nackten Füße. Sie rührte sich nicht.

»Karan«, wiederholte Llian ein wenig lauter.

Sie rührte sich, zitterte und hob langsam den Kopf. Sie schaute ihn an, ohne ihn zu erkennen.

»Karan! Ich bin es. Llian. Komm schnell!«

Sie stand auf und schlurfte über den Boden zur Tür. Sie starrte Llian an, drehte sich dann wieder um und schlurfte teilnahmslos zu ihrem Bett zurück. Auf ihrer Wange war ein großer blauer Fleck zu sehen. Ihr Gesichtsausdruck zerriss Llian das Herz.

Llian rief sie erneut, und wieder wankte sie zu den Gitterstäben, obwohl er von keinerlei Bedeutung für sie war. Llian ergriff ihre Hand. Karan schaute nach unten, dann in sein Gesicht. Kurz leuchtete ein Funke in ihren Augen auf, verlosch aber sofort wieder.

Llian griff durch die Gitter und nahm sie in die Arme. Erneut hätte sie ihn fast erkannt; dann wurden ihre Augen wieder leer. Sie kam zu ihm, als hätte sie keinen eigenen Willen mehr, doch kaum berührte sie das Gitter, da schreckte sie zurück. Llian ließ sie los und rüttelte an der Tür. Sie klapperte noch nicht einmal. Er huschte zu dem unbesetzten Wachposten. Keine Schlüssel! Also zu dem anderen. Der Wachmann schlief noch immer tief und fest in dem Wissen, dass die gesamte Zitadelle bewacht war. Wo waren die Schlüssel?

Ah! Ein Schlüsselbund baumelte an einem Wandhaken. Llian schlich dorthin. Der Wächter rührte sich, rülpste laut und legte den Kopf wieder auf die Arme. Llian griff um ihn herum und schnappte sich die Schlüssel. Aber nicht vorsichtig genug – sie klimperten. Der Wachmann stöhnte, rollte sich herum und wäre fast von der Bank gefallen. Llian hielt den Atem an; doch es dauerte nicht lange, und der Mann schnarchte wieder.

Zurück an Karans Zelle, probierte Llian den ersten Schlüssel aus. Nichts. Auch der zweite funktionierte nicht und auch nicht der dritte oder einer der anderen. Karan kam herbei und beobachtete Llian mit ausdruckslosem Gesicht. Llian probierte jeden einzelnen Schlüssel drei-, viermal und rüttelte an der Tür – ohne Erfolg.

»Falsche Schlüssel«, sagte Karan und ging wieder zu ihrem Stroh zurück.

Woher weiß sie das? Llian lief wieder zu dem Wachposten zurück. Der Wächter schnarchte noch immer und tastete blind nach irgendwas. Der Bierkrug stand auf dem Boden knapp außerhalb seiner Reichweite. Schließlich gab er es auf, nahm den Arm wieder zurück und stieß ein pfeifendes Schnarchen aus. Wo könnten die Schlüssel sein? Der Wachposten war nur spärlich eingerichtet. An der Wand hingen ein paar Haken, von denen einer einen abgetragenen Mantel hielt. Darunter standen mehrere Regale, und weitere Regale befanden sich unter der Bank. Llian ließ sich auf alle viere nieder. Es war schwer, in dem Zwielicht etwas zu erkennen. Er kroch unter die Bank, tastete im Dunkeln herum, konnte aber nichts finden. Dann drehte sich der Wächter um, und Llian hörte ein unverkennbares Klimpern.

Der Mann hockte nun vornübergebeugt da und atmete geräuschvoll. Ja, da waren sie, halb verdeckt von einem Bauch so groß wie das Fass, durch das er entstanden war. Llian schob die Hand in den teigigen Sack, doch beim ersten Druck stöhnte der Wächter und lehnte sich weiter vor. Llian musste die Hand zurückreißen, bevor sie in den Fettfalten stecken bleiben konnte. Jetzt tastete der Kerl selbst wieder herum.

Llian schob den Bierkrug in Reichweite, und der Wächter hob ihn an die Lippen und trank einen kräftigen Schluck mit geschlossenen Augen. Bier lief ihm übers Kinn. Er schnappte nach Luft, rülpste und fiel zur Seite, sodass die Schlüssel wieder offen lagen. Blitzartig hatte Llian sie ihm vom Gürtel gelöst und huschte wieder in den Gang hinaus.

Der zweite Schlüssel öffnete Karans Tür, und Llian war drin. Er lief zu ihr und nahm sie in die Arme. Schlaff hing sie da wie eine Marionette. Sie war schrecklich dünn.

»Komm!«

Karan folgte ihm zur Tür, blieb dann stehen und wollte nicht weitergehen. Sie deutete nur immer wieder in den Gang hinein. Llian wollte sie sich schon über die Schulter werfen, als er hörte, wie sich eine Stimme zu einem Sauflied erhob. Irgendetwas zerbrach; der Wachmann fluchte, und platschende Schritte hallten über den Boden. Dann begann das Lied erneut.

Llian wäre fast in Panik geraten. »Das ist die Wache.« Er lief hin und her, unfähig zu entscheiden, was er tun sollte.

Karan, die bis jetzt keinerlei Anzeichen von Denken gezeigt hatte, zuckte plötzlich zusammen, als hätte jemand sie mit einer heißen Nadel gestochen. Ihr eigenes Schicksal mochte ihr ja egal sein, doch die Gefahr, die Llian drohte, hatte sie wieder geweckt. Sie rollte mit den Augen, und ihre Pupillen weiteten sich wieder.

»*Llian!*«, flüsterte sie, als sie wieder zu sich kam. »Oh, Llian, du bist gekommen, um mich zu holen.« Sie schlang die Arme um seinen Hals und küsste sein Gesicht. Genauso rasch ließ sie ihn jedoch auch wieder los. Der Wächter bellte weiter seinen sentimentalen Gesang.

»Verschwinde von hier, bevor sie auch dich einsperren. Oh, Llian«, sagte Karan und schaute ihn an, als sei er das Wertvollste in ihrem Leben. »Bitte, geh. Er wird dich töten.«

Llian zog an ihrer Hand. »Komm! Wir haben noch immer Zeit zu fliehen. Er ist betrunken!«

»Ich kann nicht. Schnell, in mein Bett. Unter das Stroh.«

Wie sollte sich jemand in diesem armseligen Haufen verstecken? Nichtsdestotrotz lief Llian in die Zelle, legte sich hin, und Karan häufte stinkendes Stroh auf ihn. Dann legte sie sich vor ihn, warf die Decke über sie beide und wickelte sich ein. Eine kalte Hand wand sich ins Stroh und ergriff Llians Hand.

Und das war keineswegs zu früh. Der Wächter schlurfte in Sicht und leuchtete mit seiner Laterne in die Zellen auf der anderen Seite des Gangs.

»Zwölf... dreizehn ...« Er übersprang die leeren Zellen auf der anderen Seite und ging bis zum Ende weiter; dann hörte sie ihn auf ihrer Seite zurückschlurfen. Schwankend tauchte er vor Karans Zelle auf und versuchte, sich daran zu erinnern, bei welcher Zahl er war.

»Vierzehn!«, rief er triumphierend, hob zur Feier den Krug an die Lippen, erkannte, dass er zerbrochen war, und warf ihn weg. Dann geriet er ins Wanken. Er packte die Zellentür, um sich aufrecht zu halten, und die schwang auf und schabte ihm die Haut von den Zehen.

Der Wächter fluchte, warf die Tür wieder zu und versuchte, nüchtern zu werden, sich zu erinnern. Hatte er die Tür abgeschlossen oder nicht? Natürlich hatte er das. So etwas würde er nie vergessen, auch wenn diese Zelle zusätzlich noch mit einem Schutzzauber belegt war. Er schaute auf den kantigen, magischen schwarzen Wächter hinunter, der an einen Hexenhut erinnerte, nur mit gerillter Außenhaut. Das Ding stand unmittelbar hinter dem Gitter an der Wand. In einem Schlitz funkelte wachsam ein gelbes Licht. Ein tröstlicher Anblick. Man hatte den Wächter vor dieser Gefangenen gewarnt. Sie sei sehr clever, hatte man ihm gesagt.

Er hob seine Laterne. Die rothaarige Frau lag lustlos auf

dem Stroh, wie sie es schon die ganze Zeit über getan hatte, seit sie hier war. Sie sah gar nicht so clever aus. Trotzdem, er sollte sie besser einschließen, bevor irgendjemand es herausfand. Sollte sie fliehen, würde Thyllan ihm die Ohren abreißen, und er müsste morgen zum Spießrutenlauf antreten. Der Mann stellte die Laterne ab und tastete an seinem Gürtel nach den Schlüsseln. Sie waren nicht da! Nun, das war seltsam. Er nahm die Schlüssel niemals ab, außer um sie seiner Ablösung zu geben.

Der Wachmann rannte in Panik davon. Karan stand auf, küsste Llian auf die verschimmelt riechende Wange, wischte das Stroh von seinen Schultern und drückte ihm die Hände. Llian zuckte unwillkürlich zusammen.

»Was ist los?« Sie untersuchte seine Hände und fand einen bösartig aussehenden Schnitt auf seinem Handteller. »Wer hat das getan?«

Llian zögerte. »Du. Erinnerst du dich nicht? Nachdem Emmant …«

Karan sah aus, als hätte er sie geschlagen. »Ich habe dich mit dem Messer angegriffen? *Emmant?*« Sie stöhnte. Ihre Blicke kreuzten sich, und Llian glaubte schon, sie würde wieder in den Wahnsinn zurückfallen. Doch seine Not bewahrte sie davor. »Oh, Llian, verzeih mir. Ich erinnere mich nicht.«

»Später! Wir müssen gehen. Der Wächter wird in einer Minute wieder zurück sein.«

»Ja. Geh rasch. Selbst betrunken kann er es locker mit dir aufnehmen.«

»Du kommst mit mir«, sagte Llian. »Diesmal werde ich dich nicht zurücklassen.«

Sie deutete auf den magischen Wächter. »Er ist auf mich fixiert. Ich kann nicht an ihm vorbei.«

»Vielleicht können wir einfach durchbrechen«, sagte Llian und öffnete die Tür. Karan schaute ihn zweifelnd an. Er ergriff ihre Hand. »Jetzt! So schnell du kannst!«

Er rannte los, und sie sprang ihm hinterher. Llian kam problemlos durch. *Frei!*, jubilierte er innerlich; dann traf die Hand, die Karan hielt, plötzlich auf Widerstand. Der Ruck war so stark, dass es ihm fast den Arm auskugelte, und ein dumpfer Schmerz schoss durch seinen Leib ähnlich dem, als Vartila ihn in Narne angegriffen hatte. Er fiel auf den Rücken und hörte ein Klirren in seiner Tasche; die Lampe zerbrach. Im selben Augenblick wurde der Gang vom blendenden gelben Licht der magischen Wache geflutet. Ein wildes Läuten ertönte. Der Lärm war so groß, dass Llian das Gefühl hatte, unter einer Tempelglocke gefangen zu sein.

Llian rappelte sich auf. Karan lag auf dem Boden und hielt sich die Hand, die sichtbar anschwoll, als wäre sie gestochen worden. Sie schaute ihn kurz mit leeren Augen an, dann war sie wieder sie selbst.

»Ich habe mir schon gedacht, dass das nicht klappt«, sagte sie. Sie sah furchtbar in dem grellen Licht aus. »Bitte, geh. Mich müssen sie morgen zum Konklave mitbringen, aber dich müssen sie noch nicht einmal am Leben lassen.«

Llian schaute sich wild um. Was er auch tat, es schien alles schiefzugehen. Der Wächter tauchte wieder auf; er hielt ein Schwert in der Hand. Was sollte er tun? Gab es irgendeine Möglichkeit, den magischen Wächter zu zerstören? Llian versuchte, ihn hochzuheben, doch er rührte sich nicht. Er trat dagegen, aber das brachte ihm nur schmerzende Zehen ein. Das Ding war unbeschädigt.

Plötzlich kam Llian eine Idee. Er holte den Ölschlauch hervor und drückte den Inhalt durch den Schlitz in den Wächter. Das Läuten wurde gedämpft, doch das gelb-violette Licht funkelte so bösartig wie zuvor. Der Wachmann stapfte auf ihn zu. Llian riss die Lampe von der Wand, zerschlug das Glas und hielt den Docht an den magischen Wächter. Eine kleine gelbe Flamme erschien. Gerade rechtzeitig, denn der Wachmann war über ihm und schwang das Schwert in unsicheren Bögen. Llian schleuderte dem Kerl die Lampe an den Kopf, verfehlte jedoch sein Ziel. Dann wandte er sich zur Flucht, rutschte aber auf einem Ölfleck aus.

Llian fiel dem Mann genau vor die Füße, der just in diesem Augenblick einen gewaltigen Hieb ausführte. Hätte er getroffen, er hätte Llian den Kopf vom Rumpf getrennt; doch Llian fiel flach aufs Gesicht, und das Schwert flog über ihn hinweg. Der Schwung des eigenen Angriffs brachte den Wachmann aus dem Gleichgewicht, und er fiel. Mit einem dumpfen Schlag landete er auf Llians Rücken, trieb diesem die Luft aus den Lungen und schlug dessen Kinn auf den Boden. Llian rührte sich nicht mehr; er war benommen.

Der Wachmann schlug Llian auf den Kopf. Dann, während Karan mit ausgestreckten Händen dastand, gegen den magischen Wächter kämpfte und nichts tun konnte, trat er Llian dreimal in die Rippen und wankte dann zu seinem Schwert, das er beim Sturz fallen lassen hatte. Llian stöhnte, richtete sie auf alle viere auf und spie Blut.

Karan kreischte verzweifelt. Der Wachmann blickte über die Schulter und packte sein Schwert. In diesem Moment brachen Flammen aus dem magischen Wächter hervor. Irgendetwas klirrte in seinem Inneren, dann verlosch das Licht. Der Gang wurde nur noch von der Laterne des Wachmanns erhellt, die auf dem Boden lag. Der Mann schaute sich noch nicht einmal um, so mordlustig war er. Das Schwert hatte er nun hoch erhoben. Llian versuchte, nach hinten zu krabbeln, rutschte aber immer wieder auf dem Öl aus wie eine Katze auf Eis.

Karan schoss wie ein Armbrustbolzen aus ihrer Zelle, sprang in die Höhe und traf den Wachmann mit dem Knie im Nacken. Ihr ausgestreckter Arm traf seinen Schwertarm und stieß ihn zur Seite. Der Mann krachte auf den Boden und rührte sich nicht mehr. Karan zog Llian auf die Beine, schnappte sich das Schwert und bellte: »Wo lang?«

Llian deutete den Gang hinunter in Richtung Wachposten.

»Nein, auf dem Weg werden sie kommen. Rasch! Nimm die Lampe!«

Llian tat, wie ihm geheißen. Karan ergriff seine Hand, und sie rannten den Gang entlang in die Dunkelheit. Sie hörten bereits entferntes Rufen. Es ging um eine Ecke, über eine Kreuzung zweier Gänge und eine kleine Treppe hinauf. Plötzlich blieb Karan stehen. Sie war außer Atem, lachte aber.

»Du bist wirklich der reinste Feuerteufel! Fällt dir nichts anderes ein, um mich zu retten? Und glaub ja nicht, dass ich jeden beliebigen Laufburschen einfach so in mein Bett bitte. So! Wo gehen wir hin?«

Llian freute sich zu sehen, dass die alte Karan wieder zurück war, auch wenn es nur ein Schatten ihres einstigen Selbst war. »Zu einem geheimen Tunnel, aber der liegt ein gutes Stück entfernt – genau auf der anderen Seite der Zitadelle. Ich weiß allerdings nicht, wie wir jetzt noch dahin kommen sollen, da nun alle in Alarm versetzt sind.«

»Nun, die meisten Wachen sind in den Krieg gezogen. Gib mir die Karte. Dann sieh nach, ob du hinter der Ecke irgendwelche Lichter erkennen kannst.«

»Nichts!«

»Wir sind hier, richtig?«

Umständlich ermittelte Llian ihre Position und nickte.

»Wo ist der Tunnel?«

Llian zeichnete seine Route mit dem Finger nach.

»So weit?« Karan runzelte die Stirn. »Nun, wir sollten besser so weit wie irgend möglich von hier weg. Lass uns diese Treppe hier nehmen, bis ganz nach oben. Das ist zwar ein wenig weiter, aber vielleicht rechnen sie nicht damit, dass wir da entlanggehen.«

Die Treppe war schmal und sehr steil, ein Versorgungsweg, kein Vergleich zu den großen Treppenanlagen im Hauptteil der Zitadelle. Sie stiegen sechs, sieben Stockwerke hinauf, hielten kurz an, um Luft zu holen, und gingen dann die letzten beiden Stockwerke bis ganz nach oben.

Dort angekommen, blieben sie keuchend stehen und versuchten, keine lauten Geräusche zu machen. »Ich bin so schwach«, weinte Karan frustriert. »Ich muss mich eine Minute hinsetzen.«

Llian war froh darüber. Er hielt Wache, während Karan die Lampe öffnete und einen weiteren Blick auf die Karte warf. »Dieser Ort ist das reinste Labyrinth«, sagte Llian. »Ein Dutzend Treppen, hundert Gänge. Sie können sie nicht alle gleichzeitig absuchen.«

»Ist jemand zu sehen?«

»Nein!«

»Dann gehen wir in diesem Stockwerk auf die andere Seite und anschließend die Treppe wieder hinunter. Das sollte uns recht nah an deinen geheimen Tunnel bringen. Was denkst du?«

Sie eilten weiter und kamen hinter einer Ecke in einen wesentlich breiteren, mit Teppichen ausgelegten Gang, an dessen Wänden Gobelins und Porträts hingen. Einige Türen standen offen und gaben den Blick in prachtvoll eingerichtete Räume frei. Auf halbem Weg durch den Gang kamen sie an einer großen Doppeltür vorbei, und jemand sagte »Sofort!«, und die Tür wurde aufgestoßen.

»Schau nicht zurück!«, zischte Karan und packte Llian am Arm. »Geh einfach normal weiter, als wärest du irgendein Diener.«

Welch schwache Hoffnung, dachte Llian, *wenn ich mir so ansehe, was für Lumpen du trägst.*

»Hey! Ihr da!« Der Ruf hallte durch den Gang.

»Das ist Thyllan«, sagte Karan. »Lauf!«

Sie flohen.

»Ihnen nach!«, brüllte Thyllan. »Wachen, zur Osttreppe!«

Sie erreichten das Ende des Gangs, rutschten über den Teppich und stürzten sich die erste Treppe hinunter. Llian blieb auf dem Absatz stehen und hielt sich die Rippen.

»Bist du in Ordnung?«

»Ich komme schon zurecht.«

Auf halbem Weg die zweite Treppe hinunter hörten sie, wie ihre Verfolger die erste Treppe erreichten. Sie rannten, bis Llian nicht mehr konnte und Karan sich wie ein ausgewrungener Lappen fühlte.

»Das ... Das ist die letzte«, keuchte sie. »Weißt du noch, wo wir jetzt langmüssen?«

»Ich glaube, da lang«, antwortete Llian. Er humpelte zehn, zwölf Schritte in den Gang hinein und dann wieder zurück. »Nein, da lang.« Er lief ein Stück weiter und hielt erneut an. »Ich bin nicht sicher.«

Karan hatte inzwischen die Karte herausgeholt. Eine ganze Horde von Wachen polterte die Treppe hinunter. »Mir nach!«, rief Karan, rannte an Llian vorbei und faltete die Karte im Laufen wieder zusammen. Sie bog nach links in einen breiteren Gang ein.

»Ja, ich bin sicher, dass ich mich an den hier erinnere«, sagte Llian. Hinter ihnen tauchten die Verfolger auf; sie waren nur noch einen Speerwurf entfernt. Dann strömte eine weitere Gruppe von Wachen vor ihnen in den Gang. Sie saßen in der Falle!

»Hier runter!« Karan rannte in einen Seitengang, dann rechts, links und wieder links in einen schmaleren. Kurzfristig hatten sie ihre Verfolger abgeschüttelt und dadurch vielleicht eine Minute gewonnen. Plötzlich standen sie in einem unmöblierten Raum, aus dem keine Tür mehr herausführte. »Ist er das?«

»Ja! Ja, das ist er! Ich habe mir diese Markierungen an der Wand gemerkt.«

»Dann finde uns einen Weg hier raus! Ich werde versuchen, sie aufzuhalten.« Karan hob das Kurzschwert des Kerkerwächters.

Die Instruktionen zum Öffnen dieser Tür waren anders. Vier kleine Erhebungen an der Wand mussten in einer bestimmten Reihenfolge berührt werden. Llian versuchte eine Reihenfolge, die ihm richtig erschien. Nichts. Eine andere Reihenfolge, doch die Wand blieb eine Wand: kalt, schmutzig und feucht. Eine dritte Reihenfolge. Eine vierte, und Llians Finger tanzten über jede Erhebung auf der Wand.

Klang! Das Geräusch von sich kreuzenden Schwertern. Llian schaute zurück. Karan schwang das Schwert auf professionell aussehende Art, und in dem schmalen Gang kam nur jeweils eine Wache an sie heran. Doch der Kerl vor ihr überragte sie um mehr als einen Kopf, und seine Waffe war viel länger. Der Kampf konnte nur auf eine Art enden. Und tatsächlich hätte er bereits geendet, hätten die Wachen nicht den Befehl gehabt, Karan lebend gefangen zu nehmen.

»Gib auf!«, rief Llian wohlwissend, dass ein Fehler genügte, und sie wäre tot.

»Verdammt!«, schrie sie. »Finde sie, du Idiot!«

Llian machte weiter. Dann, als er schon glaubte, an der falschen Stelle, ja sogar im falschen Raum zu sein, gab die Wand mit einem Stöhnen nach und öffnete sich.

»Karan!«, schrie er. »Ich hab's!«

Im selben Augenblick brachte der Kerl seine Waffe unter Karans Parade, und ihr Schwert flog in hohem Bogen davon. Sie sprang zurück, aber er war unglaublich schnell. Nach drei langen Schritten hatte er sie fest am Arm gepackt. Hinter ihm warteten ein Dutzend weitere Soldaten und auch Thyllan. Flucht war unmöglich.

»Geh, Llian!«, rief Karan. »Mir wird nichts geschehen. Ich sehe dich morgen.«

»Verlass dich nicht drauf«, knurrte Thyllan.

Llian erkannte, dass ihre Worte Sinn ergaben. Sie hatten keinen Grund, ihn freundlich zu behandeln. So winkte er, sprang durch die Tür und betätigte den Mechanismus auf der anderen Seite. Sie schloss sich langsam wieder.

Der große Mann, der Karan hielt, ließ sie los und sprang vor. Karan nutzte den Augenblick, um die anderen Männer abzulenken und Llian so die Möglichkeit zur Flucht zu verschaffen. Der große Wachmann rammte seinen Fuß in die Tür und schaute dann zurück, um zu sehen, was Karan tat. Die Tür schloss sich weiter, als gäbe es keinen Widerstand. Der Mann schrie und versuchte, seinen Fuß wieder herauszuziehen, doch es war zu spät. Knochen krachten. Er schrie erneut, gefangen von der zerquetschten Masse, die einst sein Fuß gewesen war. Die Tür schloss sich.

Llian schauderte. Er entzündete seine Lampe. Er sollte sich besser auf den Weg machen. Vermutlich dauerte es nicht lange, bis es ihnen gelingen würde, die Tür zu öffnen oder aufzubrechen. Llian goss den letzten Rest Öl in die Lampe und machte sich auf den Rückweg.

»Du bist solch ein Narr, Llian! Kein Wunder, dass sie dich aus dem Kollegium geworfen haben. Was hast du dir nur dabei gedacht?« Mendark war schon wütend gewesen, bevor Llian hereingewankt gekommen war, um ihm von seiner ergebnislosen Reise zu berichten.

»Wie hätte ich sie dort einfach zurücklassen können, nachdem ich sie gesehen habe? Ihr habt gar nichts für sie getan.«

»*Nichts?*« Mendark war außer sich. »Seit einer Woche arbeite ich Tag und Nacht an diesem Konklave, und jetzt hast du das alles zunichte gemacht. Du hattest nichts da zu suchen, noch nicht einmal in der Nähe davon! Ist dir eigentlich klar, was du getan hast? Thyllan ist kein Narr. Inzwischen hat er hundert Schreiber da unten, trotz des Krieges, und wenn es irgendetwas zu finden gibt, dann findet er es auch. Und du hast gar nichts gefunden!«

»Das Archiv ist offensichtlich von einem Idioten katalogisiert worden«, rechtfertigte sich Llian. »Ich hatte keine Zeit.«

»Ich habe es selbst katalogisiert«, erwiderte Mendark kalt. »Versuch dich ja nie bei mir herauszureden!«

»Nun, ich habe jedenfalls nichts gefunden, was mir nützlich erschienen wäre. Vielleicht wenn ich ...«

»Aaargh! Aus meinen Augen. Tallia? *Tallia?*«

Llian machte sich rar. Er hatte Mendark bewusst nichts von den gestohlenen Briefen erzählt.

In jener Nacht konnte er nicht schlafen, weil er unablässig über seine Torheit nachdenken musste, für die Karan nun leiden sollte. Mitten in der Nacht machte er sich daran, die Briefe durchzugehen. Als er schließlich die nächste Spur fand, prasselte der Morgenregen gegen das Fenster. Die Spur fand sich in einem Brief von Kandor an Rulke, geschrieben vor über tausend Jahren, als der Kataklysmus sich auf dem Höhepunkt befunden hatte, der verheerende Krieg zwischen den Charon und den Aachim.

17. Mard 4201

Mein lieber Rulke,

ich bin des Krieges und dieser Welt so überdrüssig, dass ich alles dafür geben würde, ihn zu beenden. Der Verlust von Perion [*damit bezog er sich auf den Untergang seines Reiches, nachdem das Meer von Perion ausgetrocknet war*] hat mir das Herz geraubt. Einmal mehr bitte ich dich: Teile mit mir, was du weißt. Du brauchst es nur zu sagen, und alles, was ich habe, gehört dir. Ich werde selbst das Knie vor dir beugen. Du weißt, wie viel mich das kostet, aber ich bin geschlagen.

Irgendetwas ist in der Zeit der Düsternis geschehen. Ich habe ein Vermögen darauf verschwendet herauszufinden, was das war. Warst du es? Lass uns in dieser Angelegenheit zusammenkommen – wir sind beide Charon. Ich glaube, du vergisst das bisweilen. Ich bitte dich im Namen der einen Sache, der du dich nicht verweigern kannst und die alle anderen Überlegungen übertrumpft: das Überleben unseres Volkes.

Ich habe auch Yalkara geschrieben. Mit Freuden werde ich alles, was ich habe, nach Alcifer bringen. Ich erwarte deine Antwort.

Kandor

Endlich: Rehabilitierung!

Es gab keinerlei Aufzeichnungen darüber, ob Rulke geantwortet hatte. Llian wusste, dass Kandor vor tausend Jahren erschlagen worden war. Hatte es je ein solches Treffen gegeben? Falls nicht, befanden sich Kandors Aufzeichnungen dann noch immer in seiner alten Feste, Katazza?

Was war sein Todesdatum? Daten lernte man schon in der Kindheit; Llian hatte das in seinem ersten Jahr am Kollegium hinter sich gebracht, und das war nun fast sechzehn Jahre her. Kandors Todesdatum konnte man sich jedoch leicht merken: 22. Galend 2092, gemessen in Jahren nach der Zeit der Düsternis. Das war fast auf den Tag genau vor eintausendundsechs Jahren gewesen. Doch Kandor verwendete in seinem Brief den Charon-Kalender, der mit ihrer Eroberung von Aachan begann.

Llian rechnete die Daten um. Der Brief war mehr als ein Jahr vor Kandors Tod geschrieben worden. Zeit genug, dass die drei Charon sich hätten treffen können. Aber falls dem so gewesen sein sollte, so hatte Llian zumindest nichts in den Dokumenten darüber gefunden. Um sicherzugehen, musste er noch einmal ins Archiv. Sollte sich dort nichts finden, war der nächste Schritt eine Reise nach Katazza. In jedem Fall benötigte er für beides Geld und Ressourcen, über die nur Mendark verfügte.

Llian versuchte mehrmals, ihn zu sprechen und ihm seine Vorschläge zu unterbreiten, doch Mendark war beschäftigt und wollte ihn nicht sehen. *Offenbar werde ich bis nach dem Konklave warten müssen.*

Kapitel einundzwanzig

Das Große Konklave

Es war in der Nacht vor dem Großen Konklave, lange nach Mitternacht. Mendark und Tallia standen vor Mendarks Schreibtisch, auf dem sich Karten, Papiere und Schriftrollen stapelten, teilweise entrollt. Sie waren das Protokoll für das Konklave durchgegangen und hatten den ganzen Tag über Strategien diskutiert. Llian war noch immer von allem ausgeschlossen und saß unten auf einem Stuhl am Feuer.

Plötzlich war draußen ein heftiger Streit zu hören. Eine Glocke klingelte im Flur. Tallia ging zu dem Fenster, von dem aus man das Tor sehen konnte, und stieß es auf. Die Eindringlinge waren im Licht des Wachhauses deutlich zu sehen. »Das ist Tensor«, rief Tallia über die Schulter zurück, »und er hat Aachim dabei, acht oder neun. Soll ich sie hereinlassen?«

Mendark nickte, und Tallia rief den Wachen zu, die Leute hereinzulassen. Ihre Stimme hallte wie eine Glocke durch die nächtliche Stille. Sie ging runter, um die Tür zu öffnen.

»*Tensor!*«, schrie Llian, als Tallia ihm auf dem Weg nach unten Bescheid gab. Er rannte zur Hintertür. Tallia packte ihn am Handgelenk.

»Still jetzt! Glaubst du wirklich, dass er sich in Zeiten wie diesen über einfache Bauern den Kopf zerbricht? Geh nach oben.«

Kurz darauf kam sie ebenfalls herauf, gefolgt von Tensor, der verdreckt und müde war. Er verweigerte alle Erfrischungen.

»Für morgen ist ein Konklave einberufen«, sagte er. »Zu welchem Zweck?« Er schaute sich im Zimmer um, und sein Blick durchbohrte Llian förmlich. »Ist Karan hier?«

Mendark erzählte erneut Karans Geschichte, diesmal allerdings mit Vorsicht.

Tensor tadelte sich selbst bitterlich. »Emmant! Das ist meine Schuld. Ich hätte das voraussehen müssen, nachdem die Syndikatoren ihn ausgestoßen haben. Er war ein sehr unglücklicher Man. Dann ist Karan also gefangen genommen worden, und Thyllan hat auch den Spiegel. Was kann das Konklave tun?«

»Erst einmal sollte es sie aus der Zitadelle holen – obwohl das nach Llians Dummheit gestern vielleicht auch nicht geschehen wird.« Er berichtete, was Llian getan hatte.

Tensor schaute Llian an, als wäre er eine Made in seinem Essen.

»Der Zain besitzt weder Moral noch Ehre, und wie es scheint, ist er auch nicht besonders klug«, sagte er. »Nun, darum können wir uns später kümmern. Erst einmal zu meinen Neuigkeiten. Wir haben Karan seit Wochen gesucht, hatten jedoch keinen Erfolg. Bis vor kurzem sind wir außerdem ständigen Angriffen durch die Whelm ausgesetzt gewesen. Dann sind sie verschwunden – sie haben gelernt, uns zu fürchten! Wir haben südlich bis nach Sith gesucht, obwohl wir nicht in die Stadt gelangen konnten, und auch in Bannador, bevor dort alles niedergebrannt wurde, aber sie war nicht dort. Selbst hierher zu gelangen war die reinste Tortur – Thurkad ist von großen Armeen eingeschlossen und muss früher oder später fallen. Nach diesem Kampf wird es nur noch eine Macht in Meldorin geben: Yggur – und die Aachim. Als ich Shazmak verlassen habe, haben meine Leute sich bereits vorbereitet.«

»Dann warst du seit Karans Flucht nicht mehr dort?«

»Das habe ich doch gesagt. Aber wir sind bereit. Lange

haben wir unsere wahre Stärke verborgen, um für diese Zeit gewappnet zu sein.«

Er wandte sich zum Gehen, blieb dann aber noch einmal an der Tür stehen. »Ich habe dich nicht vergessen, Llian von Chanthed. Wir werden die Rechnung noch begleichen.« Dann war er verschwunden.

»Mendark!«, sagte Llian. »Ich muss mit Euch reden.«

»Geh weg. Wir beide haben auch noch eine Rechnung zu begleichen, aber nicht heute Nacht.«

Das Konklave begann am späten Morgen in der Großen Halle von Alt-Thurkad. Es war eine lange, hohe Halle, sehr schlicht; Wände und Kuppeldach waren mit dunklem Eisenholz verkleidet. Sie war uralt, ein Überbleibsel der ältesten Stadt, und sie nahm einen besonderen Platz in den Herzen der Menschen von Thurkad ein. Die Halle war karg möbliert. Nur an einem Ende stand ein langer Tisch mit dreizehn Stühlen, wo die Schlichter, die sogenannten ›Gerechten‹, sitzen würden, und davor stand ein Podium für Angeklagte, Zeugen, Beschwerdeführer und Bittsteller. Für die Zuschauer gab es im Boden befestigte Bänke mit hohen Lehnen. Von einem Balkon aus konnte man auf den Tisch hinabschauen.

Tallia führte Mendark und Llian in die Große Halle, und sie setzten sich auf eine Bank hinter dem Tisch der Gerechten. Tensor war bereits dort.

»Was ist, wenn Thyllan sich weigert zu kommen?«, fragte Llian Tallia.

»Dann müssen wir uns etwas anderes überlegen.«

»Du hast mir immer noch nicht den Zweck dieses Konklaves erklärt«, flüsterte Llian. »Wie soll das Karan helfen?«

»In Friedenszeiten würde sich ein niederes Konklave um ihren Fall kümmern, doch im Krieg ist es suspendiert. Der

Zweck eines Großen Konklaves ist es, sich um Gefahren für Thurkad als Ganzes zu kümmern, doch Mendark hat einen Passus in den offiziellen Protokollvorschriften gefunden, sodass die Gerechten zunächst die Eigentümerschaft des Spiegels klären müssen. Jeder, der ein Interesse an dem Spiegel hat, muss sich erklären und seinen Fall darlegen, und Mendark zuerst, denn er hat das Konklave einberufen.«

»Und wenn Thyllan sich ihrem Schiedsspruch nicht unterwirft? Was wird dann passieren?«

Tallia schaute ihn entsetzt an. »Das Urteil der Gerechten wird nicht in Frage gestellt.«

Llian saß nachdenklich auf der harten Bank. War das noch ein Zufall?

Es dauerte nur noch eine Woche bis *Endre*, der Mittwinterwoche, und nur noch anderthalb Wochen bis zum *Hythe*, dem Mittwintertag, einem Datum, das nichts Gutes verhieß. Und heute war der 22. Galend 3098, der Jahrestag von Kandors Tod.

Die Uhr an der Wand schlug elf. Thyllan war noch nicht erschienen. Trotzdem winkte die Oberste Gerechte – eine zerbrechliche, alte Frau mit weißem Haar und eingefallenen Wangen – Mendark zu beginnen. Mendark ging zum Podium. Es war vorne offen und hinten von einem halbkreisförmigen, brusthohen Holzgeländer umgeben. In doppelter Mannshöhe schwebte ein kapuzenförmiger Baldachin darüber.

»Ich danke Euch, Nelissa«, sagte Mendark, verneigte sich in Richtung der alten Frau und begann auf seine typische, schwerfällige Art. »Ich habe dieses Große Konklave einberufen, wie es mein Recht und meine Pflicht als langjähriger Magister des Rates von Santhenar ist, auf dass wir einen Weg durch die Gefahr finden mögen, und ...«

Mit einem Knall flogen die Türen auf. Thyllan war doch noch gekommen, mit einem Gefolge von Wachen und Dienern, und Karan humpelte neben ihm. Thyllan funkelte Mendark an. Er hatte einen langen, geschwollenen Schnitt im Gesicht. Das war ohne Zweifel Karans Werk.

Auf dem Podium beendete Mendark die Formalitäten, die seinem Vortrag vorausgingen. »... vor nur ein paar Tagen kam überraschenderweise Karan von Bannador zu uns, und mit sich brachte sie ein Artefakt, das als Spiegel von Aachan bekannt ist, gestohlen von Yggur. Ich habe die letzten Monate mit dem Versuch verbracht, dieses Gerät nach Thurkad zu bringen, zu unserem Ruhm wie auch zu unserer Verteidigung. Doch Thyllan der Usurpator hat ihn gestohlen und bedroht nun die Sicherheit von Thurkad als Ganzes. Lässt das Konklave die Klage zu?«

»Verschwendet nicht unsere Zeit mit diesem Gehabe, Mendark«, sagte die Oberste Gerechte. Sie sah alt aus, mürrisch und ängstlich. »Ihr habt das Recht, und wir hören zu, obwohl es große Verachtung für unsere Traditionen beweist, ein Großes Konklave zu solch einer Zeit einzuberufen. Just heute Morgen hat Thyllan sich bei mir beschwert, dass Ihr den Waffenstillstand gebrochen hättet. Tragt Euren Fall gut vor, sonst werdet auch Ihr angeklagt werden.«

»Zuerst will ich Euch von Yggur erzählen und dem Grund für seinen Groll gegen uns nach den geächteten Experimenten, die so schrecklich misslungen sind.«

»Das wissen wir alles«, sagte Nelissa, »und wir wissen auch um die zweifelhafte Rolle, die Ihr dabei gespielt habt, sowie um Eure Schwäche, die Geschichte neu schreiben zu wollen. Kommt zum Punkt.«

»Nachdem Yggur das zerstörte Fiz Gorgo übernommen hat«, fuhr Mendark fort, obwohl es so aussah, als hätte er zumindest kurz den Faden verloren, »hat er langsam seine Macht ausgebaut und sich auf seine Nachbarn gestürzt, bis ihm schließlich ganz Orist Untertan war, vom Feurigen Fluss bis zu den Bergen von Birquâsh, und die Völker von Meldorin warteten voller Angst. Doch hier in Thurkad, geschützt von den Bergen, haben wir ihn bis heute ausgelacht. Und warum marschiert er? Er gibt dem Rat die Schuld an all seinen Problemen, obwohl wir nur ...«

»Überlasst die Geschichte den arbeitsamen Chronisten«, unterbrach Nelissa ihn wieder, »sonst sitzen wir noch immer im Konklave, wenn er die Türen einrennt. Kommt zur Wurzel des Problems. Wie kann uns der Spiegel helfen? Warum hat Thyllan getan, was er getan hat? Und hatte er recht daran getan? Karan von Bannador, du stehst im Mittelpunkt von alledem. Erzähl uns deine Geschichte. Komm her«, sagte sie und deutete auf das Podium, wo noch immer Mendark stand.

Karan rasselte mit ihren Ketten die Treppe hinunter.

»Lasst sie frei!«, schrie Mendark. »Niemand darf im Großen Konklave gebunden werden!«

Thyllan winkte seinem Waffenmeister, der daraufhin mit einem dicken Schlüssel in der Hand hinunterkam und Karan die Ketten abnahm. Rasselnd fielen sie auf den Boden. Dann humpelte Karan zu den Gerechten hinunter, und ihre nackten Füße machten kein Geräusch auf dem Stein. Sie hatte rote Schwellungen an ihren schlanken Fesseln, und ihre Wange war fast schwarz. Auf dem Podium angelangt, sah sie verängstigt und verloren aus.

Keiner der Anwesenden, mit Ausnahme von Llian und Tensor, hatte die Geschichte ihrer Flucht aus Fiz Gorgo so gehört, wie sie sie nun erzählte. Auch wenn sie hölzern und abwesend sprach und nicht nach rechts und links schaute, blieb niemand von ihrem Mut ungerührt. Das Licht, das durch die hohen Fenster fiel, wurde allmählich schwächer, während sie von ihrer albtraumhaften Reise berichtete. Sie erzählte jedoch nicht von den Ghâshâd; die Erinnerungen an jene Nacht im Lager bei Narne waren zu tief verborgen.

Die Gerechten hörten ihr aufmerksam zu. Als sie fertig war, folgte ein langes Schweigen.

Tensor schüttelte den Kopf. »So tapfer, so klug und so geschickt. Warum hast du uns verraten?«, fragte er traurig.

»Ich habe die Aachim verraten, um sie vor dir zu schützen. Du bist der wiedergeborene Pitlis.«

Tensor geriet ins Wanken. Dann schrie er: »Du bist wahnsinnig, wie deine Mutter!« Und mit einer Handbewegung wischte er alles beiseite, was sie sagte.

»Ist da nicht noch mehr?«, fragte Mendark in sanftem Ton. »Erzähl dem Konklave, was geschehen ist, als Emmant in dein Zimmer kam.«

»Er ist hierhergekommen? Ich erinnere mich nicht«, erwiderte sie und schaute verwirrt drein. Sie hatte das Geschehen wieder aus ihrem Gedächtnis getilgt. Mendark fügte die Einzelheiten hinzu, dann wurde Karan wieder entlassen. Sie musste sich auf die vorderste Bank setzen, wo auch die anderen Zeugen saßen.

Diener erschienen mit Tellern voll Essen. Nachdem alle gegessen hatten und die Teller wieder weggebracht worden waren, saßen sie mit Schüsseln voller dampfendem, gebuttertem Tee da, und Mendark erhob sich erneut.

»Das Konklave kennt die Geschichte des Spiegels nicht.« Er schaute Nelissa trotzig an. Ihre heruntergezogenen Mundwinkel wirkten wie auf ihrem Gesicht gefroren, doch sie winkte ihm fortzufahren. Was Mendark sagte, glich dem, was Karan Llian vor so langer Zeit erzählt hatte, vor Shazmak, nur dass Mendark sich weitaus mehr Zeit dafür nahm.

»Das Ziel des Rates«, fuhr er fort, »war es stets, die Wissenschaften des Feindes zu studieren, um so eine Verteidigung gegen ihn zu entwickeln. Wir haben viele Schlachten ausgefochten und viele Niederlagen erdulden müssen. Tatsächlich haben wir nur wenige Siege errungen abgesehen davon, Rulke ins Nachtland zu verbannen und ihn dort festzuhalten. Ich habe geglaubt, der Spiegel könne uns bei unserem großen Projekt helfen – der endgültigen Verbannung von Rulke –, und so habe ich Llian von Chanthed geschickt, Karan zu finden und sie hierher nach Thurkad zu bringen. Ich habe keine falschen Hoffnungen, was den Spiegel betrifft: Er ist wie ein Buch mit einer Million Seiten, jede in Stücke gerissen und in ein Fass geworfen. Vielleicht werden wir niemals lernen, sie zu entziffern.« Mendark hielt kurz inne, doch Nelissa winkte nur müde.

»So kommen wir also zum Wesentlichen. Thyllan hat mich aus der Zitadelle gejagt und den Spiegel für sich beansprucht. Für sich!«, wiederholte er. »Es ist allseits bekannt, dass ich dem Rat lange Zeit gute Dienste geleistet habe; doch Thyllan ist ein Emporkömmling, ein selbstsüchtiger Abenteurer. Seid ihr wirklich solche Narren, dass ihr jemandem wie ihm das Schicksal Thurkads anvertraut?«

»Mendark verdreht die Wahrheit ein wenig zu seinen Gunsten«, flüsterte Tallia Llian ins Ohr. »Thyllan und er führen schon lange Krieg gegeneinander.«

Thyllan sprang auf. »Mendark nennt euch Narren, weil er euch dafür hält. Aber ihr kennt die Wahrheit«, dröhnte er und schaute die Gerechten der Reihe nach an. »Er spielt mit Worten. Das Projekt ist obsolet geworden. Rulke schwindet dahin. Jedes Mal, wenn wir nach ihm sehen, ist er schwächer geworden. Schon bald wird er so schwach sein, dass wir ins Nachtland greifen und ihn zerquetschen können: Dann ist Santhenar endlich frei. Möge dieser Tag kommen, solange ich noch Magister bin. Lasst euch von Mendark nicht die Sinne vernebeln. Er legt nur wenig Wert auf euren Rat.«

»Nein!«, schrie Karan wild. »Rulke berührt mich in meinen Träumen. Er ist grausam und stark.«

Thyllan schaute sie mitleidig an. »Es sind stets die Wahnsinnigen, die die Götter berühren. Du magst ja deine Träume haben, aber überlasse Thurkad denjenigen, die nur vom Ruhm der Stadt träumen.«

»Das ist eine tödliche Dummheit«, rief Mendark. »Thyllan sagt euch, was ihr hören wollt, so wie Rulke euch zeigt, was ihr zu sehen wünscht.« Doch Mendark sprach ohne Überzeugung, und neben Thyllan wirkte er alt und schwach, und das Konklave wandte sich langsam von ihm ab.

»Der Narr ist alt«, brüllte Thyllan, »gefangen in der Vergangenheit! Santhenar wird neu erschaffen, und das muss auch für den Rat gelten. Der Spiegel zeigt uns den Weg. In ihm liegt das Geheimnis der Portale verborgen – der augenblicklichen Reise von einem Ort der Welt zum anderen. Welche Macht wird Thurkad dann wohl haben?«

Thyllan war prachtvoll, sein Haar wild, und seine Augen leuchteten, und er weckte in allen, die ihn hörten, die Lust nach Macht, eine Sehnsucht nach einer großen Führerschaft und eine Gier nach Ruhm – all das würde Thurkad sein. »Unter Mendark ist es mit uns bergab gegangen, während er sich mit Belanglosigkeiten abgelenkt hat. Wo ist denn der ganze Reichtum des Rates? Die Schatzkammern sind leer, und er genießt seine Senilität in Luxus.« Er richtete den ausgestreckten Arm auf Mendark. »Und das Ergebnis? Yggur steht vor unseren Toren! Wir müssen uns ihm stellen, die Bedrohung zerschlagen und Thurkad wieder zu alter Macht zurückführen. Thurkad muss wieder eine große, stolze Stadt sein, die erste Stadt von Meldorin, ja von ganz Santhenar. Unsere Armeen haben dem Feind bereits erste Wunden zugefügt, und wir werden ihn wieder in die stinkenden Sümpfe von Orist zurückjagen, wo er hingehört.«

Jetzt sprach er ruhig und schmeichelnd wie jemand, der es nicht nötig hatte, sich zu erklären, es aus großem Respekt vor seinen Untertanen aber dennoch tat. »Ich habe Mendark gestürzt – das ist wahr –, doch nur zum Besten für Thurkad. Er besitzt so wenig Ehre, dass er gestern sogar das Waffenstillstandsgebot des Konklaves gebrochen hat, indem er seinen Chronisten zum Stehlen in die Zitadelle geschickt hat. *Warum war er wirklich dort?* Nicht um dieses Mädchen zu befreien, wie er vorgegeben hat. Er ist in Rulkes Archiv eingebrochen. *Was hat er dort so dringend gesucht? Das* hat Mendark dem Konklave verschwiegen. Doch was es auch sein mag, in jedem Fall gereicht es ihm zum Vorteil, so viel steht fest.«

Mendark funkelte Llian unter seinen buschigen Augenbrauen hervor an, als wolle er sagen: *Siehst du jetzt, was du angerichtet hast, du Narr!*

»Warum, Mendark?«, schrie Nelissa. »Was hat Llian gesucht?«

»Das kann ich dem Konklave nicht sagen«, antwortete Mendark. »Ich werde es nur dem Schlichter unter vier Augen kundtun.«

»Eine Regel für Mendark, eine andere für alle anderen«, giftete Thyllan.

Nelissa hob die Hand. »Ich kann Euch nicht zwingen, doch es schwächt Eure Sache enorm, Mendark.« Und von diesem Augenblick an neigte sich die Stimmung im Raum eindeutig zu Thyllans Gunsten.

»*Wem wollt ihr vertrauen?*«, brüllte Thyllan. »Mendark hat den Waffenstillstand gebrochen und damit die Verachtung gezeigt, die er für mich und die Traditionen von Thurkad empfindet. Trotzdem bin ich vor dieses Konklave gekommen, um zu erklären, was ich getan habe. Ja, ich habe den Spiegel genommen. Ich bin stolz, das zuzugeben. Er wird die Grundlage unseres neuen Projekts sein, und wir werden die Macht der Charon haben. Wir werden uns nicht länger damit abmühen müssen, Rulke zu bewachen; wir werden ihn zerstören.

Seine Stärke wird Thurkads Stärke sein. Wollt ihr ein solches Schicksal aufgeben?«

Ein sehnsüchtiges Seufzen ging durch das Konklave.

Dann wurde der Augenblick zerstört. »Du weißt gar nichts über den Spiegel«, ertönte eine hohe, kalte Stimme vom Balkon. »Du wirst ihm nie seine Geheimnisse entlocken.«

Das ganze Konklave schaute nach oben. Am Geländer stand eine Frau in verstaubter Reisekleidung. Ihr langes silbernes Haar war zu Zöpfen geflochten und im Nacken zusammengebunden. Sie strahlte eine solche Stärke und Entschlossenheit aus, dass selbst die Oberste Gerechte zitterte, als sie die Frau nach ihrem Namen fragte.

»Ich bin Faelamor«, sagte die Frau. »Ich bin nicht gestorben; ich habe mich vor der Welt versteckt. Ich war es, die Maigraith dazu ausgebildet hat, nach Fiz Gorgo zu schleichen und den Spiegel zu rauben. Er gehört mir, *und ich werde ihn auch bekommen!*«

Tensor war aufgesprungen und starrte Faelamor mit solcher Anspannung an, dass er fast laut geschrien hätte.

Faelamor wandte sich wieder den Gerechten zu. »Ihr irrt euch, was den Spiegel betrifft. Die Aachim haben ihn nur zum Sehen benutzt; er war ein ganz triviales Ding. Im Kataklysmus hat Yalkara den Spiegel an sich genommen, den die Aachim beiseitegelegt hatten, *den sie nicht länger zu benutzen wagten,* und sie hat ihn ihrem Willen unterworfen und dazu benutzt, Dinge zu sehen und zu spionieren. In ihren letzten Jahren habe ich viele Schlachten mit ihr ausgefochten; doch zu guter Letzt bin ich besiegt worden, denn sie kannte zu viele Geheimnisse. Dann hat sie eine Verwerfung in der Düsternis gefunden, ein Tor gemacht und ist geflohen. Den Spiegel hat sie zurückgelassen.

Also gehört er mir. Er ist meine Kriegsbeute. Doch ich rang viele Jahre mit dem Tod, und in dieser Zeit ist der Spiegel versteckt worden. Als ich meine Kraft schließlich zurückgewonnen hatte, ließ ich das Gerücht verbreiten, ich sei tot. Ich habe den Spiegel gesucht und erfahren, dass Yggur ihn gefunden hat.«

Ihre Stimme war kalt, glatt und stark. Sie brauchte keine Rhetorik. »Der Spiegel besitzt keine Macht, nicht die geringste. Was er hat – wenn man ihn lesen kann –, ist Wissen und viele, viele Geheimnisse, nicht zuletzt das des Portals, das Yalkara erschaffen hat – wie du gesagt hast, Thyllan. Doch *hier* kann niemand ihm dieses Geheimnis entlocken. Yalkara hat es verschlossen, und es gibt nur einen Schlüssel dafür. *Ich habe diesen Schlüssel.*«

Tensor sprang wieder auf. Er hob die Hand, und ein erwartungsvolles Schweigen senkte sich über den Raum. Er schaute zur Obersten Gerechten.

»Schlichter, waltet Eures Amtes. Niemand stellt ernsthaft in Frage, dass der Spiegel uns gehört. Wir haben ihn in den Tiefen der Zeit auf Aachan erschaffen und ihn nach Santhenar gebracht. Und niemand bezweifelt, dass Yalkara ihn uns gestohlen hat. Außer uns hat niemand ein Recht an ihm.«

»Was sagt Ihr dazu?«, fragte Nelissa an Faelamor gewandt.

»Die wahnsinnige Karan hat Recht! Tensor würde ihn gegen Rulke einsetzen und damit die ganze Welt in einen Krieg stürzen. Die Aachim sind zu einem Nichts geschrumpft; sie wollen es nur nicht wahrhaben. Sie haben ihr Recht längst verwirkt.«

»Diese Welt verkümmert, und wir werden nichts tun, was ihr schaden könnte«, entgegnete Tensor vehement. »Faelamor würde die Düsternis zerschlagen, den Weg zwischen den Welten wieder aufbrechen und Santhenar damit der Gewalt der Leere aussetzen. Gebt den Spiegel wieder zurück. Unser Feind ist euer Feind. Wir haben eine Waffe gegen ihn, die nicht versagen kann.«

Tensor richtete sich zu voller Größe auf, und seine dunklen Augen funkelten. Er bot einen prachtvollen Anblick. Sein Stolz auf die Aachim und sein Glaube an ihre Wiedergeburt waren unerschütterlich. Dann schaute er zu Faelamor hinauf. »*Wie bist du hierhergekommen?*«, fragte er mit hallender Stimme. »Wie bist du aus Shazmak herausgekommen?«

»Habe ich dir nicht gesagt, dass ihr mich nicht festhalten könnt?«, erwiderte sie. »Dass deine Torheit den Untergang der Aachim heraufbeschwören würde? So ist es dann auch gekommen, denn die Whelm haben den geheimen Weg nach Shazmak gefunden, und nun ist es zerstört.«

»Zerstört!«, schrie Tensor mit einer Stimme, die den Zuschauern den Atem raubte. »Was ist mit meinem Volk?«

»Ich weiß von niemandem, der überlebt hätte.«

»Alle tot?«, sagte Tensor. »*Alle tot!*« Seine Stimme schwand zu einem Flüstern. Einen Augenblick lang stand er mit gesenktem Kopf einfach nur da; dann schnellte er plötzlich wieder in die Höhe und stieß einen Schrei von solcher Qual aus, dass es Llian das Herz zerriss. Selbst Faelamor wich vom Geländer zurück. Tensor kämpfte mit sich selbst und starrte ins Nichts, bis der ganze Raum von seiner Trauer zitterte.

Schließlich riss er sich wieder zusammen, und seine tiefe Stimme klang sanft und bedrohlich zugleich. »Wie sind die Whelm nach Shazmak gekommen? Wer hat ihnen den Weg gezeigt? Warum sollten sie das tun?«

Faelamor antwortete genauso sanft und so leise, dass die Umstehenden sie kaum hören konnten. »Warum? Weißt du nicht, wer die Whelm sind? Du, der gerade so laut mit der Stärke der Aachim geprahlt hat? Sie sind die Ghâshâd, eure Feinde aus uralter Zeit, die Rulke für seine Zwecke erschaffen hat.«

»*Ghâshâd!*« Tensor sah aus, als würde er gleich vor Zorn und Entsetzen platzen. »Ghâshâd! Das ist unerträglich.«

Karan schrie auf und presste die Hände auf die Schläfen.

»Und wer ihnen den Weg gezeigt hat?«, fuhr Faelamor fort. »Wer, wenn nicht eine geständige Verräterin an den Aachim? Es war diejenige, die bei den Whelm in Narne war, bevor sie nach Shazmak gezogen sind. Diejenige, die nun Wahnsinn vortäuscht, um der Strafe für ihre Verbrechen zu entkommen. Noch nie war jemand so Junges derart verräterisch.« Anklagend hob sie den Finger.

»Karan! Karan von Bannador. *Sie* ist die Verräterin. Schau sie dir an, wie sie vor Schuld und Scham schreit. *Sie* hat ihnen den Weg nach Shazmak gezeigt!«

»Niemals«, sagte Karan. Sie weinte und zitterte. »Niemals.«

Llian war aufgesprungen und schrie: »Nein! Nein! Das ist unmöglich!« Doch Tallia packte ihn fest an der Schulter und drückte ihn wieder auf seinen Platz zurück.

»Das ist nicht die Art des Konklaves«, sagte sie. »Sie wird ihre Chance bekommen.«

Llian schaute verwirrt zu ihr. Er hatte schreckliche Angst um Karan. »Das ist kein Konklave, das ist ein Prozess, eine Farce, und sie hat niemanden, der sie verteidigt.«

Karan stellte sich ihrer Anklägerin, doch für Llian war es offensichtlich, dass der Wahnsinn sie wieder zu übermannen drohte. »Nicht ich«, weinte sie zitternd. »Ich habe Shazmak nicht verraten, noch nicht einmal unter der Folter der Whelm.« Die unterdrückte Erinnerung breitete sich wieder schlagartig in ihrem Geist aus. »*Sie* ist diejenige, die ihnen den Weg gezeigt hat«, sagte sie. »Faelamor hat es getan! Sie hat mich Emmant versprochen. Sie hat ihm einen Zauber gegeben, um mich zu binden. Als Gegenleistung dafür hat er den Whelm den geheimen Weg nach Shazmak gezeigt und ihnen erklärt, wie sie die Wächter ausschalten konnten. Das hat er mir erzählt, bevor ich ihn getötet habe.« Ihr Entsetzen war ihr deutlich anzusehen. »Ihn getötet ...« Ihre Stimme verhallte.

Tensor schaute Faelamor an.

»Das Mädchen ist eine geständige Lügnerin, eine Verräterin und eine Mörderin«, sagte Faelamor. »Um der Verantwortung für ihre Verbrechen zu entgehen, täuscht sie Wahnsinn vor. Man kann ihr nichts glauben, was sie sagt.«

»Das kann nicht geleugnet werden«, sagte Tensor mit ernster Stimme.

Karans Blick huschte durch den Raum. Sie sah Mendark, Tallia, Tensor, Thyllan und andere, die sie kannte; doch niemand wollte ihren Blick erwidern. Dann schaute sie wie durch einen Nebel auf Llian, und ihm liefen die Tränen über die Wangen. Er war nun ihr einziger Freund.

Vor der Halle war Tumult zu hören. Nelissa hatte leise mit einem anderen Gerechten gesprochen. Jetzt stemmte sie sich mit ihren dünnen Armen in die Höhe, stand am Ende des Tischs und stützte sich schwankend auf ihren Stock.

Sie ist schwach und verwirrt, dachte Llian entsetzt. *Sie wird Karan ungehört verurteilen.* Er schaute zu Faelamor hinauf. Auch sie war wieder aufgestanden und hielt das Geländer umklammert.

Draußen ertönten laute Schritte, dann Schreien, und jemand hämmerte laut gegen die Tür. Eine Wache zog sie auf, und ein großer Mann im Gewand eines Boten lief in die Halle. Er fiel auf die Knie und schnappte nach Luft. Seine Uniform war voller Blut. Mühsam rappelte er sich auf und schaute sich um, bis er Thyllan fand.

»Der ... Der Krieg ...«, krächzte er.

Thyllan kletterte rasch über die Bänke. »Wie steht es, Bote? Gibt es einen Rückschlag?«

»Der Krieg ist vorbei«, sagte der Bote schwach. »Die Armee ist vollkommen vernichtet. Yggur steht vor dem Südtor. Wir sind zu wenige, um es zu verteidigen. Thurkad ist besiegt.«

Das Schreien verhallte. Der Regen, der schon den ganzen Tag vom Himmel gefallen war, ließ ebenfalls nach. Faelamor war vom Balkon heruntergekommen und stand nun neben der Obersten Gerechten, doch sie wirkte nervös und schaute immer wieder nach oben. Tensor beobachtete sie aus zusammengekniffenen Augen. Dann wandten sich alle Blicke Nelissa zu, die noch immer stand.

Das Sprechen kostete sie Mühe. »Dies sei unser Urteil.

Tensor, Euer Anspruch besitzt Gültigkeit. Der Spiegel gehört rechtmäßig Euch, doch wie können wir ihn Euch zurückgeben? Die Aachim sind vernichtet, und Eure Not ist groß. Eure Warnungen und die Warnungen von Faelamor sind gehört worden, doch wir kennen unseren Feind, und der heißt Yggur. Wir werden den Spiegel behalten, bis der Krieg vorbei und der Feind geschlagen ist. Thyllan, Ihr habt Euch unangemessen verhalten, und dafür tadeln wir Euch. Doch wir wissen auch, dass Ihr nur zum Wohle Thurkads gehandelt habt. Es gibt also keine Strafe.«

Die Stille war vollkommen. Niemand rührte sich oder sprach. Alle Augen waren auf Tensor gerichtet. Die Verzweiflung auf seinem Gesicht schwand dahin und wurde von einem geistesabwesenden, verlorenen Ausdruck ersetzt, doch seine Wangen waren angespannt, und seine Lippen bewegten sich.

Mendark sprang aufs Podest.

»In diesem Raum ist genug Macht versammelt«, rief er, »um selbst Yggur zurückzuschlagen. Unsere Schwäche ist seine Stärke. Lasst uns unsere Differenzen beiseitelegen und uns gegen ihn vereinen. Wenn er besiegt ist, bleibt immer noch Zeit, um über den Spiegel nachzudenken.«

Ein zustimmendes Raunen ging durch den Raum. Wieder richteten sich alle Blicke auf Tensor. Faelamor rückte näher an Nelissa heran; ein Zittern ging durch ihre kleine Gestalt. Tensor ließ die Schultern hängen. Er rang seinen Lippen ein gebrochenes Lächeln ab und nickte schließlich zustimmend. Tallia stieß ein leises Seufzen aus. Die Spannung verebbte.

»Karan von Bannador«, sagte Nelissa ohne auch nur den Hauch von Mitgefühl, »zu einer anderen Zeit wärst du eingesperrt worden; doch wir befinden uns im Krieg und in großer Gefahr, und Verrat gebiert Verrat. Verrätern können wir keine Menschlichkeit erweisen. Bringt sie raus«, sagte sie und winkte den Wachen. »Macht es schnell.«

Mendark sprang wieder auf. »Das ist nicht der Wille des Konklaves!«, rief er. »Die Vorwürfe sind nicht bewiesen. Sie darf nicht angerührt werden.«

»Das Urteil wird nicht in Frage gestellt, *Bürger* Mendark«, sagte Nelissa kalt. »Und Ihr werdet der Beleidigung des Großen Konklaves angeklagt. Bringt auch ihn hinaus. Haltet *ihn* unten fest. Das Konklave ist hiermit beendet. Geht und rettet, was ihr könnt.«

Faelamor starrte Karan an. Sie wusste, dass sie gewonnen hatte, empfand jedoch keine Freude darüber.

Karan schaute zu Llian, und ein Chaos von Bildern brach über ihn herein: wie er in den Ruinen vor ihre Füße gefallen war; ihr erstarrtes Gesicht, als sie nach Raels Tod über den Garr gefahren waren; wie sie Essen und Wein in Shazmak geteilt hatten, in jener Nacht, da sie so glücklich gewesen war wie ein Kind; wie sie ihn auf dem Boot geneckt hatte, als sie aus Narne geflohen waren ... Langsam verschmolzen die Bilder miteinander, bis er nur noch sie sah, wie sie hier stand. »Sei nicht traurig«, schien sie zu sagen. »Wir hatten gute Zeiten miteinander, doch nun ist es an der Zeit zu gehen.« Sie schenkte ihm ein derart zärtliches und liebendes Lächeln, dass ihm das Herz brach.

Die Wachen traten vor. Tensor senkte traurig den Kopf. »Leb wohl, meine Kleine. Es tut mir wirklich leid.«

Sie packten sie und schickten sich an, sie und Mendark hinauszuführen.

Da wuchs eine Berserkerwut in Llian heran. Der Mann neben ihm, ein hoher Stadtbeamter, trug ein Zeremonienschwert, und obwohl Llian noch nie im Leben solch eine Waffe benutzt hatte, griff er danach, bereit, das Konklave zu entweihen und an Karans Seite zu sterben.

Tallia packte seinen Arm. »Nein!«, flüsterte sie drängend, doch er stieß sie so hart von sich, dass sie rückwärts über die Bank fiel.

»Ich *spucke* auf die Traditionen von Thurkad«, zischte Llian mit zusammengebissenen Zähnen. Das Schwert glitt leicht in seine Hand, und er spannte die Muskeln an, bereit, um zwischen die Wachen und in den sicheren Tod zu springen.

Plötzlich war ein Geräusch auf dem Balkon zu hören, und Faelamor rief mit hoher Stimme: »Maigraith! Endlich! Tritt vor!«

Alle Blicke wanderten nach oben. Maigraith trat ans Geländer und warf ihre Kapuze zurück. Das glänzende dunkle Haar fiel ihr über die Schultern wie ein Wasserfall aus haselnussbrauner Seide. Ihre Augen waren ungeschützt. Sie beugte sich über das Geländer, und das Licht der plötzlich heller werdenden Lampen fing sich in ihren weinroten Augen und ließ sie rubinrot schimmern.

Sie schaute direkt zu Faelamor, und auf ihrem Gesicht lag ein Ausdruck ängstlicher Entschlossenheit. Sie schickte sich an zu sprechen, doch dazu kam es nicht.

Tensor starrte sie entsetzt an, und plötzlich leuchtete Erkennen in seinen Augen auf. »Springen die Charon wieder aus der Erde?«, schrie er. »*Nie mehr!*« Er hob die Hand gegen Maigraith, doch dann senkte er sie wieder, als hätte ihn plötzlich der Mut verlassen. Faelamor stand nun sogar noch näher bei Nelissa. Tensor senkte den Kopf, schüttelte ihn langsam und wurde von einer unauffälligen Bewegung Nelissas wieder aufgeschreckt.

Karan stieß ein leises Stöhnen aus, sodass Llian das Blut in den Adern gefror. Die Wachen ließen ihre Arme los und starrten sie an. Auch Llian starrte, und das Schwert glitt ihm aus den Händen und fiel klirrend zu Boden. Karans dickes rotes Haar stand von ihrem Kopf ab und bildete ein Halo. Die Augen hatte sie in den Kopf zurückgerollt, sodass nur noch das Weiße zu sehen war. Sie schüttelte den Kopf und schlug langsam mit den flachen Händen durch die Luft. Ein Übelkeit erregendes Entsetzen überkam Llian.

Klar und deutlich hörte er Maigraith' Stimme von oben. »Nein, das könnt ihr nicht. Ihr dürft nicht. *Nein!*«

Tensor streckte die Hand nach Nelissa aus. Es gab einen Blitz von der Farbe alten Blutes gefolgt von einem dumpfen Knall, der noch lange in Llians Ohren widerhallte, nachdem das Geräusch verklungen war.

Schmerz brandete in seinen Schläfen auf, als würde sein Kopf zwischen zwei Felsen zermahlen. Seine Augen schienen zu kochen; er war blind. Dann schloss sich ein Tor in seinem Geist, und ein anderes öffnete sich. Der Schmerz ließ nach, und er konnte wieder sehen. Er sah Nelissa, die noch immer den Spiegel in der linken Hand hielt. Sie hatte den Mund weit aufgerissen, doch kein Ton kam heraus. Ihre sehnigen Muskeln zuckten unkontrolliert und schleuderten sie gegen die Wand zurück, wo ihre Knochen krachten wie ein zerbrechendes Ei. Die Gerechten wurden wie Korn im Wind zerstreut. Der gesamte Raum wurde schwarz.

Llian rappelte sich vom Boden auf. Überall lagen Menschen. Thyllan hockte wie erstarrt auf den Knien. Er konnte nicht aufstehen, und Blut rann aus der Wunde an seiner Wange. Tallia saß auf dem Boden, die Hände im Schoß, und ihre Lippen bewegten sich, doch es kam kein Ton heraus. Mendark lag zuckend neben dem Podium. Faelamor kroch langsam die Halle hinunter, weg vom Podest. Blind stieß sie gegen umgestürzte Stühle und Tischbeine. Maigraith war nirgends zu sehen, obwohl eine schmale Hand durch das Eisen des Balkons hing.

Tensor trat vor und nahm Nelissa den Spiegel aus den leblosen Fingern. Llian schaute sich verzweifelt um. Warum war er verschont worden? Ihn drohte der Mut zu verlassen. Was konnte er schon tun, wenn die Mächtigen versagt hatten?

Dann fiel sein Blick auf Karan, die zwischen ihren Wächtern zusammengebrochen war. Blut strömte neben ihr auf den Boden; ihr Haar hing wieder herab, und der blaue Fleck leuchtete in ihrem blassen Gesicht. Wut kochte in Llian hoch, Wut auf Tensor, Mendark, Thyllan, Faelamor und Nelissa – nein, nicht auf Nelissa, denn sie war nicht mehr. Auf Tensor, besonders auf Tensor. Dann war er auf den Zehenspitzen und lief leise durch den Raum. Er hob den Stock auf, auf den Nelissa sich gestützt hatte, hob ihn in die Höhe und ließ ihn mit einem Krachen auf Tensors Schädel niedersausen.

Tensor hielt inne und drehte sich dann langsam um. Die Wucht des Schlages hatte selbst ihn verletzt. Sein Gesicht und seine Hände waren leichenblass. Er schwankte. Blut schimmerte auf Lippen und Kinn. Seine blutunterlaufenen Augen fixierten Llian und hielten ihn fest.

»Du allein bist … bist nicht betroffen«, keuchte er. »Ich brauche so jemanden wie dich. Komm mit, damit du deine Schuld begleichen kannst, Chronist.«

»Ich werde nicht mit dir gehen«, sagte Llian. Er hasste und fürchtete Tensor zugleich; doch obwohl sein Wille aus Stahl war, wollten seine Beine ihm nicht gehorchen.

Tensor nahm ihn an der Hand und führte ihn ohne den geringsten Widerstand aus der Großen Halle und über einen Geheimweg aus Thurkad hinaus in Richtung Norden.

Glossar
der Namen, Orte und Begriffe

Aachan: eine der Drei Welten, die Welt der Aachim und, nach der Eroberung, der Charon.

Aachim: das menschliche Volk, das auf Aachan heimisch war und von den Charon erobert worden ist. Die Aachim sind ein kluges Volk, große Kunsthandwerker und Ingenieure; aber sie sind auch melancholisch und neigen zur Überheblichkeit. Nachdem sie nach Santhenar gebracht worden waren, blühten sie auf, wurden im Kataklysmus jedoch verraten und ruiniert, woraufhin sie sich aus der Welt und in ihre riesigen Bergfestungen zurückgezogen haben.

Aachimning: Bezeichnung für einen ›Freund der Aachim‹.

Alcifer: die letzte und größte Stadt Rulkes, entworfen von Pitlis, dem Aachim.

Almadin: ein trockenes Land jenseits des Meers von Thurkad.

Altmenschen: die ursprünglichen Menschen auf Santhenar und noch immer bei weitem die zahlreichsten.

Aufzeichner, der: die unbekannte Person, welche neben anderen Erzählungen die Geschichte der vier großen Schlachten zwischen Faelamor und Yalkara niedergeschrieben hat. Man glaubt, dass er den Spiegel nach Yalkaras Sieg und Flucht genommen und versteckt hat.

Alyz: Llians kleine Schwester.

Ballade vom Silbersee: eine epische Romanze, welche die Geschichte der Eroberung des winzigen Staates Saludith erzählt.

Bannador: ein langes, schmales und hügeliges Land auf der Westseite von Iagador. Karans Heimatland.

Benbow: ein zerstörtes Dorf in den Bergen zwischen Chanthed und Tullin.

Bibliothek der Historien: berühmte Bibliothek im Kollegium der Historien in Chanthed.

Booreah Ngurle: der brennende Berg, oder Feuerberg, ein Vulkan in den Wäldern östlich von Almadin. Die Charon hatten dort einst eine Feste.

Callam: Llians ältere Schwester.

Carstein: die Stadt, die Fiz Gorgo am nächsten liegt.

Chanthed: eine Stadt im nördlichen Meldorin, in den Ausläufern der Berge gelegen. Das Kollegium der Historien befindet sich hier.

Charon: eines der vier Menschenvölker, das Herrenvolk der Welt von Aachan. Sie flohen aus der Leere, um Aachan von den Aachim zu übernehmen. Ihren Namen haben sie von einem eisigen Mond in der äußersten Ecke der Leere übernommen. Sie haben seltsame Augen, indigoblau oder karmesinrot oder manchmal auch beides zusammen, je nach Licht.

Chronist: ein Historiker; ein Absolvent in der Kunst und der Wissenschaft des Aufzeichnens und Bewahrens von Historien.

Crayde: eine Stadt in Iagador.

Darsh: ein unübersetzbares Schimpfwort der Aachim.

Direktor von Chanthed: gegenwärtig Wistan. Der Direktor des Kollegiums der Historien ist zugleich das nominelle Oberhaupt von Chanthed.

Dirhan: Zollmeister in Sith und Freund von Pender und Hassien.

Dolodha: ein Botenmädchen, eine von Yggurs Dienerinnen.

Drei Welten, die: Santhenar, Aachan und Tallallame.

Droik: Idlis' Hund.

Düsternis: siehe *Geschichte der Düsternis.*

Elienor: eine große Heldin der Aachim aus der Zeit, da die Charon in Aachan einfielen.

Emmant: ein Halb-Aachim, Bibliothekar von Shazmak. Er ist auch als Flacq verkleidet gereist.

Erzähler: jemand, der das rituelle Erzählen der Geschichten beherrscht, die in ihrer Gesamtheit die Historien von Santhenar bilden.

Faelamor: Anführerin des Volkes der Faellem, die kurz nach Rulke nach Santhenar gekommen ist, um über die Charon zu wachen und das Gleichgewicht zwischen den Welten zu erhalten. Maigraith' Herrin.

Faellem: das Menschenvolk, das die ursprünglichen Bewohner der Welt von Tallallame darstellt. Sie sind ein kleines, düsteres Volk. Ihre Sitten verbieten den Faellem den Gebrauch von Maschinen, besonders den von magischen. Andererseits sind sie die Meister der Verkleidung und der Illusion. Faelamors Gruppe wurde von der Düsternis auf Santh gefangen und sucht seitdem ständig nach einem Weg nach Hause.

Faichand: der Name, den Faelamor angenommen hat, als sie sich vor der Welt verbarg.

Farsh: ein milder Fluch.

Festival von Chanthed: ein jährliches Fest in Chanthed, auf dem die Historien von den Meistern und Studenten des Kollegiums erzählt werden.

Fiz Gorgo: eine Festungsstadt in Orist, in uralter Zeit überflutet und nun wieder aufgebaut. Yggurs Feste.

Flöte, auch **goldene Flöte, die:** ein in Aachan auf Rulkes Geheiß hin von dem genialen Schmied Shuthdar gefertigtes Gerät. Shuthdar stahl sie jedoch und brachte sie nach Santhenar. Wenn sie von einem Empfindsamen benutzt wird, kann man damit den Weg zwischen den Welten öffnen. Zur Zeit der Düsternis von Shuthdar zerstört.

Folc: ein flaches, trockenes Land nördlich von Chanthed.

Fyrn: der Familienname von Karan von Bannador, mütterlicherseits.

Galardil: ein Waldland östlich von Orist.

Galliad: Karans Vater, der halb Aachim war.

Garr: der größte Fluss in Meldorin. Er fließt von Shazmak bis zum Meer von Thurkad östlich von Sith.

Gellon: eine Frucht, die wie eine Mischung aus Mango und Pfirsich schmeckt.

Gabe von Rulke, auch **Fluch von Rulke:** das Wissen, das Rulke den Zain gegeben hat, um ihre Widerstandskraft gegen die den Geist zerstörenden Kräfte der Aachim zu stärken. Sie hinterließ ein Stigma, das die Zain als solche identifizierte.

Geächtete Experimente: magische Prozeduren, um einen Fehler in der Düsternis zu finden und Rulke für immer zu verbannen. Gefährlich, weil Rulke die Kontrolle über den Experimentierenden übernehmen kann.

Geheime Kunst: der Gebrauch magischer Fähigkeiten.

Geheimnis der Charon: die Methode zur Herstellung und Verwendung der Flöte.

Gerechten, die: die für Einhaltung und Durchsetzung der Gesetze Verantwortlichen im Großen Konklave von Thurkad.

Geschichte der Düsternis: größte aller Großen Geschichten. Sie erzählt von der Zerstörung der goldenen Flöte durch Shuthdar. Die Düsternis schottete Santhenar von den anderen beiden Welten ab.

Geschichten der Aachim: ein uralte Zusammenfassung der

Geschichte der Aachim, verfasst kurz nach der Gründung von Shazmak.

Ghâshâd: die uralten Todfeinde der Aachim. Sie wurden verdorben und schworen Rulke die Treue, nachdem die Zain rebelliert hatten; doch als Rulke ins Nachtland verbannt wurde, vergaßen sie ihre Identität und gaben sich einen neuen Namen: Whelm.

Gistel: ein Diener von Faelamor in Sith.

Gothryme: Karans verarmtes Gut nahe Tolryme in Bannador.

Große Berge: die größte und höchste Bergkette von Santhenar. Sie umschließen den südöstlichen Teil des Kontinents von Lauralin.

Große Bibliothek, die: gegründet in Zile von den Zain zurzeit des Reiches von Zur. Die Bibliothek wurde niedergebrannt, als die Zain ins Exil gingen, später jedoch wiederaufgebaut.

Großer Fluss: siehe *Garr.*

Große Geschichten: die größten Geschichten aus den Historien von Santhenar; traditionell auf dem Festival von Chanthed erzählt und überall bei wichtigen, zeremoniellen Ereignissen. Es gibt zweiundzwanzig davon.

Großes Konklave: ein Forum, das in Thurkad einberufen werden kann, um große Krisen der Stadt zu meistern.

Großes Projekt: ein Weg, den der Rat beschritten hat, um die Charon für immer aus Santh zu verbannen.

Hassien: eine Frau, die mit Pender in Narne lebt.

Hennia: eine Zain. Sie ist Mitglied des Rates von Iagador.

Hetchet, Tor von Hetchet: ein Ort im Westen von Chanthed, einst eine große Stadt.

Historien: die riesige Sammlung von Aufzeichnungen, die über mehr als viertausend Jahre niedergeschriebener Geschichte Santhenars berichten. Die Historien bestehen aus historischen Dokumenten, geschrieben von Chronisten, sowie aus den Geschichten, Liedern und Legenden der Völker von Santhenar und der eingedrungenen Völker der anderen Welten; erzählt von Erzählern. Die Kultur von Santhenar ist untrennbar mit den Historien verbunden, und die größte Sehnsucht eines jeden Menschen ist es, dort erwähnt zu werden.

Hochweg: eine Nord-Süd-Straße, die mitten durch Meldorin hindurchführt.

Hythe: der Mittwintertag. Der vierte Tag der Endre, der Mittwinterwoche. Ein Tag der bösen Omen.

Iagador: das Land, das zwischen den Bergen und dem Meer von Thurkad liegt.

Idlis: der niederste der Whelm, lange Zeit Jäger von Karan. Auch ein Heiler.

Jark-un: der Anführer eines Trupps von Whelm.

Jepperand: eine Provinz auf der Westseite der Berge von Crandor. Heimat der Zain. Llians Geburtsort.

Kalash: eine Droge, die Faelamor Maigraith gibt, um deren Augenfarbe zu verbergen.

Kandor: einer der drei Charon, die nach Santhenar gekommen sind. Er wurde einige Zeit nach dem Ende des Kataklysmus getötet. Kandor ist der einzige Charon, der auf Santhenar gestorben ist.

Karan, Karan von Bannador: eine Frau aus dem Haus von Fyrn, aber mit dem Blut der Aachim von der Seite ihres Vaters Galliad. Sie ist eine Empfindsame und lebt in Gothryme.

Kataklysmus: eine Reihe von Kriegen zwischen den Charon und den Aachim, die sich über mehr als tausend Jahre hingezogen haben und fast zur vollständigen Zerstörung von Santhenar geführt hätten.

Kette von Tychid: ein Band von sieben ungewöhnlich hellen Sternen und vielen schwächeren, das im Winter in südlichen Breitengraden deutlich zu sehen ist.

Kollegium der Historien: das älteste der Kollegien für die Ausbildung jener, die Chronisten oder Erzähler der Historien werden wollen oder auch nur niedere Barden oder Königssänger. Es wurde kurz nach der Zeit der Düsternis in Chanthed errichtet.

Konstrukt: eine Maschine, die teilweise von der Geheimen Kunst angetrieben wird.

Lasee: blassgelbes Getränk, leicht berauschend und typisch für Orist, fermentiert aus dem süßen Harz von Sumpfbäumen.

Lauralin: der Kontinent östlich des Meeres von Thurkad.

Leuchtkugel: ein Gerät aus Kristall und Metall, das ein sanftes Licht abgibt, wenn man es berührt.

Lilis: ein Straßenkind in Thurkad.

Llayis: Llians Vater, ein Schreiber.

Llian: ein Zain, Meisterchronist und Geschichtenerzähler. Ein hervorragender Student der Historien.

Magister: ein Wirker und Oberhaupt des Hohen Rates von Iagador. Mendark hat diese Position schon seit tausend Jahren inne.

Maigraith: eine Waise, großgezogen und ausgebildet von Faelamor für einen unbekannten Zweck. Eine Meisterin der Geheimen Kunst.

Mantille: eine Aachim; Karans Großmutter väterlicherseits.

Meer von Thurkad: der lange Meeresarm, der Meldorin von Lauralin trennt.

Meisterchronist: einer, der das Studium der Historien gemeistert und mit der höchsten Ehrung am Kollegium der Historien abgeschlossen hat.

Meldorin: die große Insel im Westen des Meers von Thurkad und des Kontinents Lauralin.

Mendark: Magister des Rats von Iagador. Ein Wirker von großer Macht und List, obwohl er in letzter Zeit zunehmend beunruhigt ist ob des Aufstiegs seines langjährigen Rivalen Yggur.

Nachtland: ein Ort fernab der Wirklichkeit, wo Rulke gefangen gehalten wird.

Narcies: tragische Heldin der *Ballade vom Silbersee.*

Narne: eine Hafenstadt am beschiffbaren Teil des Garr.

Nekroturg: jemand, der mit den Toten in Verbindung steht.

Nelissa: Mitglied des Rates von Iagador und Oberste Gerechte des Großen Konklaves von Thurkad.

Neyd: siehe *Neydsee.*

Neydsee: ein See im Sumpfwald nahe Fiz Gorgo, wo sich die halbversunkenen Ruinen der Stadt Neyd befinden.

Orist: ein Land voller Sümpfe und Wälder im Südwesten von Meldorin; das Land von Yggur. Fiz Gorgo liegt dort.

Orstand: ein Richter und Mitglied des Rates. Mendarks ältester Freund.

***Pash-lar*:** Bezeichnung der Whelm für den Spiegel von Aachan.

Pellban: fünfter Direktor von Chanthed und Autor der *Ballade vom Silbersee.*

Pender: ein Flussschiffer, dem es im Augenblick nicht sonderlich gutgeht.

Pitlis: ein großer Aachim aus ferner Vergangenheit, durch dessen Torheit die große Stadt Tar Gaarn an Rulke verraten und die Macht der Aachim gebrochen wurde. Er war als Architekt für den Bau von Tar Gaarn und Alcifer verantwortlich. Erschlagen von Rulke.

Port Cardasson: der Hafen von Thurkad.

Preddle: befestigte Stadt am Hochweg.

Quilsin: ein Land südlich von Orist.

Qwelt: ein stark vernarbter Mann, der in einem Stall in Preddle gearbeitet hat.

Rael: ein Aachim, Halbvetter von Karan.

Rat, der, auch **Rat von Iagador, Rat von Santhenar, Großer Rat, Hoher Rat:** eine Allianz der Mächtigen. Gemeinsam mit den Aachim hat er das Nachtland erschaffen und Rulke dorthin verbannt. Anschließend diente er zweierlei Zwecken: der Fortsetzung dieses Projekts und der Bewachung von Rulke.

Rulke: ein Charon von Aachan. Er lockte Shuthdar nach Aachan, damit dieser dann dort die goldene Flöte anfertigen konnte, und so begannen alle Probleme. Nach dem Kataklysmus wurde er im Nachtland gefangen gesetzt, bis ein Weg gefunden werden würde, ihn nach Aachan zurück zu verbannen.

Santhenar, Santh: die geringste der Drei Welten, bewohnt von den Altmenschen.

Schreckensgarde: die Whelm.

Sendung, Senden: eine Botschaft, Gedanken oder Gefühle, die von einem Geist zum anderen geschickt werden.

Shand: ein alter Mann, der im Gasthof von Tullin arbeitet und mehr ist, als er zu sein scheint.

Shazmak: die vergessene Stadt der Aachim in den Bergen westlich von Bannador.

Shuthdar: ein Altmensch von Santhenar, Erschaffer der goldenen Flöte. Nachdem er die Flöte und sich selbst vernichtet hatte, kam die Düsternis und schloss den Weg zwischen den Welten.

Sith: eine freie Stadt und Handelsnation auf einer Insel im Fluss Garr im südlichen Iagador.

Skeet: ein Botenvogel, grau oder blau-grau. Groß, hässlich und übellaunig.

Skretza: eine unübersetzbare Beleidigung.

Slukk: ein Schimpfname der Whelm (sehr beleidigend).

Spanne: die Entfernung zwischen den ausgestreckten Armen eines großen Mannes. Ungefähr sechs Fuß oder etwas weniger als zwei Meter.

Spiegel von Aachan: ein Gerät erschaffen von den Aachim in Aachan, um damit in die Ferne zu sehen. In Santhenar hat es sich verändert und die Wirklichkeit verzerrt; deshalb haben die Aachim es versteckt. Der Spiegel hat ein Gedächtnis entwickelt und bewahrt Abdrücke der Dinge auf, die er gesehen hat. Yalkara hat ihn gestohlen und benutzt, um eine Verzerrung in der Düsternis zu finden und so nach Aachan zurückzukehren.

Stassor: eine Stadt der Aachim im östlichen Lauralin.

Stimme, die: die Fähigkeit großer Erzähler, jedwedes Gefühl bei ihren Zuhörern zu wecken, das sie wollen, und das nur aufgrund der Kraft ihrer Worte.

Sundor: eine einst stolze Stadt im zentralen Meldorin, heute nur noch ein Dorf.

Syndikatoren, die: regierender Rat der Aachim, manchmal auch Richter. Niemand kann in einem formalen Prozess vor ihnen lügen.

Szdorny: Aachim-Bezeichnung für jemanden, der listig und klug ist. Der Terminus drückt sowohl Anerkennung als auch Missbilligung aus.

Tallallame: eine der Drei Welten, die Welt der Faellem. Eine schöne, gebirgige Welt, bedeckt von Wäldern.

Tallia: vertraute Kriegerin Mendarks. Sie ist eine Wirkerin und Meisterin der Kampfkünste mit und ohne Waffen.

Tar, oder: Silbertar: eine in Meldorin weit verbreitete Silbermünze. Ein Tar kann eine Familie mehrere Wochen lang ernähren.

Tar Gaarn: Hauptstadt der Aachim in der Zeit vor dem Kataklysmus. Sie lag östlich von Crandor.

Tensor: Anführer der Aachim. Er betrachtet es als sein Schicksal, die Größe der Aachim wiederherzustellen und schlussendlich Rache an Rulke zu nehmen, der sie verraten und in den Ruin getrieben hat. Er ist so stolz, dass es schon an Torheit grenzt.

Thurkad: die ›zeitlose Stadt‹, die älteste aller Städte in Santhenar – und die niederträchtigste. Eine äußerst bevölkerungsreiche Stadt am Fluss Saboth und dem Meer von Thurkad. Sitz des Rates von Iagador und seines Magisters.

Thyllan: Kriegsherr von Iagador und Mitglied des Rats. Er intrigiert gegen Mendark und stürzt ihn als Magister.

Tiltilluin und Tintilluin: Zwillingsberge, die den Pass von Tullin nach Bannador bewachen.

Tintinnuin: ein Vulkangipfel südlich von Tullin.

Tiriel: Geliebter von Narcies, der tragischen Heldin in der *Ballade vom Silbersee.*

Tirthrax: Hauptstadt der Aachim in den Großen Bergen.

Tolryme: eine Stadt im nördlichen Bannador, nicht weit von Gothryme entfernt, Karans Familiensitz.

Triune: ein Doppelmischling – jemand mit dem Blut aller Drei Welten, aller drei menschlichen Spezies. Triune sind außerordentlich selten und können über außergewöhnliche Fähigkeiten verfügen.

Trusco: Hauptmann der Kollegiumswache und Wistans einziger Freund.

Tullin: ein winziges Dorf in den Bergen südlich von Chanthed. Shand lebt dort.

Turlew: ein verbitterter, gescheiterter Chronist, jetzt Seneschall von Wistan.

Vartila: Anführerin eines Trupps von Whelm und Rivalin von Jark-un.

Verbindung, Verbinden, auch Talent der Verbindung: ein Zusammenschluss menschlicher Geister, durch den Empfindsame ihre Gefühle und Gedanken teilen oder Unterstützung bieten können. Bisweilen auch zur Beherrschung anderer missbraucht.

Vuula: Karans Mutter, die sich nach Galliads Tod selbst das Leben nahm.

***Wahn Barre*:** die Krähenberge. Yalkara, die Herrin der Täuschung, hatte dort ihre Feste, Havissard. Ein Ort, der nichts Gutes verheißt.

Walf: ein Schmuggler, der Maigraith und Karan nach Fiz Gorgo geführt hat.

Weg zwischen den Welten: die geheimen, sich auf ewig verändernden, ätherischen Pfade, welche den schwierigen Übergang zwischen den Drei Welten ermöglichen. Durch die Düsternis verschlossen.

Whelm: gegenwärtig Diener von Yggur.

Wirker: ein Zauberer oder Hexer; jemand, der die Geheime Kunst gemeistert hat.

Wistan: der siebenundvierzigste Direktor des Kollegiums der Historien und von Chanthed.

Yalkara: die Dämonenkönigin, die Herrin der Täuschung. Die letzte der drei Charon, die nach Santhenar gekommen ist, um die Flöte zu finden und nach Aachan zurückzubringen. Sie nahm den Spiegel, um eine Verzerrung in der Düsternis zu finden; dann floh sie von Santh und ließ den Spiegel zurück.

Yggur: ein großer und mächtiger Wirker. Einst ein Mitglied des Rats, nun ein Ausgestoßener. Er lebt in Fiz Gorgo. Seine Armeen haben den größten Teil des südlichen Meldorin überrannt.

Zain: ein gelehrtes Volk, das einst in Zile gelebt und die Große Bibliothek erbaut hat. Sie schlossen einen Pakt mit Rulke, und nach seinem Untergang wurden sie niedergemetzelt. Die wenigen Überlebenden gingen ins Exil. Nun leben sie in Jepperand und gehen keinerlei Bündnisse mehr ein.

Zile: eine Insel im Nordwesten von Meldorin. Einst Hauptstadt des Reiches von Zur. Jetzt hauptsächlich für die Große Bibliothek berühmt.

Zophy: Llians Mutter, eine Buchmalerin.

Zureanisches Reich: ein uraltes Reich im Norden Meldorins. Zile war die Hauptstadt.

Erster Teil des Zyklus DIE DREI WELTEN

Ian Irvine
DER SPIEGEL
DER ERINNERUNG
Roman
384 Seiten
ISBN 978-3-404-20569-1

Drei Welten, einst durch Magie miteinander verbunden
Vier Völker, die keinen Frieden kennen.
Und ein Spiegel, der alles zerstören könnte.
Die Magiebegabte Karan soll ein uraltes Relikt stehlen: den Spiegel von Aachan – einen seltsamen, trügerischen Gegenstand, der niemals vergisst, was er einmal gesehen hat. Gemeinsam mit dem brillanten Chronisten Llian begibt sie sich auf die Suche, ohne zu ahnen, welche Gefahr von dem Spiegel ausgeht. Denn er birgt ein uraltes Geheimnis, das den Völkern helfen kann zu überleben … oder das sie vernichten könnte.

Erster Band des brandneuen Zweiteilers
DIE MAGISCHEN MESSER

Lois McMaster Bujold
DIE KLINGEN DES LICHTS
Roman
416 Seiten
ISBN 978-3-404-20571-4

Lord Ingrey wird in die Ländereien Prinz Bolesos entsandt, in einer delikaten, höchst unangenehmen Mission. Jemand hat den Prinzen umgebracht! Da er der Thronerbe war und der König im Sterben liegt, soll Ingrey die Wogen der Aufregung glätten, die Leiche des Prinzen überführen und die mutmaßliche Mörderin vor Gericht bringen. Damit das Königreich nicht in falsche Hände fällt, muss er dunkle Geheimnisse enthüllen und einen fürchterlichen »Blutpreis« aus der Vergangenheit zollen ...

Der Krieg zwischen Himmel, Hölle und Erde ist noch lange nicht zu Ende

Catherine Webb
SATAN -
RETTER DER WELT
Roman
320 Seiten
ISBN 978-3-404-20574-5

Er nennt sich Sam. Kurz für: Sebastian. Oder auch Satan. Das jedenfalls war der Name, den ihm Jehova einst gab, damals, als Sam das Eden-Projekt verhinderte. Nun haben sich Jehova, Odin und Seth zusammengetan, um Uranos zu befreien, den ihr Vater in grauer Vorzeit jenseits des Universums gefangen setzte. Seine Wiederkehr würde das Ende der Zeit bedeuten und damit ein Ende der Welt, wie wir sie kennen. Nur einer könnte das Unheil noch abwenden: ihr verstoßener Bruder Satan, der Träger des Lichts. Doch um überhaupt eine Chance zu haben, braucht Sam mehr als nur ein bisschen Sympathie für den Teufel.

Bastei Lübbe Taschenbuch